O GUERREIRO PAGÃO

Obras do autor publicadas pela Editora Record

1356
Azincourt
O condenado
Stonehenge
O forte
Tolos e mortais

Trilogia *As Crônicas de Artur*

O rei do inverno
O inimigo de Deus
Excalibur

Trilogia *A Busca do Graal*

O arqueiro
O andarilho
O herege

Série *As Aventuras de um Soldado nas Guerras Napoleônicas*

O tigre de Sharpe (Índia, 1799)
O triunfo de Sharpe (Índia, setembro de 1803)
A fortaleza de Sharpe (Índia, dezembro de 1803)
Sharpe em Trafalgar (Espanha, 1805)
A presa de Sharpe (Dinamarca, 1807)
Os fuzileiros de Sharpe (Espanha, janeiro de 1809)
A devastação de Sharpe (Portugal, maio de 1809)
A águia de Sharpe (Espanha, julho de 1809)
O ouro de Sharpe (Portugal, agosto de 1810)
A fuga de Sharpe (Portugal, setembro de 1810)
A fúria de Sharpe (Espanha, março de 1811)
A batalha de Sharpe (Espanha, maio de 1811)
A companhia de Sharpe (Espanha, janeiro a abril de 1812)
A espada de Sharpe (Espanha, junho e julho de 1812)
O inimigo de Sharpe (Espanha, dezembro de 1812)

Série *Crônicas Saxônicas*

O último reino
O cavaleiro da morte
Os senhores do norte
A canção da espada
Terra em chamas
Morte dos reis
O guerreiro pagão
O trono vazio
Guerreiros da tempestade
O Portador do Fogo
A guerra do lobo
A espada dos reis
O senhor da guerra

Série *As Crônicas de Starbuck*

Rebelde
Traidor
Inimigo
Herói

BERNARD CORNWELL

O GUERREIRO PAGÃO

Tradução de
ALVES CALADO

8ª edição

EDITORA RECORD
RIO DE JANEIRO • SÃO PAULO
2023

CIP-BRASIL. CATALOGAÇÃO NA FONTE
SINDICATO NACIONAL DOS EDITORES DE LIVROS, RJ

C834g
8ª ed.

Cornwell, Bernard, 1944-
O guerreiro pagão / Bernard Cornwell; tradução de Alves Calado. – 8ª ed. – Rio de Janeiro: Record, 2023.
(As crônicas saxônicas; v.7)

Tradução de: The Pagan Lord
Sequência de: Morte dos reis
ISBN 978-85-01-10238-6

1. Ficção inglesa. I. Calado, Alves. II. Título. III. Série.

14-09588

CDD: 823
CDU: 821.111-3

Título original em inglês:
THE PAGAN LORD

Texto revisado segundo o Acordo Ortográfico da Língua Portuguesa de 1990.

Impresso no Brasil

ISBN 978-85-01-10238-6

Para Tom e Dana
Go raibh mile maith agat

NOTA DE TRADUÇÃO

Mantive a grafia de muitas palavras como no original, e até mesmo deixei de traduzir algumas, porque o autor as usa intencionalmente num sentido arcaico, como Yule (que hoje em dia indica as festas natalinas, mas, originalmente, e no livro, é um ritual pagão) ou buhr (burgo). Além disso, mantive algumas denominações sociais, como earl (atualmente traduzido como "conde", mas o próprio autor o especifica como um título dinamarquês — mais tarde equiparado ao de conde, usado na Europa continental), thegn, reeve e outros que são explicados na série de livros. Por outro lado, traduzi lord sempre como "senhor", jamais como lorde, que remete à monarquia inglesa posterior e não à estrutura medieval. Hall foi traduzido ora como "castelo", ora como "salão", na medida em que a maioria dos castelos da época era apenas um enorme salão de madeira coberto de palha, com uma plataforma elevada para a mesa dos comensais do senhor; o resto do espaço tinha o chão simplesmente forrado de juncos. Britain foi traduzido como Britânia (opção igualmente aceita mas pouco usada) para não confundir com a Bretanha, no norte da França (Brittany), mesmo recurso usado na tradução da série As Crônicas de Artur, do mesmo autor.

Sumário

Mapa

N
Bebbanburg
NORTÚMBRIA
Mar do
Norte
Eoferwic
Humbre
Mar da
Irlanda
Grimsbi
Ceaster
Buchestanes
Lincolne
Dee
Snotengaham
Liccelfeld
Tamewor þig
Teatanheale
ÂNGLIA
ORIENTAL
Eleg
MÉRCIA
Use
Sæfern
Tofeceaster
Gleawecestre
Fagranforda
Cirrenceastre
Temes
Lundene
WESSEX
Wintanceaster
Exeanceaster
0 20 40 60 80 milhas

Topônimos

A GRAFIA DOS TOPÔNIMOS na Inglaterra anglo-saxã era incerta, sem qualquer consistência ou concordância, nem mesmo quanto ao nome em si. Assim, Londres era grafado como Lundonia, Lundenberg, Lundenne, Lundene, Lundenwic, Lundenceaster e Lundres. Sem dúvida alguns leitores preferirão outras versões dos nomes listados abaixo, mas em geral empreguei a grafia utilizada no *Oxford Dictionary of English Place-Names* ou no *Cambridge Dictionary of English Place-Names* para os anos mais próximos ou contidos no reinado de Alfredo, entre 871 e 899 d.C., mas nem mesmo esta solução é à prova de erro. A ilha de Hayling, em 956, era grafada tanto como Heilincigae quanto como Hæglingaiggæ. E eu mesmo não fui consistente; deveria escrever England (Inglaterra) como Englaland (Anglaterra), e preferi a grafia moderna Nortúmbria a Norðhymbralond para evitar a sugestão de que as fronteiras do antigo reino coincidiam com as do condado moderno. Desse modo, a lista, assim como as grafias, é resultado de um capricho.

ÆSC HILL	Ashdown, Berkshire
AFEN	Rio Avon, Wiltshire
BEAMFLEOT	Benfleet, Essex
BEARDDAN IGGE	Bardney, Lincolnshire
BEBBANBURG	Castelo de Bamburgh, Northumberland
BEDEHAL	Beadnell, Northumberland
BEORGFORD	Burford, Oxfordshire
BOTULFSTAN	Boston, Lincolnshire
BUCHESTANES	Buxton, Derbyshire
CEASTER	Chester, Cheshire
CEODRE	Cheddar, Somerset
CESTERFELDA	Chesterfield, Derbyshire

Cirrenceastre	Cirencester, Gloucestershire
Coddeswold Hills	As Cotswolds, Gloucestershire
Cornwalum	Cornualha
Cumbraland	Cumbria
Dunholm	Durham, Condado de Durham
Dyflin	Dublin, Eire
Eoferwic	York, Yorkshire
Ethandun	Edington, Wiltshire
Exanceaster	Exeter, Devon
Fagranforda	Fairford, Gloucestershire
Farnea Islands	Ilhas Farne, Northumberland
Flaneburg	Flamborough, Yorkshire
Foirthe	Rio Forth, Escócia
The Gewæsc	The Wash
Gleawecestre	Gloucester, Cambridgeshire
Grimesbi	Grimsby, Lincolnshire
Haithabu	Hedeby, Dinamarca
Humbre	Rio Humbre
Liccelfeld	Lichfield, Staffordshire
Lindcolne	Lincoln, Staffordshire
Lindisfarena	Lindisfarne (Ilha Sagrada), Northumberland
Lundene	Londres
Mærse	Rio Mersey
Pencric	Penkridge, Staffordshire
Sæfern	Rio Severn
Sceapig	Ilha de Sheppey, Kent
Snotengaham	Nottingham, Nottinghamshire
Tameworþig	Tamworth, Staffordshire
Temes	Rio Tâmisa
Teotanheale	Tettenhall, West Midlands
Tofeceaster	Towcester, Northamptonshire
Uisc	Rio Exe
Wiltunscir	Wiltshire
Wintanceaster	Winchester, Hampshire
Wodnesfeld	Wednesbury, West Midlands

A Família Real de Wessex

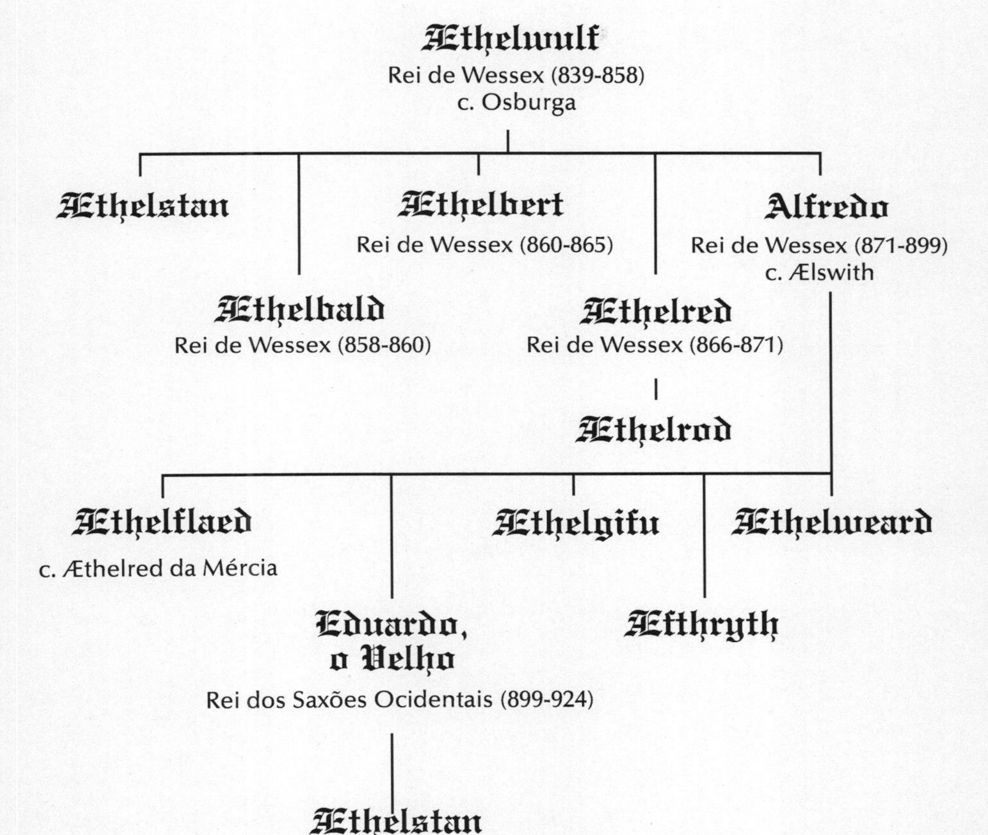

Primeira Parte

O abade

Um

Um céu escuro.

Os deuses fazem o céu; ele reflete seus humores, que nesse dia estavam sombrios. Era o auge do verão e uma chuva forte vinha do leste. Parecia inverno.

Eu montava Relâmpago, meu melhor cavalo. Era um garanhão, preto como a noite, mas com uma risca de pelos cinza nas ancas. Ele havia recebido esse nome em homenagem a um cão maravilhoso que eu tinha sacrificado a Tor. Odiei matar aquele cachorro, porém os deuses são duros conosco; exigem um sacrifício e depois nos ignoram. O Relâmpago era um animal enorme, forte e carrancudo, um cavalo de guerra, e naquele dia escuro eu estava em minha glória de batalha. Vestia uma cota de malha e estava coberto de aço e couro. Bafo de Serpente, a melhor das espadas, pendia do meu lado esquerdo, ainda que para o inimigo enfrentado naquele dia eu não precisasse de espada, nem de escudo, nem de machado. Mas usava-a mesmo assim porque Bafo de Serpente era minha companheira. Ainda a possuo. Quando morrer, o que deve acontecer em breve, alguém vai fechar meus dedos em volta das tiras de couro enroladas em sua empunhadura gasta e ela vai me carregar para o Valhala, ao salão dos cadáveres dos grandes deuses, e lá festejaremos.

Mas não nesse dia.

Nesse dia escuro de verão eu estava montado na sela, no meio de uma rua lamacenta, de frente para os inimigos. Podia ouvi-los, embora não os visse. Eles sabiam que eu estava lá.

A rua tinha largura suficiente para apenas duas carroças passarem uma pela outra. As casas de ambos os lados eram feitas de taipa, cobertas com palha de junco que havia enegrecido com a chuva e ficado densa de líquen. A lama da rua afundava até o boleto do cavalo, repleta de sulcos pelas carroças e revirada por cães e porcos que andavam soltos. O vento forte ondulava as poças nas depressões e chicoteava a fumaça que saía de um buraco de telhado, trazendo o cheiro de madeira queimando.

Eu tinha dois companheiros. Havia cavalgado desde Lundene com 22 homens, mas minha missão naquela aldeia fedendo a bosta e castigada pela chuva era particular, por isso deixei a maioria dos homens a mais de um quilômetro dali. Mas Osbert, meu filho mais novo, estava atrás de mim, montando um garanhão cinza. Ele tinha 19 anos, usava cota de malha e levava uma espada à cintura. Agora era um homem, mas eu pensava nele como um menino. Eu o amedrontava, como meu pai havia me amedrontado. Algumas mães amolecem os filhos, mas Osbert não tinha mãe e eu o havia criado com dureza, porque um homem precisa ser duro. O mundo é repleto de inimigos. Os cristãos dizem para amarmos nossos inimigos e dar a outra face. Os cristãos são idiotas.

Perto de Osbert estava Æthelstan, filho bastardo e mais velho do rei Eduardo de Wessex. Tinha apenas 8 anos, mas, como Osbert, usava cota de malha. Æthelstan não sentia medo de mim. Tentava amedrontá-lo, mas ele simplesmente me encarava com seus olhos azuis e frios, depois ria. Eu amava aquele rapaz, tanto quanto amava Osbert.

Ambos eram cristãos. Travo uma batalha perdida. Num mundo de morte, traição e sofrimento, os cristãos vencem. Os antigos deuses ainda são cultuados, claro, mas estão sendo impelidos de volta para os altos vales, para lugares perdidos, para as frias bordas do norte do mundo, e os cristãos se espalham como uma peste. Seu deus pregado é poderoso. Aceito isso. Eu sempre soube que o deus deles possui um grande poder e não entendo por que meus deuses deixam aquele desgraçado vencer, mas deixam. Ele trapaceia. É a única explicação que encontro. O deus pregado mente e trapaceia, e os mentirosos e trapaceiros sempre vencem.

Assim eu aguardava na rua molhada, e Relâmpago raspava um casco pesado numa poça. Acima do couro e da cota de malha eu usava uma capa de lã azul-escura com borda de pele de arminho. O martelo de Tor pendia de meu pescoço, e na cabeça estava meu elmo com a crista em forma de lobo. As abas faciais estavam abertas. Pingava chuva da borda do elmo. Eu usava botas de cano longo de couro, com a parte de cima cheia de trapos enfiados para impedir que a água penetrasse. Usava manoplas, e nos braços estavam as argolas de ouro e de prata, as pulseiras que um chefe guerreiro ganha o direito de usar quando mata seus inimigos. Eu estava em minha glória, ainda que o inimigo que eu iria enfrentar não merecesse o respeito.

— Pai — começou Osbert —, e se...

— Eu falei com você?

— Não.

— Então fique quieto — rosnei.

Eu não pretendia soar tão raivoso, mas estava com raiva. Era uma raiva que não tinha aonde ir, pura raiva contra o mundo, o miserável, cinza e opaco mundo, uma raiva impotente. Os inimigos estavam atrás de portas fechadas e cantavam. Eu podia escutar as vozes, mas era incapaz de distinguir as palavras. Eles haviam me visto, com certeza, e tinham visto que, de resto, a rua estava vazia. As pessoas que moravam na cidade não queriam participar do que iria acontecer.

Embora nem eu soubesse o que iria acontecer, ainda que estivesse lá para causar a situação. Ou talvez a porta permanecesse fechada e os inimigos ficassem encolhidos dentro de sua forte construção de madeira. Sem dúvida essa era a pergunta que Osbert queria fazer. E se os inimigos permanecessem lá dentro? Ele provavelmente não os chamaria de inimigos. Teria perguntado: e se "eles" permanecessem lá dentro?

— Se eles permanecerem lá dentro — falei —, vou derrubar a maldita porta, entrar e arrancar o desgraçado. E se eu fizer isso vocês dois vão ficar aqui para segurar o Relâmpago.

— Sim, pai.

— Vou com o senhor — anunciou Æthelstan.

— Vocês vão fazer o que mandei.

— Sim, senhor Uhtred — assentiu Æthelstan respeitosamente, mas eu sabia que ele estava sorrindo. Não precisava me virar para ver aquele riso insolente, porém não me viraria porque naquele momento os cânticos pararam. Esperei. Passou-se um tempo, então a porta se abriu.

E eles saíram. Primeiro meia dúzia de velhos, depois os jovens, e vi esses mais jovens me olhando, mas nem mesmo a visão de Uhtred, chefe guerreiro vestido de raiva e glória, pôde conter sua alegria. Eles pareciam felizes demais. Sorriam, davam tapinhas nas costas uns dos outros, abraçavam-se e gargalhavam.

Os seis mais velhos não riam. Eles andaram em minha direção e não me mexi.

— Disseram-me que o senhor é Uhtred — disse um deles.

O homem usava um manto branco e sujo com uma corda servindo de cinto. Tinha cabelos brancos, barba grisalha e rosto estreito, escurecido pelo sol, com rugas fundas escavadas ao redor da boca e dos olhos. Os cabelos caíam abaixo dos ombros e a barba chegava à cintura. Tinha uma face ardilosa, pensei, mas não desprovida de autoridade, e devia ser um homem de certa importância na igreja, porque carregava um cajado grosso com uma ornamentada cruz de prata no topo.

Não falei nada a ele. Estava observando os mais jovens. Eram, na maioria, meninos, ou meninos que tinham acabado de virar homens. Os cocurutos, onde os cabelos foram raspados da testa para trás, brilhavam pálidos à luz cinza do dia. Agora, algumas pessoas mais velhas saíam pela porta. Presumi que fossem os pais daqueles meninos-homens.

— Senhor Uhtred — disse o homem outra vez.

— Falo com você quando estiver pronto para falar — resmunguei.

— Isso não é correto — retrucou ele, estendendo a cruz para mim como se aquilo fosse capaz de me amedrontar.

— Limpe sua boca rançosa com mijo de bode — respondi.

Eu vira o rapaz que havia ido procurar e instiguei Relâmpago. Dois dos homens mais velhos tentaram me impedir, porém o garanhão ameaçou mordê-los com seus grandes dentes e eles cambalearam para trás, desesperados para escapar. Dinamarqueses de lança fugiram de Relâmpago, e os seis homens mais velhos se espalharam como palha ao vento.

Levei o garanhão até o grupo de jovens, inclinei-me da sela e agarrei o manto preto do menino-homem. Puxei-o para cima, enfiei-o de barriga para baixo sobre o arção da sela e virei Relâmpago com os joelhos.

E foi então que a encrenca teve início.

Dois ou três jovens tentaram me impedir. Um estendeu a mão para segurar as rédeas de Relâmpago e isso foi um erro, um erro grave. O garanhão mordeu, o menino-homem gritou e deixei Relâmpago empinar e sacudir os cascos da frente. Ouvi o estalo de um casco pesado batendo contra osso e vi o sangue súbito e brilhante. Relâmpago, treinado para se manter em movimento para que um inimigo não pudesse tentar mutilar uma pata traseira, saltou adiante. Esporeei-o, vislumbrando um homem caído com o crânio ensanguentado. Outro idiota tentou agarrar minha bota direita, procurando me tirar da sela, então baixei a mão com força e senti o aperto desaparecer. Por fim, o homem de cabelos brancos e compridos me interpelou. Ele havia me seguido até o meio da multidão e gritou dizendo que eu deveria soltar meu prisioneiro, e então, como um idiota, girou a pesada cruz de prata com cabo comprido na direção da cabeça de Relâmpago. Mas o cavalo de guerra fora treinado para a batalha e se desviou agilmente, então me abaixei, agarrei o cajado e arranquei-o das mãos do homem. Mesmo assim ele não desistiu. Estava cuspindo maldições contra mim enquanto agarrava as rédeas de Relâmpago e tentava arrastar o cavalo de volta na direção da turba de jovens, presumivelmente para eu ser sobrepujado pela vantagem numérica.

Levantei o cajado e baixei com força. Usei a extremidade do cabo como uma lança, e não vi que possuía uma ponta de metal, provavelmente para que a cruz pudesse ser enfiada no chão. Só pretendia atordoar o idiota falador, mas em vez disso o cajado se enterrou na cabeça dele. Furou o crânio. Iluminou aquele dia sombrio e soturno com sangue. Provocou gritos que se ergueram até o céu cristão, e soltei o cajado. O homem de manto branco, agora vestindo um tecido salpicado de vermelho, ficou oscilando, a boca abrindo e fechando, os olhos vítreos e uma cruz cristã se projetando de sua cabeça para o céu. Seus cabelos brancos e compridos ficaram vermelhos, então ele caiu. Simplesmente caiu, morto como um osso.

— O abade! — gritou alguém, e eu esporeei Relâmpago e saltei adiante, espalhando os últimos meninos-homens e deixando suas mães gritando. O homem dobrado sobre minha sela lutou e bati com força em sua nuca enquanto irrompíamos da confusão de pessoas, voltando para a rua aberta.

O homem na sela era meu filho. Meu filho mais velho. Era Uhtred, filho de Uhtred, e eu havia cavalgado desde Lundene, tarde demais para impedir que se tornasse padre. Um pregador andarilho, um daqueles padres de cabelos compridos, barbas revoltas e olhos loucos que enganam os idiotas para ganhar um pouco de prata em troca de uma bênção, tinha me contado a decisão de meu filho.

— Toda a cristandade se regozija — dissera ele, olhando-me com astúcia.

— Regozija-se com o quê? — perguntei.

— Porque seu filho vai ser padre! Daqui a dois dias, pelo que ouvi dizer, em Tofeceaster.

E era isso que os cristãos faziam em sua igreja, consagrando seus feiticeiros ao transformar meninos em padres de roupas pretas que espalhariam ainda mais a fé, e meu filho, meu filho mais velho, era agora um maldito padre cristão, então bati nele outra vez.

— Seu desgraçado — rosnei. — Seu covarde desgraçado. Seu cretinozinho traiçoeiro.

— Pai... — começou ele.

— Não sou seu pai — rosnei. Eu levara Uhtred pela rua até onde havia um monte de esterco particularmente fétido encostado à parede de uma choupana. Joguei-o em cima. — Você não é meu filho e seu nome não é Uhtred.

— Pai...

— Quer sentir Bafo de Serpente goela abaixo? — gritei. — Se quer ser meu filho tire essa maldita túnica preta, vista uma cota de malha e faça o que eu mandar.

— Eu sirvo a Deus.

— Então escolha um maldito nome. Você não é Uhtred Uhtredson. — Girei na sela. — Osbert!

Meu filho mais novo instigou seu garanhão para perto de mim. Ele parecia nervoso.

— Pai?

— A partir deste dia seu nome é Uhtred.

Ele olhou para o irmão, depois de volta para mim. Fez que sim com relutância.

— Qual é o seu nome? — inquiri irritado.

Ele ainda hesitou, mas viu minha raiva e fez que sim de novo.

— Meu nome é Uhtred, pai.

— Você é Uhtred Uhtredson — acrescentei. — Meu único filho.

Isso havia acontecido comigo, muito tempo atrás. Eu fora chamado de Osbert por meu pai, que se chamava Uhtred, mas, quando meu irmão mais velho, também Uhtred, foi morto pelos dinamarqueses, meu pai alterou meu nome. É sempre assim na nossa família. O filho mais velho leva o nome adiante. Minha madrasta, uma mulher tola, até me batizou pela segunda vez porque, segundo ela, os anjos que guardam o portão do céu não me reconheceriam pelo novo nome, por isso fui mergulhado no barril de água; no entanto, o cristianismo escorreu para fora de mim, graças a Cristo, e descobri os deuses antigos, de modo que desde então os cultuei.

Os cinco padres mais velhos me alcançaram. Eu conhecia dois deles, os gêmeos Ceolnoth e Ceolberht que, cerca de trinta anos antes, foram reféns comigo na Mércia. Éramos meninos capturados pelos dinamarqueses, um destino que aceitei de bom grado e os irmãos odiaram. Agora estavam velhos, dois padres idênticos de corpo atarracado, barbas ficando grisalhas e raiva lívida estampada no rosto redondo.

— Você matou o abade Wihtred! — interpelou um dos gêmeos. Ele estava furioso, chocado, quase incoerente de fúria. Eu não fazia ideia de qual gêmeo era, porque nunca conseguia identificar quem era quem.

— E o rosto do padre Burgred está arruinado! — exclamou o outro gêmeo. Ele se moveu como se fosse pegar as rédeas de Relâmpago, então virei o cavalo rapidamente, deixando-o ameaçar os gêmeos com os grandes dentes amarelos que haviam mordido o rosto do padre recém-ordenado. Ceolnoth e Ceolberht recuaram.

— O abade Wihtred! — repetiu o nome o primeiro gêmeo. — Nunca houve homem mais santo!

— Ele me atacou — rebati. Na verdade eu não pretendera matar o velho, mas não adiantava dizer isso aos gêmeos.

— Você vai sofrer! — gritou um deles. — Vai ser amaldiçoado por todos os tempos!

O outro estendeu a mão para o rapaz desventurado no monte de esterco.

— Padre Uhtred — disse ele.

— O nome dele não é Uhtred — rosnei. — E, se ele ousar chamar-se de Uhtred — olhei-o enquanto falava —, vou encontrá-lo, cortar sua barriga até o osso e dar suas tripas covardes para os meus porcos. Ele não é meu filho. Não é digno de ser meu filho.

O homem que não era digno de ser meu filho levantou-se molhado da pilha de esterco, pingando imundície. Ele olhou para mim.

— Então, qual é meu nome? — perguntou ele.

— Judas — respondi zombando. Fui criado como cristão e fora obrigado a ouvir todas as histórias deles, e me lembrava de que um homem chamado Judas havia traído o deus pregado. Isso nunca fez qualquer sentido para mim. O deus precisava ser pregado a uma cruz se quisesse virar o salvador deles, mas os cristãos culpam o homem que tornou essa morte possível. Eu achava que eles deveriam cultuá-lo como santo, porém o desprezam como traidor. — Judas — repeti, satisfeito por ter lembrado o nome.

O rapaz que fora meu filho hesitou, depois fez que sim.

— A partir de agora — declarou aos gêmeos — serei chamado de padre Judas.

— Você não pode se chamar... — começou Ceolnoth ou Ceolberht.

— Sou o padre Judas — disse ele asperamente.

— Você vai ser o padre Uhtred! — gritou um dos gêmeos para ele, depois apontou para mim. — Ele não tem autoridade aqui! É um pagão, um pária, desprezado por Deus! — O gêmeo estava tremendo de fúria, praticamente incapaz de falar, mas respirou fundo, fechou os olhos e levantou as mãos para o céu escuro. — Ó, Deus — gritou ele —, fazei descer sua fúria sobre este pecador! Castigai-o! Fazei secar suas plantações e golpeai-o com doença! Mostrai seu poder, ó, Senhor! — Sua voz subiu até um berro esganiçado. — Em nome do Pai, do Filho e do Espírito Santo, amaldiçoo este homem e sua prole.

Ele respirou fundo, e apertei o joelho contra o flanco de Relâmpago, fazendo o grande cavalo dar um passo para mais perto do idiota que arengava. Eu estava com tanta raiva quanto os Ceolnoth e Ceolberht.

— Amaldiçoai-o, ó, Senhor — gritou ele —, e em Sua grande misericórdia derrubai-o! Amaldiçoai-o e sua prole, para que jamais conheçam a graça! Golpeai-o, ó, Senhor, com imundície, dor e sofrimento!

— Pai! — ofegou o homem que havia sido meu filho.

Æthelstan riu. Uhtred, meu único filho, ficou boquiaberto.

Porque eu tinha chutado o idiota falador. Havia tirado o pé direito do estribo e golpeado com a bota pesada, e suas palavras pararam abruptamente, substituídas por sangue nos lábios. Ele cambaleou para trás, a mão direita cobrindo a boca despedaçada.

— Cuspa os dentes — ordenei, e, como ele desobedeceu, desembainhei metade de Bafo de Serpente.

Ele cuspiu uma mistura de sangue, saliva e dentes quebrados.

— Qual é você? — perguntei ao outro gêmeo.

Ele me olhou boquiaberto, depois se recuperou.

— Ceolnoth — respondeu.

— Pelo menos agora sei quem é quem — declarei.

Não olhei para o padre Judas. Simplesmente fui embora.

Para casa.

Talvez a maldição de Ceolberht tenha funcionado, porque cheguei em casa e encontrei morte, fumaça e ruínas.

Cnut Ranulfson havia atacado meu salão. Havia queimado-o. Havia matado. Havia aprisionado Sigunn.

Nada disso fazia sentido, pelo menos na ocasião. Minha propriedade ficava perto de Cirrenceastre, no interior da Mércia. Um bando de cavaleiros dinamarqueses havia se deslocado para longe de casa, expondo-se à batalha e à captura, para atacar meu salão. Isso eu podia entender. Uma vitória sobre Uhtred faria bem para a reputação de um homem, instigaria os poetas a compor provocadoras canções de vitória, mas eles atacaram enquanto o salão estava quase vazio. Certamente teriam mandado batedores à frente, não? Teriam subornado pessoas para servir como espiãs, para descobrir quando eu estaria lá e quando provavelmente estaria ausente, e esses espiões sem dúvida teriam contado que eu fora convocado a Lundene para aconselhar os homens do rei Eduardo quanto às defesas da cidade. No entanto, arriscaram-se ao desastre para atacar um salão quase vazio? Não fazia sentido.

E tinham levado Sigunn.

Ela era minha mulher. Não minha esposa. Desde a morte de Gisela eu não havia tomado outra esposa, apesar de ter amantes naquela época. Æthelflaed era minha amante, mas ela era esposa de outro homem e filha do falecido rei Alfredo, e não podíamos viver juntos como marido e mulher. Portanto, Sigunn morava comigo, e Æthelflaed sabia.

— Se não fosse Sigunn — dissera ela um dia —, seria outra.

— Talvez uma dúzia de outras.

— Talvez.

Eu havia capturado Sigunn em Beamfleot. Ela era dinamarquesa, uma dinamarquesa magra, clara, bonita, que chorara pelo marido morto ao ser arrastada de uma vala cheia de sangue na praia. Já vivíamos juntos havia quase dez anos, e ela era tratada com honra e coberta de ouro. Era a senhora do meu salão e agora se fora. Tinha sido levada por Cnut Ranulfson, Cnut Espada Longa.

— Foi há três manhãs — relatou-me Osferth. Ele era o filho bastardo do rei Alfredo, que tentara torná-lo padre, porém, embora realmente tivesse cara e mente de clérigo, preferia ser guerreiro. Era cuidadoso, preciso, inteligente, confiável e raramente passional. Lembrava o pai, e, quanto mais velho ficava, mais se parecia com ele.

— Então foi no domingo de manhã — falei, desolado.

— Todo mundo estava na igreja, senhor — explicou Osferth.

— Menos Sigunn.

— Que não é cristã, senhor. — Ele parecia desaprovar.

Finan, meu amigo e o homem responsável por comandar minhas tropas enquanto eu estivesse ausente, havia levado vinte homens para reforçar a guarda pessoal de Æthelflaed, que viajava pela Mércia. Ela estivera inspecionando os burhs que guardavam o reino contra os dinamarqueses, e sem dúvida rezando em igrejas por todo o território. Seu marido, Æthelred, relutava em deixar o abrigo de Gleawecestre, de modo que cumpria com o dever dele. Ela possuía os próprios guerreiros que a guardavam, mas mesmo assim eu temia por sua segurança, não por parte dos mércios, que a amavam, mas dos seguidores de seu marido, por isso insisti que levasse Finan e vinte homens. Na ausência do irlandês, Osferth estivera no comando dos homens que guardavam Fagranforda. Ele havia deixado seis homens vigiando o salão, os celeiros, os estábulos e o moinho, e seis homens deveriam ser o bastante, uma vez que minha propriedade ficava muito distante das terras do norte, dominadas pelos dinamarqueses.

— Eu me culpo, senhor — disse Osferth.

— Seis eram o bastante — respondi. E todos os seis estavam mortos, assim como Herric, meu administrador aleijado, e três outros serviçais. Cerca de quarenta ou cinquenta cavalos sumiram e o salão estava incendiado. Parte das paredes continuava de pé, como troncos chamuscados, mas o centro do aposento era apenas um monte de cinzas fumegantes. Os dinamarqueses tinham chegado rápido, derrubado a porta do salão, matado Herric e qualquer outra pessoa que tentasse se opor, então pegaram Sigunn e partiram. — Eles sabiam que todos vocês estariam na igreja — declarei.

— Por isso vieram no domingo — acrescentou Sihtric, outro dos meus homens, completando o pensamento.

— E saberiam que o senhor não estaria rezando — observou Osferth.

— Quantos eram? — perguntei a ele.

— Quarenta ou cinquenta — respondeu Osferth pacientemente. Eu já havia feito essa pergunta uma dúzia de vezes.

Os dinamarqueses não fazem um ataque como esse por prazer. Havia um número suficiente de salões e propriedades de saxões fáceis de serem alcançados ao redor de suas terras, mas aqueles homens assumiram um risco ao adentrar tanto na Mércia. Por Sigunn? Ela não era nada para eles.

— Eles vieram para matá-lo, senhor — sugeriu Osferth.

Mas antes os dinamarqueses teriam feito um reconhecimento do terreno, teriam falado com viajantes, saberiam que eu mantinha sempre pelo menos vinte homens comigo. Eu havia optado por não levar esses vinte a Tofeceaster para castigar o homem que fora meu filho porque um guerreiro não precisa de vinte homens para lidar com um punhado de padres. Meu filho e um rapaz eram companhia o bastante. Porém, os dinamarqueses não poderiam saber que eu estava em Tofeceaster, uma vez que nem mesmo eu sabia que iria para lá, até receber a notícia de que meu filho desgraçado estava se tornando um feiticeiro cristão. No entanto, Cnut Ranulfson havia arriscado seus homens numa longa e inútil investida, apesar do perigo de encontrar meus homens. Estaria em número maior do que eu, mas sofreria baixas e não podia se dar a esse luxo, e Cnut Espada Longa era calculista, que não assumia riscos idiotas. Nada daquilo fazia sentido.

— Tem certeza de que era Cnut Ranulfson? — perguntei a Osferth.

— Eles carregavam o estandarte dele, senhor.

— O machado e a cruz quebrada?

— Sim, senhor.

— E onde está o padre Cuthbert? — perguntei. Eu mantenho padres. Não sou cristão, mas o alcance do deus pregado é tamanho que a maioria dos meus homens é, e naqueles dias Cuthbert servia como meu padre. Eu gostava dele. Era filho de um pedreiro, magro e desengonçado, casado com uma escrava liberta que possuía o estranho nome de Mehrasa. Era uma beldade de pele escura capturada em alguma terra estranha, longe ao sul, e trazida à Britânia por um mercador de escravos que havia morrido pela lâmina de minha espada, e agora Mehrasa gemia e gritava que seu marido se fora. — Por que ele não estava na igreja? — perguntei a Osferth, e sua única resposta foi um dar de ombros. — Ele estava montando em Mehrasa? — perguntei azedamente.

— Ele não faz isso o tempo todo? — Osferth parecia desaprovar de novo.

— Então onde ele está? — perguntei de novo.

— Talvez tenha sido levado — sugeriu Sihtric.

— Eles prefeririam matar um padre a capturá-lo — retruquei. Andei em direção ao salão queimado. Homens reviravam as cinzas com ancinhos, pondo de lado lascas de madeira chamuscadas que soltavam fumaça. Talvez o corpo de Cuthbert estivesse ali, encolhido e negro. — Diga o que você viu — pedi de novo a Osferth.

Ele repetiu tudo com paciência. Estava na igreja de Fagranforda quando ouviu gritos vindos do meu salão, que não ficava muito longe. Deixou a igreja e viu a fumaça subindo no céu de verão, mas, assim que conseguiu reunir os homens e montar em seu cavalo, os atacantes já haviam partido. Ele os seguiu e vislumbrou-os, e teve certeza de ter visto Sigunn em meio aos cavaleiros com cotas de malha escuras.

— Ela estava usando o vestido branco, senhor, do qual o senhor gosta.

— Mas você não viu o padre Cuthbert?

— Ele estava usando preto, senhor, mas a maioria dos agressores também, por isso posso não ter notado. Não chegamos perto. Eles cavalgavam como o vento.

Apareceram ossos no meio das cinzas. Passei pela antiga porta do salão, indicada pelos postes chamuscados, e senti o fedor de carne queimada. Chutei uma trave queimada para o lado e vi uma harpa nas cinzas. Por que aquilo não havia queimado? As cordas estavam retorcidas e reduzidas a cotocos pretos, mas a moldura parecia incólume. Abaixei-me para pegá-la e a madeira quente simplesmente se desfez em minha mão.

— O que aconteceu com Oslic? — perguntei. Ele fora o harpista, um poeta que cantava canções de guerra no salão.

— Eles o mataram, senhor — respondeu Osferth.

Mehrasa começou a gemer mais alto. Estava olhando os ossos que um homem havia varrido das cinzas.

— Diga a ela para ficar quieta — rosnei.

— São ossos de cachorro, senhor. — O homem do ancinho fez uma reverência a mim.

Os cães do salão, que Sigunn amava. Eram terriers pequenos, que gostavam de matar ratos. O homem puxou das cinzas um prato de prata derretido.

— Eles não vieram me matar — afirmei, olhando as pequenas costelas.

— Quem mais? — perguntou Sihtric. Ele fora meu serviçal e agora era um guerreiro da casa, e dos bons.

— Vieram por causa de Sigunn — declarei, porque não conseguia pensar em outra explicação.

— Mas por que, senhor? Ela não é sua esposa.

— Ele sabe que gosto dela, e isso significa que quer alguma coisa.

— Cnut Espada Longa — disse Sihtric em tom agourento.

Sihtric não era covarde. Seu pai havia sido Kjartan, o Cruel, e herdara dele a habilidade com armas. Sihtric estivera comigo na parede de escudos e eu conhecia sua bravura, mas ele parecera nervoso ao pronunciar o nome de Cnut. Não era de espantar. Cnut Ranulfson era uma lenda nas terras dominadas pelos dinamarqueses. Era um homem magro, de pele muito pálida e cabelos totalmente brancos, apesar de não ser velho. Eu achava que ele devia ter quase 40 anos, o que era bem velho, mas os cabelos de Cnut eram brancos desde o dia do nascimento. E ele nascera inteligente e implacável. Sua espada, Cuspe de Gelo, era temida desde as ilhas do norte até o litoral sul de Wessex, e sua fama atraíra homens jurados que vinham do outro lado do mar para servi-lo. Ele e seu amigo, Sigurd Thorrson, eram os maiores senhores dinamarqueses da Nortúmbria, e compartilhavam a ambição de serem os maiores senhores da Britânia, mas possuíam um inimigo que os havia impedido repetidamente.

E agora Cnut Ranulfson, Cnut Espada Longa, o mais temido guerreiro da Britânia, capturara a mulher desse inimigo.

— Ele quer alguma coisa — repeti.

— Você? — perguntou Osferth.

— Vamos descobrir — anunciei, e de fato fizemos isso.

Descobrimos o que Cnut Ranulfson queria naquela tarde, quando o padre Cuthbert chegou em casa. O sacerdote foi trazido na carroça de um mercador que comerciava peles. Foi Mehrasa quem nos alertou. Ela gritou.

Eu estava no grande celeiro que os dinamarqueses não tiveram tempo de queimar e que poderíamos usar como salão até eu construir outro, e olhava meus homens construindo uma lareira com pedras quando ouvi o grito e corri para fora, então vi a carroça sacolejando ladeira acima. Mehrasa estava puxando o marido enquanto Cuthbert sacudia os braços compridos e magricelos. Ela continuava berrando.

— Quieta! — gritei.

Meus homens seguiram-me. O comerciante de peles havia parado a carroça e caído de joelhos enquanto eu me aproximava. Explicou que tinha encontrado o padre Cuthbert no norte.

— Ele estava em Beorgford, senhor — narrou ele. — Perto do rio. Estavam atirando pedras nele.

— Quem estava atirando pedras?

— Meninos, senhor. Eram só meninos brincando.

Então Cnut havia cavalgado até o vau onde, presumivelmente, havia libertado o padre. A batina comprida de Cuthbert estava suja de lama e rasgada, e seu couro cabeludo estava coberto por crostas de sangue.

— O que você fez com os meninos? — perguntei ao comerciante.

— Só os espantei, senhor.

— Onde ele estava?

— Em meio aos juncos, senhor, perto do rio. Estava chorando.

— Padre Cuthbert — falei, indo até a carroça.

— Senhor! Senhor! — Ele estendeu a mão para mim.

— Ele não seria capaz de chorar — retruquei ao comerciante. — Osferth! Dê dinheiro ao homem. — Fiz um gesto na direção do salvador do padre. — Vamos alimentá-lo — declarei ao homem — e deixar seus cavalos passarem a noite no estábulo.

— Senhor! — gemeu o padre Cuthbert.

Enfiei a mão na carroça e levantei-o. Ele era alto mas surpreendentemente leve.

— Consegue ficar de pé? — perguntei.

— Sim, senhor.

Coloquei-o no chão, firmei-o, depois me afastei enquanto Mehrasa o abraçava.

— Senhor — disse ele por sobre o ombro dela. — Tenho uma mensagem.

Ele parecia estar chorando, e talvez estivesse, mas um homem sem olhos não pode chorar. Um homem com dois buracos sangrentos no lugar dos olhos não pode chorar. Um homem cegado precisa chorar e não pode.

Cnut Ranulfson havia arrancado seus olhos.

Tameworþig. Era onde eu deveria me encontrar com Cnut Ranulfson.

— Ele disse que o senhor saberia o porquê — declarou o padre Cuthbert.

— Foi tudo o que ele disse?

— Que o senhor saberia o porquê — repetiu ele — e que cumpriria com a palavra, e que deveria encontrá-lo antes da lua minguante, caso contrário irá matar sua mulher. Lentamente.

Fui à porta do celeiro e olhei para a noite, mas a lua estava escondida pelas nuvens. Não que precisasse ver como seu crescente reluzia. Eu tinha uma semana antes que ela minguasse.

— O que mais ele disse?

— Só que o senhor deve ir a Tameworþig antes que a lua morra, senhor.

— E cumprir com a palavra? — perguntei, perplexo.

— Ele falou que o senhor saberia o que isso quer dizer.

— Não sei!

— E ele falou... — começou devagar o padre Cuthbert.

— Falou o quê?

— Falou que me cegou para que eu não pudesse olhar para ela, senhor.

— Olhar para quem?

— Por isso me cegou! — gemeu ele, então Mehrasa começou a berrar e não consegui entender nenhum dos dois.

Mas pelo menos eu conhecia Tameworþig, ainda que o destino nunca tivesse me levado àquela cidade, que ficava no limite das terras de Cnut Ranulfson. Ela já fora uma grande cidade, capital do poderoso rei Offa, o governante mércio que havia construído uma muralha contra os galeses e dominara a Nortúmbria e Wessex. Offa tinha se declarado rei de todos os saxões, mas estava morto havia muito tempo e seu poderoso reino da Mércia era agora uma lamentável ruína dividida entre dinamarqueses e saxões. Tameworþig, que já abrigara o maior rei de toda a Britânia, a cidade-fortaleza que acolhera suas temidas tropas, era agora um punhado de restos decadentes onde os saxões eram escravos de jarls dinamarqueses. Além disso, servia como o salão de Cnut mais ao sul, um posto avançado do poder dinamarquês numa fronteira disputada.

— É uma armadilha — alertou Osferth.

De algum modo eu duvidava. O instinto é tudo. O que Cnut Ranulfson tinha feito era perigoso, um grande risco. Havia mandado — ou trazido — homens para o interior da Mércia onde seu pequeno grupo de ataque poderia ter sido isolado e trucidado até o último guerreiro. Ainda assim, algo o impelira a correr esse risco. Ele queria alguma coisa e acreditava que eu a possuía, de forma que tinha me convocado, não para um dos grandes salões no interior das próprias terras, mas a Tameworþig, que ficava muito perto do território saxão.

— Vamos cavalgar — avisei.

Levei cada homem que pudesse montar um cavalo. Éramos 68 guerreiros com cotas de malha e elmos, carregando escudos, machados, espadas, lanças e martelos de guerra. Cavalgávamos atrás de meu estandarte com a imagem do lobo, e seguimos para o norte através dos frios ventos de verão e das tempestades súbitas e malignas.

— A colheita vai ser ruim — afirmei a Osferth enquanto cavalgávamos.

— Como no ano passado, senhor.

— Seria melhor vermos quem está vendendo grãos.

— O preço vai ser alto.

— Antes isso do que crianças mortas.

— O senhor é o hlaford — declarou ele.

Virei-me na sela.

— Æthelstan!

— Senhor Uhtred? — O rapaz acelerou o passo de seu garanhão.

— Por que sou chamado de hlaford?

— Porque o senhor é o protetor do pão — explicou ele. — E o dever de um hlaford é alimentar seu povo.

Grunhi em aprovação à resposta. Hlaford é um senhor, o homem que protege o hlaf, ou pão. Meu dever era manter meu povo vivo durante a severidade do inverno, e, se isso exigisse ouro, ouro deveria ser gasto. Eu possuía ouro, mas nunca o suficiente. Sonhava com Bebbanburg, com a fortaleza ao norte que me fora roubada por Ælfric, meu tio. Era o forte inexpugnável, o último refúgio no litoral da Nortúmbria, tão intimidador e formidável que os dinamarqueses jamais o capturaram. Eles tomaram todo o norte da Britânia, desde as ricas pastagens da Mércia até a selvagem fronteira escocesa, mas nunca conquistaram Bebbanburg, e se eu quisesse tomá-la de volta precisava de mais ouro para os homens, mais ouro para lanças, mais ouro para machados, mais ouro para espadas, mais ouro para podermos derrotar meus parentes que roubaram minha fortaleza. Mas, para isso, teríamos de lutar atravessando todas as terras dinamarquesas, e eu havia começado a sentir medo de morrer antes de alcançar Bebbanburg outra vez.

Chegamos a Tameworþig no segundo dia de viagem. Em certo ponto havíamos atravessado a fronteira entre as terras saxãs e as dinamarquesas, uma fronteira que não possuía uma linha fixa, apenas um trecho de terreno onde as propriedades foram queimadas, os pomares, cortados, e onde poucos animais pastavam, a não ser os selvagens. Mas algumas daquelas fazendas antigas tinham sido reconstruídas; vi um celeiro novo, com madeira clara, e havia gado em alguns pastos. A paz estava trazendo os homens às terras fronteiriças. Essa paz se iniciara após a batalha na Ânglia Oriental, logo após a morte de Alfredo, mas fora sempre uma paz desconfortável. Houvera ataques para roubar gado, para tomar escravos e disputas pelos limites de terras, porém, nenhum exército havia sido reunido. Os dinamarqueses ainda queriam conquistar o sul e os saxões sonhavam em tomar o norte de volta, mas durante dez anos tínhamos vivido numa calma soturna. Eu quisera perturbar a paz, comandar um exército para o norte, na direção de Bebbanburg, mas nem a Mércia nem Wessex me forneceriam homens, por isso eu também tinha mantido a paz.

E agora Cnut a havia perturbado.

Ele sabia que estávamos indo. Devia ter posicionado batedores para vigiar todos os caminhos desde o sul, por isso não tomamos precauções. Geralmente, quando cavalgávamos na fronteira selvagem, enviávamos nossos próprios batedores adiante, mas em vez disso cavalgávamos de forma ousada, mantendo-nos numa estrada romana, cientes de que Cnut estava esperando. E estava mesmo.

Tameworþig ficava logo ao norte do rio Tame. Cnut nos encontrou ao sul do rio, e queria nos impressionar, porque tinha mais de duzentos homens numa parede de escudos atravessando a estrada. Seu estandarte, que mostrava um machado de guerra despedaçando uma cruz cristã, balançava no centro da linha, e o próprio Cnut, resplandecente em uma cota de malha com uma capa marrom escura, uma estola de pele nos ombros e os braços brilhando de ouro, esperava montado, poucos passos à frente de seus homens.

Parei meus guerreiros e avancei sozinho.

Cnut avançou para mim.

Nós mantivemos os cavalos separados pelo comprimento equivalente ao de uma lança. Olhamo-nos.

Seu rosto magro estava emoldurado por um elmo. A pele clara parecia macilenta, e a boca, que geralmente sorria com muita facilidade, era um talho sério. Ele parecia mais velho do que eu recordava, e naquele momento percebi, olhando seus olhos cinza, que se Cnut Ranulfson quisesse alcançar os sonhos de sua vida precisaria fazê-lo depressa.

Nós nos encaramos enquanto a chuva caía. Um corvo voou de algum freixo e me perguntei que tipo de presságio aquilo seria.

— Jarl Cnut — saudei, rompendo o silêncio.

— Senhor Uhtred — respondeu ele. Seu cavalo, um garanhão cinza, pateou de lado e Cnut deu-lhe um tapa no pescoço com a mão enluvada para acalmá-lo. — Eu o chamei e você veio correndo como uma criança amedrontada.

— Quer trocar insultos? — perguntei. — Você, que nasceu de uma mulher que se deitava com qualquer homem que estalasse os dedos?

Ele ficou em silêncio por um tempo. À minha esquerda, um pouco oculto pelas árvores, um rio corria frio naquela triste chuva de verão. Dois cisnes alçaram voo, as asas lentas no ar gélido. Um corvo e dois cisnes? Toquei o martelo pendurado no pescoço, esperando que os presságios fossem bons.

— Onde ela está? — proferiu Cnut finalmente.

— Se eu soubesse quem, talvez pudesse responder.

Ele olhou para além de mim, para onde meus homens esperavam montados.

— Você não a trouxe — afirmou ele, seco.

— Você vai falar por meio de charadas? Então me responda esta. Quatro pendurados, quatro apoiados, dois encurvados, um balançado.

— Tenha cuidado — preveniu ele.

— A resposta é uma cabra — respondi. — Quatro tetas, quatro patas, dois chifres e um rabo. É uma charada fácil, mas a sua é difícil.

Cnut me encarou.

— Há duas semanas aquele estandarte esteve em minhas terras. — Ele apontou para minha bandeira.

— Não fui eu quem mandei, não fui eu quem trouxe.

— Setenta homens, foi o que me disseram. — Cnut ignorou minhas palavras. — E cavalgaram até Buchestanes.

— Eu estive lá, mas foi há muitos anos.

— Levaram minha esposa, meu filho e minha filha.

Encarei-o. Ele tinha dito isso em tom neutro, mas a expressão do rosto era amarga e desafiadora.

— Ouvi dizer que você tinha um filho — declarei.

— Ele se chama Cnut Cnutson e você o capturou, junto de sua mãe e sua irmã.

— Eu não fiz isso — respondi com firmeza. A primeira esposa de Cnut havia morrido anos antes, assim como seus filhos, mas eu tinha ouvido falar de seu novo casamento. Era uma união surpreendente. Os homens esperariam que Cnut se casasse para obter alguma vantagem, terras, um dote rico ou uma aliança, mas, segundo os boatos, sua nova esposa era uma jovem camponesa. Diziam que era uma mulher de beleza extraordinária, que lhe dera dois filhos gêmeos, um menino e uma menina. Ele tivera outros filhos homens, claro, todos bastardos, mas a nova esposa lhe dera o que ele mais queria: um herdeiro. — Quantos anos tem seu filho? — perguntei.

— Seis anos e sete meses.

— E por que ele estava em Buchestanes? — questionei. — Para ouvir sobre o futuro?

— Minha mulher levou-o para ver a feiticeira.

— Ela está viva? — perguntei, atônito. A feiticeira era uma anciã quando a vi, e presumia que estivesse morta havia muito tempo.

— Reze para que minha mulher e meu filho estejam — declarou Cnut com aspereza. — E que estejam ilesos.

— Não sei nada de sua mulher e seus filhos.

— Seus homens os levaram! — rosnou ele. — O estandarte era seu! — Ele encostou a mão enluvada na empunhadura de sua famosa espada, Cuspe de Gelo. — Devolva-os, ou sua mulher será dada aos meus homens, e quando tiverem acabado com ela vou esfolá-la viva, lentamente, e mandar a pele para você, para que faça uma manta.

Virei-me na sela.

— Uhtred! Venha cá! — Meu filho esporeou o cavalo. Ele parou ao meu lado e olhou para Cnut, depois de volta para mim. — Apeie — ordenei — e vá até o estribo do jarl Cnut. — Uhtred hesitou um instante, depois desceu da sela. Eu me inclinei para pegar as rédeas de seu garanhão. Cnut franziu a testa, sem entender o que acontecia, depois olhou para Uhtred, parado obedientemente ao lado do grande cavalo cinza. — Este é meu único filho — anunciei.

— Pensei... — começou Cnut.

— Este é meu único filho — falei com raiva. — Se eu mentir para você agora, pode levá-lo e fazer o que quiser com ele. Juro pelo meu único filho que não peguei sua mulher e seus filhos. Não mandei homens para suas terras. Não sei nada a respeito de um ataque a Buchestanes.

— Eles carregavam seu estandarte.

— Estandartes são fáceis de fazer.

A chuva apertou, soprada por ventos que ondulavam as poças nos sulcos dos campos próximos. Cnut olhou para Uhtred.

— Ele se parece com você — comentou. — É feio como um sapo.

— Não fui a Buchestanes — respondi com aspereza. — E não mandei homens às suas terras.

— Suba em seu cavalo — indicou Cnut a meu filho, depois me encarou. — Você é um inimigo, senhor Uhtred.

— Sou.

— Mas imagino que esteja com sede, não é?

— Isso também é verdade.

— Então diga para seus homens manterem as espadas embainhadas, que esta é minha terra e que será um prazer matar qualquer homem que me irritar. Depois os traga ao salão. Temos cerveja. Não é boa, mas provavelmente serve para os suínos saxões.

Ele se virou e esporeou o cavalo. Fomos atrás.

O salão ficava sobre uma colina baixa cercada por uma antiga fortificação de terra que, supus, teria sido feita por ordem do rei Offa. Uma paliçada encimava o barranco e dentro dessa fortificação de madeira ficava um salão com teto alto, as madeiras escurecidas pela idade. Algumas dessas madeiras tiveram desenhos intricados gravados, mas agora o líquen cobria os entalhes. A grande porta era coroada por galhadas de cervo e crânios de lobos, e no interior da antiga construção o teto alto era sustentado por enormes traves de carvalho de onde mais crânios pendiam. O salão era iluminado por um fogo feroz que estalava na lareira central. Se eu havia ficado surpreso com a oferta de hospitalidade por parte de Cnut, fiquei ainda mais quando entrei naquele salão de pé-direito alto, porque ali, esperando no tablado e rindo como uma doninha demente, estava Haesten.

Haesten. Eu o havia salvado anos antes, tinha oferecido-lhe liberdade e vida, e ele me recompensara com traição. Houvera um tempo em que Haesten era poderoso, quando seus exércitos ameaçavam o próprio reino de Wessex, mas o destino o havia derrubado. Eu tinha perdido a conta de quantas vezes lutei contra ele, derrotando-o em todas, no entanto, ele sobrevivia como uma cobra retorcendo-se para se livrar do ancinho de um camponês. Fazia anos que ele havia ocupado a antiga fortaleza romana em Ceaster, e nós o tínhamos deixado lá com seu punhado de homens, e agora ele estava ali, em Tameworþig.

— Ele me jurou lealdade — explicou Cnut ao ver minha surpresa.

— Ele jurou a mim também.

— Meu senhor Uhtred. — Haesten se apressou ao meu encontro, as mãos estendidas em boas-vindas e um sorriso largo como o Temes. Parecia mais velho e de fato estava mais velho; todos estávamos. Seus cabelos claros ficaram prateados, o rosto estava enrugado, mas os olhos ainda eram astutos, animados e cheios de diversão. Tinha prosperado, evidentemente. Usava ouro nos braços, tinha uma corrente de ouro com um martelo de ouro no pescoço e outro pendendo do lóbulo da orelha direita. — É sempre um prazer vê-lo.

— Um prazer unilateral — completei.

— Nós devemos ser amigos! As guerras terminaram.

— Terminaram?

— Os saxões dominam o sul e nós, dinamarqueses, vivemos no norte. É uma boa solução. Melhor do que matar uns aos outros, não?

— Se você me diz que as guerras terminaram, sei que as paredes de escudos serão formadas muito em breve.

Seriam mesmo, se eu pudesse provocar isso. Fazia uma década que queria chutar Haesten para fora de seu refúgio em Ceaster, mas meu primo Æthelred, senhor da Mércia, sempre se recusara a me emprestar as tropas necessárias.

Eu havia implorado até a Eduardo de Wessex, e ele negara, explicando que Ceaster ficava dentro da Mércia, e não em Wessex, de modo que isso era responsabilidade de Æthelred, mas meu primo me odiava e preferia ter os dinamarqueses em Ceaster a aumentar minha reputação. Agora parecia que Haesten conquistara a proteção de Cnut, o que tornava a captura da região uma tarefa ainda mais formidável.

— Meu senhor Uhtred não confia em mim — comentou Haesten com Cnut. — Mas sou um homem mudado, não é, senhor?

— Você mudou — confirmou Cnut —, porque se me trair removo os ossos de seu corpo e os dou aos meus cães.

— Então seus pobres cães passarão fome, senhor — completou Haesten.

Cnut passou por ele, levando-me à mesa elevada sobre o tablado.

— Ele é útil para mim — disse, explicando a presença de Haesten.

— Você confia nele?

— Não confio em ninguém, mas o amedronto, de maneira que confio que ele faça o que eu mando.

— Por que não controla Ceaster pessoalmente?

— Quantos homens são necessários para fazer isso? Cento e cinquenta? Então deixo Haesten alimentá-los e poupo meu tesouro. Agora ele é meu cachorro. Coço sua barriga e ele obedece aos meus comandos. — Mesmo assim, Cnut cedeu um lugar a Haesten na mesa elevada, ainda que longe de nós dois. O salão tinha tamanho suficiente para abrigar todos os guerreiros dele e meus homens, enquanto na extremidade mais distante, longe do fogo e próxima à porta principal, duas mesas foram postas para servir aleijados e mendigos. — Eles ganham as sobras — explicou Cnut.

Os mendigos e os aleijados comeram bem, porque Cnut nos ofereceu um banquete naquela noite. Havia pernil de cavalo assado, pratos de feijão e cebolas, trutas e percas gordas, pão fresco e grandes bocados dos chouriços de sangue que tanto me agradavam, tudo servido com uma cerveja surpreendentemente boa. Ele próprio me serviu o primeiro chifre, depois olhou carrancudo para onde meus homens se misturavam aos seus.

— Não uso muito este salão — contou ele. — Fica perto demais de vocês, saxões fedorentos.

— Talvez eu devesse queimá-lo para você — sugeri.

— Porque queimei o seu salão? — Esse pensamento pareceu animá-lo. — Queimar seu salão foi uma vingança pelo *Carniceiro do Mar* — explicou ele rindo. O *Carniceiro do Mar* tinha sido seu valioso navio, que eu havia transformado em destroços queimados. — Seu desgraçado — disse ele, encostando seu chifre de cerveja no meu. — E o que aconteceu com seu outro filho? Morreu?

— Virou um padre cristão, de modo que, para mim, sim, ele realmente morreu.

Cnut riu disso, depois apontou para Uhtred.

— E aquele?

— É um guerreiro.

— Ele se parece com você. Esperemos que não lute como você. Quem é o outro rapaz?

— Æthelstan. Filho do rei Eduardo.

Cnut franziu a testa para mim.

— Você o trouxe aqui? Por que eu não deveria manter o sacaninha como refém?

— Porque é bastardo.

— Ah — disse ele, entendendo. — Então não vai ser rei de Wessex?

— Eduardo tem outros filhos.

— Espero que meu filho mantenha minhas terras, e talvez mantenha. É um bom rapaz. Porém, o mais forte deve governar, senhor Uhtred, e não aquele que sai escorregando das pernas de uma rainha.

— A rainha pode pensar diferente.

— Quem se importa com o que as esposas pensam? — Ele falava descuidadamente, mas suspeitei que mentisse. Ele queria que o filho herdasse suas terras e fortuna. Todos queremos, e senti um tremor de raiva ao pensar no padre Judas. Mas pelo menos eu tinha outro filho, um filho bom, enquanto Cnut possuía apenas um, e o menino estava desaparecido. Cnut cortou um naco de carne de cavalo e estendeu uma generosa porção para mim. — Por que seus homens não comem cavalo? — perguntou. Ele havia notado quantos deixaram a carne intocada.

— O deus deles não permite.

Ele me olhou como se tentasse descobrir se eu estava fazendo piada.

— É mesmo?

— É. Eles têm um mago supremo em Roma — expliquei. — Um homem chamado de papa, e ele disse que os cristãos não têm permissão para comer carne de cavalo.

— Por quê?

— Porque sacrificamos cavalos a Odin e Tor, depois comemos a carne. Por isso eles não comem.

— Sobra mais para nós — declarou Cnut. — Uma pena que o deus deles não os ensine a deixar as mulheres em paz. — Ele gargalhou. Sempre havia gostado de piadas, e me surpreendeu contando uma agora. — Sabe por que os peidos fedem?

— Não.

— Para os surdos também poderem apreciá-los. — Ele riu de novo e imaginei como um homem que estivesse tão amargo com a perda da mulher e dos filhos poderia estar de coração tão leve. E talvez ele tenha lido meus pensamentos, porque de repente ficou sério. — Então, quem pegou minha mulher e meus filhos?

— Não sei.

Cnut bateu com as pontas dos dedos na mesa.

— Meus inimigos são todos os saxões, os noruegueses na Irlanda e os escoceses — disse depois de alguns instantes. — Então é um desses.

— Por que não outro dinamarquês?

— Eles não ousariam — anunciou confiante. — E acho que foram os saxões.

— Por quê?

— Alguém os escutou falar. Disse que usavam sua língua imunda.

— Existem saxões servindo aos noruegueses — argumentei.

— Não muitos. Então, quem os levou?

— Alguém que vai usá-los como reféns.

— Quem?

— Eu, não.

— Por algum motivo acredito em você. Talvez esteja ficando velho e ingênuo, mas me desculpe por ter queimado seu salão e cegado seu padre.

— Cnut Espada Longa pedindo desculpas? — perguntei, fingindo perplexidade.

— Devo estar envelhecendo.

— Você roubou meus cavalos também.

— Vou ficar com eles. — Cnut cravou uma faca num queijo, cortou um pedaço, depois passou os olhos pelo salão, iluminado por uma grande lareira central em volta da qual dormia uma dúzia de cachorros. — Por que não tomou Bebbanburg?

— Por que você não tomou?

Ele reconheceu o argumento balançando a cabeça ligeiramente. Como todos os dinamarqueses do norte, Cnut desejava Bebbanburg, e eu sabia que ele devia ter imaginado como o lugar poderia ser capturado. Deu de ombros.

— Eu precisaria de quatrocentos homens — declarou.

— Você tem quatrocentos. Eu, não.

— E mesmo assim eles morreriam atravessando aquele gargalo de terra.

— E, se eu for capturar Bebbanburg, teria de levar quatrocentos homens através de sua terra, através da terra de Sigurd Thorrson, para depois enfrentar os homens de meu tio naquele gargalo.

— Seu tio é velho. Ouvi dizer que está doente.

— Bom.

— O filho dele vai ficar lá. Antes ele do que você.

— É mesmo?

— Ele não é um guerreiro, como você. — Cnut fez o elogio de má vontade, sem me olhar enquanto falava. — Se eu lhe fizer um favor — continuou ele, ainda olhando o grande fogo central —, você me faz um?

— Provavelmente — respondi com cautela.

Ele deu um tapa na mesa, espantando quatro cães que dormiam embaixo dela, depois chamou um de seus homens. O sujeito se levantou; Cnut apontou para a porta do salão e o homem saiu obedientemente noite afora.

— Descubra quem pegou minha mulher e meus filhos.

— Se for um saxão, provavelmente posso fazer isso.

— Faça — disse ele com aspereza — e quem sabe me ajude a pegá-los de volta. — Cnut fez uma pausa, seus olhos claros espiando pelo salão. — Ouvi dizer que sua filha é bonita.

— Eu acho.

— Case-a com meu filho.

— Stiorra deve ser dez anos mais velha que Cnut Cnutson.

— E daí? Ele não vai se casar com ela por amor, seu idiota, mas por uma aliança. Você e eu, senhor Uhtred, poderíamos conquistar toda esta ilha.

— O que eu faria com toda esta ilha?

Ele deu um pequeno sorriso.

— Aquela cadela segura você pela coleira, não é?

— Cadela?

— Æthelflaed — respondeu ele peremptoriamente.

— E quem segura a coleira de Cnut Espada Longa? — perguntei.

Ele riu mas não respondeu. Em vez disso virou a cabeça para a porta do salão.

— E ali está sua outra cadela. Não sofreu mal algum.

O homem despachado por Cnut havia trazido Sigunn, que parou logo depois da porta e olhou ao redor cautelosamente, então me viu no tablado. Correu pelo salão, rodeou a extremidade da mesa e me envolveu em seus braços. Cnut riu daquela demonstração de afeto.

— Pode ficar aqui, mulher — falou a Sigunn —, em meio ao seu povo. — Ela não respondeu, apenas se agarrou a mim. Cnut riu para mim por cima do ombro dela. — Você está livre para ir, saxão, mas descubra quem me odeia. Descubra quem pegou minha mulher e meus filhos.

— Se puder — respondi, mas deveria ter pensado melhor. Quem ousaria capturar a família de Cnut Espada Longa? Quem ousaria? Mas não pensei com clareza. Pensei que a captura deles era para prejudicar Cnut, e estava errado. E ali estava Haesten, homem jurado a Cnut, mas ele era como Loki, o deus ardiloso, e isso deveria ter me feito pensar, mas em vez disso bebi, conversei e ouvi as piadas de Cnut e um harpista cantando sobre vitórias contra os saxões.

E na manhã seguinte peguei Sigunn e voltei para o sul.

Dois

Meu filho, Uhtred. Parecia estranho chamá-lo assim, pelo menos a princípio. Ele havia sido chamado de Osbert durante quase vinte anos e eu precisava me esforçar para usar o novo nome. Talvez meu pai tivesse sentido o mesmo quando mudou o meu. Agora, enquanto cavalgávamos retornando de Tameworþig, convidei Uhtred a ficar ao meu lado.

— Você ainda não lutou numa parede de escudos — falei.

— Não, pai.

— Você não será um homem enquanto não fizer isso.

— Eu quero.

— E eu quero proteger você. Perdi um filho, não quero perder outro.

Cavalgamos em silêncio por um terreno úmido e cinza. Havia pouco vento e as árvores estavam pesadas com folhas molhadas. As plantações eram pobres. Era crepúsculo e o oeste estava tomado por uma luz cinzenta que cintilava nos campos empoçados. Dois corvos voaram lentamente na direção das nuvens que amortalhavam o sol agonizante.

— Não posso proteger você para sempre. Cedo ou tarde terá de lutar numa parede de escudos. Você precisa se colocar à prova.

— Sei disso, pai.

Mas não era culpa de meu filho ele nunca ter se colocado à prova. A paz inquieta que havia se assentado sobre a Britânia como uma névoa úmida significara que os guerreiros permaneciam em seus salões. Tinha havido muitas escaramuças, mas nenhuma batalha desde que havíamos derrubado os dinamarqueses com lanças na Ânglia Oriental. Os padres cristãos gostavam de dizer que seu deus garantira a paz porque essa era a vontade dele, mas era a vontade dos homens que estava em falta. O rei Eduardo de Wessex estava contente em defender o que havia herdado de seu pai e mostrava pouca ambição para aumentar essas terras. Æthelred da Mércia continuava enfiado e carrancudo em Gleawecestre. E Cnut? Era um grande guerreiro mas também era cauteloso, e talvez a nova e bela esposa fosse diversão suficiente para ele, só que agora alguém tomara essa esposa e seus filhos gêmeos.

— Gosto de Cnut — declarei.

— Ele foi generoso — respondeu meu filho.

Ignorei isso. Cnut fora mesmo um anfitrião generoso, mas esse era o dever de um senhor, porém, mais uma vez eu deveria ter pensado mais cuidadosamente. O banquete em Tameworþig fora luxuoso e preparado, o que significava que Cnut sabia que iria me receber, e não me matar.

— Um dia teremos de matá-lo — falei. — E o filho dele, se algum dia Cnut achá-lo. Eles estão em nosso caminho. Mas por enquanto faremos o que pediu. Vamos descobrir quem capturou sua mulher e seus filhos.

— Por quê?

— Por que o quê?

— Por que ajudá-lo? Ele é dinamarquês. É nosso inimigo.

— Eu não disse que vamos ajudá-lo — resmunguei. — Mas quem pegou a esposa de Cnut está planejando alguma coisa. Quero saber o quê.

— Como se chama a mulher de Cnut?

— Não perguntei, mas ouvi dizer que é linda. Não como aquela costureira gorducha em quem você monta toda noite. A cara dela parece o traseiro de um leitão.

— Não olho a cara dela — rebateu ele, depois franziu a testa. — Cnut disse que a mulher dele foi capturada em Buchestanes?

— Foi o que ele disse.

— Isso não fica distante, no norte?

— Bem distante.

— Então um bando de saxões avança em meio às terras de Cnut sem ser visto nem interpelado?

— Eu fiz isso uma vez.

— O senhor é o senhor Uhtred, o milagreiro. — Ele riu.

— Fui ver a feiticeira de lá — expliquei, e me lembrei daquela estranha noite e da criatura linda que tinha ido até mim na minha visão. Erce era o nome dela, mas de manhã havia apenas a velha bruxa, Ælfadell. — Ela vê o futuro. — Mas Ælfadell não tinha me dito nada a respeito de Bebbanburg, e era isso que eu queria ouvir. Queria ouvir que retomaria aquela fortaleza, que me tornaria seu senhor legítimo, e pensei no meu tio, velho e doente, o que me deixou com raiva. Não queria que ele morresse antes que eu o machucasse. Bebbanburg. Aquilo me assombrava. Eu havia passado os últimos anos tentando reunir o ouro necessário para ir ao norte e atacar aquelas grandes muralhas, porém as colheitas ruins reduziram meu tesouro. — Estou ficando velho.

— Pai? — perguntou Uhtred, surpreso.

— Se eu não capturar Bebbanburg, você fará isso. Leve meu corpo para lá, me enterre lá. Ponha Bafo de Serpente em minha sepultura.

— O senhor vai fazer isso — afirmou ele.

— Estou ficando velho — repeti, e era verdade.

Eu havia vivido mais de 50 anos, e a maioria dos homens tinha sorte se chegasse aos 40. Mas tudo que a velhice trazia era a morte dos sonhos. Houvera um tempo em que tudo que queríamos era um território livre dos dinamarqueses, uma terra dos ingleses, mas os nórdicos ainda dominavam o norte, e o sul saxão estava apinhado de padres que diziam para darmos a outra face. Imaginei o que aconteceria após a minha morte, se o filho de Cnut comandaria a última grande invasão e os salões queimariam, as igrejas cairiam e a terra que Alfredo quisera chamar de Inglaterra seria chamada de Dinaterra.

Osferth, o filho bastardo de Alfredo, esporeou o cavalo para nos alcançar.

— Que estranho — disse ele.

— Estranho? — perguntei. Eu estivera devaneando, sem notar nada, mas agora, olhando à frente, vi que o céu ao sul estava reluzindo em vermelho, um vermelho sinistro, de fogo.

— O salão ainda deve estar pegando fogo — comentou Osferth. Era crepúsculo e o céu estava escuro, a não ser no oeste distante e sobre o fogo ao sul. As chamas se refletiam nas nuvens e uma mancha de fumaça pairava indo para o leste. Estávamos perto de casa e a fumaça devia estar vindo de Fagranforda. — Mas ele não pode ter queimado por tanto tempo — continuou Osferth, perplexo. — O fogo havia apagado quando saímos.

— E tem chovido desde então — acrescentou meu filho.

Por um momento pensei no restolho de plantação sendo queimado, mas isso era absurdo. Não estávamos nem perto da época da colheita, por isso bati os calcanhares para apressar Relâmpago. Os cascos grandes chapinhavam nas poças dos sulcos e o instiguei de novo para fazê-lo galopar. Æthelstan, em seu cavalo mais leve e menor, passou rapidamente por mim. Gritei para o rapaz voltar, mas ele continuou cavalgando, fingindo não ter ouvido.

— É um cabeça-dura — disse Osferth com desaprovação.

— E precisa ser — respondi. Um filho bastardo precisa lutar para abrir caminho no mundo. Osferth sabia disso. Æthelstan, assim como ele, podia ser filho de um rei, mas não era filho da esposa de Eduardo, o que o tornava perigoso para a família dela. Ele precisaria ser cabeça-dura.

Agora estávamos em minhas terras e atravessei um pasto encharcado até o rio que alimentava meus campos.

— Não — refutei incrédulo, porque o moinho estava pegando fogo.

Era um moinho d'água que eu tinha construído e agora cuspia chamas, enquanto perto dele, dançando como demônios, havia homens com mantos escuros. Æthelstan, muito à frente de nós, contivera seu cavalo para olhar para além do moinho, onde o restante das construções pegava fogo. Tudo o que os homens de Cnut Ranulfson não incendiaram estava agora em chamas: o celeiro, o estábulo, os abrigos para as vacas, tudo; e por todos os lados, saltando pretos à luz das chamas, havia homens.

Eram homens e algumas mulheres. Dezenas. E crianças também, correndo agitadas em volta das chamas que rugiam. Um grito de comemoração soou quando a crista do celeiro despencou, cuspindo fagulhas alto no céu que ia escurecendo, e no jorro de chamas vi estandartes coloridos segurados por homens de mantos escuros.

— Padres — disse meu filho.

Agora eu podia ouvi-los cantando, então instiguei Relâmpago, chamando meus homens, de modo que galopamos pela campina encharcada em direção ao lugar que fora meu lar. E à medida que nos aproximávamos vi os mantos escuros se juntando e o brilho de armas. Havia centenas de pessoas ali. Estavam zombando, gritando, e acima de suas cabeças havia lanças e forcados, machados e foices. Não vi qualquer escudo. Aquilo era o fyrd, uma reunião de homens comuns que defendiam suas terras, homens que guarneceriam os burhs caso os dinamarqueses viessem, mas agora haviam ocupado minha propriedade, tinham me visto e estavam gritando insultos.

Um homem de manto branco montado num cavalo da mesma cor passou no meio da turba. Ele levantou a mão pedindo silêncio, e, quando isso não aconteceu, virou o cavalo e gritou para a multidão furiosa. Ouvi sua voz, mas não as palavras. Ele os acalmou, olhou para eles por alguns instantes, depois voltou o cavalo e o esporeou em minha direção. Eu havia parado. Meus homens formaram uma linha dos dois lados. Eu estava olhando a multidão, procurando rostos familiares, mas não vi nenhum. Parecia que meus vizinhos não tinham coragem de participar daquele incêndio.

O cavaleiro parou a alguns passos de mim. Era um padre. Usava uma batina preta por baixo do manto branco e um crucifixo de prata brilhava contra a trama preta. Tinha um rosto comprido sulcado por rugas, boca larga, nariz adunco e olhos escuros e fundos por baixo de sobrancelhas grossas e pretas.

— Sou o bispo Wulfheard — anunciou ele. Em seguida me encarou e pude ver o nervosismo por baixo do desafio. — Wulfheard de Hereford — acrescentou, como se o nome de seu bispado lhe conferisse mais dignidade.

— Ouvi falar de Hereford — respondi.

Era uma cidade na fronteira entre a Mércia e Gales, menor ainda que Gleawecestre, mas, por algum motivo que só os cristãos poderiam explicar, a cidade pequena tinha um bispo e a maior não. Eu ouvira falar de Wulfheard também. Era um daqueles padres ambiciosos que sussurram no ouvido dos reis. Podia ser bispo de Hereford, mas passava o tempo em Gleawecestre, onde era o cachorrinho de Æthelred.

Olhei para além dele, fixando-me na linha de homens que barravam meu caminho. Talvez uns trezentos? Agora eu podia ver um punhado de espadas, mas a maioria das armas vinha de fazendas. Mas trezentos homens armados com machados para lenha, ancinhos e foices podiam causar um dano letal aos meus 68 homens.

— Olhe para mim! — exigiu Wulfheard.

Mantive os olhos na multidão e encostei a mão direita na empunhadura de Bafo de Serpente.

— Você não me dá ordens, Wulfheard — respondi sem encará-lo.

— Eu lhe trago ordens — declarou ele em tom grandioso — do Deus Todo-Poderoso e do senhor Æthelred.

— Não sou jurado a nenhum dos dois, portanto as ordens deles não significam nada.

— Você zomba de Deus! — gritou o bispo, suficientemente alto para a multidão ouvir.

A multidão murmurou e alguns até deram um passo à frente, como se fossem atacar meus homens.

O bispo Wulfheard também avançou. Dessa vez me ignorou e em vez disso gritou aos meus homens:

— O senhor Uhtred foi declarado um pária da Igreja de Deus! Ele matou um abade santo e feriu outros homens de Deus! Foi decretado que ele está banido desta terra, e também foi decretado que qualquer homem que o seguir, que jurar lealdade a ele, também será afastado de Deus e dos homens!

Fiquei imóvel. Relâmpago bateu um casco pesado na terra mole e o cavalo do bispo se desviou com cautela. Houve silêncio por parte de meus homens. Algumas de suas esposas e seus filhos nos viram e estavam passando pelo pasto, procurando a proteção de nossas armas. Suas casas tinham sido queimadas. Podia ver a fumaça subindo da rua na pequena colina a oeste.

— Se quiserem ver o céu — gritou o bispo aos meus homens —, se quiserem que suas esposas e seus filhos desfrutem da graça salvadora de nosso Senhor Jesus, devem abandonar este homem maligno! — Ele apontou para mim. — Ele foi amaldiçoado por Deus e lançado em trevas externas! É um condenado! É um réprobo! É um amaldiçoado! É uma abominação diante do Senhor! Uma abominação! — O bispo evidentemente gostava dessa palavra, porque a repetiu. — Uma abominação! E se permanecerem com ele, se lutarem por ele, vocês também serão amaldiçoados, vocês, suas esposas e também seus filhos! Vocês e eles serão condenados às torturas eternas do inferno! Portanto estão absolvidos de sua lealdade para com ele! E saibam que matá-lo não é pecado! Matar esta abominação é conquistar a graça de Deus!

O bispo Wulfheard estava incitando-os à minha morte, mas nenhum de meus homens se moveu para me atacar, embora a turba tenha encontrado nova coragem e arrastado os pés adiante, rosnando. Estavam reunindo coragem para se lançar num enxame contra mim. Olhei para meus homens e vi que não tinham intenção de lutar com aquela turba de cristãos furiosos porque suas esposas não estavam buscando proteção, como eu havia pensado, e sim tentando afastá-los de mim. Então me lembrei de algo que o padre Pyrlig me dissera uma vez, que as mulheres eram sempre as adoradoras mais ávidas, e vi que aquelas mulheres, todas cristãs, estavam solapando a lealdade de meus homens.

O que é um juramento? É uma promessa de servir a um senhor, mas para os cristãos sempre há uma aliança maior. Meus deuses não exigem juramentos, mas o deus pregado é mais ciumento que qualquer amante. Ele diz a seus seguidores que eles não podem ter outro deus além dele, e isso não é ridículo? Mas os cristãos se humilham diante dele e abandonam os deuses mais antigos. Vi meus homens hesitarem. Eles me olharam, depois alguns esporearam para longe, não em direção à turba que rugia, mas para o oeste, para longe da multidão e de mim.

— A culpa é sua. — O bispo Wulfheard tinha forçado seu cavalo de volta para mim. — Você matou o abade Wihtred, um homem santo, e o povo de Deus está farto de você.

Nem todos os meus homens hesitaram. Alguns, na maior parte dinamarqueses, foram em minha direção, assim como Osferth.

— Você é cristão — falei a ele. — Por que não me abandona?

— O senhor se esquece de que fui abandonado por Deus. Sou um bastardo, já estou amaldiçoado.

Meu filho e Æthelstan também ficaram, mas temi pelo rapaz mais novo. A maioria dos meus homens era cristã e eles haviam se afastado de mim, enquanto a multidão ameaçadora era de centenas de pessoas e estava sendo encorajada por padres e monges.

— Os pagãos devem ser destruídos! — Ouvi um padre de barba negra gritar. — Ele e sua mulher! Eles violam nossa terra! Estamos amaldiçoados enquanto viverem!

— Seus padres ameaçam uma mulher? — perguntei a Wulfheard. Sigunn estava ao meu lado, montada numa pequena égua cinza. Instiguei Relâmpago em direção ao bispo, que afastou seu cavalo. — Darei uma espada a ela e deixarei que rasgue suas tripas covardes, seu camundongo.

Osferth me alcançou e segurou as rédeas de Relâmpago.

— Uma retirada seria prudente, senhor — declarou ele.

Desembainhei Bafo de Serpente. O crepúsculo já estava profundo, o céu do oeste era um púrpura reluzente virando cinza e em seguida um negrume amplo no qual as primeiras estrelas reluziam através de rasgos minúsculos nas nuvens. A luz dos incêndios se refletia na lâmina larga de Bafo de Serpente.

— Talvez eu mate um bispo primeiro — rosnei e virei Relâmpago de volta para Wulfheard, que bateu os calcanhares com força de modo que seu cavalo saltou para longe, quase derrubando o cavaleiro.

— Senhor! — gritou Osferth protestando, então instigou o cavalo para me interceptar.

A multidão achou que estávamos perseguindo o bispo e avançou. As pessoas estavam gritando, berrando, brandindo as armas grosseiras e perdidas no fervor de seu dever divino, de maneira que eu soube que seríamos esmagados, mas também estava com raiva e preferiria abrir caminho em meio àquela ralé a ser visto correndo para longe.

E então me esqueci do bispo fugitivo; em vez disso, apenas virei o cavalo para a multidão. E foi então que a trombeta soou.

Ela tocou, e da minha direita, onde o sol reluzia por baixo do horizonte a oeste, um jorro de cavaleiros galopou para se colocar entre mim e a multidão. Usavam cotas de malha, carregavam espadas ou lanças e seus rostos estavam escondidos pelas placas faciais dos elmos. A luz das chamas reluzia nos elmos, transformando-os em guerreiros manchados de sangue cujos garanhões levantavam torrões de terra, fazendo uma curva para que os recém-chegados encarassem a multidão.

Um homem se virou para mim. Sua espada estava abaixada enquanto ele fazia seu garanhão trotar na direção de Relâmpago, então a lâmina se levantou numa saudação. Eu podia ver que ele ria.

— O que o senhor fez? — perguntou ele.

— Matei um abade.

— Então o senhor fez um mártir e um santo — declarou ele em tom despreocupado, em seguida girou na sela para olhar a multidão do outro lado dos cavaleiros que havia interrompido o avanço, mas ainda parecia ameaçadora. — Seria de se imaginar que ficariam gratos por ter mais um santo, não é? Mas não estão felizes.

— Foi um acidente — falei.

— Acidentes vivem encontrando-o, senhor — comentou ele, rindo. Era Finan, meu amigo, o irlandês que comandava meus homens na minha ausência, o homem que estivera protegendo Æthelflaed.

E ali estava ela, a própria Æthelflaed, e o murmúrio furioso da turba morreu quando ela cavalgou lentamente para encará-la. Estava montada numa égua branca, usava capa da mesma cor e tinha um aro de prata em volta do cabelo claro. Parecia uma rainha, era filha de um rei e amada na Mércia. O bispo Wulfheard, reconhecendo-a, esporeou o cavalo para perto dela, onde falou baixo e com urgência, mas ela o ignorou. Ignorou-me também, virada para a multidão e empertigando-se na sela. Durante um tempo não disse nada. As chamas das construções incendiadas criavam reflexos na prata que ela usava no cabelo, no pescoço e nos pulsos finos. Eu não conseguia ver seu rosto, mas o conhecia muito bem e sabia que estaria numa seriedade gélida.

— Vocês irão embora! — Ela esperou até haver silêncio. — Os padres que estão aqui, os monges que estão aqui, vão levá-los. Aqueles que vieram de longe precisarão de abrigo e comida, e encontrarão as duas coisas em Cirrenceastre. Agora vão! — Ela virou o cavalo e o bispo Wulfheard se virou atrás dela. Eu o vi implorar, então ela levantou uma das mãos. — Quem manda aqui, bispo? — perguntou ela. — O senhor ou eu? — Havia um imenso desafio nessas palavras.

Æthelflaed não governava a Mércia. Seu marido era o senhor da Mércia e, se possuísse um par de bagos, talvez pudesse se chamar de rei desta terra, mas havia se tornado vassalo de Wessex. Sua sobrevivência dependia da ajuda dos guerreiros saxões ocidentais, e eles só o ajudavam porque ele tomara Æthelflaed como esposa e ela era filha de Alfredo, que fora o maior dos reis saxões ocidentais, além de ser irmã de Eduardo, que agora governava Wessex. Æthelred odiava a esposa, mas precisava dela, e me odiava por saber que eu era amante dela, algo que o bispo Wulfheard também sabia. Ele havia se enrijecido diante do desafio, depois olhou para mim e eu soube que ele se sentiu um pouco tentado a enfrentar o desafio dela e procurar reimpor seu domínio sobre a multidão vingativa, mas Æthelflaed acalmara as pessoas. Ela realmente comandava ali. Comandava porque era amada na Mércia, e as pessoas que queimaram minha propriedade não queriam ofendê-la. O bispo não se importava.

— O senhor Uhtred... — começou ele e foi sumariamente interrompido.

— O senhor Uhtred é um idiota — declarou Æthelflaed suficientemente alto para que o máximo de pessoas possível a ouvisse. — Ele ofendeu a Deus e aos homens. Foi declarado um pária! Mas não haverá derramamento de sangue aqui! Já foi derramado sangue o bastante e não haverá mais. Agora vá! — Essas duas últimas palavras foram dirigidas ao bispo, mas ela olhou para a multidão e fez um gesto indicando que eles também deveriam ir.

E foram. A presença dos guerreiros de Æthelflaed era persuasiva, claro, mas sua confiança e autoridade é que suplantaram os padres e os monges furiosos que tinham encorajado a turba a destruir minha propriedade. Eles se afastaram, deixando as chamas que iluminavam a noite. Só ficaram meus homens e os que eram jurados a Æthelflaed, então finalmente ela se virou para mim e me encarou com raiva.

— Seu idiota — disse.

Não falei nada. Eu estava montado na sela, olhando os incêndios, a mente vazia como as charnecas do norte. De repente pensei em Bebbanburg, apanhada entre o violento mar do norte e as colinas altas e nuas.

— O abade Wihtred era um bom homem — continuou Æthelflaed. — Um homem que cuidava dos pobres, alimentava os famintos e vestia os nus.

— Ele me atacou — respondi.

— E você é um guerreiro! O grande Uhtred! E ele era um monge! — Ela fez o sinal da cruz. — Ele veio da Nortúmbria, de seu reino, onde os dinamarqueses o perseguiram, mas manteve a fé! Permaneceu fiel apesar do escárnio e do ódio dos pagãos, para morrer em suas mãos!

— Eu não pretendia matá-lo.

— Mas matou! E por quê? Porque seu filho virou padre?

— Ele não é meu filho.

— Seu grande idiota! Ele é seu filho e você deveria sentir orgulho dele.

— Ele não é meu filho — insisti com teimosia.

— E agora é filho de nada — cuspiu ela. — Você sempre teve inimigos na Mércia, e agora eles venceram. Olhe para isso! — Ela indicou furiosa as construções em chamas. — Æthelred vai mandar homens para capturar você e os cristãos querem vê-lo morto.

— Seu marido não vai ousar me atacar.

— Ah, vai! Ele tem uma nova mulher. Ela quer me ver morta e quer ver você morto também. Quer ser rainha da Mércia.

Resmunguei, mas fiquei em silêncio. Æthelflaed falava a verdade, claro. Seu marido, que a odiava e me odiava, havia encontrado uma amante chamada Eadith, filha de um thegn do sul da Mércia que, segundo os boatos, era tão ambiciosa quanto bonita. Tinha um irmão chamado Eardwulf que se tornara comandante dos guerreiros domésticos de Æthelred, e ele era tão capaz quanto a irmã era ambiciosa. Um bando de galeses famintos tinha devastado a fronteira do leste e Eardwulf os havia caçado, encurralado e destruído. Pelo que ouvi, era um homem inteligente, trinta anos mais novo que eu, e irmão de uma mulher ambiciosa que queria ser rainha.

— Os cristãos venceram — declarou Æthelflaed.

— Você é cristã.

Ela ignorou meu comentário. Em vez disso, apenas olhou inexpressivamente para os incêndios, depois balançou a cabeça, cansada.

— Nós tivemos paz nos últimos anos.

— Não é culpa minha — falei com raiva. — Pedi homens repetidamente. Deveríamos ter capturado Ceaster, matado Haesten e expulsado Cnut do norte da Mércia. Isso não é paz! Não haverá paz até os dinamarqueses partirem.

— Mas temos paz — insistiu ela —, e os cristãos não precisam de você quando há paz. Se houver guerra, tudo que querem é Uhtred de Bebbanburg lutando por eles, mas agora? Agora que estamos em paz? Eles não precisam de você, e sempre quiseram se livrar de você. E o que faz? Mata um dos homens mais santos da Mércia!

— Santo? — zombei. — Ele era um homem idiota que procurou briga.

— E a briga que ele procurou era sua! — exclamou ela enfaticamente. — O abade Wihtred era o homem que pregava sobre santo Osvaldo! Wihtred teve a visão! E você o matou!

Não respondi. Havia uma loucura santa percorrendo a Britânia saxã, uma crença de que o corpo de santo Osvaldo poderia ser descoberto, então os saxões seriam reunidos, o que significava que aqueles sob o domínio dinamarquês iriam se libertar subitamente. A Nortúmbria, a Ânglia Oriental e o norte da Mércia seriam expurgados dos pagãos dinamarqueses, apenas porque um santo desmembrado que morrera quase trezentos anos antes teria as várias partes de seu corpo costuradas juntas. Eu sabia tudo sobre santo Osvaldo: ele já havia governado Bebbanburg, e meu tio, o traiçoeiro Ælfric, possuía um dos braços do morto. Eu tinha escoltado a cabeça do santo à segurança anos antes, e seus outros restos supostamente estavam enterrados num mosteiro em algum lugar do sul da Nortúmbria.

— Wihtred queria o que você quer — falou Æthelflaed com raiva. — Queria um governante saxão na Nortúmbria!

— Eu não pretendia matá-lo e lamento muito.

— Deveria lamentar mesmo! Se ficar aqui haverá duzentos lanceiros vindo para levá-lo a julgamento.

— Vou lutar contra eles.

Ela zombou disso com uma gargalhada.

— Com o quê?

— Você e eu temos mais de duzentos homens.

— Você é mais do que idiota se acha que vou mandar meus homens lutarem contra outros mércios.

Claro que ela não lutaria contra os mércios. Era amada por eles, mas esse amor não reuniria um exército suficiente para derrotar seu marido porque ele era o doador de ouro, o hlaford, e podia reunir mil homens. Æthelred era obrigado a fingir que vivia em termos cordiais com Æthelflaed porque temia o que aconteceria caso a atacasse abertamente. O irmão dela, o rei de Wessex, buscaria vingança. Ele me temia também, mas a Igreja havia acabado de tirar boa parte de meu poder.

— O que você vai fazer? — perguntei.

— Rezar e tomar seus homens a meu serviço. — Ela apontou para aqueles dos meus homens cuja religião havia tirado a lealdade. — E vou ficar quieta, sem dar ao meu marido motivo para me destruir.

— Venha comigo.

— E me amarrar a um pária idiota? — perguntou Æthelflaed amargamente.

Olhei para onde a fumaça manchava o céu.

— Seu marido mandou homens para capturar a família de Cnut Ranulfson? — perguntei.

— Ele fez o quê? — Ela pareceu chocada.

— Alguém se passando por mim capturou a mulher e os filhos dele.

Ela franziu a testa.

— Como você sabe?

— Acabei de vir do salão dele.

— Eu teria ouvido falar se Æthelred o tivesse feito. — Ela possuía espiões entre os criados dele, assim como ele tinha espiões entre os dela.

— Alguém fez isso. E não fui eu.

— Outros dinamarqueses — sugeriu Æthelflaed.

Enfiei Bafo de Serpente de volta na bainha.

— Como a Mércia esteve em paz durante esses últimos anos você acha que as guerras terminaram. Não terminaram. Cnut Ranulfson tem um sonho; ele quer realizá-lo antes de ficar velho demais. Portanto fique de olho aberto nas terras da fronteira.

— Já estou — declarou ela, agora parecendo bem menos segura.

— Alguém está colocando lenha na fogueira. Tem certeza de que não é Æthelred?

— Ele quer atacar a Ânglia Oriental.

Foi minha vez de ficar surpreso.

— Ele quer o quê?

— Atacar a Ânglia Oriental. Sua nova mulher deve gostar dos pântanos.

— Ela parecia amarga.

Mas atacar a Ânglia Oriental fazia algum sentido. Era um dos reinos perdidos, pelo menos para os dinamarqueses, e ficava ao lado da Mércia. Se ele conseguisse capturar essa terra, poderia tomar o trono e a coroa. Seria o rei Æthelred e teria o fyrd e os thegns da Ânglia Oriental, e então seria tão poderoso quanto seu cunhado, o rei Eduardo.

Mas havia um problema em atacar a Ânglia Oriental. Os dinamarqueses ao norte da Mércia viriam ajudá-la. Não seria uma guerra entre a Mércia e a Ânglia Oriental, e sim entre a Mércia e todos os dinamarqueses da Britânia, uma guerra que atrairia Wessex para a luta e que devastaria toda a ilha.

A não ser que os dinamarqueses ao norte pudessem ser mantidos quietos, e que modo melhor do que ter como refém a esposa e os filhos queridos de Cnut?

— Tem de ser Æthelred — afirmei.

Æthelflaed balançou a cabeça.

— Se fosse, eu saberia. Além disso, ele tem medo de Cnut. Todos temos. — Ela olhou com tristeza para as construções queimadas. — Para onde você vai?

— Embora.

Ela estendeu a mão clara e tocou em meu braço.

— Você é um idiota, Uhtred.

— Eu sei.

— Se houver guerra... — começou ela, incerta.

— Eu volto.

— Promete?

Fiz que sim rapidamente.

— Se houver guerra protegerei você. Jurei isso há anos e um abade morto não muda esse juramento.

Ela se virou para olhar de novo as construções em chamas, e a luz do fogo fez seus olhos parecerem molhados.

— Vou cuidar de Stiorra — disse ela.

— Não deixe que ela se case.

— Ela está pronta — respondeu ela, virando-se para mim. — E como vou encontrar você?

— Não vai. Eu encontro você.

Æthelflaed suspirou, depois se virou na sela e chamou Æthelstan.

— Você vem comigo — ordenou. O rapaz me olhou e eu concordei.

— E para onde você vai? — perguntou ela de novo.

— Embora — repeti.

Mas eu já sabia. Estava indo para Bebbanburg.

O ataque dos cristãos me deixou com 33 homens. Um punhado, como Osferth, Finan e meu filho, também era cristão, mas a maioria era formada por dinamarqueses ou frísios, seguidores de Odin, Tor e os outros deuses de Asgard.

Pegamos o tesouro que eu havia enterrado embaixo do salão. Depois, acompanhados pelas mulheres e pelos filhos dos homens que permaneceram leais a mim, fomos para o leste. Dormimos num bosque não muito longe de Fagranforda. Sigunn permanecia comigo, mas estava nervosa e falava pouco. Todos estavam inquietos com meu humor soturno e raivoso, e apenas Finan ousava falar comigo.

— O que aconteceu, afinal? — perguntou ele no alvorecer cinzento.

— Já contei. Matei um maldito abade.

— Wihtred. O sujeito que estava pregando sobre santo Osvaldo.

— Loucura! — exclamei com raiva.

— Provavelmente.

— Claro que é loucura! O que resta de Osvaldo está enterrado em território dinamarquês e eles devem ter socado os ossos dele até virar pó há muito tempo. Não são idiotas.

— Talvez tenham desenterrado o sujeito, talvez não. Mas às vezes a loucura funciona.

— Como assim?

Ele deu de ombros.

— Eu me lembro de que havia um sujeito santo na Irlanda pregando que, se pudéssemos tocar um tambor com o osso da coxa da pobre santa Athracht, a chuva iria parar. Na época estavam ocorrendo enchentes. Nunca vi chuva igual. Até os patos estavam cansados dela.

— O que aconteceu?

— Eles desenterraram a criatura, bateram um tambor com o osso comprido dela e a chuva parou.

— Teria parado de qualquer modo — rosnei.

— É, provavelmente, mas era isso ou construir uma arca.

— Bom, matei o desgraçado por engano, e agora os cristãos querem usar meu crânio como tigela para beber.

Era manhã, uma manhã cinzenta. As nuvens haviam ficado ralas durante a noite, mas agora se fecharam de novo e cuspiam um aguaceiro. Cavalgávamos por trilhas que passavam por campos úmidos onde o centeio, a cevada e o trigo tinham sido derrubados pela chuva. Cavalgávamos para Lundene e à minha direita eu captava vislumbres do Temes correndo lento e carrancudo em direção ao mar distante.

— Os cristãos estavam procurando um motivo para se livrar do senhor — comentou Finan.

— Você é cristão. Por que ficou comigo?

Ele deu uma risada preguiçosa.

— O que um padre decreta, outro padre nega. Então se eu ficar com o senhor vou para o inferno? Provavelmente vou acabar lá de qualquer modo, mas encontro sem esforço um padre que me diga outra coisa.

— Por que Sihtric não pensa assim?

— São as mulheres. Elas têm mais medo dos padres.

— E sua mulher não tem?

— Eu amo aquela criatura, mas ela não manda em mim. Veja bem, ela gasta os joelhos de tanto rezar — disse ele, rindo outra vez. — E o padre Cuthbert queria vir conosco, coitado.

— Um padre cego? De que serve um padre cego? Ele está melhor com Æthelflaed.

— Mas queria ficar com o senhor — reforçou Finan. — Então, se um padre queria isso, é pecado eu querer o mesmo? — Ele hesitou. — E o que faremos?

Eu não queria contar a verdade a Finan, dizer que ia a Bebbanburg. Eu mesmo acreditava nisso? Para tomar Bebbanburg precisava de ouro e centenas de homens, e estava comandando 33.

— Vamos fazer como um viking — respondi em vez disso.

— Foi o que pensei. E vamos voltar.

— Vamos?

— É o destino, não é? Num momento estamos ao sol, no outro cada nuvem escura da cristandade está mijando em cima de nós. Então o senhor Æthelred quer ir à guerra?

— Foi o que ouvi.

— A mulher dele e o irmão dela querem. E quando ele tiver trazido o caos à Mércia eles vão gritar para voltarmos e salvar suas vidas miseráveis. — Finan parecia confiante demais. — E quando voltarmos vão nos perdoar. Os padres vão lamber nossos sacos com sua língua molhada, com certeza.

Sorri com isso. Finan e eu éramos amigos havia muitos anos. Tínhamos compartilhado a escravidão, depois ficado ombro a ombro na parede de escudos, então olhei e vi os cabelos grisalhos aparecendo embaixo do gorro de lã. Sua barba também estava assim. Supus que eu estivesse igual.

— Nós ficamos velhos — falei.

— Ficamos, mas não mais sensatos, não é? — Ele gargalhou.

Passamos por aldeias e duas cidades pequenas, e eu estava cauteloso, imaginando se os padres teriam dado ordens para sermos atacados, mas em vez disso fomos ignorados. O vento virou para o leste e ficou frio, trazendo mais chuva. Eu olhava frequentemente para trás, imaginando se o senhor Æthelred teria enviado homens para me perseguir, porém ninguém apareceu e presumi que ele estivesse contente em me expulsar da Mércia. Era meu primo, marido de minha amante e meu inimigo, e naquele verão úmido finalmente tinha conseguido a vitória sobre mim, que buscara durante tanto tempo.

Demoramos cinco dias para chegar a Lundene. Nossa jornada foi lenta, não apenas porque as estradas estavam encharcadas mas porque não tínhamos um número suficiente de cavalos para carregar esposas, crianças, armaduras, escudos e armas.

Sempre gostei de Lundene. É um lugar maligno, enfumaçado, fedorento, as ruas cheias de esgoto. Até o rio fede, mas é por causa do rio que a cidade existe. Se um homem remar para o oeste pode ir bem fundo na Mércia e em Wessex, e se seguir para o leste o restante do mundo está diante de sua proa.

Os comerciantes chegam a Lundene com navios carregados de óleo ou peles, trigo ou feno, escravos ou objetos de luxo. Deveria ser uma cidade mércia, mas Alfredo garantira que fosse guarnecida por tropas saxãs ocidentais, e Æthelred jamais havia questionado essa ocupação. Na verdade eram duas cidades. Chegamos primeiro à nova, construída pelos saxões, que se espalhava pela margem norte do largo e vagaroso Temes, e seguimos pela rua comprida, cruzando carroças e rebanhos, pelo distrito dos matadouros onde os becos tinham poças de sangue. Os tanques dos curtidores ficavam logo ao norte e liberavam seu fedor de urina e merda. Após isso, descemos ao rio que ficava entre a cidade nova e a velha, e fui assaltado por lembranças. Eu havia lutado aqui. À nossa frente estava a muralha e o portão romano onde eu tinha repelido um ataque dinamarquês. Depois subimos a colina e os guardas no portão ficaram de lado, reconhecendo-me. Eu meio havia esperado que me interpelassem, mas em vez disso baixaram a cabeça e me deram as boas-vindas, e passei sob o arco romano entrando na cidade velha, a da colina, uma cidade feita pelos romanos com pedra, tijolo e telha.

Nós, saxões, nunca gostamos de morar na cidade velha. Ela nos deixava nervosos. Havia fantasmas ali, fantasmas estranhos que não entendíamos, uma vez que tinham vindo de Roma. Não a Roma dos cristãos; essa não era misteriosa. Eu conhecia uma dúzia de homens que fizeram essa peregrinação e todos voltaram falando de um lugar maravilhoso repleto de colunas, cúpulas e arcos, tudo em ruínas, e de lobos em meio às pedras partidas e do papa cristão que espalhava seu veneno a partir de um palácio decadente ao lado de um rio fétido, e tudo isso era compreensível. Roma era apenas outra Lundene, só que maior, entretanto os fantasmas da cidade velha de Lundene tinham vindo de uma Roma diferente, uma cidade de poder enorme, uma cidade que havia governado todo o mundo. Seus guerreiros marcharam desde os desertos até a neve e esmagaram tribos e reinos, até que depois, por algum motivo que eu não conhecia, seu poder sumira. As grandes legiões tinham se enfraquecido, as tribos derrotadas reviveram e a glória daquela grande cidade havia se tornado ruína. Isso também era verdade em Lundene. Dava para ver! Havia construções magníficas entrando em decadência e fui atacado, como sempre, pelo sentimento de desperdício. Nós, saxões, construíamos com madeira e palha, nossas casas apodreciam na chuva e eram arrancadas pelo vento, e não havia nenhum homem vivo que pudesse repetir a glória romana. Nós descemos para o caos. O mundo vai terminar no caos quando os deuses lutarem uns contra os outros, e eu estava convencido, ainda estou, de que a ascensão inexplicável do cristianismo é o primeiro sinal da ruína cada vez maior. Somos brinquedos de criança varridos por um rio em direção a um poço mortal.

Fui a uma taverna ao lado do rio. Seu nome, adequado, era Taverna de Wulfred, mas todos chamavam de o Dinamarquês Morto porque certo dia a maré havia baixado e revelado um guerreiro dinamarquês empalado numa das muitas estacas podres cravadas na lama onde um dia houvera um cais. Wulfred me conhecia, e, se ficou surpreso por eu pedir espaço em suas construções enormes, teve a gentileza de esconder. Em geral eu era hóspede no palácio real construído no topo da colina, mas aqui estava eu, oferecendo-lhe moedas.

— Estou aqui para comprar um navio — expliquei.

— Há muitos.

— E encontrar homens.

— São incontáveis os homens que desejarão seguir o grande senhor Uhtred.

Duvidei disso. Houvera um tempo em que os homens me imploravam para prestar juramento, sabendo que eu era um senhor generoso, mas a Igreja teria espalhado a mensagem de que agora eu estava amaldiçoado, de forma que o medo do inferno manteria os candidatos longe.

— Mas isso é bom — declarou Finan naquela noite.

— Por quê?

— Porque os desgraçados que quiserem se juntar a nós não terão medo do inferno. — Ele riu, exibindo três dentes amarelos nas gengivas vazias. — Precisamos de desgraçados que lutem através do inferno.

— É verdade.

— Porque eu sei o que está em sua mente.

— Sabe?

Ele se estendeu no banco, lançando um olhar pelo grande salão onde homens bebiam.

— Há quantos anos estamos juntos? — perguntou ele, mas não esperou uma resposta. — E com o que o senhor sonhou durante todos esses anos? E que hora melhor do que agora?

— Por que agora?

— Porque é a última coisa que os desgraçados estão esperando, claro.

— Tenho cinquenta homens, com sorte.

— E quantos seu tio tem?

— Trezentos? Talvez mais?

Finan me olhou, sorrindo.

— Mas o senhor pensou num modo de entrar, não pensou?

Toquei o martelo pendurado no pescoço e esperei que os deuses antigos ainda tivessem poder neste mundo louco e decadente.

— Pensei.

— Então que Cristo ajude os trezentos, porque eles estão condenados.

Era loucura.

E, como dissera Finan, às vezes a loucura funciona.

Chamava-se *Middelniht*, um nome estranho para um barco de guerra, mas Kenric, o homem que o estava vendendo, disse que havia sido construído com árvores cortadas à meia-noite.

— Isso traz sorte ao barco — explicou.

O *Middelniht* tinha bancos para 44 remadores, um mastro desenfurnado feito de espruce, uma vela cor de lama reforçada com cordas de cânhamo e uma proa alta com uma cabeça de dragão. Um dono anterior havia pintado a cabeça de vermelho e preto, mas a tinta havia se desbotado e descascado, de modo que o dragão parecia sofrer de escorbuto.

— É um barco sortudo — avisou Kenric. Era um homem baixo, atarracado, barbudo e careca, que construía navios num estaleiro a leste da muralha romana. Tinha quarenta ou cinquenta trabalhadores, alguns deles escravos, que usavam enxós e serras para fazer navios mercantes gordos, pesados e lentos, mas o *Middelniht* era diferente. Era longo, com a mediania larga, chata e baixa na água. Era uma fera esguia.

— Foi você quem o construiu? — perguntei.

— Ele naufragou.

— Quando?

— Há um ano, no dia de são Marcon. O vento soprou do norte e empurrou-o para as areias de Sceapig.

Caminhei ao longo do cais, olhando o *Middelniht*. Suas madeiras haviam escurecido, mas devia ser por causa da chuva recente.

— Ele não parece muito danificado — comentei.

— Umas duas tábuas do costado quebraram, mas nada que um homem não pudesse consertar em um ou dois dias.

— Dinamarquês?

— Construído na Frísia — respondeu Kenric. — Carvalho bom e firme, melhor do que aquela porcaria dinamarquesa.

— E por que a tripulação não o resgatou?

— Os malditos idiotas foram para a terra, fizeram um acampamento e foram apanhados por homens de Cent.

— E por que os homens de Cent não ficaram com ele?

— Porque os malditos idiotas lutaram uns contra os outros até um impasse. Eu fui até lá e encontrei seis frísios ainda vivos, mas dois morreram, coitados. — Ele fez o sinal da cruz.

— E os outros quatro?

Ele apontou um polegar na direção de seus escravos que trabalhavam num barco novo.

— Eles me disseram o nome do navio. Se o senhor não gostar dele, pode mudar.

— Dá azar mudar o nome de um barco — afirmei.

— Não se o senhor mandar uma virgem mijar no porão. — Kenric fez uma pausa. — Bom, isso pode ser difícil.

— Vou manter o nome, se comprar.

— Ele é bem-feito — disse Kenric, de má vontade, como se duvidasse de que algum frísio pudesse construir navios tão bem quanto ele.

Mas os frísios eram renomados construtores de embarcações. Os barcos saxões costumavam ser pesados, quase como se tivéssemos medo do mar, porém os frísios e os nórdicos construíam navios tão leves que não cortavam as ondas, mas pareciam roçar sobre elas. Isso era absurdo, claro; até mesmo um navio esguio como o *Middelniht* era carregado com lastro de pedra e não podia roçar sobre as ondas, tanto quanto eu não podia voar, mas havia em sua construção algo mágico que o fazia parecer leve.

— Eu planejava vendê-lo ao rei Eduardo — comentou Kenric.

— Ele não quis?

— Não era grande o bastante. — Kenric cuspiu, enojado. — Os saxões ocidentais sempre foram assim. Querem barcos grandes, depois se perguntam por que não conseguem apanhar os dinamarqueses. Mas aonde o senhor vai?

— Para a Frísia — respondi —, talvez. Ou para o sul.

— Vá para o norte.

— Por quê?

— Não há tantos cristãos no norte, senhor — explicou Kenric dissimuladamente.

Então ele sabia. Podia me chamar de "senhor" e ser respeitoso, mas sabia que minhas economias estavam em baixa. Isso afetaria o preço.

— Estou ficando velho demais para geada, neve e gelo — falei, depois pulei no convés de proa do *Middelniht*. Ele tremeu sob meus pés. Era um barco de guerra, um predador, construído com carvalho frísio de grão fino. — Quando foi calafetado pela última vez?

— Quando consertei as tábuas de costado.

Levantei duas tábuas do convés e olhei as pedras de lastro. Havia água ali, mas isso não era surpreendente num barco sem uso. O que importava era se era água da chuva ou água salgada trazida rio acima pela maré. O nível estava baixo demais para ser alcançado, por isso cuspi e olhei a bola de cuspe flutuar na água escura, sugerindo que era doce. O cuspe se espalha e some na água salgada. Então o barco estava estanque. Se a água no porão era doce, tinha vindo das nuvens acima, e não do mar embaixo.

— Está estanque — disse Kenric.

— O casco precisa ser limpo.

Ele deu de ombros.

— Posso fazer isso, mas o estaleiro está com muito serviço. Vou cobrar.

Eu poderia encontrar uma praia e fazer o serviço entre as marés. Olhei por cima das rampas de Kenric, para onde um pequeno e escuro navio mercante estava atracado. Tinha metade do tamanho do *Middelniht*, mas era igualmente largo. Era uma banheira, feita para transportar carga pesada subindo e descendo a costa.

— Quer aquele em vez deste? — perguntou Kenric, achando graça.

— É um dos seus?

— Não construo uma merda assim. Não, ele pertencia a um saxão oriental. O desgraçado me devia dinheiro. Vou quebrá-lo e usar a madeira.

— Então, quanto quer pelo *Middelniht*?

Nós regateamos, mas Kenric sabia que tinha o chicote na mão e paguei muito. Eu também precisava de remos e cabos, mas concordamos com o preço e Kenric cuspiu na mão e a estendeu para mim. Hesitei, depois a apertei.

— Ele é seu — anunciou ele. — E que lhe traga fortuna, senhor.

Eu era dono do *Middelniht*, um navio construído com madeira cortada no escuro.

Era um comandante de navio outra vez. E ia para o norte.

Segunda parte

Middelniht

Três

Amo o caminho das baleias, as ondas longas, o vento salpicando o mundo com borrifos, o mergulho da proa de um navio num mar agitado seguido pela explosão de branco e os esguichos de água salgada na vela e nas tábuas; e o coração verde de uma onda enorme rolando atrás do navio, empinando, ameaçadora, a crista partida se enrolando, então a popa sobe, impelida, e o casco salta para a frente, o mar borbulha ao longo do costado enquanto a onda passa rugindo. Amo os pássaros roçando na água cinza, o vento como amigo e inimigo, os remos subindo e descendo. Amo o mar. Vivi muito e conheço a turbulência da vida, as preocupações que pesam na alma do homem e as tristezas que tornam os cabelos brancos e o coração pesado, mas tudo isso é posto de lado no caminho das baleias. Só no mar o homem é verdadeiramente livre.

Demorei seis dias para resolver as coisas em Lundene, a principal delas era encontrar um local onde as famílias de meus homens pudessem viver em segurança. Eu tinha amigos em Lundene e, ainda que os cristãos tivessem jurado me dobrar e matar, Lundene é uma cidade que perdoa. Seus becos são lugares onde forasteiros podem encontrar refúgio, e, apesar de haver tumultos e os padres condenarem os outros deuses, na maior parte do tempo as pessoas sabem deixar as outras em paz. Eu havia passado muitos anos lá, comandando sua guarnição e reconstruindo a muralha romana da cidade velha, e tinha amigos que prometeram cuidar de nossas famílias. Sigunn queria ir comigo, mas íamos para onde as espadas tirariam sangue, e esse não era lugar para uma mulher. Além disso, eu não podia permitir que ela fosse ao mesmo tempo que proibia meus homens de levar suas próprias esposas, por isso ela ficou com uma bolsa de meu ouro e uma promessa de que voltaríamos. Compramos peixe e carne salgada, enchemos os barris com cerveja e pusemos a bordo do *Middelniht*, e só então pudemos remar rio abaixo. Eu havia deixado dois dos homens mais velhos para proteger nossas famílias, mas os quatro frísios escravizados que fizeram parte da tripulação naufragada do *Middelniht* se juntaram a mim, de modo que eu comandava 35 homens descendo o rio. Usamos a maré para nos levar ao redor das curvas amplas que eu conhecia tão bem, passando pelos bancos de lama onde os juncos se agitavam e os pássaros chilreavam, então cruzamos Beamfleot, onde eu obtivera uma grande vitória que havia inspirado os poetas e deixado os fossos vermelhos de sangue, depois saímos ao vento selvagem e ao mar sem fim.

Encalhamos o *Middelniht* num riacho em algum lugar do litoral da Ânglia Oriental e passamos três dias raspando o casco para tirar as algas e a sujeira. Fizemos o serviço na maré baixa, primeiro raspando um lado e recalafetando as emendas, depois usando a maré alta para fazê-lo flutuar, girá-lo e expor o outro flanco. Depois voltamos ao mar, remando para fora do riacho de forma que pudéssemos içar a vela e virar a proa de dragão para o norte. Pusemos os remos para dentro, deixando um vento leste nos levar, e experimentei a mesma felicidade que sempre senti ao ter um bom navio e vento rápido.

Fiz meu filho pegar a esparrela, deixando-o se acostumar à sensação de guiar um navio. A princípio, claro, ele puxava ou empurrava o remo longe demais, ou então corrigia muito tarde e o *Middelniht* se sacudia ou dava guinadas, perdendo a velocidade, mas no segundo dia vi Uhtred sorrir sozinho e soube que ele podia sentir o casco longo tremendo através do cabo da esparrela. Havia aprendido e vivenciava o júbilo daquilo.

Passávamos as noites em terra, entrando num riacho ou em alguma praia vazia e voltando ao mar às primeiras luzes. Vimos poucos navios além de pesqueiros que, ao perceber nossa proa alta, puxavam as redes e remavam freneticamente para a terra. Passávamos ignorando-os. No terceiro dia vislumbrei um mastro distante, a leste, e Finan, cujos olhos pareciam os de um falcão, viu-o ao mesmo tempo e abriu a boca para me informar, mas o alertei para ficar em silêncio, virando a cabeça bruscamente para Uhtred como explicação. Finan riu. A maior parte de meus homens também tinha visto o navio distante, mas eles entenderam o que eu pretendia e ficaram quietos. O *Middelniht* seguiu em frente e meu filho, com o vento soprando os cabelos compridos em volta do rosto, olhava fascinado as ondas que chegavam.

O navio distante se aproximou. Tinha a vela cinza como as nuvens baixas. Era uma vela grande, larga e funda, entrecruzada por cabos de cânhamo para reforçar a trama. Não era mercante, provavelmente, mas quase com certeza era outro navio esguio e rápido construído para batalha. Agora minha tripulação olhava o navio, esperando o primeiro vislumbre do casco acima do horizonte serrilhado, porém Uhtred estava franzindo a testa para a borda de nossa vela, que tremulava.

— Deveríamos apertá-la? — perguntou ele.

— Boa ideia — respondi. Ele deu um pequeno sorriso, satisfeito com minha aprovação, mas não fez nada. — Dê a ordem, seu idiota — anunciei num tom que arrancou o sorriso de seu rosto. — Você é o timoneiro.

Ele deu a ordem e dois homens apertaram o pano até o tremular sumir. O *Middelniht* mergulhou entre duas ondas, depois empinou a proa sobre uma onda verde e, quando chegamos ao topo, olhei para o leste e vi a proa do navio que se aproximava. Ela exibia uma cabeça de fera, alta e selvagem. Então o navio sumiu atrás de uma tela de borrifos soprados pelo vento.

— Qual é o primeiro dever de um timoneiro? — perguntei ao meu filho.

— Manter o navio em segurança — respondeu ele prontamente.

— E como ele faz isso?

Uhtred franziu a testa. Sabia que tinha feito alguma coisa errada, mas não sabia o que, até, finalmente, ver a tripulação olhando fixamente na direção leste, e se virou para lá.

— Ah, meu Deus! — exclamou ele.

— Você é um idiota descuidado — rosnei. — Seu trabalho é ficar de olho. — Pude ver que ele estava com raiva da censura pública, mas não falou nada. — É um navio de guerra — continuei — e nos viu há muito tempo. Está curioso e vem farejar. Então o que fazemos?

Ele olhou de novo para o navio. Agora sua proa estava constantemente visível e não demoraria muito para vermos o casco.

— É maior que nós — disse Uhtred.

— Provavelmente.

— Então não fazemos nada — concluiu ele.

Era a decisão certa, que eu havia tomado instantes depois de ver o navio ao longe. Ele estava curioso e seu curso convergia com o nosso, mas quando estivesse perto veria que éramos perigosos. Não éramos um navio mercante carregado de peles, cerâmica ou qualquer outra coisa que pudesse ser roubada e vendida, éramos guerreiros, e mesmo que a tripulação dele fosse maior do que a nossa numa proporção de dois para um, ele não gostaria de sofrer baixas que nenhum navio podia se dar ao luxo de sofrer.

— Mantemos o rumo — comandei.

Para o norte. Para o norte, onde os deuses antigos ainda possuíam poder, para o norte, onde o mundo se abrigava no gelo, para o norte, em direção a Bebbanburg. Aquela fortaleza meditava sobre o mar selvagem como o lar de um deus. Os dinamarqueses haviam tomado toda a Nortúmbria, seus reis governavam em Eoferwic, mas jamais conseguiram capturar Bebbanburg. Eles a queriam. Sentiam luxúria por ela como um cão cheirando uma cadela no cio, mas essa cadela tinha dentes e garras. E eu possuía um navio pequeno e sonhava em capturar o que nem mesmo exércitos inteiros de dinamarqueses conseguiriam conquistar.

— Ele é da Ânglia Oriental. — Finan havia se posicionado perto de mim. O navio estranho se aproximava, com a proa apontada bem à frente da nossa, mas vindo obliquamente em nossa direção; e, como era maior, era mais rápido que o *Middelniht*.

— Ânglia Oriental?

— Aquilo não é um dragão. — Finan virou o queixo na direção do navio. — É aquela coisa esquisita que o rei Eohric colocava em todos os navios dele. Um leão. — Eohric estava morto e um novo rei governava a Ânglia Oriental, mas talvez tivesse mantido o símbolo antigo. — E está com tripulação completa — continuou Finan.

— Setenta homens?

— Quase isso.

A outra tripulação estava vestida para batalha, com cotas de malha e elmos, mas balancei a cabeça quando Finan perguntou se deveríamos fazer os mesmos preparativos. Eles podiam ver que não éramos mercadores. Podiam estar tentando nos amedrontar, mas eu ainda duvidava que tentariam nos causar incômodo, e fazia pouco sentido nos vestirmos para guerra, a não ser que quiséssemos uma batalha.

O navio da Ânglia Oriental tinha a vela bem enfunada. Ele fez uma curva para perto de nós e caçou a vela para reduzir a velocidade, de modo a acompanhar o ritmo do *Middelniht*.

— Quem são vocês? — gritou em dinamarquês um homem alto.

— Wulf Ranulfson! — gritei de volta, inventando um nome.

— De onde?

— Haithabu! — gritei. Haithabu era uma cidade no sul da Dinamarca, muito longe da Ânglia Oriental.

— O que veio fazer aqui?

— Escoltamos dois mercadores até Lundene — gritei. — E vamos para casa. Quem é você?

Ele pareceu surpreso por eu perguntar e hesitou.

— Aldger! — respondeu finalmente. — Servimos ao rei Rædwald!

— Que os deuses lhe deem vida longa! — gritei respeitosamente.

— Vocês estão muito a oeste, se vão para Haithabu! — berrou Aldger. Ele estava certo, claro. Se íamos para o sul da Dinamarca deveríamos ter atravessado o mar bem mais ao sul e estar tateando o caminho acima da costa da Frísia.

— A culpa é desse vento!

Aldger ficou quieto. Ele nos observou durante um tempo, depois deu a ordem para sua vela ser enfunada, então o navio maior partiu à nossa frente.

— Quem é Rædwald? — perguntou Finan.

— Ele governa a Ânglia Oriental — respondi. — E, pelo que ouvi dizer, está velho, doente e tem quase tanta utilidade quanto um eunuco num bordel.

— E um rei fraco é um convite à guerra — observou Finan. — Não é de se espantar que Æthelred esteja tentado.

— Rei Æthelred da Ânglia Oriental — falei com escárnio.

Sem dúvida meu primo queria esse título, mas se a Ânglia Oriental iria querê-lo era outra história. Era um reino estranho, ao mesmo tempo dinamarquês e cristão, o que era confuso, porque a maior parte dos dinamarqueses cultua meus deuses e os saxões cultuam o pregado, mas os dinamarqueses da Ânglia Oriental haviam adotado o cristianismo, o que fazia com que não fossem uma coisa nem outra. Eram ao mesmo tempo aliados de Wessex e da Nortúmbria, que eram inimigos naturais, o que significava que os anglos orientais estavam tentando lamber um saco enquanto beijavam o outro. E eram fracos. O antigo rei Eohric tentara agradar os dinamarqueses do norte atacando Wessex, e ele e muitos de seus grandes thegns morreram numa chacina. Eu havia causado a chacina. Minha batalha, e a lembrança me enchia da fúria dos traídos. Eu tinha lutado com muita frequência pelos cristãos, tinha matado os inimigos deles e defendido suas terras, e agora eles me cuspiram como um pedaço de gordura rançosa.

Aldger atravessou diante de nossa proa. Girou deliberadamente seu navio maior para perto de nós, talvez querendo que hesitássemos no último instante, mas rosnei para Uhtred manter o curso, e nossa proa passou junto à esparrela deles, uma distância equivalente ao comprimento de uma espada. Ficamos suficientemente perto para sentir o cheiro de seu barco, mesmo ele estando contra o vento. Acenei para Aldger, depois o vi virar a proa para o norte outra vez. O navio nos acompanhou, mas achei que estava meramente entediado. Ficou conosco durante uma hora ou mais, então a embarcação longa virou para longe, a vela se enfunou totalmente pela proa e ele partiu apressado para a terra distante.

Naquela noite permanecemos no mar. Ficamos fora do campo de visão de alguém em terra, mas eu sabia que ela não estava muito longe, a oeste. Encurtamos a vela grande e deixamos o *Middelniht* seguir para o norte através de ondas curtas e altas que enchiam o convés de borrifos frios. Assumi o leme durante a maior parte da noite e Uhtred se agachou ao meu lado enquanto eu lhe contava histórias de Grimnir, o "mascarado".

— Na verdade ele era Odin — narrei. — Mas sempre que o deus queria andar entre os humanos usava a máscara e assumia um novo nome.

— Jesus fez o mesmo — comentou ele.

— Usou uma máscara?

— Andou entre os homens.

— Os deuses podem fazer o que quiserem, mas daqui em diante nós também usaremos máscaras. Você não vai mencionar meu nome nem o seu. Sou Wulf Ranulfson e você é Ranulf Wulfson.

— Aonde vamos?

— Você sabe aonde vamos.

— Bebbanburg. — Ele disse o nome em tom chapado.

— Que pertence a nós. Você se lembra de Beocca?

— Claro.

— Ele me deu os documentos de posse — expliquei.

O querido padre Beocca, tão feio, aleijado e sério. Tinha sido meu tutor na infância, amigo do rei Alfredo e um bom homem. Havia morrido não muito antes, e seus ossos tortos foram enterrados na igreja de Wintanceaster, perto do túmulo de seu amado Alfredo, mas antes de morrer me mandara os documentos que provavam que eu era dono de Bebbanburg, embora nenhum homem vivo precisasse vê-los para saber que eu era o senhor legítimo da fortaleza. Meu pai havia morrido quando eu era criança, meu tio tomara Bebbanburg em seguida e nenhum amontoado de tinta em um pergaminho iria expulsá-lo. Ele possuía as espadas e as lanças, e eu possuía o *Middelniht* e um punhado de homens.

— Somos descendentes de Odin — eu disse a Uhtred.

— Eu sei, pai — respondeu ele com paciência. Eu havia contado a respeito de nossa ancestralidade muitas vezes, porém os padres cristãos o haviam feito suspeitar de minhas afirmações.

— Temos sangue de deuses. Quando Odin era Grimnir, ele se deitou com uma mulher, e nós viemos dela. E, quando chegarmos a Bebbanburg, vamos lutar como deuses.

Foi Grimesbi que havia feito com que eu pensasse em Grimnir. Grimesbi era uma aldeia não muito distante do mar aberto na margem sul do Humbre. Segundo as lendas, Odin tinha construído um salão lá, mas eu não conseguia imaginar por que um deus optaria por fazer um salão naquele pedaço de pântano exposto ao vento, porém o povoado fornecia um bom ancoradouro quando as tempestades assolavam o mar fora da ampla foz do rio.

Grimesbi era uma cidade da Nortúmbria. Houvera um tempo em que os reis da Mércia governavam até o Humbre, e Grimesbi seria uma de suas posses mais ao norte, porém esses dias estavam muito distantes no passado. Agora a cidade era domínio dinamarquês, mas, como todos os portos marítimos, receberia bem qualquer viajante, fosse dinamarquês, saxão, frísio ou mesmo escocês. Existia certo risco em parar no pequeno porto porque eu não duvidava que meu tio ouviria qualquer relato de minha ida para o norte, e certamente mantinha homens pagos em Grimesbi para mandar informações a Bebbanburg. Mas eu também precisava de informações, e isso significava me arriscar a uma parada na cidade, visto que o porto era frequentado por marinheiros, e alguns deles certamente saberiam o que acontecia por trás das grandes muralhas de Bebbanburg. Eu tentaria diminuir o risco imitando Grimnir. Usaria uma máscara. Seria Ranulfson, vindo de Haithabu.

Dei a esparrela ao meu filho.

— Vamos para o oeste? — perguntou ele.

— Por quê?

Uhtred deu de ombros.

— Não podemos ver a terra. Como vamos encontrar Grimesbi?

— É fácil.

— Como?

— Quando você vir dois ou três navios, vai saber.

Grimesbi ficava no Humbre, e esse rio fora um caminho para milhares de dinamarqueses adentrarem no centro da Britânia. Eu tinha certeza de que veríamos navios, e de fato vimos. Uma hora após a pergunta de Uhtred encontramos seis velejando para o oeste e dois para o leste, e a presença deles me informou que chegara ao lugar onde queria estar, à rota marítima que ia da Frísia e da Dinamarca para o Humbre.

— São seis! — exclamou Finan.

Sua surpresa, de certo modo, não era surpresa. Todos os seis navios que viajavam para a Britânia eram barcos de guerra, e eu suspeitava que os seis estivessem com a tripulação quase completa. Homens atravessavam o mar porque, segundo os boatos, havia espólios a ganhar, ou porque Cnut os havia chamado.

— A paz está terminando — anunciei.

— Eles vão gritar pedindo sua volta — observou Finan.

— Podem lamber meu saco pagão à vontade.

Finan deu um risinho, depois me olhou interrogativamente.

— Wulf Ranulfson. Por que esse nome?

— Por que não? — Dei de ombros. — Eu precisava inventar um nome, por que não esse?

— Cnut Ranulfson? — sugeriu ele. — E Wulf? Só acho estranho o senhor escolher esse nome.

— Eu não estava pensando direito — falei sem dar importância.

— Ou então estava pensando nele, e acha que Cnut está marchando para o sul?

— Vai marchar logo — respondi com seriedade.

— E eles podem lamber seu saco pagão primeiro. E se a senhora Æthelflaed chamar?

Sorri, mas não falei nada. Agora havia terra à vista, uma linha cinza num mar cinza, e peguei a esparrela com Uhtred. Eu tinha viajado com frequência pelo Humbre, mas nunca estivera em Grimesbi. Ainda estávamos com a vela enfunada, e o *Middelniht* se curvou para a foz do rio vindo do leste, passando pela longa ponta de areia chamada Bico do Corvo. O mar estourava branco naquela areia onde carcaças de navios eram negras e nítidas, mas quando passamos pela ponta do Bico a água se acalmou e as ondas se amansaram, e estávamos no rio. Nesse ponto, ele era amplo, uma vastidão de água cinza sob um céu cinza castigado pelo vento. Grimesbi ficava na margem sul. Recolhemos a vela e meus homens resmungaram enquanto enfiavam os remos nos toletes. Eles sempre resmungavam. Nunca vi uma tripulação que não resmungasse quando precisava remar, mas mesmo assim puxaram os remos com boa vontade, e o *Middelniht* deslizou entre as varas enfiadas como sinalizadores nos bancos de lama escondidos, onde as armadilhas de peixes estavam empilhadas em longos emaranhados de redes negras, e em seguida estávamos dentro do ancoradouro de Grimesbi, no qual havia uns vinte pequenos barcos de pesca e meia dúzia de navios maiores. Duas das embarcações maiores eram parecidas com o *Middelniht*, construídas para a batalha, enquanto as outras eram mercantes, todas amarradas num cais longo feito de madeiras escuras.

— O píer parece podre — observou Finan.

— Provavelmente está — falei.

Para além do píer ficava um pequeno povoado, com as casas de madeira tão escuras quanto o cais. Fumaça subia ao longo do litoral lamacento, onde o peixe era defumado ou o sal era fervido. Havia um espaço entre dois dos navios maiores, com tamanho suficiente para o *Middelniht* ser atracado ao cais na ponta do píer.

— Você nunca vai enfiá-lo naquele buraco — comentou Finan.

— Não?

— Não sem bater num dos navios.

— Vai ser fácil.

Finan riu e eu diminuí as batidas dos remos de modo que o *Middelniht* pudesse se esgueirar pela água.

— Aposto dois xelins de Wessex que o senhor não consegue entrar sem bater num desses barcos — provocou Finan.

— Feito.

Estendi a mão. Ele bateu nela e ordenei que os remos fossem puxados para dentro, deixando a baixa velocidade do *Middelniht* carregá-lo para o espaço. Eu não podia ver ninguém em terra, além dos meninos empregados para espantar as gaivotas dos peixes que secavam, mas sabia que estávamos sendo observados. É estranho o quanto nos importamos em mostrar habilidade naval. Havia homens nos avaliando, mesmo que não pudéssemos vê-los. O *Middelniht* deslizou para mais perto, os remos erguidos bem alto fazendo as pás oscilarem contra o céu cinzento, a proa indo em direção à popa de um comprido navio de guerra.

— O senhor vai bater — disse Finan, animado.

Fiz força contra a esparrela, impelindo-o. Se tivesse avaliado direito, deveríamos girar e o restante do impulso levaria o *Middelniht* para a abertura, mas, se tivesse avaliado errado, ficaríamos flutuando fora do alcance do cais ou então bateríamos nas tábuas com uma pancada que sacudiria o casco, mas o *Middelniht* entrou naquele espaço com toda a suavidade que qualquer marinheiro poderia desejar, e mal se movia quando o primeiro homem saltou nas tábuas do cais e pegou o cabo lançado da popa. Outro homem foi atrás, carregando o cabo de proa, e o flanco do *Middelniht* beijou uma das pilastras tão suavemente que o casco sequer estremeceu. Soltei a esparrela, ri e estendi a mão.

— Dois xelins, seu irlandês miserável.

— Foi sorte — resmungou Finan, pegando as moedas na bolsa.

A tripulação estava rindo.

— Meu nome — falei — é Wulf Ranulfson, vindo de Haithabu! Se vocês nunca estiveram em Haithabu, digam que os recrutei em Lundene. — Apontei para meu filho. — Ele é Ranulf Wulfson, e estamos recolhendo provisões aqui antes de voltar para casa, do outro lado do mar.

Dois homens andavam em nossa direção, ao longo da passarela precária que ia até o cais, por cima de um trecho de lama. Ambos usavam capas e portavam espadas. Subi nas tábuas e fui encontrá-los. Eles pareciam relaxados.

— Outro dia chuvoso! — disse um deles, cumprimentando.

— É mesmo? — perguntei. Não havia chuva, apesar de as nuvens estarem escuras.

— Vai ser!

— Ele acredita que pode sentir nos ossos como ficará o clima — explicou o outro homem.

— Chuva e mais chuva a caminho — falou o primeiro. — Sou Rulf, o reeve da cidade, e se seu barco vai ficar aqui você precisa me pagar!

— Quanto?

— Tudo que você tem seria bom, mas aceitamos um pêni de prata por dia.

Então eram honestos. Dei-lhes duas lascas de prata cortadas de um bracelete e Rulf colocou-as numa bolsa.

— Quem é o seu senhor? — perguntei.

— O jarl Sigurd.

— Sigurd Thorrson?

— O próprio, e ele é um homem justo.

— Já ouvi falar dele — eu disse. Não tinha apenas ouvido falar dele como também havia matado seu filho na última grande batalha entre dinamarqueses e saxões. Sigurd me odiava e era o amigo e aliado mais próximo de Cnut.

— E arrisco dizer que não tenha ouvido nada de ruim — acrescentou Rulf, depois foi olhar o *Middelniht*. — E o seu nome? — perguntou. Ele estava contando os homens, enquanto notava os escudos e as espadas guardados no centro do casco.

— Wulf Ranulfson — respondi. — Venho de Lundene, vou para casa em Haithabu.

— Não estão procurando encrenca?

— Estamos sempre procurando encrenca, mas aceitamos cerveja e comida.

Ele riu.

— Você conhece as regras, Wulf Ranulfson. Nada de armas na cidade. — Ele virou a cabeça para uma construção baixa e comprida com teto de junco preto. — Aquela é a taverna. Chegaram dois navios da Frísia, tentem não lutar com eles.

— Não estamos aqui para lutar — afirmei.

— Caso contrário o jarl Sigurd vai caçar vocês, e não querem isso.

A taverna era grande, a cidade, pequena. Grimesbi não tinha muralha, só um fosso fedorento que cercava as casas amontoadas. Era uma cidade pesqueira e supus que a maioria dos homens estivesse fora, nos fartos bancos oceânicos. As casas eram construídas próximas umas das outras como se pudessem se abrigar mutuamente contra os vendavais que deviam chegar rugindo do mar próximo. As construções maiores eram armazéns repletos de mercadorias para marinheiros; havia cordas de cânhamo, peixe defumado, carne salgada, madeira seca, remos, facas para estripar, ganchos, toletes, crina para calafetagem: todas as coisas que um navio abrigando-se do tempo ruim poderia querer para fazer reparos ou se suprir. Grimesbi era mais que um porto pesqueiro: era uma cidade de viajantes, um local de refúgio para os navios que percorriam o litoral, e era por isso que eu estava aqui.

Queria notícias, e esperava encontrá-las com outro navio visitante, o que significava um longo dia na taverna. Deixei o *Middelniht* sob o comando de Osferth, dizendo que ele podia permitir que a tripulação desembarcasse em pequenos grupos.

— Nada de brigas! — alertei, então Finan e eu seguimos Rulf e seu companheiro pelo píer.

Rulf, um homem amigável, viu-nos seguindo-o e esperou.

— Precisam de suprimentos? — perguntou.

— Cerveja fresca, talvez um pouco de pão.

— A taverna tem as duas coisas. E, se precisarem de mim, vão me encontrar na casa ao lado da igreja.

— Da igreja? — perguntei surpreso.

— Tem uma cruz pregada na empena, então você não vai errar.

— O jarl Sigurd permite essa bobagem aqui?

— Ele não se importa. Recebemos um monte de navios cristãos, e a tripulação deles gosta de rezar. E gasta dinheiro na cidade, então por que não fazer com que se sinta bem-vinda? E o padre paga o aluguel da edificação ao jarl.

— Ele realiza sermões para vocês?

Rulf gargalhou.

— Ele sabe que prego as orelhas dele na cruz se fizer isso.

Começou a chover, uma chuva inclinada, incômoda, vinda do mar. Finan e eu andamos pela cidade, seguindo a linha do fosso. Um caminho elevado ia para o sul, atravessando o fosso, e um esqueleto pendia num poste do lado oposto.

— Um ladrão, imagino — comentou Finan.

Olhei o pântano varrido pela chuva. Estava mapeando o lugar mentalmente, porque a gente nunca sabe onde terá de lutar, mas esperava jamais precisar lutar aqui. Era um local soturno, úmido, mas oferecia abrigo aos navios das tempestades que podiam transformar o mar num caos cinza e branco.

Finan e eu nos acomodamos na taverna, onde a cerveja era azeda e o pão duro feito pedra, mas a sopa de peixe era grossa e fresca. O grande e largo salão tinha traves baixas, era aquecido por um enorme fogo alimentado por madeiras trazidas pelo mar numa lareira central, e embora ainda não fosse meio-dia o lugar estava apinhado. Havia dinamarqueses, frísios e saxões. Os homens cantavam e as putas trabalhavam nas longas mesas, levando seus clientes por uma escada até um sótão construído junto a uma empena e provocando gritos de comemoração sempre que as tábuas do chão do aposento balançavam e jogavam poeira em nossas canecas de cerveja. Eu ouvia as conversas, mas não escutei ninguém dizer que havia velejado para o sul ao longo do litoral da Nortúmbria. Precisava de um homem que tivesse estado em Bebbanburg e estava disposto a esperar o tempo necessário.

Mas em vez disso ele me encontrou. Em algum momento da tarde, um padre — presumi que fosse o padre que alugava a igrejinha no centro da cidade — passou pela porta da taverna e sacudiu a chuva da capa. Estava acompanhado por dois homens corpulentos que o seguiam enquanto ele ia de mesa em mesa. Era um sujeito mais velho, magro e de cabelos brancos, com uma batina preta e velha, manchada com o que parecia ser vômito. Sua barba era emaranhada e os cabelos compridos, oleosos, mas tinha um sorriso rápido e os olhos astutos. Olhou em nossa direção e viu a cruz pendurada no pescoço de Finan, por isso seguiu entre os bancos até nossa mesa, que ficava ao lado da escada usada pelas putas.

— Meu nome é padre Byrnjolf — apresentou-se a Finan. — E você é?

Finan não deu seu nome. Apenas sorriu, olhou fixamente para o padre sem dizer qualquer coisa.

— Padre Byrnjolf — disse o padre rapidamente, como se jamais tivesse pretendido perguntar o nome de Finan. — E você só está visitando nossa pequena cidade, meu filho?

— De passagem, padre, de passagem.

— Então será que pode dar uma moeda para o serviço de Deus neste lugar? — perguntou o padre e estendeu uma tigela ao pedir. Seus dois companheiros, ambos homens de aparência formidável com túnicas de couro, cintos largos e facas compridas, ficaram parados ao seu lado. Nenhum dos dois sorria.

— E se eu optar por não dar? — perguntou Finan.

— Então a bênção de Deus estará com você do mesmo modo — respondeu o padre Byrnjolf. Ele era dinamarquês, e me irritei com isso. Ainda achava difícil acreditar que algum dinamarquês fosse cristão, quanto mais padre. Seu olhar saltou para meu martelo e ele deu um passo atrás. — Eu não pretendia ofender — declarou ele humildemente. — Só estou fazendo a obra de Deus.

— Eles também — falei, olhando para as tábuas do sótão que estavam se movendo e rangendo.

Ele riu disso, depois olhou de volta para Finan.

— Se puder ajudar a igreja, filho, Deus vai abençoá-lo.

Finan pescou uma moeda na bolsa e o padre fez o sinal da cruz. Estava claro que só tentava abordar os viajantes cristãos e que seus dois companheiros estavam ali para mantê-lo longe de encrencas caso algum pagão reclamasse.

— Quanto é o aluguel que você paga ao jarl Sigurd? — perguntei. Eu estava curioso, esperando que Sigurd cobrasse uma quantia ultrajante.

— Não pago aluguel, que Deus seja louvado. O senhor Ælfric faz isso. Eu coleto para os pobres.

— O senhor Ælfric? — perguntei, esperando que a surpresa não ficasse clara em minha voz.

O padre estendeu a mão para a moeda de Finan.

— Ælfric da Bernícia — explicou ele. — É o nosso patrono, e ele é generoso. Acabei de visitá-lo. — Ele indicou as manchas em sua batina preta como se elas tivessem alguma relevância para sua visita a Ælfric.

Ælfric da Bernícia! Houvera um reino chamado Bernícia antigamente, que fora conquistado pela Nortúmbria, e tudo que restava dele era a grande fortaleza de Bebbanburg e as terras ao redor. Mas meu tio gostava de se chamar de Ælfric da Bernícia. Fiquei surpreso por ele não ter assumido o título de rei.

— O que Ælfric fez? — perguntei. — Jogou as sobras da cozinha em cima de você?

— Eu sempre enjoo no mar — respondeu o padre, sorrindo. — O bom Senhor sabe como odeio navios. Eles se mexem, sabe? Vão para cima e para baixo! Para cima e para baixo até o estômago da gente não aguentar mais, aí a gente joga comida de qualidade para os peixes. Mas o senhor Ælfric gosta que eu o visite três vezes por ano, por isso preciso suportar o enjoo. — Ele colocou a moeda na tigela. — Deus o abençoe, meu filho — agradeceu a Finan.

Finan sorriu.

— Existe uma cura infalível para o enjoo no mar, padre — comentou ele.

— Santo Deus, existe? — O padre Byrnjolf olhou sério para o irlandês. — Diga, meu filho.

— Ficar sentado embaixo de uma árvore.

— Você zomba de mim, filho, você zomba de mim.

O padre suspirou, depois me olhou com expressão atônita, o que não era de se espantar. Eu havia acabado de jogar uma moeda de ouro na mesa.

— Sente-se e tome um pouco de cerveja — falei.

Ele hesitou. Ficava nervoso com pagãos, mas o ouro o tentava.

— Deus seja louvado! — exclamou, e sentou-se no banco do lado oposto.

Olhei os dois homens. Eram grandes, as mãos manchadas de preto com o alcatrão que cobre as redes de pesca. Um parecia particularmente formidável;

tinha o nariz achatado num rosto escurecido pelo clima e punhos que lembravam machados de guerra.

— Não vou matar o seu padre — falei aos dois homens —, de modo que não precisam ficar aí parados feito dois bezerros. Vão buscar uma cerveja para vocês.

Um deles olhou para o padre Byrnjolf, que concordou, e os dois atravessaram o salão.

— São boas almas — declarou o padre Byrnjolf — e gostam de manter meu corpo inteiro.

— Pescadores?

— Pescadores — confirmou ele —, como os discípulos de nosso Senhor.

Imaginei se um dos discípulos do deus pregado teria nariz chato, bochechas com cicatrizes e olhos vazios. Talvez. Os pescadores são duros. Observei os dois ocuparem uma mesa, depois girei a moeda, diante do olhar do padre. O ouro brilhou, em seguida fez um som tamborilado quando as voltas perderam velocidade. A moeda chacoalhou por um instante e por fim caiu de lado. Empurrei-a um pouco na direção do padre. Finan havia pedido outra caneca e serviu cerveja da jarra.

— Ouvi dizer que o senhor Ælfric paga por homens — comentei com o padre Byrnjolf.

Ele estava olhando para a moeda.

— O que o senhor ouviu?

— Que Bebbanburg é uma fortaleza e é segura contra ataques, mas que Ælfric não tem navios.

— Ele tem dois — corrigiu o padre Byrnjolf cautelosamente.

— Para patrulhar seu litoral?

— Para deter os piratas. E sim, às vezes ele contrata outros navios. Nem sempre dois são suficientes.

— Eu estava pensando — retruquei, então levantei a moeda e girei-a de novo — que poderíamos ir a Bebbanburg. Ele é amigável com pessoas que não são cristãs?

— É amigável, sim. Bom — o padre parou, depois se corrigiu —, talvez não amigável, mas é um homem justo. Trata as pessoas com decência.

— Conte-me sobre ele.

A moeda captou a luz e cintilou.

— Ele não está bem — declarou o padre Byrnjolf. — Mas o filho é um homem capaz.

— E como se chama o filho? — Eu sabia a resposta, claro. Ælfric era meu tio, o homem que havia roubado Bebbanburg, e seu filho se chamava Uhtred.

— Ele se chama Uhtred — respondeu o padre Byrnjolf. — Que também tem um filho com o mesmo nome, um ótimo menino! Tem apenas 10 anos, mas é forte e corajoso, um bom menino!

— Também chamado Uhtred?

— É um antigo nome de família.

— Apenas um filho?

— Ele teve três, porém os dois mais novos morreram. — O padre Byrnjolf fez o sinal da cruz. — O mais velho prospera, Deus seja louvado.

Ælfric maldito, pensei. Ele havia chamado o filho de Uhtred, e Uhtred tinha dado o mesmo nome ao filho, porque os Uhtreds são os senhores de Bebbanburg. Mas eu sou Uhtred e Bebbanburg é minha, e Ælfric, ao dar ao filho esse nome, estava proclamando a todos que eu havia perdido a fortaleza e que sua família iria possuí-la até o fim dos tempos.

— E como chego lá? — perguntei. — Ele tem um porto?

Assim, hipnotizado por aquela moeda, o padre Byrnjolf me contou muita coisa que eu já sabia e algumas que não sabia. Falou que precisaríamos passar pela entrada estreita ao norte da fortaleza e por lá levar o *Middelniht* até o porto raso que ficava protegido pela grande rocha onde Bebbanburg era construída. Teríamos permissão de ir a terra, relatou ele, mas para chegar ao salão do senhor Ælfric teríamos de pegar o caminho morro acima até o primeiro portão, chamado de Portão de Baixo. Era imenso, contou ele, reforçado por muralhas de pedra. Depois de passar pelo Portão de Baixo havia um espaço amplo onde ficava uma forja ao lado do estábulo da fortaleza, e depois disso outro caminho íngreme subia até o Portão de Cima, que protegia o salão de Ælfric, as áreas de moradia, o arsenal e a torre de vigia.

— Mais pedra? — perguntei.

— Sim, o senhor Ælfric fez um muro de pedras lá também. Ninguém pode passar.

— E ele tem homens?

— Cerca de quarenta ou cinquenta moram na fortaleza. Ele tem outros guerreiros, claro, mas eles cultivam em suas terras ou vivem nos próprios salões. — E eu sabia disso também. Meu tio podia reunir um formidável bando de guerreiros, mas a maioria morava em fazendas ao redor. Seria necessário pelo menos um ou dois dias para reunir essas centenas de homens, o que significava que eu teria de cuidar da guarda pessoal, os quarenta ou cinquenta guerreiros treinados para impedir que o pesadelo de Ælfric se realizasse. Eu era o pesadelo. — O senhor está indo para o norte em breve, então? — perguntou o padre Byrnjolf.

Ignorei a pergunta.

— E o senhor Ælfric precisa de navios para proteger seus mercadores? — perguntei.

— Lã, cevada e peles — respondeu o padre. — São enviados para o sul, até Lundene, ou então para a Frísia, do outro lado do mar, de modo que sim, eles precisam de proteção.

— E ele paga bem.

— Ele é famoso pela generosidade.

— O senhor ajudou muito, padre — declarei, e joguei a moeda por cima da mesa.

— Que Deus o acompanhe, meu filho. — O padre saiu catando a moeda que havia caído entre os juncos do piso. — E o seu nome? — perguntou ele quando havia apanhado o ouro.

— Wulf Ranulfson.

— Deus abençoe sua viagem para o norte, Wulf Ranulfson.

— Talvez a gente não vá para o norte — afirmei enquanto o padre se levantava. — Ouvi dizer que haverá encrenca no sul.

— Rezo para que isso não aconteça. — Ele pareceu hesitante. — Encrenca?

— Dizem em Lundene que o senhor Æthelred pensa que pode tomar a Ânglia Oriental.

O padre Byrnjolf fez o sinal da cruz.

— Rezo para que não, rezo para que não — disse ele.

— Há lucro na encrenca — expliquei. — Por isso rezo pela guerra.

Ele nada disse e saiu rapidamente. Eu estava de costas para o padre.

— O que ele está fazendo? — perguntei a Finan.

— Falando com os dois sujeitos. Olhando para nós.

Cortei um pedaço de queijo.

— Por que Ælfric paga para manter um padre em Grimesbi?

— Porque ele é um bom cristão? — sugeriu Finan em tom ameno.

— Ælfric é uma bosta de lesma traiçoeira.

Finan olhou para o padre e depois de volta para mim.

— O padre Byrnjolf recebe a prata de seu tio.

— E em troca conta a Ælfric quem passa por Grimesbi. Quem vem, quem vai.

— E quem faz perguntas a respeito de Bebbanburg.

— O que eu acabei de fazer.

Finan fez que sim.

— Acabou de fazer. E pagou demais ao desgraçado, além de fazer perguntas demais sobre as defesas. Foi o mesmo que dizer seu nome verdadeiro.

Fiz uma carranca, porém Finan estava certo. Eu estivera ansioso demais para obter informações e o padre Byrnjolf podia sentir mais do que algumas suspeitas.

— E como ele manda as notícias a Ælfric? — perguntei.

— Pelos pescadores?

— E com esse vento — sugeri, olhando para um postigo que batia e chacoalhava contra as trancas — vão ser uns dois dias de viagem, não é? Ou um dia e meio se usarem algo do tamanho do *Middelniht*.

— Três dias se zarparem à noite.

— E o desgraçado me contou a verdade? — pensei em voz alta.

— Sobre a guarnição de seu tio? — perguntou Finan, depois usou um indicador para fazer um desenho com a cerveja derramada no tampo da mesa. — Pareceu bastante provável. — Ele deu um pequeno sorriso. — Cinquenta homens? Se conseguirmos entrar devemos ser capazes de matar os miseráveis.

— Se conseguirmos entrar — reforcei, depois me virei e fingi que olhava para a grande lareira central onde as chamas saltavam para encontrar a chuva que descia pelo buraco no teto. O padre Byrnjolf estava numa conversa séria com os dois companheiros grandalhões, mas, enquanto eu olhava, eles se viraram e foram rapidamente para a porta da taverna.

— Como está a maré? — perguntei a Finan, ainda vigiando o padre.

— Vai ser alta esta noite, com a vazante ao amanhecer.

— Então vamos partir ao amanhecer.

Porque o *Middelniht* ia caçar.

Partimos ao alvorecer, durante a maré vazante. O mundo estava cinza espada. Mar cinza, céu cinza e uma névoa cinza, e o *Middelniht* deslizava por essa cor como uma fera esguia e perigosa. Só estávamos usando vinte remos que subiam e desciam quase silenciosamente, com apenas alguns estalos nos toletes e ocasionalmente um chapinhar quando uma pá descia. O rasto da embarcação ondulava atrás de nós, preto e prata, alargando-se e sumindo enquanto o *Middelniht* escorregava entre as varas de junco que marcavam o canal.

Deixamos a maré nos levar ao mar. A névoa ficou mais densa, no entanto a maré iria nos carregar em segurança, e só quando a proa se sacudiu com ondas maiores virei para o norte. Remávamos devagar. Eu podia ouvir o som distante das ondas se quebrando no Bico do Corvo e guiei o navio para longe de lá, esperando até o som desaparecer, e a essa altura a névoa cinza havia ficado mais densa, porém mais clara. A chuva havia parado. O mar estava calmo, preguiçoso, batendo petulante contra o casco em pequenas ondas remanescentes do tempo ruim, mas senti que um vento estava vindo de novo e icei a vela úmida para que ficasse preparada.

O vento chegou, ainda vindo do leste, a vela enfunou, os remos foram guardados e o *Middelniht* partiu para o norte. A névoa se dissipou e pude ver barcos de pesca mais perto do litoral, porém os ignorei, indo para o norte, e os deuses estavam comigo porque o vento, vindo do sul, virou um pouco à medida que o sol subia através das nuvens esparsas. Aves marinhas gritavam para nós.

Fizemos um bom progresso, de modo que à tarde conseguíamos enxergar os penhascos de calcário de Flaneburg. Esse era um marco famoso. Com que frequência eu havia passado por aquele grande promontório com os penhascos cheios de cavernas! Podia ver as ondas se quebrando brancas contra eles e, à medida que nos aproximávamos, ouvi o estrondo da água batendo nas cavernas.

— Flaneburg — falei ao meu filho. — Lembre-se desse lugar!

Ele estava olhando o tumulto de água e pedras.

— É difícil esquecer.

— É melhor navegar bem longe de lá. As correntes são fortes em volta dos penhascos, mas é mais fácil em mar aberto. E se estiver fugindo de uma tempestade do norte não procure abrigo no lado sul.

— Não?

— A água é rasa — expliquei, apontando para as carcaças escuras de navios aparecendo acima das ondas agitadas. — Flaneburg toma navios e homens. Evite.

A corrente da maré havia virado e agora estava contra nós. O *Middelniht* batia nas ondas e ordenei que a vela fosse baixada e os homens pegassem os remos. O mar estava tentando nos levar para o sul e eu precisava me abrigar no lado norte de Flaneburg, onde a água era mais funda e qualquer barco vindo do sul não iria nos ver. Guiei o navio para perto dos penhascos. Mergulhões giravam ao redor do mastro e papagaios-do-mar voavam rápido e baixo acima da água agitada. As ondas se despedaçavam nas pedras e borbulhavam nas lajes, até retroceder em uma confusão furiosa de redemoinhos brancos. Lá em cima, onde podia ver o capim açoitado pelo vento no topo do penhasco, dois homens nos observavam. Estavam vigiando para ver se iríamos desembarcar, mas eu nunca havia tentado encalhar um barco na enseada minúscula do flanco norte de Flaneburg e não tentaria agora.

Em vez disso, viramos a proa para a corrente marinha e mantivemos o barco ali com ajuda dos remos. Quando chegamos havia cinco barcos de pesca perto da grande ponta de calcário. Dois estavam a leste dos penhascos e três ao norte, mas todos fugiram com nossa chegada. Éramos um lobo e as ovelhas conheciam seu lugar. E assim, à medida que as sombras se alongavam pelo mar, fomos deixados sozinhos. O vento amainou, mas isso não serviu para abrandar o mar. A corrente estava mais forte, então meus homens precisavam fazer força com os remos para manter o *Middelniht* no lugar. As sombras se transformaram em uma escuridão que se aproximava, o mar foi de cinza a quase preto, embora o negrume fosse riscado pela água que se quebrava branca. O céu estava cinzento de novo mas luminoso.

— Talvez eles não venham esta noite. — Finan se juntou a mim perto da esparrela.

— Eles não podem ir por terra — constatei. — E estão com pressa.

— Por que não podem ir por terra? — perguntou meu filho.

— Não faça perguntas idiotas — respondi com raiva.

Ele me olhou irritado.

— Eles são dinamarqueses — declarou meu filho enfaticamente. — O senhor não disse que o padre era dinamarquês? — Ele não esperou que eu respondesse. — Os dois pescadores podiam ser cristãos e saxões — continuou —, mas o jarl Sigurd tolera a religião deles. Eles poderiam cavalgar através da Nortúmbria sem ser incomodados.

— Ele está certo — disse Finan.

— Ele está errado — insisti. — Ir a cavalo demoraria demais.

Eu esperava estar certo. Sabia que o padre Byrnjolf preferiria viajar a Bebbanburg a cavalo, mas a necessidade de levar a notícia rapidamente deveria forçá-lo a suportar o enjoo no mar. Minha ideia era que os pescadores iriam levá-lo próximos ao litoral e, caso algum navio selvagem de famintos guerreiros dinamarqueses aparecesse, eles poderiam correr para um porto ou, se não houvesse um, encalhariam o barco numa praia. Viajar num barco pequeno perto da terra era mais seguro do que cavalgar pelas longas estradas do norte.

Olhei para o oeste. As primeiras estrelas piscavam entre nuvens escuras. Era quase noite, mas a lua subia.

— Eles sabem que saímos de Grimesbi — comentou meu filho — e devem estar preocupados pensando que estamos esperando por eles.

— Por que iriam se preocupar? — indaguei.

— Porque o senhor perguntou a respeito de Bebbanburg — respondeu Finan secamente.

— E eles contaram nosso número — eu disse. — Somos 36. Que esperança 36 homens têm contra Bebbanburg?

— Eles vão achar que não há nenhuma — respondeu Finan. — E talvez tenham acreditado em sua história. Talvez o padre Byrnjolf não esteja mandando um aviso.

Agora era noite. O mar estava lavado pela lua, mas a terra permanecia escura. Em algum lugar distante ao norte uma fogueira brilhava em terra, porém todo o resto estava escuro; até os penhascos de calcário pareciam pretos. O mar estava negro, riscado de prata, cinza e branco. Levamos o *Middelniht* um pouco mais para o norte para mantê-lo longe dos penhascos durante a noite. Qualquer navio no mar não iria vê-lo contra a terra. O lobo estava escondido.

Então, subitamente, a presa chegou.

Apareceu vinda do sul, um pequeno navio de vela quadrada, e o que vi primeiro foi a vela. Estaria a cerca de 800 metros da ponta leste de Flaneburg, e instintivamente empurrei a esparrela para longe, então Finan deu a ordem para os remos baterem na água e o *Middelniht* deslizou para fora de seu esconderijo nas sombras.

— Remem com força — rosnei para Finan.

— O máximo que pudermos — acrescentou ele. Uma onda surgiu na proa e jogou água ao longo do convés. Os homens faziam força, os remos se curvavam e o navio movia-se rápido. — Mais rápido! — gritou Finan, batendo o pé para marcar o ritmo.

— Como o senhor sabe que são eles? — perguntou Uhtred.

— Não sei.

Eles haviam nos visto. Talvez fosse a água branca em nossa proa ou o som dos remos pesados batendo no mar, mas vi o casco curto se virar parcialmente para longe de nós e um homem correndo para puxar um cabo e esticar a vela, então eles devem ter percebido que não havia como escapar, de forma que viraram o barco para nós. Sua vela tremulou por um instante, foi apertada de novo, e o pequeno navio estava com a proa virada em nossa direção.

— O que ele quer fazer — expliquei a Uhtred — é mudar o curso no último instante e despedaçar uma de nossas fileiras de remos. O sujeito não é idiota.

— Mas que fileira de remos?

— Se eu soubesse... — falei, deixando o resto no ar.

Havia mais de um homem na embarcação que se aproximava. Dois, talvez? Três? Era um barco de pesca, de casco largo, estável e lento, mas pesado o bastante para partir nossos remos.

— Ele vai por aquele lado — avisei, apontando para o sul. Uhtred me olhou com o rosto pálido sob o luar. — Olhe para ele, o timoneiro está parado ao lado da esparrela. Ele não tem espaço para puxar o remo, pelo menos não espaço suficiente, por isso vai empurrá-lo.

— Remem, seus desgraçados! — ordenou Finan.

Cem passos, cinquenta, e o barco de pesca mantinha o rumo, proa contra proa, e agora eu podia ver três homens a bordo, então a embarcação chegou mais perto, mais perto, até que perdi o casco dela sob nossa proa e só conseguia ver a vela escura se aproximando ainda mais, até que puxei a esparrela para mim, com bastante força, e vi o barco deles virar no mesmo instante. Porém, havia previsto o que fariam e eles viraram para onde eu esperava; assim, nossa proa com cabeça de fera passou por cima de seu casco baixo. Senti o *Middelniht* tremer, ouvi um grito e o som de madeira se despedaçando, vi o mastro e a vela sumirem e então nossos remos se chocaram de novo na água e algo raspou por baixo de nosso casco, a água enchendo-se de tábuas quebradas.

— Parem de remar! — gritei.

Tínhamos arrastado o barco afundado, embora a maior parte do casco partido, com o peso das pedras de lastro, tivesse ido para o leito do mar, onde os monstros espreitam. A vela sumira; só havia madeira despedaçada, um cesto de vime para peixes vazio e um homem debatendo-se desesperadamente, balançando os braços nas ondas fortes para chegar ao lado do *Middelniht*.

— É um dos homens que estavam com o padre Byrnjolf — avisou Finan.

— Você o reconhece?

— Aquele nariz achatado?

O homem estendeu a mão para agarrar um remo, depois se puxou para nosso flanco, e Finan parou para pegar um machado. Ele me olhou, eu fiz que sim, e a lâmina do machado refletiu o luar ao baixar. Houve um som característico de um açougue e um jato de sangue, preto como a terra, saindo do crânio partido, então o homem deslizou para longe.

— Icem a vela — ordenei, e, quando os remos foram recolhidos e a vela aberta, virei a proa do *Middelniht* para o norte outra vez.

O *Middelniht* havia matado nossos inimigos no meio da noite, e agora íamos para Bebbanburg. O pesadelo de Ælfric estava se tornando realidade.

Quatro

O TEMPO SE ACALMOU durante a noite e não era isso que eu queria.

Também não queria me lembrar do rosto daquele pescador com o nariz achatado e as cicatrizes em suas faces escurecidas pelo sol, e como seus olhos tinham se virado para cima, desesperados, suplicantes e vulneráveis, e como o havíamos matado, e como seu sangue negro espirrara na noite negra e desaparecera no redemoinho de água negra ao lado do casco do *Middelniht*. Somos pessoas cruéis.

Hild, que eu havia amado e tinha sido abadessa em Wessex e boa cristã, frequentemente falava, desejosa, sobre a paz. Chamara seu deus de "príncipe da paz" e tentara me convencer de que, se ao menos os adoradores dos deuses verdadeiros reconhecessem seu príncipe pregado, haveria paz eterna. "Benditos os que fazem a paz", gostava de dizer, e teria ficado satisfeita nesses poucos últimos anos porque a Britânia havia conhecido uma paz inquieta. Os dinamarqueses fizeram pouco mais do que atacar para roubar gado, às vezes para pegar escravos, assim como galeses e escoceses, mas não houvera guerra. Era por isso que meu filho não estivera em uma parede de escudos: não tinha havido paredes de escudos. Ele treinara repetidamente, dia após dia, mas treino não é a situação real, treino não é o terror de soltar as tripas quando você encontra um maníaco enlouquecido cheio de hidromel na cabeça a menos de um passo carregando um pesado machado de guerra.

E alguns homens pregaram que a paz daqueles últimos anos era a vontade do deus cristão, e que deveríamos ficar felizes por nossos filhos poderem crescer sem medo e por podermos colher o que plantamos, e que somente em um tempo de paz os padres cristãos eram capazes de espalhar sua mensagem aos dinamarqueses, e que, quando esse trabalho estivesse concluído, todos viveríamos num mundo cristão, de amor e amizade.

Mas o período não havia sido pacífico.

Parte daquilo era exaustão. Tínhamos lutado e lutado, e a última batalha — um pandemônio de sangue derramado nos pântanos invernais da Ânglia Oriental, onde morreram o rei Eohric, Æthelwold, o Fingidor, e o filho de Sigurd Thorrson — fora uma chacina tão grande que saciara o apetite por mais combates. Mas isso tinha mudado pouca coisa. O norte e o leste ainda eram dinamarqueses, e o sul e o oeste permaneciam saxões. Todas aquelas sepulturas renderam poucas terras para os dois lados. E Alfredo, que desejava a paz, mas sabia que era impossível que ela existisse enquanto duas tribos lutassem pelos mesmos campos, havia morrido. Eduardo, seu filho, era rei em Wessex e estava contente em deixar os dinamarqueses em paz. Ele queria o mesmo que o pai, todos os saxões unidos sob uma única coroa, no entanto era jovem, tinha medo de fracassar e era cauteloso com aqueles homens mais velhos que haviam aconselhado o pai, por isso ouvia os padres que lhe diziam para se prender ao que possuía e deixar os dinamarqueses ficarem onde estavam. No fim, segundo os padres, os dinamarqueses virariam cristãos e todos deveríamos amar uns aos outros. Nem todos os padres cristãos pregavam essa mensagem. Alguns, como o abade que eu matara, instigavam os saxões à guerra, afirmando que o corpo de santo Osvaldo seria um sinal da vitória.

Esses padres beligerantes estavam certos. Não em relação a santo Osvaldo, ou pelo menos eu duvidava disso, mas sem dúvida estavam certos em dizer que jamais poderia existir uma paz duradoura enquanto os dinamarqueses ocupassem terras que foram saxãs. E esses dinamarqueses ainda queriam tudo; queriam o restante da Mércia e todo o Wessex. Não importava sob qual bandeira lutassem, se era o martelo ou a cruz, os dinamarqueses continuavam famintos. E poderosos novamente. As perdas das guerras foram superadas, eles estavam inquietos, assim como Æthelred, senhor da Mércia. Passara a vida inteira sob o domínio de Wessex, mas agora ele tinha uma nova mulher, estava ficando velho e queria reputação. Queria que os poetas cantassem seus triunfos, queria que os cronistas escrevessem seu nome na história, por isso começaria uma guerra, e essa guerra seria da Mércia cristã contra a Ânglia Oriental cristã e atrairia o restante da Britânia, então haveria paredes de escudos outra vez.

Porque não podia haver paz, pelo menos enquanto duas tribos compartilhassem uma terra. Uma tribo precisa vencer. Nem mesmo o deus pregado pode mudar essa verdade. E eu era um guerreiro, e num mundo em guerra o guerreiro precisa ser cruel.

O pescador tinha olhado para cima e seus olhos imploravam, mas o machado baixara e ele havia ido para sua sepultura marítima. Ele teria me entregado a Ælfric.

Eu disse a mim mesmo que haveria um fim para a crueldade. Eu tinha lutado por Wessex durante a vida inteira. Dera vitórias ao deus pregado, e ele tinha se virado e cuspido na minha cara, de modo que agora eu iria a Bebbanburg e, depois de capturá-la, ficaria por lá e deixaria as duas tribos lutarem. Esse era o meu plano. Eu iria para casa, ficaria lá e convenceria Æthelflaed a se juntar a mim, e aí nem mesmo o deus pregado poderia me arrancar de Bebbanburg, porque aquela fortaleza é inexpugnável.

E de manhã eu disse a Finan como iríamos capturá-la.

Ele riu ao escutar.

— Pode dar certo — respondeu.

— Peça a seu deus para mandar o clima adequado.

Eu estava pensativo, o que não era de se espantar. Queria um tempo ruim, um tempo que ameaçasse navios, e em vez disso o céu havia ficado subitamente azul e o ar, quente. O vento tinha enfraquecido e ia para o sul, de modo que nossa vela às vezes tremulava, perdendo toda a força e fazendo o *Middelniht* parar preguiçoso num mar reluzente de sol. A maioria dos meus homens estava dormindo e fiquei contente em deixá-los descansar, em vez de pegar os remos. Tínhamos nos afastado bastante da costa e estávamos sozinhos sob aquele mar vazio.

Finan levantou o olhar para ver onde o sol estava.

— Este não é o caminho para Bebbanburg — comentou ele.

— Vamos para a Frísia.

— Frísia!

— Ainda não posso ir para Bebbanburg — expliquei —, e não posso ficar no litoral da Nortúmbria porque Ælfric vai descobrir que estamos aqui, por isso precisamos nos esconder por alguns dias. Vamos nos esconder na Frísia.

Assim atravessamos o mar para aquele estranho lugar de ilhas, água, bancos de lama, juncos, areia e madeira à deriva, e de canais que mudam durante a noite e terra que está aqui num dia e no outro não. Um lar de garças, focas e párias. Levamos três dias e duas noites para fazer a travessia, e no crepúsculo do terceiro dia, quando o sol havia transformado todo o oeste num caldeirão de fogo reluzente, esgueiramo-nos para as ilhas com um homem na proa testando a profundidade com a ajuda de um remo.

Eu havia passado algum tempo lá. Nesses baixios, tinha emboscado Skirnir e o vi morrer, e em seu salão na ilha de Zegge descobrira seu tesouro insignificante. Tinha deixado o salão intacto e agora o procuramos, mas a ilha havia sumido, varrida pelas marés implacáveis; entretanto, encontramos o banco de areia em forma de crescente onde tínhamos forçado Skirnir a dividir suas forças, portanto encalhamos o *Middelniht* lá e montamos acampamento nas dunas.

Eu precisava de duas coisas: um segundo navio e tempo ruim. Não ousava procurar a embarcação porque estávamos em águas dominadas por outro homem, e se a tomasse cedo demais esse homem teria tempo de me procurar e exigir saber por que eu caçava ilegalmente naquela área. De qualquer modo, ele nos encontrou, vindo no segundo dia, em uma embarcação longa e baixa remada por quarenta homens. Seu navio chegou rápido e confiante através do canal não identificado que serpenteava em direção a nosso refúgio, e a proa raspou na areia enquanto o timoneiro gritava para os remadores reverterem o movimento. Um homem saltou em terra; um sujeito grande com rosto largo e chato como uma pá e barba que chegava à cintura.

— E quem é você? — gritou ele, animado.

— Wulf Ranulfson — respondi. Eu estava sentado num tronco trazido pela maré e não fiz esforço para me levantar.

O sujeito veio andando pela praia. Era um dia quente, mas ele usava uma capa grossa, botas de cano alto e um capuz de cota de malha. Os cabelos eram emaranhados e compridos, descendo até os ombros. Ele levava uma espada longa presa à cintura e uma corrente de prata azinhavrada meio escondida pela barba.

— E quem é Wulf Ranulfson? — perguntou.

— Um viajante vindo de Haithabu — respondi afável. — E estou voltando para lá.

— E por que está numa das minhas ilhas?

— Estamos descansando e fazendo reparos.

— Eu cobro por descanso e reparos.

— E eu não pago — retruquei, ainda falando baixo.

— Sou Thancward — alardeou ele, como se esperasse que eu reconhecesse o nome. — Tenho 16 tripulações e navios para todas elas. Se eu disser que você paga, você paga.

— E que pagamento você quer?

— Prata suficiente para fazer mais dois elos nesta corrente — sugeriu ele.

Levantei-me devagar, preguiçoso. Thancward era um homem grande, porém eu era mais alto e vi a breve surpresa em seu rosto.

— Thancward — falei, como se tentasse lembrar o nome. — Nunca ouvi falar de Thancward, e, se ele tivesse 16 navios, então por que viria pessoalmente a esta praia miserável? Por que não mandaria seus homens realizarem esta tarefa insignificante? E seu navio tem bancos para cinquenta remadores, mas só quarenta estão nos remos. Talvez Thancward tenha perdido seus homens. Ou talvez acredite que somos um navio mercante. Talvez ele tenha achado que não precisava trazer mais guerreiros porque somos fracos.

Ele não era idiota. Era apenas um pirata, e suspeitei que possuísse dois ou três navios, dos quais talvez só o que usava no momento estivesse em condições de navegar, mas tentava se passar por senhor daqueles baixios, para que qualquer navio em trânsito pagasse pela estadia. Mas para fazer isso precisava de homens, e se lutasse comigo os perderia. Ele sorriu subitamente.

— Vocês não são um navio mercante?

— Não.

— Você deveria ter dito! — Ele conseguiu fazer sua surpresa parecer genuína. — Então bem-vindo! Precisa de suprimentos?

— O que você tem?

— Cerveja? — sugeriu ele.

— Nabos? — contrapus. — Repolho? Feijão?

— Posso mandar.

— E pagarei por isso — prometi, e assim nós dois ficamos satisfeitos. Ele receberia uma lasca de prata e eu seria deixado em paz.

O clima continuou teimosamente quente e calmo. Após o verão desolado, frio, úmido, houve três dias de sol ardente e vento fraco. Três dias treinando com espadas na praia e três dias irritado porque eu precisava de tempo ruim. Precisava de um vento norte e mar agitado. Precisava que a visão a partir das ameias de Bebbanburg fosse apenas caos e água branca, e quanto mais aquele sol brilhava num mar límpido, mais me preocupava pensando que o padre Byrnjolf poderia ter mandado outro aviso para Bebbanburg. Eu tinha quase certeza de que o padre havia morrido quando o *Middelniht* esmagou o barco de pesca, no entanto isso não significava que não tivesse mandado outra mensagem por algum mercador que viajasse para o norte pelas velhas estradas. Era improvável, mas a possibilidade me incomodava.

Porém, na quarta manhã, o céu nordeste se encheu de nuvens escuras lentamente. Elas não se empilharam com uma borda irregular, mas formaram uma linha reta como um cabo de lança pelo céu; um lado da linha era de um azul profundo de verão e o restante estava escuro como um poço. Era um presságio, mas eu não sabia de quê. A escuridão se espalhou, uma parede de escudos dos deuses avançando pelo céu, e considerei o presságio como meus deuses, os deuses do norte, trazendo uma grande tempestade para o sul. Fiquei de pé no alto de uma duna e o vento estava suficientemente forte para soprar a areia do topo dela, o mar se agitava em cristas brancas e as ondas borbulhavam brancas nos longos baixios; então eu soube que era hora de navegar na tempestade.

Era hora de ir para casa.

Armas afiadas e escudos fortes. Espadas, lanças e machados foram amolados com pedras, os escudos consertados com couro ou ferro. Sabíamos que navegávamos para a batalha, mas a primeira luta era contra o mar.

O mar é cruel. Pertence à deusa Ran, que possui uma rede poderosa para pegar os homens, e suas nove filhas são as ondas que levam os navios para a armadilha. Ela é casada com um gigante, Ægir, mas ele é uma fera indolente, preferindo ficar bêbado nos salões dos deuses enquanto sua deusa maldosa e as filhas perversas atraem navios e homens para seus seios sem amor.

Por isso rezei a Ran. Ela precisa ser lisonjeada, que digam que é linda, que nenhuma criatura no céu, na terra ou abaixo dela pode se comparar a sua beleza, que Freyja, Eostre, Sigyn e todas as outras deusas do céu sentem ciúme de sua beleza, e, se você lhe disser isso repetidamente, ela vai pegar seu escudo de prata polida para olhar o próprio reflexo, e quando Ran olha para si mesma o mar se acalma. Por isso falei à cadela que era linda, que os próprios deuses estremeciam de desejo quando ela passava, que ela embaçava as estrelas, que era a mais bela entre todos os deuses.

Mas naquela noite Ran estava amarga. Mandou uma tempestade vinda do nordeste, uma tempestade que partiu das terras de gelo e chicoteou o mar em fúria. Tínhamos navegado para o oeste durante o dia inteiro sob um vento que açoitava intensamente, e se esse vento tivesse durado mais estaríamos com frio, molhados e seguros, porém, à medida que a noite caía, o vento aumentou, uivou e gritou, e tivemos de baixar a vela e usar os remos para manter a frente do *Middelniht* na direção das ondas malignas que golpeavam a proa, erguendo-se no escuro com sua crista branca como monstros invisíveis que levantavam o casco e depois o deixavam cair num vazio fazendo as tábuas estalarem, o casco se esforçar e a água formar redemoinhos em volta dos remadores. Nós retirávamos a água antes que o *Middelniht* fosse engolido pela rede de Ran, e o vento continuava berrando enquanto as ondas nos envolviam. Eu tinha dois homens me ajudando na esparrela, e havia ocasiões em que pensei que ela iria quebrar, e outras em que achei que estávamos afundando. Eu gritava minhas orações à deusa maldosa, ciente de que cada homem a bordo também estava rezando.

O alvorecer evidenciou o caos. Era apenas uma luz cinza revelando os horrores brancos no alto das ondas curtas e íngremes, e a luz ficou mais cinzenta para revelar um mar chicoteado em fúria. Nossos rostos ardiam com a água salgada, os corpos doíam, só queríamos dormir, mas continuávamos lutando contra o mar. Doze homens remavam, três lutavam com o cabo da esparrela e os outros usavam elmos e baldes para retirar a água que estourava por cima da proa ou se derramava pela amurada quando o casco se inclinava ou uma vaga subia inesperadamente como uma fera das profundezas. Quando estávamos no pico de uma onda eu não podia ver nada além de confusão, então mergulhávamos num vale em redemoinho e o vento desaparecia por alguns instantes. Em seguida, a água vinha em nossa direção enquanto a onda seguinte chegava rugindo e ameaçava quebrar sobre nós e partir o barco.

Eu disse a Ran, a cadela, que ela era linda, disse à bruxa do mar que era o sonho dos homens e a esperança dos deuses, e talvez ela tenha me ouvido e olhado seu reflexo no escudo de prata, porque lentamente, imperceptivelmente, a fúria reduziu. Não morreu. O mar ainda era uma ruína agitada e o vento parecia um louco, no entanto as ondas estavam mais baixas e os homens podiam fazer pausas enquanto jogavam água para fora, porém os remadores ainda precisavam lutar para manter a proa apontada para a fúria.

— Onde estamos? — perguntou Finan. Ele parecia exausto.

— Entre o céu e o mar. — Era a única resposta que eu podia lhe oferecer.

Eu tinha uma pedra do sol, um pedaço de rocha clara e vítrea, do tamanho da mão de um homem. Essas rochas vinham da terra do gelo, e ela me custara uma fortuna em ouro. Quando se levanta uma pedra do sol para o céu, passando-a de um horizonte ao outro, ela mostra a posição dele por trás das nuvens, e, ao se saber onde está, se está alto ou baixo, é possível avaliar para onde se deve ir. A pedra do sol brilha quando é colocada na direção do sol escondido, mas naquele dia as nuvens estavam densas demais e a chuva muito forte, por isso ela permaneceu carrancuda e silenciosa. Mas eu sentia que o vento havia mudado para o leste, e por volta do meio-dia içamos a vela e aquele vento feroz enfunou o pano reforçado com cordas fazendo o *Middelniht* avançar, chocando a proa contra as ondas, mas agora cavalgando-as em vez de lutar contra elas. Abençoei os frísios que o construíram e me perguntei quantos homens teriam ido para suas sepulturas molhadas naquela noite, então virei a proa do barco para o que achava ser a metade do caminho entre o norte e o oeste. E não fazia ideia de onde estávamos, ou para que direção virar, a não ser seguir o sussurro do instinto que é amigo do navegador.

Também é amigo do guerreiro, e, à medida que aquele dia passava, minha mente vagueava como um navio num vento capaz de destruí-lo. Pensei em batalhas antigas, paredes de escudos, no medo e no sentimento incômodo de que um inimigo está perto, e tentei encontrar um presságio em cada nuvem, cada ave marinha, cada onda que se partia. Pensei em Bebbanburg, uma fortaleza que tinha desafiado os dinamarqueses durante toda a minha vida, e na loucura que era planejar capturá-la com apenas um pequeno grupo de homens cansados, molhados, castigados pelo mar, e rezei às Nornas, aquelas três deusas que tecem nosso destino ao pé da árvore do mundo, para que me mandassem um sinal, um presságio de sucesso.

Navegamos e eu não fazia ideia de onde estávamos, apenas que meus homens cansados podiam dormir enquanto eu guiava o navio, e quando não pude mais ficar acordado Finan assumiu o leme e dormi como os mortos. Acordei à noite, o mar continuava agitado e o vento gritava, então forcei o caminho por entre homens adormecidos ou semiacordados para ficar sob a cabeça do dragão e espiar o escuro. Eu estava mais ouvindo que olhando, tentando escutar o som das ondas se partindo contra a terra, porém só conseguia ouvir o rugido da água e do vento. Eu tremia. Minhas roupas estavam encharcadas, o vento era frio e eu me sentia velho.

A tempestade continuava soprando quando surgiram as primeiras luzes cinzentas, mas nem de longe tão ferozmente quanto antes, e virei o *Middelniht* para o oeste como se estivéssemos fugindo do alvorecer. As Nornas nos amavam, porque encontramos terra, mas eu não fazia ideia se era a Nortúmbria ou a Escócia. Estava certo de que não era a Ânglia Oriental, pois podia ver altos penhascos rochosos onde as ondas quebravam em uma profusão de borrifos. Viramos para o norte e o *Middelniht* batalhou contra as vagas enquanto buscávamos algum lugar para descansar do ataque do oceano, então finalmente rodeamos uma pequena ponta de terra e vi uma enseada protegida onde a água tremulava em vez de se quebrar em ondas. A enseada continha uma praia longa e os deuses deviam me amar, porque lá estava o navio que eu procurava.

Era um navio mercante, com metade do tamanho do *Middelniht*, e fora impelido para a terra pela tempestade, mas o impacto não o havia partido. Em vez disso estava inclinado na praia, e três homens tentavam cavar um canal pela areia para fazê-lo flutuar outra vez. Já haviam esvaziado o navio encalhado para torná-lo mais leve, porque dava para ver a carga empilhada na areia, acima da linha da maré alta, e lá perto havia uma grande fogueira com madeira trazida pelo mar, onde a tripulação devia ter se aquecido e se secado. Os tripulantes já tinham nos visto, e, à medida que o *Middelniht* chegou mais perto, os homens recuaram, afastando-se para algumas dunas acima da praia.

— Aquele é o navio de que precisamos — declarei a Finan.

— É, vai servir — respondeu ele. — E aqueles pobres coitados já fizeram metade do serviço para resgatá-lo.

Os pobres coitados fizeram o começo do trabalho, mas ainda foi preciso a maior parte do dia para arrancar o navio da areia e colocá-lo de volta na água. Levei vinte homens para a terra e terminamos de tirar todo o lastro da embarcação, soltando o mastro e depois colocando remos sob o casco para arrancá-lo do abraço de sucção da areia. O impacto do encalhe havia soltado algumas pranchas, mas enchemos as fendas com algas. Ele iria vazar como uma peneira, mas eu não precisava que flutuasse por muito tempo. Só o bastante para enganar Ælfric.

A tripulação do navio arranjou coragem para retornar à praia enquanto ainda estávamos cavando as valas que iriam permitir que enfiássemos os remos embaixo do casco. Havia dois homens e um menino, todos frísios.

— Quem são vocês? — perguntou nervoso um dos homens. Ele era grande, de ombros largos, com o rosto de marinheiro castigado pelo sol. Carregava um machado em uma das mãos abaixadas, como para demonstrar que não pretendia fazer mal algum.

— Não sou ninguém que você conheça — respondi. — E você?

— Blekulf — resmungou ele, depois apontou para o navio. — Eu o construí.

— Você o construiu e preciso dele — falei peremptoriamente. Fui até o local onde ele tinha empilhado a carga. Havia quatro barris com objetos de vidro protegidos com palha e dois cheios de pregos de cobre, uma pequena caixa de âmbar precioso e quatro pesadas pedras de moinho, moldadas e polidas. — Você pode ficar com tudo isso.

— Por quanto tempo? — perguntou Blekulf azedamente. — De que serve uma carga sem um navio? — Ele olhou para o interior, mas havia pouco a

ver, a não ser nuvens de chuva pairando baixas sobre uma paisagem soturna.
— Os desgraçados vão tirar tudo de mim.

— Que desgraçados? — perguntei.

— Os escoceses. Selvagens.

Então era onde estávamos.

— Estamos a norte ou a sul de Foirthe? — indaguei.

— A sul. Acho. Estávamos tentando chegar ao rio quando a tempestade desabou. — Ele deu de ombros.

— Vocês iam levar essa carga para a Escócia?

— Não, para Lundene. Éramos oito.

— Uma tripulação de oito pessoas? — perguntei, surpreso por haver tantos a bordo.

— Oito navios. Pelo que sei, somos os únicos sobreviventes.

— Vocês fizeram bem em sobreviver.

Ele havia sobrevivido por ser um bom marinheiro. Tinha percebido que a tempestade súbita iria ser brutal, por isso tirou a vela da verga, cortou-a de modo que pudesse ajustá-la ao redor do mastro, depois usou os pregos da carga para prendê-la às laterais do navio, fazendo um convés improvisado. Isso havia impedido que a pequena embarcação fosse inundada, mas tornou quase impossível remar, por isso ele fora impelido para aquela longa e solitária praia.

— Um selvagem apareceu aqui, hoje cedo — declarou ele, carrancudo.

— Só um?

— Ele tinha uma lança. Olhou para nós e depois foi embora.

— Então vai voltar com os amigos — falei, depois olhei o menino que, pelo que supus, teria 8 ou 9 anos. — Seu filho?

— Meu único filho.

Chamei Finan.

— Leve o menino a bordo do *Middelniht* — ordenei, depois olhei de volta para o frísio. — Seu filho é meu refém e você vem comigo. Se fizer tudo o que eu disser, lhe devolvo o navio com a carga.

— E o que devo fazer? — perguntou ele, desconfiado.

— Para começar, mantenha seu navio em segurança durante esta noite.

— Senhor! — gritou Finan, e me virei e o vi apontar para o norte. Uma dúzia de homens montando pequenos pôneis havia aparecido nas dunas.

Carregavam lanças. Mas estávamos em maior número e eles tiveram o bom senso de manter distância enquanto lutávamos para colocar na água o navio de Blekulf, que, segundo ele, se chamava *Reinbôge*. Pareceu-me um nome estranho.

— Choveu durante todo o tempo que passamos o construindo — explicou ele. — E no dia em que o pusemos na água houve um arco-íris duplo. — Ele deu de ombros. — Minha mulher deu o nome.

Finalmente levantamos o *Reinbôge* e pudemos movê-lo. Cantamos a canção do espelho de Ran enquanto o levávamos praia abaixo até a água. Finan voltou para bordo do *Middelniht* e prendemos um cabo da popa do navio de guerra à proa do *Reinbôge*, depois rebocamos a embarcação menor para longe do quebra-mar. Em seguida, tivemos de colocar o lastro e a carga de volta no bojo gordo. Prendemos o mastro e o tensionamos com cabos de couro trançado. Os cavaleiros nos vigiavam, mas não tentaram interferir. Deviam ter pensado que o navio encalhado seria uma presa fácil, mas a chegada do *Middelniht* havia acabado com suas esperanças, e enquanto o crepúsculo baixava deram meia-volta e foram embora.

Deixei Finan comandar o *Middelniht* enquanto eu guiava o *Reinbôge*. Era um bom navio, forte e sólido, mas precisávamos tirar a água de dentro constantemente por causa das pranchas deslocadas, contudo, ele cavalgou o mar inquieto com tranquilidade competente. O vento diminuiu durante a noite. Ainda soprava forte, mas as ondas tinham perdido a raiva. Agora o mar era uma confusão de cristas brancas que se esvaíam na escuridão enquanto remávamos para longe da terra. Durante a noite inteira o vento soprou, às vezes forte, mas jamais chegando à fúria do auge da tempestade, e no alvorecer nublado içamos a vela rasgada do *Reinbôge* e partimos à frente do *Middelniht*. Íamos para o sul.

E ao meio-dia, sob um céu rasgado e em um mar agitado, chegamos a Bebbanburg.

Tudo começou ali, há uma vida.

Eu era criança quando vi os três navios.

Em minha lembrança eles deslizaram para fora da névoa do mar. Talvez tenha sido assim, mas a memória é algo defeituoso e minhas outras lembranças daquele dia são de um céu claro, sem nuvens, de modo que talvez não houvesse névoa, mas me pareceu que num momento o mar estava vazio e no outro havia três navios vindos do sul.

Eram lindos. Pareciam descansar sem peso no oceano, e quando os remos perfuravam as ondas eles roçavam sobre a água. As proas e as popas se curvavam para o alto e tinham feras douradas nas pontas, com serpentes e dragões, e naquele distante dia de verão pensei que os três barcos dançavam na água, impelidos pelo sobe e desce das fileiras de remos como asas prateadas. Fiquei olhando em transe. Eram navios dinamarqueses, os primeiros dos milhares que estavam lá para devastar a Britânia.

— Cagalhões do diabo — rosnou meu pai.

— E que o diabo os engula — acrescentou meu tio. Esse era Ælfric, e isso fora uma vida inteira atrás. Agora eu navegava para reencontrá-lo.

E o que Ælfric viu naquela manhã em que a tempestade ainda resmungava e o vento chicoteava ao redor das fortificações de madeira de sua fortaleza roubada? Primeiro, um pequeno navio mercante abrindo caminho para o sul. O barco estava com a vela içada, mas ela estava rasgada em farrapos que balançavam presos à verga. Viu dois homens tentando remar para impelir o casco pesado, e a curtos intervalos eles precisavam parar o que faziam para retirar água do casco.

Ou melhor, as sentinelas de Ælfric viram o *Reinbôge* lutando. Ele vinha contra a corrente, e a vela rasgada e os dois remos lutavam com ela. Os homens que olhassem de Bebbanburg deveriam pensar que se tratava de um navio cansado, exaurido, baixo na água e com sorte de permanecer flutuando, e faríamos parecer que tentávamos rodear as águas rasas perto de Lindisfarena para levá-lo em segurança ao abrigo do porto raso atrás da fortaleza. As sentinelas veriam essa tentativa fracassar e observariam enquanto o vento nos levava para o sul ao longo da costa, passando pelas altas fortificações e pela abertura traiçoeira entre a costa e as ilhas Farnea, cheias de pássaros chilreando. Enquanto tudo isso acontecesse, o navio meio afundado chegaria mais perto da terra, onde o mar explodia em espumas altas até sumir atrás da ponta de terra ao sul. Eles veriam tudo e iriam supor que o *Reinbôge* naufragaria perto de Bedehal.

Foi o que viram. Dois homens lutando com remos longos e um terceiro comandando o navio, mas não viram os sete guerreiros escondidos com a carga, todos cobertos por capas. Sentiram um saque em potencial, e não o perigo, e estavam distraídos porque, não muito depois de o *Reinbôge* passar por sua fortaleza, avistaram um segundo navio, o *Middelniht*, e este era muito mais perigoso por ser um navio de guerra, e não mercante. Ele também estava com dificuldades. Homens jogavam água para fora, outros remavam, e as sentinelas nas altas fortificações veriam que estava com a tripulação reduzida, contando com apenas dez remos, mas esses dez eram o bastante para levá-lo em segurança ao redor de Lindisfarena e atravessar a água agitada até a entrada rasa do porto atrás de Bebbanburg. De modo que, talvez uma hora após o *Reinbôge* ter desaparecido, o *Middelniht* deslizou para o interior do porto de Ælfric.

Portanto os homens de Ælfric viram dois navios. Viram dois sobreviventes de uma tempestade terrível. Viram dois navios procurando abrigo. Foi exatamente isso que os homens de Ælfric viram, e era isso que eu queria que vissem.

Eu ainda estava a bordo do *Reinbôge* enquanto Finan comandava o *Middelniht*. Ele sabia que, assim que entrasse no porto de Bebbanburg, seria interpelado, mas tinha respostas preparadas. Diria que eram dinamarqueses indo para a Ânglia Oriental no sul, e estavam dispostos a pagar ao senhor Ælfric pelo privilégio de se abrigar enquanto consertavam os estragos da tempestade no navio. Essa história bastaria. Ælfric não questionaria, mas sem dúvida exigiria um preço alto, e Finan possuía moedas de ouro para isso. Eu não acreditava que Ælfric iria querer algo além de dinheiro. Ele vivia entre dinamarqueses e, apesar de serem seus inimigos, ele não ganhava nada provocando sua raiva. Aceitaria o ouro e ficaria quieto, e tudo que Finan precisaria fazer era contar sua história, pagar as moedas e esperar. Ele ancoraria o mais perto possível da entrada da fortaleza e seus homens estariam esparramados num cansaço evidente. Nenhum usava cota de malha, nenhum carregava espada, ainda que as armaduras e as espadas estivessem à mão.

Assim Finan esperou.

E deixei o *Reinbôge* subir para a praia ao sul da ponta de Bedehal e esperei também.

Agora era com Ælfric, e ele fez exatamente o que eu esperava. Mandou seu reeve ao *Middelniht* e ele pegou as moedas de ouro, dizendo que Finan podia ficar três dias. Insistiu que não mais de quatro homens poderiam ir a terra ao mesmo tempo, e nenhum deveria carregar armas. Finan concordou com tudo. E, enquanto o reeve estivesse lidando com o *Middelniht*, meu tio mandaria homens para o sul, para encontrar o *Reinbôge* naufragado. Os naufrágios eram lucrativos: havia madeira, carga, cordas e pano de vela, e ainda que qualquer aldeão próximo estivesse desesperado por um achado assim, eles sabiam que não deveriam interferir com os privilégios do homem que comandava a grande fortaleza nas proximidades e que reivindicaria os direitos do resgate.

Por isso esperei no *Reinbôge* encalhado, toquei o martelo pendurado no pescoço e rezei a Tor, pedindo sucesso.

Algumas pessoas apareceram entre as dunas ao norte da praia onde o *Reinbôge* tinha encalhado. Havia uma aldeia castigada pelo clima à beira do mar, habitada principalmente por pescadores cujos barquinhos estavam abrigados das tempestades por uma crista de rocha que se estendia para o sul a partir da ponta baixa de Bedehal, e alguns desses aldeões olharam, sem dúvida perplexos, enquanto soltávamos o cabo de couro que ia da cabeça do mastro até a popa do *Reinbôge*. Eles só podiam ver três de nós. Observaram enquanto baixávamos o mastro, deixando-o cair sobre o barco com a vela rasgada ainda presa. A maré estava baixa, mas subia, e o *Reinbôge* ficava se mexendo e saltando praia acima enquanto as ondas o golpeavam.

O pobre Blekulf sofria por causa de seu barco, temendo que cada impacto na areia provocasse outra fenda ou aumentasse uma já existente.

— Eu lhe compro outro navio — ofereci.

— Eu o construí — respondeu ele, carrancudo, sugerindo que nenhum barco que eu comprasse seria tão bom quanto o que ele próprio havia feito.

— Então reze para tê-lo construído bem — retruquei, então mandei Osferth, que estava escondido no casco do *Reinbôge*, assumir o comando. — Você sabe o que fazer.

— Sim, senhor.

— Fique aqui com Osferth — eu disse a Blekulf, depois ordenei que Rolla, um dinamarquês selvagem, escolhesse suas armas e me seguisse. Saltamos do barco e subimos a praia até as dunas. Eu carregava Bafo de Serpente. Sabia que os homens vindos da fortaleza chegariam logo, e isso significava que o momento de minha espada estava chegando. Os aldeões deviam ter nos visto subir pela praia com as espadas, mas não se moveram em nossa direção nem na dos cavaleiros que chegavam rapidamente do norte.

Espiei por entre o capim das dunas açoitado pelo vento e vi sete homens em sete cavalos. Todos usavam cota de malha, elmos e carregavam armas. Sua velocidade e o vento forte levantavam a capa dos sete cavaleiros e sopravam a areia levantada pelos cascos. Estavam a meio-galope, ansiosos para realizar a tarefa e voltar à fortaleza. Começava a chover, uma forte chuva soprada do mar, e isso era bom. Faria os sete homens ficarem ainda mais ansiosos para acabar o serviço. Isso iria deixá-los descuidados.

Os sete chegaram à praia. Viram um navio encalhado com o mastro caído e uma vela rasgada balançando inútil. Agora Rolla e eu começamos a correr para o norte, agachados atrás das dunas. Ninguém podia nos ver. Corremos até o lugar onde os cavaleiros haviam chegado por entre as dunas, o mesmo caminho que tomariam ao retornar à fortaleza, e esperamos, as espadas em punho, e eu me esgueirei sobre um monte de areia e espiei por cima.

Os sete cavaleiros chegaram ao *Reinbôge*, contendo os garanhões pouco antes das ondas espumantes que subiam pela praia e passavam pelo casco adernado. Cinco deles apearam. Eu podia vê-los chamando Blekulf, o único homem visível. Ele poderia tê-los alertado, claro, mas seu filho e seu tripulante estavam a bordo do *Middelniht* e ele temia pela vida do menino, por isso não fez nada para nos trair. Em vez disso, contou que havia naufragado, simplesmente, e os cinco cavaleiros vadearam até o navio. Nenhum deles estava com a espada desembainhada. Os dois a cavalo esperaram na praia, então Osferth atacou.

Sete dos meus homens apareceram de repente, saltando por cima da proa do *Reinbôge* com espadas, machados e lanças. Os cinco cavaleiros morreram com uma velocidade espantosa, atingidos violentamente com golpes de machado no pescoço, enquanto Osferth tentava cravar uma lança no cavaleiro mais próximo. O homem se virou, escapando do golpe, e esporeou o animal para longe do súbito massacre que espalhou sangue nas espumas das ondas. Seu companheiro bateu as esporas e o seguiu.

— São dois — avisei a Rolla. — Estão vindo.

Agachamo-nos, um de cada lado do caminho. Ouvi o som dos cascos se aproximando. Bafo de Serpente estava em minha mão e a raiva, em minha alma. Eu havia observado Bebbanburg enquanto o *Reinbôge* lutava para passar e vira minha herança, minha fortaleza, meu lar, o lugar com o qual havia sonhado desde o dia em que partira, o lugar roubado de mim, e agora iria tomá-lo de volta e trucidar o homem que me havia usurpado.

E assim comecei minha vingança. O cavaleiro da frente surgiu e saltei sobre ele, a espada girando, e seu cavalo empinou e se torceu de lado, de modo que meu corte errou totalmente o homem, mas o cavalo estava caindo, os cascos levantando areia. O segundo cavalo se chocou contra o primeiro e também estava caindo, então Rolla trincou os dentes enquanto sua espada se cravava no peito do cavaleiro. Os animais, os olhos agora brancos, lutaram para se levantar, e segurei as rédeas de um, pus o pé no peito do cavaleiro caído e encostei Bafo de Serpente em seu pescoço.

— Seu idiota! — exclamou o homem. — Não sabe quem somos?

— Eu sei quem vocês são — respondi.

Rolla havia pegado o segundo cavalo e acabou com o cavaleiro com um golpe curto e forte, fazendo sangue espirrar na areia. Olhei para o *Reinbôge* e vi que Osferth havia capturado os cinco cavalos restantes. Seus homens carregaram os cadáveres para fora da água rasa e estavam tirando as cotas de malha, as capas e os elmos.

Abaixei-me e desafivelei o cinto da espada de meu cativo. Joguei-o para Rolla, depois mandei o homem se levantar.

— Qual é o seu nome? — perguntei.

— Cenwalh — murmurou ele.

— Mais alto!

— Cenwalh.

Começou a chover mais forte, uma chuva pesada e malévola que vinha do mar agitado. E de repente gargalhei. Era insano. Um pequeno grupo de homens molhados, desesperados, contra a fortaleza mais intimidadora da Britânia? Empurrei Bafo de Serpente, fazendo Cenwalh recuar um passo.

— Há quantos homens em Bebbanburg? — perguntei.

— O bastante para matar vocês dez vezes — rosnou ele.

— Tantos assim? E quantos são necessários para isso?

Ele não queria responder, depois achou que poderia me enganar.

— Trinta e oito — declarou ele.

Girei o pulso, fazendo a ponta de Bafo de Serpente cortar a pele de seu pescoço. Uma gota de sangue surgiu lá e acabou escorrendo por baixo da cota de malha.

— Agora experimente dizer a verdade — ordenei.

Ele pôs a mão no fio de sangue.

— Cinquenta e oito — respondeu ele, carrancudo.

— Incluindo você e esses homens?

— Incluindo nós.

Avaliei que ele dizia a verdade. Meu pai mantinha uma guarnição que ia de cinquenta a sessenta homens, e Ælfric relutaria em ter mais visto que cada guarda precisaria ser armado, receber uma cota de malha, ser alimentado e pago. Se meu tio recebesse um alerta de perigo real poderia convocar mais aliados da terra governada por Bebbanburg, mas demoraria a juntar essa força. Assim estávamos em menor número numa relação de aproximadamente dois para um, mas eu não havia esperado por menos.

Osferth e seus homens nos alcançaram, puxando os cinco cavalos e carregando as roupas, as cotas de malha, os elmos e as armas dos homens mortos.

— Você reparou em que homem estava montando que cavalo? — perguntei.

— Claro, senhor — respondeu Osferth, virando-se para olhar seus homens e os cavalos capturados. — Capa marrom no garanhão sarapintado, capa azul no capão preto, túnica de couro no... — Ele hesitou.

— Na égua malhada — continuou meu filho. — O de capa preta estava no garanhão preto menor e...

— Então troquem de roupa — interrompi-os e olhei de volta para Cenwalh. — Você, dispa-se.

— Me despir? — Ele me olhou boquiaberto.

— Você pode tirar a roupa — falei —, ou podemos despir seu cadáver. Você escolhe.

Houvera sete cavaleiros, de modo que os guardas do portão de Bebbanburg deveriam ver sete retornar. Esses guardas estariam totalmente familiarizados com os sete homens, deviam vê-los junto de seus cavalos dia após dia, e assim, quando chegássemos à fortaleza, eles deveriam ver o que esperavam ver. Se a capa listrada de marrom e branco de Cenwalh estivesse sobre a anca do cavalo errado, os guardas perceberiam que algo estava errado, mas, se vissem essa capa num cavaleiro montado no alto garanhão castanho de Cenwalh, presumiriam que a vida seguia como sempre.

Trocamos de roupa. Cenwalh, reduzido a uma camisa de lã que descia até a bunda, tremia ao vento frio. Ele estava me olhando, observando enquanto eu vestia a capa azul-clara de um estranho sobre minha cota de malha. Viu-me enfiar o martelo de Tor por baixo da malha para escondê-lo. Tinha ouvido Osferth me chamar de "senhor" e começava a entender lentamente quem eu era.

— O senhor é... — começou ele e parou. — O senhor é... — começou de novo.

— Sou Uhtred Uhtredson — rosnei. — O legítimo senhor de Bebbanburg. Quer jurar lealdade a mim agora?

Pendurei a pesada cruz de prata de um morto no pescoço. O elmo não servia, pois era pequeno demais, por isso fiquei com o meu, mas a capa tinha um capuz que puxei sobre o lobo de prata estampado na crista de meu elmo. Prendi meu cinto da espada à cintura. Ela estaria escondida pela capa e eu queria Bafo de Serpente como companheira.

— O senhor é Uhtred, o Traiçoeiro — comentou Cenwalh em tom abafado.

— É assim que ele me chama?

— Assim e de coisa pior.

Peguei a espada de Cenwalh com Rolla e tirei-a da bainha. Era uma lâmina boa, bem-conservada e afiada.

— Meu tio vive? — perguntei a Cenwalh.

— Vive.

— Senhor — censurou-o Osferth. — Você deve chamá-lo de "senhor".

— Ælfric deve estar velho — declarei. — E ouvi dizer que está doente, é verdade?

— Ele vive — respondeu Cenwalh, teimosamente se recusando a me chamar de senhor.

— E está doente?

— Doenças da idade — retrucou ele, sem dar importância.

— E os filhos dele?

— O senhor Uhtred tem o comando — respondeu Cenwalh. Ele falava de meu primo, Uhtred, filho de Ælfric e pai de outro Uhtred.

— Fale sobre o filho de Ælfric.

— Ele se parece com você — relatou ele, fazendo isso parecer um infortúnio.

— E o que ele espera de você?

— Espera de mim?

— Ele mandou sete de vocês. Para fazer o quê?

Cenwalh franziu a testa, sem entender a pergunta, depois se encolheu quando levei a espada para perto de seu rosto. Ele olhou para o *Reinbôge*, ainda sendo golpeado pelas ondas à medida que a maré montante o empurrava praia acima.

— Viemos dar uma olhada — respondeu ele, carrancudo.

— E em vez disso nos encontraram, mas o que teriam feito se eu não estivesse aqui?

— Iríamos colocá-lo em segurança — explicou ele, ainda olhando o navio encalhado.

— E para esvaziar a carga? Quem faria isso? Vocês?

— Há muitos homens na aldeia.

Então Cenwalh garantiria que o *Reinbôge* estivesse bem encalhado na maré alta, depois obrigaria os aldeões a esvaziar a carga. Isso significava que deixaria alguns homens para garantir que o serviço fosse bem-feito e nada de valor fosse roubado. O que, por sua vez, significava que a fortaleza não esperaria ver sete homens retornando. Pensei durante alguns instantes.

— E se ele só estivesse carregando lastro?

Cenwalh deu de ombros.

— Depende se vale a pena ser salvo. Ele parece bem-construído.

— Nesse caso iriam deixá-lo em segurança até o tempo acalmar?

Ele confirmou.

— E, se o senhor Ælfric não o quisesse, iríamos quebrá-lo ou vendê-lo.

— Agora fale da fortaleza.

Ele não disse nada que eu não soubesse. Chegava-se ao Portão de Baixo por uma estrada que serpenteava pela estreita ponta de terra e subia íngreme até o grande arco de madeira. Mais além desse arco ficava o amplo espaço onde estavam construídos os estábulos e uma forja de ferreiro. O pátio externo era protegido por uma alta paliçada, mas o espaço interno, que ocupava o alto cume de rocha, possuía outro muro, ainda mais alto, e um segundo portão, chamado Portão de Cima. Era lá, no pico da rocha, que o grande salão de Ælfric ficava e onde salões menores serviam como alojamentos para os guardas e suas famílias. A chave para Bebbanburg não era o Portão de Baixo, por mais formidável que fosse, e sim o Portão de Cima.

— O Portão de Cima é mantido aberto? — perguntei.

— Está fechado — respondeu Cenwalh em tom de desafio. — Está sempre fechado, e ele está esperando você.

Olhei-o.

— Está me esperando?

— O senhor Ælfric sabe que seu filho virou padre, sabe que você agora é um fora da lei. Ele acha que você vem para o norte. Ele acha que você é louco. Diz que não tem aonde ir, portanto virá para cá.

E Ælfric estava certo, pensei. Um sopro de vento trouxe uma pancada de chuva forte. As ondas espumaram em volta do *Reinbôge*.

— Ele não sabe de nada — retruquei com raiva — e não vai saber até minha espada cortar a goela dele.

— Ele vai matar você — zombou Cenwalh.

E Rolla matou-o. Eu acenei para o dinamarquês que estava parado atrás do trêmulo Cenwalh, que não sabia nada a respeito de sua morte até ela o surpreender. A espada pegou-o no pescoço, um golpe forte, mortal, misericordioso. Ele desmoronou na areia.

— Montem — rosnei para meus homens.

Sete de nós montamos, três outros andariam como se fossem prisioneiros.

E eu fui para casa.

Cinco

Haverá um fim para a matança.

Era o que eu dizia a mim mesmo enquanto cavalgava para Bebbanburg, para meu lar. Haverá um fim para a matança. Eu abriria caminho até a fortaleza trucidando quem surgisse na minha frente, depois fecharia os portões e deixaria o mundo cair em um caos de confrontos e voltar ao normal, mas estaria em paz dentro daquela alta muralha de madeira. Deixaria os cristãos e os pagãos, os saxões e os dinamarqueses lutarem uns contra os outros até não restar ninguém de pé, mas dentro de Bebbanburg viveria como um rei e convenceria Æthelflaed a ser minha rainha. Mercadores viajando pela estrada costeira iriam nos pagar taxas, navios de passagem pagariam pelo privilégio, as moedas iriam se empilhar e nós deixaríamos a vida correr solta.

Quando o inferno congelar.

O padre Pyrlig gostava desse ditado. Eu sentia falta dele. Era um dos bons cristãos, mesmo sendo galês, e depois da morte de Alfredo havia retornado a Gales onde, pelo que eu sabia, continuava vivo. Tinha sido guerreiro, e pensei em como ele gostaria deste ataque insolente. Nove homens contra Bebbanburg. Eu não contava com Blekulf, o dono do *Reinbôge*, apesar de ele nos seguir. Eu lhe dera a opção de ficar ao lado de seu amado e sofrido navio, mas ele temia os aldeões e pelo filho, por isso seguia os cavalos a pé.

Nove homens. Meu filho era um deles. E havia Osferth, o fiel Osferth que teria sido rei caso sua mãe houvesse se casado com seu pai. Eu pensava frequentemente que ele me desaprovava, assim como seu pai Alfredo fizera, mas Osferth tinha permanecido leal quando tantos outros fugiram para longe com medo. Havia outro saxão. Swithun era um saxão ocidental que tinha recebido o nome de um dos santos mais queridos de Wessex, porém o nosso era qualquer coisa, menos santo. Ele era um rapaz alto, alegre, de humor rápido e com uma massa de cabelos claros, olhos azuis inocentes, riso pronto e dedos rápidos como os de um ladrão. Fora levado a mim por aldeões cansados de seus crimes, para eu fazer justiça. Queriam que eu o marcasse a ferro quente, talvez cortasse uma de suas mãos, mas em vez disso ele me desafiou a lutar e, achando aquilo divertido, eu lhe dei uma espada. Foi fácil derrotá-lo, porque ele não possuía treino, mas era forte e quase tão rápido quanto Finan. Assim, perdoei seus crimes com a condição de ele jurar lealdade e se tornar meu homem. Eu gostava dele.

Rolla era dinamarquês. Ele era alto, musculoso e cheio de cicatrizes. Tinha servido a outro senhor, cujo nome nunca disse, e fugira, violando o juramento, porque esse senhor havia jurado matá-lo.

— O que você fez? — perguntei quando ele chegou e implorou para fazer seu juramento.

— Tracei a mulher dele — respondeu Rolla.

— Não é algo inteligente.

— Mas é agradável.

Em uma luta ele era rápido como uma doninha, cruel e implacável, um homem que vira horrores e se acostumara com eles. Adorava os deuses antigos, mas havia tomado uma esposa cristã, pequena e gorducha, que estava com Sigunn em Lundene. O dinamarquês assustava a maioria dos meus homens, porém eles o admiravam, e ninguém mais que Eldgrim, um jovem conterrâneo de Rolla que eu havia descoberto bêbado e nu em um beco em Lundene. Ele fora roubado e espancado. Tinha o rosto redondo e inocente, densos cachos castanhos e as mulheres o adoravam, mas ele não se separava de Kettil, o terceiro dinamarquês que cavalgava comigo naquele dia. Kettil, como Eldgrim, devia ter 18 ou 19 anos e era magro como uma corda de harpa. Parecia frágil, mas isso enganava, porque ele era rápido numa luta e forte atrás de um escudo. Alguns de meus homens mais idiotas haviam zombado da amizade de Kettil e Eldgrim, que ia muito além da mera afeição, mas eu havia posto os galhos de aveleira no pátio de Fagranforda e incitado os que zombavam a lutar com um deles, espada contra espada, porém os galhos não foram usados e a zombaria acabou.

Dois frísios cavalgavam de Bedehal a Bebbanburg. Folcbald era lento como um boi, mas teimoso como uma mula. Bastava colocá-lo atrás de um escudo que era impossível movê-lo. Ele era extremamente forte e tinha o pensamento muito lento, no entanto, era leal e valia mais que dois homens numa parede de escudos. Wibrund, seu primo, era agitado, entediava-se com facilidade e vivia arranjando encrenca, porém era útil em uma luta e incansável atrás de um remo.

Assim, nós, os nove acompanhados por Blekulf, fomos para Bebbanburg. Seguíamos a trilha que ia de Bedehal para o norte. À nossa direita havia dunas de areia, e à esquerda as plantações encharcadas que se estendiam até as escuras colinas do interior. A chuva estava mais forte, porém o vento diminuía. Osferth esporeou o cavalo para andar ao meu lado. Estava usando uma pesada capa preta com um capuz que escondia seu rosto, mas vi o sorriso torto que ele me ofereceu.

— O senhor prometeu que a vida seria interessante — comentou ele.

— Prometi?

— Há muitos anos, quando me salvou de virar padre. — Seu pai queria que o filho bastardo se tornasse padre, mas Osferth escolhera o caminho da guerra.

— Você poderia terminar os estudos — sugeri. — Tenho certeza de que iriam transformá-lo num daqueles feiticeiros.

— Eles não são feiticeiros — explicou ele com paciência.

Eu ri; era sempre fácil demais provocar Osferth.

— Você seria um bom padre — declarei, não mais provocando. — E provavelmente já seria bispo.

Ele balançou a cabeça.

— Não, mas talvez um abade, não é? — E fez uma careta. — Um abade em algum mosteiro remoto, tentando plantar trigo num pântano e rezando.

— Claro que você seria bispo — falei com selvageria. — Seu pai era rei!

Osferth balançou a cabeça com mais ênfase.

— Eu sou o pecado de meu pai. Ele iria me querer longe do caminho, escondido no pântano onde ninguém pudesse ver seu pecado. — Osferth fez o sinal da cruz. — Sou filho do pecado, e isso significa que estou condenado.

— Já ouvi loucos falarem coisas com que fazem mais sentido que isso. Como consegue adorar um deus que o condena pelo pecado de seu pai?

— Não podemos escolher deuses — respondeu ele com gentileza. — Só existe um.

Que absurdo enorme! Como um único deus pode cuidar do mundo inteiro? Um deus para cada tordo, martim-pescador, lontra, garriça, raposa, cambaxirra, cervo, cavalo, montanha, arvoredo, andorinha, doninha, salgueiro ou pardal? Um deus para todo riacho, rio, animal e homem? Eu tinha dito isso uma vez ao padre Beocca. Pobre padre Beocca, agora morto, mas que, como Pyrlig, fora outro bom padre.

— Você não entende! Não entende! — respondera ele, agitado. — Deus tem todo um exército de anjos para cuidar do mundo! Existem serafins, querubins, príncipes, poderes e domínios a toda volta! — Ele balançou a mão aleijada. — Existem anjos invisíveis, Uhtred, ao redor de todos nós! Os servidores alados de Deus nos vigiam. Eles veem até mesmo o menor pardal caindo!

— E o que os anjos fazem com relação ao pardal que está caindo? — eu perguntara a ele, mas Beocca não tinha resposta para isso.

Eu esperava que as nuvens baixas e escuras e a chuva forte escondessem Bebbanburg de qualquer anjo que estivesse olhando. Meu tio e meu primo eram cristãos, então os anjos poderiam protegê-los, se essas criaturas mágicas e aladas existissem mesmo. Talvez existissem. Eu acredito no deus cristão, mas não acredito que seja o único deus. Ele é uma criatura ciumenta, carrancuda, solitária, que odeia os outros deuses e conspira contra eles. Às vezes, quando penso nele, vejo-o parecido com Alfredo, só que Alfredo tinha alguma decência e gentileza, embora nunca parasse de trabalhar, de pensar ou de se preocupar. O deus cristão também nunca para de trabalhar e planejar. Meus deuses gostam de ficar à toa no salão de festas ou de levar suas deusas para a cama, são bêbados, pervertidos e felizes, e, enquanto festejam e fornicam, o deus cristão está conquistando o mundo.

Uma gaivota voou, atravessando nosso caminho, e tentei avaliar se seu voo era um presságio bom ou ruim. Osferth teria negado qualquer presságio, mas estava imerso em pensamentos. Ele acreditava que, por ser bastardo, estava além da salvação de seu deus perverso, e que a maldição duraria dez gerações. Acreditava nisso porque era o que pregava o livro santo dos cristãos.

— Você está pensando na morte — acusei.

— Todo dia — respondeu ele —, mas hoje mais que na maioria.

— Você tem presságios?

— Temores, senhor. Apenas temores.

— Temores?

Ele deu um riso sem qualquer humor.

— Olhe para nós! Nove homens!

— E os homens de Finan.

— Se ele chegar em terra — comentou Osferth com pessimismo.

— Ele vai chegar.

— Talvez seja só o tempo. Não está nem um pouco alegre.

Mas o tempo estava do nosso lado. Os homens de vigia numa fortaleza ficam entediados. Montar guarda é suportar dia após dia após mais um dia de pouca coisa acontecendo, das mesmas idas e vindas, e os sentidos ficam embotados sob o peso da rotina. É pior à noite ou no tempo ruim. Essa chuva deixaria as sentinelas de Bebbanburg sofrendo, e homens com frio e molhados são sentinelas ruins.

A estrada tinha um ligeiro declive. À minha esquerda havia pilhas de feno num pequeno pasto e notei com aprovação a grossa camada de samambaias embaixo dos montes. Meu pai costumava ficar com raiva dos aldeões que não usavam samambaia suficiente sob as pilhas de feno.

— Querem ratos aqui, seus idiotas com cérebro de peido? — gritava para eles. — Querem que o feno apodreça? Querem ter silagem em vez de feno? Vocês não entendem nada, seus idiotas com mijo no lugar dos miolos?

Na verdade, ele próprio entendia pouco do trabalho na fazenda, mas sabia que uma base de samambaias impedia a umidade de subir e detinha os ratos, e gostava de mostrar esse pequeno fiapo de conhecimento. Eu sorri com a lembrança. Talvez, quando eu governasse de novo em Bebbanburg, pudesse me dar o luxo de ficar com raiva por causa das medas de feno. Um pequeno cachorro preto e branco latiu numa choupana, depois correu para os cavalos que, evidentemente acostumados com o animal, o ignoraram. Um homem passou a cabeça pela abertura baixa da pequena habitação e gritou para o cachorro ficar quieto, depois baixou a cabeça ao perceber nossa presença. A estrada voltou a subir, apenas poucos metros, mas, quando chegamos ao topo, ali, subitamente, estava Bebbanburg.

Ida, meu ancestral, havia navegado da Frísia. Segundo as histórias de família, ele trouxera três barcos com guerreiros famintos e desembarcara em algum lugar deste litoral selvagem; os nativos então recuaram para uma fortaleza com muros de madeira em cima da rocha comprida que ficava entre a baía e o mar, a rocha que havia se tornado Bebbanburg. Ida, que era chamado de Portador da Chama, queimou o salão de madeira dos nativos e trucidou todos, encharcando a rocha de sangue. Empilhou os crânios virados para a terra, como alerta para outros sobre o que aconteceria se ousassem atacar a nova fortaleza que ergueu na rocha sangrenta. Ele a havia capturado, manteve-a e governou toda a terra ao redor num círculo com a distância de um dia de cavalgada a partir de seu novo muro alto, e seu reino era chamado de Bernícia. Seu neto, o rei Æthelfrith, foi um flagelo em todo o norte da Britânia, impelindo os nativos para os morros selvagens. Ele tomou uma esposa, Bebba, e a grande fortaleza recebeu o nome dela.

E agora ela era minha. Não tínhamos mais um reino, porque a Bernícia, como outros domínios pequenos, fora engolida pela Nortúmbria, no entanto ainda tínhamos a grande fortaleza de Bebba. Ou melhor, Ælfric tinha a fortaleza, e, naquela manhã fria, cinza, escura e molhada, eu cavalgava para retomá-la.

Ela se agigantava, ou talvez fosse minha imaginação, porque a imagem da fortaleza estivera em meu coração desde o dia em que a deixei. A rocha na qual Bebbanburg se eleva forma uma crista de norte para o sul, de modo que, quando observada do sul, ela não parece vasta. Próxima de nós ficava a muralha externa feita de grandes troncos de carvalho, contudo, nos trechos onde a muralha era mais vulnerável, em lugares nos quais reentrâncias na rocha permitiam que os homens se aproximassem, a parte de baixo fora refeita em pedra. Isso era novo, posterior aos dias de meu pai. Um arco com uma plataforma em cima compunha o Portão de Baixo, que era a melhor defesa de Bebbanburg porque só podia ser abordado por um caminho estreito que começava na língua de areia e seguia para as terras no interior. A língua era bastante larga, mas então a rocha escura irrompia da areia e o caminho se estreitava à medida que subia até aquele portão enorme, ainda enfeitado com crânios de homens. Não sei se eram os mesmos que Ida, o Portador da Chama, havia descarnado num caldeirão de água fervente, no entanto certamente eram antigos e mostravam os dentes amarelos num aviso aos supostos atacantes. O Portão de Baixo era o lugar mais vulnerável de Bebbanburg, porém mesmo assim era intimidador. Bastava sustentar aquela passagem e Bebbanburg ficaria segura, a não ser que homens desembarcassem do mar para atacar a muralha mais alta, e essa era uma ideia intimidadora visto que a rocha era íngreme e os muros altos, de modo que os defensores podiam fazer chover lanças, pedras e flechas sobre os atacantes.

No entanto, mesmo que um ataque tomasse o Portão de Baixo, os invasores não capturariam a fortaleza porque aquele arco cheio de crânios só levava ao pátio inferior. Eu podia ver os telhados acima do muro. Naquele pátio de baixo havia estábulos, depósitos e a forja. Uma fumaça escura subia da oficina, soprando para o interior com o vento carregado de chuva. Para além dali a rocha subia de novo, e no cume ficava a muralha interna, mais alta do que a externa, reforçada com grandes blocos de pedra e atravessada por outro portão formidável. Após esse Portão de Cima estava a fortaleza propriamente dita, onde ficava o grande salão e mais fumaça aparecia acima do telhado, sobre o qual balançava o estandarte de minha família. O estandarte do lobo se agitava carrancudo naquele vento úmido. Essa insígnia me deixou com raiva. Era meu estandarte, meu emblema, e meu inimigo o estava usando, porém naquele dia eu era o lobo e tinha voltado a meu covil.

— Diminuam o passo! — ordenei aos meus homens.

Deveríamos cavalgar como homens cansados, entediados, por isso relaxamos o corpo nas selas, deixando os cavalos vagarosos encontrarem o caminho que conheciam melhor do que qualquer um de nós. Mas eu o conhecia. Tinha passado meus primeiros dez anos ali e conhecia o caminho, a rocha, a praia, o porto e a aldeia. A fortaleza se erguia acima de nós, e à esquerda ficava a lagoa ampla e rasa que servia como porto de Bebbanburg. Ele era acessível por um canal ao norte da fortaleza e, uma vez dentro, o barco precisava ter cuidado para não encalhar. Agora podia ver o *Middelniht*. Havia meia dúzia de barcos menores, embarcações de pesca, e dois navios tão grandes ou maiores do que o nosso, mas nenhum deles parecia ter tripulantes a bordo. Nesse momento, Finan já teria nos visto.

Para além do porto, onde se erguiam as montanhas, ficava a pequena aldeia onde viviam pescadores e fazendeiros. Lá havia uma taverna e outra forja, assim como uma praia de cascalho onde fogueiras soltavam fumaça embaixo de estrados com peixe secando. Quando eu era criança, minha tarefa era espantar as gaivotas dos estrados de peixe, e agora podia ver crianças lá. Sorri, porque aquele era meu lar, então parei de sorrir, pois agora a fortaleza estava perto. O caminho se dividia, um ramo indo para o oeste, passando ao redor do porto para chegar à aldeia, e o outro subindo para o Portão de Baixo.

Que estava aberto. Eles não suspeitavam de nada. Acho que ele ficava sempre aberto durante a luz do dia, como o portão de uma cidade. As sentinelas teriam muito tempo para detectar uma ameaça se aproximando e fechar os imensos portões, mas tudo que viram naquela manhã molhada foi o que esperavam ver, portanto nenhuma delas se moveu na elevada plataforma.

Finan e três homens saltaram da proa do *Middelniht* e começaram a vadear para a terra. Pelo que dava para ver, eles não portavam armas, mas isso não importava, porque carregávamos as nossas e as que havíamos recolhido. Presumi, corretamente, que teriam informado a Finan quantos homens poderiam descer a terra ao mesmo tempo, e que esses homens deveriam andar desarmados. Desejei que fossem mais de quatro, porque agora éramos 13, sem contar com Blekulf, e 13 é um mau presságio. Todo mundo sabe disso, até os cristãos admitem que 13 é ruim. Os cristãos dizem que é o número do azar porque Judas foi o 13º participante da última ceia, mas o verdadeiro motivo é Loki, o deus malévolo, ardiloso e assassino, ser a 13ª divindade de Asgard.

— Folcbald! — chamei.

— Senhor?

— Quando chegarmos ao portão você deve ficar embaixo do arco com Blekulf.

— Eu devo ficar... — Ele não entendeu. Esperava lutar e agora eu ordenava que ficasse para trás. — O senhor quer que eu...

— Quero que fique com Blekulf! — interrompi-o. — Mantenha-o embaixo do arco até eu mandar se juntar a nós.

— Sim, senhor — acatou ele. Agora éramos 12.

Finan estava me ignorando. Andava a uns cinquenta passos de distância, indo lentamente para a fortaleza. Estávamos mais perto do Portão de Baixo, muito mais perto, nossos cavalos haviam começado a subir a encosta pouco íngreme e agora o vasto arco repleto de crânios se avultava. Mantive a cabeça baixa e deixei meu garanhão seguir devagar. Alguém gritou algo de cima da guarita do portão, mas o vento e a chuva levaram as palavras para longe. Parecia um cumprimento e simplesmente balancei a mão cansada em resposta. Deixamos a trilha arenosa e os cascos ressoaram no caminho aberto na pedra escura. O som deles era alto, como um grande tambor de guerra. Os animais andavam lentamente e eu relaxei o corpo na sela, mantendo a cabeça baixa. Então a penumbra do dia ficou ainda mais escura, a chuva não bateu mais em minha capa com capuz e levantei os olhos e vi que estávamos no túnel do portão.

Eu estava em casa.

Carregava a espada de Cenwalh escondida embaixo da capa grossa, mas deixei-a cair para que Finan tivesse uma arma. Meus homens fizeram o mesmo, as armas caindo ruidosas no caminho aberto na rocha. Meu cavalo refugou por causa do som, porém segurei-o e baixei a cabeça sob a pesada trave de madeira que formava o arco interno.

O Portão de Baixo fora deixado aberto, mas isso fazia sentido porque ocorreriam constantes idas e vindas durante o dia. Havia um monte de cestos e sacos do lado de dentro do portão, deixados para os aldeões que traziam peixe ou pão para a fortaleza. O portão seria fechado no crepúsculo, e era vigiado dia e noite, no entanto o Portão de Cima, pelo que Cenwalh dissera, era mantido fechado. Isso também fazia sentido. Um inimigo poderia capturar o Portão de Baixo e todo o pátio interno, porém, a não ser que pudesse tomar o Portão de Cima e sua formidável fortificação reforçada com pedras, ainda não estaria mais perto de capturar Bebbanburg.

E, enquanto eu saía de baixo do arco interno, vi que o Portão de Cima estava aberto.

Por um instante não acreditei no que vi. Tinha esperado uma luta súbita e frenética para capturar aquele portão, mas ele estava aberto! Havia guardas na plataforma acima dele, porém nenhum no arco de entrada em si. Senti que estava num sonho. Cavalgara para o interior de Bebbanburg e ninguém havia me interpelado, e além disso os idiotas deixaram o portão interno completamente aberto! Contive meu cavalo e Finan me alcançou.

— Traga o restante da tripulação para a terra — ordenei.

À minha direita havia um grupo de pessoas treinando com escudos. Eram oito sob o comando de um homem atarracado e barbudo que gritava para levantar os escudos. Eram jovens, provavelmente rapazes das fazendas locais que precisariam lutar caso a terra de Bebbanburg fosse atacada. Usavam espadas velhas e escudos surrados. O homem que ensinava olhou em nossa direção e não viu nada de alarmante. À minha frente estava o Portão de Cima, aberto, a apenas cerca de cem passos de distância. À esquerda ficava a forja com sua fumaça escura. Um homem gritou do portão acima de mim.

— Cenwalh! — Eu o ignorei. — Cenwalh! — gritou ele de novo e acenei, e essa resposta pareceu satisfazê-lo porque ele não disse mais nada.

Era hora de lutar. Meus homens estavam esperando o sinal, mas por um momento eu parecia mergulhado em incredulidade. Eu estava em casa! Eu estava dentro de Bebbanburg, então meu filho esporeou o cavalo para o meu lado.

— Pai? — perguntou ele, parecendo preocupado.

Era hora de liberar a fúria. Bati com os calcanhares no cavalo, que foi imediatamente para a esquerda, seguindo seu caminho regular para o estábulo perto da forja. Puxei as rédeas, dirigindo-me para o Portão de Cima.

E os cães me viram.

Havia dois deles, grandes wolfhounds peludos que dormiam sob um abrigo rústico de madeira onde era guardado o feno, ao lado do estábulo. Um deles nos viu, desenrolou-se e saltou na nossa direção, com o rabo balançando. Então parou, subitamente cauteloso, e vi seus dentes à mostra. Ele rosnou, depois uivou. O segundo cão acordou depressa. Agora os dois estavam uivando e correndo para mim, e meu cavalo saltou de lado violentamente.

O homem atarracado que treinava os rapazes era eficiente. Soube que havia algo errado e fez a coisa certa.

— Fechem! Fechem agora! — gritou para os guardas do Portão de Cima.

Instiguei o cavalo para o portão, porém os dois cachorros estavam à frente. Talvez fossem os cães de Cenwalh, porque apenas eles, em toda a fortaleza, perceberam haver algo errado. Sabiam que eu não era Cenwalh. Um deles saltou como se fosse morder meu cavalo e eu desembainhei Bafo de Serpente enquanto o garanhão tentava morder o cachorro.

— Para o portão! — gritei aos meus homens.

— Fechem! — berrou o homem atarracado.

Uma trombeta soou. Instiguei o cavalo passando pelos cães, mas já era tarde demais. Os enormes lados do portão estavam sendo fechados e ouvi o estrondo da trave batendo nos suportes. Xinguei em vão. Homens apareciam no muro acima do Portão de Cima, homens demais. Estavam cerca de 6 metros acima de mim e era inútil tentar atacar aquele vasto arco de madeira. Minha única oportunidade residia em tomar o portão de surpresa, mas os cães a impediram.

O homem atarracado correu em minha direção. A coisa sensata a fazer agora era recuar, perceber que tinha perdido e, enquanto ainda houvesse tempo, fugir pelo Portão de Baixo e correr para o *Middelniht*, mas eu relutava em desistir com tanta facilidade. Meus homens pararam no centro do pátio, sem saber o que fazer, e o homem atarracado gritava para mim, exigindo saber quem eu era. Os cães continuavam uivando e meu cavalo estava refugando de lado, para escapar deles. Mais cães latiam dentro da fortaleza.

— Tome o portão — gritei para Osferth, apontando para o Portão de Baixo.

Se não pudesse capturar a fortificação interna, pelo menos manteria a externa. A chuva caía inclinada sobre a fortaleza, impelida pelo vento do mar. Os dois guardas perto da forja tinham as lanças apontadas, mas não se moveram em minha direção, e agora Finan levou dois de seus homens até eles.

Eu não podia olhar o que acontecia com Finan porque o homem atarracado havia segurado minhas rédeas.

— Quem é você? — perguntou ele. Os cães se acalmaram, talvez por reconhecerem o homem. — Quem é você? — perguntou ele de novo. Seus oito jovens observavam com olhos arregalados, esquecendo os escudos e as espadas de treino. — Quem é você? — gritou ele comigo pela terceira vez, depois xingou. — Cristo, não!

Ele estava olhando para a forja. Olhei para lá e vi que Finan havia começado a matança. Os dois guardas estavam no chão, mas Finan e seus homens tinham sumido, então chutei os estribos dos pés e deslizei da sela.

Eu estava fazendo tudo errado. Estava confuso. A desordem é inevitável em uma batalha, mas a indecisão é imperdoável, e eu havia hesitado em tomar qualquer decisão e depois tomado todas as erradas. Deveria ter recuado depressa, em vez disso tinha relutado em abandonar Bebbanburg, por isso permiti que Finan trucidasse os dois guardas. Mandara Osferth capturar o Portão de Baixo e isso significava que tinha homens dentro e ao redor daquele arco, além de outros na forja, enquanto a tripulação do *Middelniht* presumivelmente ainda estava vadeando para a terra, mas eu estava isolado no pátio onde o homem atarracado tentou me acertar com a espada. E continuei fazendo a coisa errada. Em vez de chamar Finan e tentar posicionar todos os meus homens em um só lugar, bloqueei o golpe forte com Bafo de Serpente e, quase sem pensar, impeli o homem para trás com dois ataques poderosos, recuei um passo para deixá-lo atacar e, quando ele mordeu a isca e avançou, perfurei sua barriga com a lâmina. Eu a senti romper os elos da cota de malha, perfurar o couro e deslizar no macio. Ele estremeceu enquanto eu torcia Bafo de Serpente em suas tripas, depois cambaleou, tombando de joelhos. O homem atarracado caiu para a frente enquanto eu puxava a espada de sua barriga. Dois de seus jovens vieram em minha direção, mas me virei para eles, a espada vermelha nas mãos.

— Querem morrer? — rosnei, e eles pararam. Eu havia tirado o capuz de cima do elmo com crista de lobo e fechei as placas faciais. Eles eram meninos e eu, um senhor da guerra.

E era idiota, porque tinha feito tudo errado. E então o Portão de Cima se abriu.

Homens jorraram por ele. Homens com cotas de malha, homens com espadas, homens com lanças e escudos. Perdi a conta em vinte, e eles continuavam chegando.

— Senhor! — gritou Osferth do Portão de Baixo. Ele o havia capturado e eu podia ver meu filho na alta plataforma. — Senhor! — gritou Osferth outra vez. Queria que eu recuasse, me juntasse a ele, mas em vez isso olhei para a forja onde os dois guardas estavam caídos na chuva. Não havia sinal de Finan.

Então lanças e espadas se chocaram contra os escudos e vi que as forças de meu tio formaram uma parede em frente ao Portão de Cima. Havia pelo menos quarenta homens lá, batendo as lâminas ritmicamente nas tábuas de salgueiro. Estavam confiantes, comandados por um homem alto com cabelo claro usando cota de malha mas sem elmo. Ele não carregava escudo, apenas uma espada desembainhada. A parede de escudos apinhava a estrada entre as rochas, que tinha uma largura equivalente a apenas 12 homens. Meus guerreiros chegavam agora, passando pelo Portão de Baixo e também formando uma parede, mas eu sabia que havia perdido. Poderia atacar, inclusive poderíamos forçar nosso caminho para cima, até aquelas fileiras cerradas, mas teríamos de batalhar por cada centímetro, e, acima de nós, na plataforma do Portão de Cima, havia homens prontos para atirar lanças e pedras em nossa cabeça. E, mesmo que forçássemos a passagem, agora o portão estava fechado de novo. Eu havia perdido.

O homem alto na frente dos inimigos estalou os dedos e um serviçal lhe trouxe um elmo e uma capa. Ele pôs os dois, pegou a espada de volta e andou lentamente em minha direção. Seus homens ficaram atrás. Os dois cães que causaram toda a encrenca correram para ele, que estalou os dedos novamente para fazê-los se deitar. Parou a cerca de vinte passos de mim, com a espada abaixada. Era uma arma cara, a empunhadura pesada de ouro e a lâmina brilhando com os mesmos padrões em redemoinho que brilhavam no aço de Bafo de Serpente, agora limpa pela chuva. Ele olhou para os cavalos que montávamos.

— Onde está Cenwalh? — perguntou. E, como eu não respondi, acrescentou: — Morto, imagino. — Fiz que sim. Ele deu de ombros. — Meu pai disse que você viria.

Então este era Uhtred, meu primo, filho do senhor Ælfric. Era alguns anos mais novo do que eu, mas era como se estivesse olhando para um espelho. Ele não havia herdado a aparência morena e o corpo magro do pai; era corpulento, louro e arrogante. Tinha barba curta, clara e bem-aparada, e seus olhos eram de um azul intenso. Seu elmo possuía um lobo na crista, como o meu, porém as placas faciais possuíam detalhes em ouro incrustado. A capa era negra, com acabamento de pele de lobo.

— Cenwalh era um bom homem — declarou ele. — Você o matou? — Continuei sem falar. — Perdeu a língua, Uhtred? — zombou ele.

— Por que desperdiçar palavras com bosta de bode? — perguntei.

— Meu pai sempre diz que um cachorro volta para o próprio vômito, e foi por isso que soube que você viria. Devo lhe dar as boas-vindas? Dou! Bem-vindo, Uhtred! — Ele fez uma reverência zombeteira. — Temos cerveja, carne e pão: vai comer conosco no salão, lá em cima?

— Por que você e eu não lutamos aqui? Só nós dois?

— Porque estou em maior número do que você — respondeu ele com tranquilidade. — E, se fôssemos lutar, eu preferiria trucidar todos vocês, e não dar somente as suas tripas aos meus cães.

— Então lute — desafiei com agressividade. Em seguida me virei e apontei para meus homens, cuja parede de escudos guardava o Portão de Baixo. — Eles estão sustentando sua entrada. Você não pode sair enquanto não nos derrotar. Então lute.

— E como vai sustentar a entrada quando encontrar cem homens vindo por trás? — perguntou o filho de Ælfric. — Amanhã de manhã, Uhtred, você vai encontrar o caminho bloqueado. Você tem comida suficiente? Não há poço aqui, mas você trouxe água ou cerveja?

— Então lute comigo agora — falei. — Mostre que você tem alguma coragem.

— Por que lutar, quando você já está derrotado? — questionou ele, depois levantou a voz para que meus homens ouvissem. — Eu lhes ofereço a vida! Vocês podem ir embora! Podem ir para seu navio e partir! Não faremos nada para atrapalhar! Só exijo que Uhtred fique! — Ele sorriu para mim. — Está vendo como estamos ansiosos pela sua companhia? Você é da família, afinal de contas, logo deve permitir que o recebamos de modo adequado. Seu filho está com você?

Hesitei, não porque duvidasse de minha resposta, mas porque ele tinha dito filho, e não filhos. Então sabia o que havia acontecido, sabia que eu deserdara o mais velho.

— Claro que está — disse o filho de Ælfric, depois levantou a voz de novo. — Uhtred vai ficar aqui, assim como o pirralho dele! O restante está livre para ir embora! Mas, se optarem por ficar, nunca partirão!

Ele estava tentando virar meus homens contra mim e duvidei que isso fosse funcionar. Eles eram jurados a mim e, mesmo que quisessem aceitar a oferta, não violariam o juramento com tanta facilidade. Se eu morresse, alguns dobrariam o joelho, mas nesse momento ninguém queria demonstrar deslealdade diante dos companheiros. O filho de Ælfric também sabia disso, mas na verdade sua oferta tinha como objetivo destruir a confiança dos meus guerreiros. Eles sabiam que eu estava derrotado e esperavam para ver o que eu decidiria fazer, antes de escolher.

Meu primo me olhou.

— Baixe a espada — ordenou ele.

— Vou enterrá-la em sua barriga — respondi.

Era um desafio inútil. Ele havia vencido, eu havia perdido, mas ainda existia uma chance de alcançarmos o *Middelniht* e escaparmos do porto, entretanto eu não ousaria levar meus guerreiros de volta para a praia até Finan e seus dois homens terem reaparecido. Onde ele estava? Eu não poderia abandoná-lo, jamais. Éramos mais íntimos do que irmãos. Ele sumira dentro da forja e eu temia que ele e seus dois homens tivessem sido dominados e estivessem mortos ou, pior ainda, já fossem prisioneiros.

— Vocês vão descobrir que meus homens são letais — declarou meu primo. — Treinamos como vocês, nos exercitamos como vocês. É por isso que ainda mantemos Bebbanburg, porque nem os dinamarqueses querem sentir nossas espadas. Se lutarem, lamentarei os homens que vou perder, mas prometo que vocês pagarão pelas mortes. Sua morte não será rápida, Uhtred, e você não terá uma espada na mão. Vou matá-lo devagar, com dor intensa, mas não antes de fazer o mesmo com seu filho. Você vai vê-lo morrer primeiro. Vai ouvi-lo chamar pela mãe morta. Vai ouvi-lo implorar por misericórdia, porém não haverá nenhuma. É isso que quer? — Ele fez uma pausa, esperando pela minha resposta que não veio. — Ou pode largar a espada agora, e prometo aos dois uma morte rápida e indolor.

Eu ainda estava hesitando, ainda indeciso. Claro que sabia o que fazer, sabia que deveria levá-los de volta ao *Middelniht*, mas não ousava realizá-lo enquanto Finan permanecesse desaparecido. Queria espiar o interior da forja, mas não queria atrair a atenção de meu primo para lá, por isso apenas o encarei e, enquanto minha mente disparava e eu tentava encontrar alguma saída dessa derrota, de repente senti que ele também estava nervoso. Isso não era evidente. Ele parecia grandioso em sua capa negra e seu elmo com a crista em formato de lobo e cruzes cristãs gravadas, segurando a espada, tão formidável quanto Bafo de Serpente, mas por baixo dessa confiança havia medo. A princípio eu não tinha sentido, mas o medo estava lá. Ele estava tenso.

— Onde está o seu pai? — perguntei. — Gostaria que ele visse você morrer.

— Ele vai ver você morrer — afirmou o primo Uhtred. Ele havia se eriçado com minha pergunta? A sensação de que Uhtred se sentia desconfortável era pequena, mas estava lá. — Baixe a espada — ordenou ele novamente, em uma voz muito mais firme.

— Vamos lutar — respondi com a mesma firmeza.

— Então que assim seja. — Ele aceitou a decisão com calma. Então não era o medo de lutar que o deixava nervoso, e talvez eu o tivesse julgado mal. Talvez não houvesse incerteza. Ele se virou para seus homens. — Mantenham Uhtred vivo! Matem o restante, mas mantenham Uhtred e o filho vivos! — Ele se afastou, não se incomodando em me olhar de volta.

Eu retornei ao Portão de Baixo, onde meus homens esperavam com os escudos sobrepostos e as armas preparadas.

— Osferth!

— Senhor?

— Onde está Finan?

— Entrou na forja, senhor.

— Eu sei disso! — Eu esperava que Finan pudesse ter saído de lá sem que eu tivesse visto, mas Osferth confirmou que ele não saíra. Então três de meus homens estavam no interior daquela construção escura, e eu temia que estivessem mortos, que outros guardas estivessem lá dentro e os tivessem dominado. Mas, se era assim, por que esses guardas não apareceram à porta da forja? Eu queria mandar alguns homens para descobrir o destino de Finan, mas isso enfraqueceria minha parede de escudos, que já era fraca o bastante.

E os homens de meu primo começaram a bater nos escudos de novo. Estavam batendo ritimadamente o aço na madeira e avançavam.

— Daqui a pouco vamos fazer a cabeça de porco — falei aos meus homens. — Depois vamos quebrá-los.

Era minha única esperança. A cabeça de porco era uma cunha de homens que atacava uma parede de escudos inimiga como um javali selvagem. Iríamos rápido na esperança de romper a parede deles, parti-la e com isso começar a trucidá-los. Essa era a esperança, mas o medo era de a cabeça de porco desmoronar.

— Uhtred! — gritei.

— Pai?

— Você deveria pegar um cavalo e ir embora. Vá para o sul. Continue cavalgando até alcançar amigos. Mantenha nossa família viva, volte um dia e tome esta fortaleza.

— Se eu morrer aqui — disse meu filho —, vou manter esta fortaleza até o dia do juízo final.

Eu havia esperado essa resposta, ou algo assim, por isso não questionei. Mesmo que Uhtred cavalgasse para o sul, duvidava que chegaria à segurança. Meu tio mandaria homens em perseguição, e entre Bebbanburg e a Britânia saxã não existia nada além de inimigos. Mesmo assim eu havia lhe oferecido a chance. Talvez, pensei, meu filho mais velho, o padreco que não era mais meu filho, se casasse e tivesse filhos, e um desses filhos ouvisse falar desta luta e procurasse vingança.

As três deusas do destino estavam rindo de mim. Eu havia ousado e perdido. Estava numa armadilha, e agora os homens de meu primo chegaram ao fim do caminho aberto na rocha e se espalharam. Sua parede de escudos era mais larga do que a minha. Eles iriam nos envolver, se enrolar em volta de nossos flancos e nos mastigar com machados, lanças e espadas.

— Para trás — ordenei aos meus homens.

Eu ainda planejava a cabeça de porco, mas, por enquanto, deixaria meu primo acreditar que faria uma parede dentro do arco do Portão de Baixo. Isso iria impedi-lo de me flanquear. Iria deixá-lo cauteloso, então eu poderia atacar e ter esperanças de quebrar a formação. Osferth estava ao meu lado e meu filho, atrás de mim. Agora estávamos embaixo do arco e mandei Rolla, Kettil e Eldgrim para a plataforma, para poderem lançar pedras contra os homens que avançavam. Osferth tinha me contado que havia pedras empilhadas lá, preparadas, e ousei esperar que sobrevivêssemos a esta luta. Eu duvidava que pudesse tomar o Portão de Cima, mas simplesmente sobreviver e chegar ao *Middelniht* seria vitória suficiente.

Meu primo pegou seu escudo. Era redondo, de salgueiro preso com ferro e uma grande bossa de bronze. As tábuas foram pintadas de vermelho e o brasão da cabeça de lobo era cinza e preto contra esse campo pintado de sangue. O inimigo cerrou mais as fileiras, os escudos se sobrepondo. A chuva vinha do mar, pesada de novo, pingando das bordas dos elmos, dos escudos e da lâmina das espadas. O tempo estava frio, molhado e cinzento.

— Escudos — ordenei, e nossa pequena fileira da frente, apenas seis homens contidos pelas paredes de carvalho do túnel em arco, tocou os escudos.

Que viessem até nós, pensei. Que morressem em nossa parede de escudos em vez de irmos até eles. Se eu usasse a cabeça de porco teria de abandonar o abrigo do portão. Ainda estava indeciso, mas o inimigo tinha parado de avançar. Isso era normal. Os homens precisam juntar coragem para lutar. Meu primo estava falando com eles, mas eu não conseguia ouvir suas palavras. Ouvi-os gritar empolgados quando começaram a andar outra vez. Moveram-se antes do que eu esperava. Tinha pensado que demorariam para se preparar, tempo em que gritariam insultos, mas eram bem-treinados e confiantes. Andaram devagar, deliberadamente, os escudos travados. Andaram como guerreiros avançando para uma luta que esperavam vencer. Um homem grande, de barba preta e segurando um machado de guerra com cabo comprido estava no centro da linha, perto de meu primo. Era o homem que iria me atacar. Ele tentaria baixar meu escudo com o machado, deixando-me exposto para o golpe de espada de meu primo. Senti Bafo de Serpente nas mãos, depois me lembrei de que meu martelo de Tor ainda estava escondido embaixo da cota de malha. Isso era um mau presságio, e um homem nunca deve ser obrigado a lutar sob um mau presságio. Eu queria arrancar a cruz de prata de meu pescoço, mas minha mão esquerda estava enfiada nas alças do escudo e a direita segurava Bafo de Serpente.

E o mau presságio me disse que eu morreria ali. Segurei Bafo de Serpente com mais força, porque ela era minha passagem para o Valhala. Eu lutaria, pensei, e perderia, mas as valquírias me levariam àquele mundo melhor que fica muito além deste. E que lugar melhor para morrer do que Bebbanburg?

Então uma trombeta soou de novo.

Foi um guincho alto, nem um pouco parecido com a nota corajosa, ousada, da primeira trombeta que dera o alarme do Portão de Cima. Essa trombeta parecia tocada por uma criança entusiasmada, e seu tom áspero fez meu primo olhar na direção da forja. Eu o imitei, e na porta dela estava Finan. Ele tocou a trombeta uma segunda vez e, enojado pelo som grosseiro, jogou-a no chão.

Ele não estava sozinho.

Alguns passos à frente estava uma mulher. Ela parecia jovem e usava um vestido branco com uma corrente de ouro na cintura. Seus cabelos eram de um dourado tão claro que quase parecia branco. Não tinha manto nem capa e a chuva grudava seus cabelos ao corpo magro. Ela ficou imóvel, e mesmo a essa distância pude ver a angústia em seu rosto.

E meu primo foi em direção a ela, então parou porque Finan havia desembainhado a espada. O irlandês não ameaçava a mulher. Ele simplesmente ficou parado, rindo, a lâmina comprida nua. Meu primo me observou, a incerteza no rosto, depois olhou de volta para a forja, no instante em que os dois companheiros de Finan apareceram, e cada um tinha um cativo.

Um cativo era meu tio, o senhor Ælfric, e o outro era um menino.

— Você quer que eles sejam mortos? — gritou Finan ao meu primo. — Quer que eu abra a barriga deles? — Ele jogou a espada para o alto, fazendo-a girar. Era uma exibição arrogante, e cada homem no pátio viu-o pegar habilmente pelo cabo a arma que caía. — Quer que as tripas deles sejam dadas aos cães? É o que você quer? Eu faço sua vontade, pelo Cristo vivo, eu faço sua vontade! Seria um prazer. Seus cães parecem famintos! — Ele se virou e agarrou o menino. Vi meu primo sinalizar para seus homens, ordenando que ficassem parados. Agora eu sabia por que ele parecia nervoso: porque sabia que seu único filho estava na forja.

E agora Finan tinha o menino. Segurou-o por um dos braços e o levou até mim. Ulfar, outro de meus dinamarqueses, seguiu-o carregando meu tio, enquanto a mulher, evidentemente a mãe do menino, andava com eles. Ninguém a segurava, mas ela obviamente relutava em deixar o filho.

Finan ainda ria quando me alcançou.

— Esse sacaninha diz se chamar Uhtred. Dá para acreditar que hoje é o aniversário dele? Está fazendo 11 anos e o avô lhe deu um cavalo, e dos bons! Estavam ferrando o animal, na verdade. Desfrutando um doce passeio familiar que interrompi.

O alívio jorrava através de mim como água escorrendo por um leito de rio seco. Um instante atrás eu estivera encurralado e condenado, e agora tinha o filho de meu primo como refém. E sua esposa, presumi, e seu pai. Sorri para meu inimigo de capa negra.

— É hora de você largar sua espada — declarei.

— Pai! — O menino lutou para escapar de Finan, tentando correr para o pai, e o acertei com meu escudo, um golpe forte das tábuas com borda de ferro que provocou um grito de dor e um protesto da mãe.

— Fique quieto, seu desgraçadozinho — rosnei.

— Ele não vai a lugar nenhum — avisou Finan, ainda segurando o braço do menino.

Olhei para a mulher.

— E você é? — perguntei.

Ela se enrijeceu em desafio, empertigando as costas e me encarando.

— Ingulfrid — respondeu com frieza.

Interessante, pensei. Eu sabia que meu primo havia tomado uma esposa dinamarquesa, mas ninguém tinha me dito como era bonita.

— Esse é seu filho? — perguntei a ela.

— É.

— Seu único filho?

Ela hesitou, depois fez que sim abruptamente. Eu tinha ouvido falar que ela dera à luz três meninos, mas apenas um sobrevivera.

— Uhtred! — chamou meu primo.

— Pai? — respondeu o menino. Ele tinha uma mancha de sangue onde meu escudo havia cortado a pele, acima da maçã direita do rosto.

— Você, não, menino. Estou falando com ele. — Meu primo apontou a espada para mim.

Baixei meu escudo e andei na direção de meu primo.

— Então — eu disse. — Parece que cada um de nós tem uma desvantagem. Vamos lutar? Você e eu? A lei dos galhos de aveleira?

— Lute com ele! — gritou meu tio.

— Solte minha mulher e meu filho — disse meu primo — e poderá partir em paz.

Fingi pensar nisso, depois balancei a cabeça.

— Vai ser necessário mais do que isso. E você não quer seu pai de volta?

— Ele também, claro.

— Você me dá uma coisa, que é ir embora ileso, e preciso lhe dar três? Não faz sentido, primo.

— O que você quer?

— Bebbanburg — respondi. — Porque ela é minha.

— Não é sua! — rosnou meu tio.

Virei-me para ele. Agora Ælfric estava velho e encurvado, o rosto moreno cheio de rugas fundas, mas ainda possuía olhos inteligentes. Os cabelos escuros ficaram brancos e pendiam lisos até os ombros magros. Ele se vestia ricamente, com um manto bordado e uma pesada capa com acabamento em pele. Quando meu pai partiu para a guerra, para morrer em Eoferwic, Ælfric havia jurado pelo pente de são Cuthbert que me entregaria a fortaleza quando eu chegasse à idade adulta, mas em vez disso tentou me matar. Ele tentara me comprar de Ragnar, o homem que me criou, e mais tarde pagara para que eu fosse vendido como escravo, e eu o odiava mais do que já odiei qualquer criatura nesta terra. Ele até havia ficado noivo de minha amada Gisela, mas eu a levei embora muito antes que pudesse chegar a sua cama. Essa fora uma pequena vitória, porém esta agora era maior. Ele era meu prisioneiro, ainda que nada em sua postura sugerisse que pensasse assim. Olhou-me com desdém.

— Bebbanburg não é sua — repetiu.

— É minha por direito de nascimento.

— Seu direito de nascimento. — Ele cuspiu. — Bebbanburg pertence a quem tem força para mantê-la, e não a um idiota que sacode pergaminhos com escrituras. Seu pai gostaria que fosse assim! Ele me dizia frequentemente que você era um imbecil irresponsável. Queria que Bebbanburg fosse para seu irmão mais velho, não para você! Mas agora é minha, e um dia vai pertencer a meu filho.

Eu quis matar o desgraçado mentiroso, mas ele estava velho e frágil. Velho, frágil e venenoso como uma víbora.

— A senhora Ingulfrid está molhada e com frio — eu disse a Osferth. — Dê a ela a capa de meu tio.

Se Ingulfrid ficou grata, não demonstrou. Pegou a capa de boa vontade e pôs a pesada gola de pele em volta do pescoço. Estava tremendo, mas me olhava com ódio. Voltei o olhar para meu primo, seu marido.

— Talvez você devesse comprar sua família — sugeri. — E o preço será ouro.

— Eles não são escravos para serem comprados e vendidos — rosnou ele.

Olhei-o e fingi ter uma ideia súbita.

— Boa ideia! Escravos! Finan!

— Senhor?

— Quanto vale um belo menino saxão na Frankia hoje em dia?

— O bastante para comprar uma cota de malha franca, senhor.

— Tudo isso?

Finan fingiu avaliar o menino.

— Ele é um belo menino. Tem carne nos ossos. Existem homens que pagarão bem por um traseirozinho saxão gorducho, senhor.

— E a mulher?

Finan olhou-a de cima a baixo, depois balançou a cabeça.

— Ela é muito bonita, acho, mas é uma mercadoria usada, senhor. Talvez ainda tenha alguns anos pela frente, não é? Por isso deve render o bastante para comprar um cavalo de carga. Mais do que isso, se souber cozinhar.

— Você sabe cozinhar? — perguntei a Ingulfrid e não recebi nada além de um olhar repleto de ódio. Olhei de volta para meu primo. — Um cavalo de carga e uma cota de malha — comentei, fingindo pensar nisso. — Não basta. — Balancei a cabeça. — Quero mais do que isso. Muito mais.

— Você pode partir sem sofrer qualquer mal — ofereceu ele. — E eu lhe pago em ouro.

— Quanto ouro?

Uhtred olhou para o pai. Estava claro que Ælfric havia entregado o comando cotidiano da fortaleza ao filho, mas, quando se tratava de questões de dinheiro, meu tio ainda estava à frente.

— O elmo dele — respondeu Ælfric, carrancudo.

— Vou encher seu elmo com moedas de ouro — ofereceu meu primo.

— Isso vai comprar sua mulher — avisei. — Mas quanto pelo herdeiro?

— O mesmo — respondeu ele com amargura.

— Nem de longe é o suficiente — protestei. — Mas troco os três por Bebbanburg.

— Não! — gritou meu tio. — Não!

Ignorei Ælfric.

— Devolva o que é meu — falei ao meu primo. — E lhe dou o que é seu.

— Você pode fazer outros filhos! — rosnou Ælfric para o filho. — E Bebbanburg não é propriedade sua para você passá-la. Ela é minha!

— É mesmo? — perguntei ao meu primo.

— Claro que é dele — respondeu Uhtred, teimoso.

— E você é herdeiro dele?

— Sou.

Voltei aos prisioneiros e segurei meu tio por sua nuca magra. Sacudi-o como um terrier sacode um rato, depois virei-o para sorrir em seu rosto.

— Você sabia que eu iria voltar — declarei.

— Eu esperava que voltasse.

— Bebbanburg é minha e você sabe.

— Bebbanburg pertence ao homem que puder mantê-la — retrucou ele em desafio. — E você fracassou.

— Eu tinha 10 anos quando você a roubou — protestei. — Era mais novo ainda do que ele! — Apontei para seu neto.

— Seu pai não a sustentou — disse meu tio. — Ele cavalgou como um idiota para a morte, e você é igual. Um idiota. Um impetuoso, incapaz, irresponsável. Suponha, por um momento, que retomasse Bebbanburg. Como iria sustentá-la? Você, que nunca manteve propriedade alguma? Você perdeu todas as terras que já teve; jogou fora toda a fortuna que fez! — Ele olhou para o filho. — Você vai manter Bebbanburg — ordenou. — Não importa o preço!

— O preço é a vida de seu filho — declarei a meu primo.

— Não! — gritou Ingulfrid.

— Não vamos pagar seu preço — retrucou meu tio. Ele me olhou com uma expressão sinistra. — Portanto mate o menino. — Ele esperou, depois zombou. — Mate-o! Você deu o preço e eu não vou pagá-lo! Então mate-o!

— Pai... — começou meu primo, nervoso.

Ælfric se virou para o filho, ágil como uma serpente. Eu ainda estava segurando-o, apertando sua nuca com força, mas ele não fez qualquer esforço para escapar.

— Você pode gerar mais filhos! — cuspiu na direção de meu primo. — É fácil fazer! Suas putas não deram rapazes suficientes? A aldeia está apinhada com bastardos seus, então se case com outra mulher e dê filhos a ela, mas não entregue a fortaleza! Bebbanburg não vale a vida de um filho! Nunca haverá outra Bebbanburg, mas sempre haverá outros filhos!

Olhei para meu primo.

— Dê-me Bebbanburg e lhe devolvo seu filho.

— Eu recusei esse preço! — rosnou meu tio.

Então o matei.

Isso o pegou de surpresa; de fato, pegou todos de surpresa. Eu estivera segurando o velho pelo pescoço, e só precisava levantar Bafo de Serpente e passá-la por sua garganta. E fiz isso. Foi rápido, muito mais do que ele merecia. A espada sentiu a resistência de sua goela magra e ele se retorceu como uma enguia, mas acelerei a lâmina e puxei-a rápido, rompendo músculos e tendões e cortando traqueia e vasos sanguíneos. Ele arquejou, um ruído curioso e quase feminino, então o único som que pôde fazer foi um gorgolejo, borbulhante, e o sangue estava escorrendo no chão enquanto ele desmoronava de joelhos diante de mim. Encostei uma bota em sua coluna e o empurrei para a frente, fazendo-o cair com um som abafado. Ele se sacudiu por alguns segundos, ainda lutando para respirar, e suas mãos se enrolaram como se quisesse segurar o solo de sua fortaleza. Então estremeceu uma última vez e ficou parado. Senti um vago desapontamento. Tinha sonhado matar esse homem durante anos. Planejara sua morte nos sonhos, imaginando matá-lo de formas cada vez mais dolorosas, e agora simplesmente havia cortado sua garganta com uma rapidez misericordiosa. Todos aqueles sonhos em troca de nada! Cutuquei o morto com o pé e olhei para seu filho.

— Agora é você quem toma a decisão — eu disse.

Ninguém falava. A chuva caía, o vento soprava, os homens de meu primo olhavam o cadáver e eu sabia que o mundo deles havia mudado subitamente. Todos eles, durante a vida inteira, estiveram sob o comando de Ælfric, e de repente ele não existia mais. Sua morte os havia chocado.

— E então? — perguntei a meu primo. — Vai comprar a vida de seu filho?

Ele me encarou, sem dizer nada.

— Responda, seu vômito de fuinha — exigi. — Vai trocar Bebbanburg por seu filho?

— Vou pagar por Bebbanburg — respondeu ele, inseguro. Em seguida olhou o cadáver do pai. Eu acreditava que eles tinham um relacionamento intranquilo, como eu havia tido com meu pai, mas Uhtred ainda estava horrorizado. Olhou-me de novo, franzindo a testa. — Ele estava velho! — protestou. — Você precisava matar um velho?

— Ele era um ladrão, e sonhei matá-lo durante toda a vida.

— Ele estava velho! — protestou ele de novo.

— Ele teve sorte — rosnei. — Sorte por ter morrido tão depressa. Sonhei matá-lo devagar. Mas, rápido ou devagar, ele foi para o Estripador de Cadáveres no mundo inferior, e se você não me der Bebbanburg vou mandar seu filho para o Estripador de Cadáveres também.

— Pago em ouro. Muito ouro.

— Você sabe qual é meu preço — concluí, apontando a lâmina sangrenta de Bafo de Serpente para seu filho. A água da chuva pingava cor-de-rosa da ponta da espada. Movi a arma para mais perto do menino e Ingulfrid gritou.

Eu estivera indeciso e hesitante, mas agora era a vez de meu primo. Podia ver a incerteza em seu rosto. Bebbanburg valia mesmo a vida de seu filho? Ingulfrid implorava. Ela estava com o braço em volta do filho, lágrimas escorriam por seu rosto. Meu primo pareceu fazer uma careta quando ela berrou, mas então me surpreendeu virando-se e ordenando que seus homens retornassem ao Portão de Cima.

— Vou lhe dar um tempo para pensar — comunicou ele. — Mas saiba de uma coisa. Não vou entregar Bebbanburg. Portanto você pode terminar este dia com um menino morto ou com uma fortuna em ouro. Diga o que quer antes do anoitecer. — Uhtred se afastou.

— Senhor! — implorou Ingulfrid ao marido.

Ele se virou, mas falou comigo, e não com ela.

— Você vai soltar minha mulher — exigiu.

— Ela não é prisioneira — respondi. — Está livre para ir aonde quiser, mas vou ficar com o menino.

Ingulfrid segurou os ombros do filho.

— Vou ficar com meu filho — declarou ela ferozmente.

— Você vem comigo, mulher — rosnou meu primo.

— Você não manda aqui — interrompi. — Sua esposa faz o que quiser.

Ele me olhou como se eu fosse completamente louco.

— O que quiser? — Ele não disse as palavras em voz alta, apenas moveu a boca, atônito, depois balançou a cabeça incrédulo e se virou de novo. Levou seus homens para longe, deixando-nos no controle do pátio externo.

Finan pegou o menino dos braços da mãe e entregou-o a Osferth.

— Não solte o sacaninha — ordenou ele, depois veio até mim e ficou olhando enquanto meu primo levava seus homens pelo Portão de Cima. Esperou até o último homem ter desaparecido e o portão se fechar de novo. — Ele vai pagar uma fortuna em ouro por esse menino — comentou Finan em voz baixa.

— Ouro é bom — respondi com descuido deliberado. Ouvi a tranca do Portão de Cima baixar nos suportes.

— E um menino morto não vale nada — falou Finan mais enfaticamente.

— Eu sei.

— E o senhor não vai matá-lo, de qualquer forma. — Finan ainda falava baixinho, de modo que só eu escutava.

— Não?

— O senhor não é assassino de crianças.

— Talvez seja a hora de começar.

— O senhor não vai matá-lo, portanto pegue o ouro. — Finan esperou que eu dissesse alguma coisa, mas fiquei quieto. — Os homens precisam de recompensa.

E era verdade. Eu era seu hlaford, seu doador de ouro, mas nas últimas semanas só os havia levado para este fracasso. Finan estava dando a entender que alguns de meus homens iriam embora. Fizeram juramentos, mas a verdade é que só os santificamos com uma promessa tão alta porque eles são violados com muita facilidade. Se um homem achasse que poderia encontrar riqueza e honra com outro senhor, ele me deixaria, e eu já estava com pouquíssimos homens. Sorri para ele.

— Você confia em mim?

— O senhor sabe que sim.

— Então diga aos homens que vou torná-los ricos. Diga que vou escrever o nome deles nas crônicas. Diga que serão celebrados. Que terão reputação.

Finan me deu um riso torto.

— E como o senhor fará isso?

— Não sei, mas farei. — Voltei para Ingulfrid, que olhava o filho. — E o que seu marido pagará por você? — perguntei.

Ela não respondeu, e suspeitei de que a resposta seria desapontadora. Meu primo tinha tratado a mulher com um desprezo descuidado e suspeitei que ela não valesse quase nada como refém. Mas o menino valia uma fortuna.

E o instinto me dizia para esquecer a fortuna, pelo menos por este dia. Olhei o menino. Ele estava desafiador, à beira das lágrimas, corajoso. Avaliei as opções de novo: pegar o ouro ou confiar no instinto? Não fazia ideia alguma do que o futuro guardava, e manter o menino seria uma inutilidade, mas o instinto me dizia para fazer a escolha menos atraente. Os deuses me diziam isso. O que mais é o instinto?

— Finan. — Virei-me rapidamente e apontei para o abrigo onde os dois cães estiveram dormindo. — Pegue todo aquele feno e espalhe em volta da paliçada. Ponha um pouco na guarita também.

— O senhor vai queimar este lugar?

— O feno vai se molhar, mas empilhe bastante denso e parte vai ficar seca. E a guarita, a forja e o estábulo vão pegar fogo. Queime tudo!

Meu primo não entregaria Bebbanburg porque sem a fortaleza ele não era nada. Seria um saxão perdido em território dinamarquês. Ele precisaria sair como um viking, ou então se ajoelhar diante de Eduardo de Wessex. Mas em Bebbanburg era rei de toda a terra que podia alcançar em um dia de cavalgada e era também rico. Portanto, a fortaleza valia a vida de seu filho. Valia a vida de dois filhos e, como dissera Ælfric, ele sempre poderia fazer outros. Meu primo manteria a fortaleza, mas eu queimaria o que pudesse.

Por isso tiramos os cavalos do estábulo e os levamos para fora de Bebbanburg, para que fossem soltos, depois queimamos o pátio. Meu primo não fez qualquer tentativa de nos impedir, apenas olhou do alto da muralha interna, e, à medida que a fumaça se misturava à chuva, voltamos ao *Middelniht*. Vadeamos até ele, levando Ingulfrid e seu filho, e passamos sobre a baixa amurada a meia-nau. Meu primo iria nos perseguir em seus longos navios de guerra e eu queria queimá-los para impedi-lo, mas as madeiras estavam encharcadas de chuva; assim, Finan levou três homens e eles cortaram as cordas mantendo os mastros em pé, depois abriram grandes buracos na linha d'água, usando machados. Os dois navios ainda assentavam-se no fundo lamacento do porto enquanto eu ordenava que meus homens pegassem os remos do *Middelniht*. Ainda chovia, no entanto as chamas das construções incendiadas estavam luminosas e altas, e a fumaça subia até as baixas nuvens cor de fumaça.

O vento havia baixado, porém as ondas continuavam altas e se quebravam brancas na entrada rasa do porto. Remamos para aquele caos branco, a água batendo forte na proa alta do *Middelniht*. Meu primo e seus homens olhavam do alto enquanto levávamos o navio para o mar. Fomos para longe, para além das ilhas, em meio às ondas revoltas, e lá içamos a vela de nosso barco e viramos para o sul.

E assim partimos de Bebbanburg.

TERCEIRA PARTE

Rumores de guerra

Seis

Eu havia navegado para o sul com o objetivo de convencer meu primo de que retornava à região sul da Britânia, mas, assim que a fumaça de Bebbanburg em chamas tornou-se uma mancha cinza contra as nuvens cinza, virei para o leste.

Não sabia aonde ir.

Ao norte ficava a Escócia, habitada por selvagens ansiosos por uma chance de trucidar um saxão. Para além deles ficavam os povoados noruegueses, cheios de uma gente séria usando fedorentas peles de foca que se agarrava às suas ilhas rochosas e que, como os escoceses, estava mais inclinada a nos matar do que dar boas-vindas. As terras saxãs ficavam ao sul, mas os cristãos garantiram que eu não fosse desejado nem em Wessex nem na Mércia, e eu não via futuro na Ânglia Oriental, por isso virei de novo para as solitárias ilhas da Frísia.

Não sabia aonde mais poderia ir.

Estivera tentado a aceitar a oferta de ouro de meu primo. Ouro é sempre útil. Pode comprar homens, navios, cavalos e armas, mas eu havia ficado com o menino seguindo meu instinto. Chamei-o enquanto íamos para o leste, levados por um rápido vento norte que soprava constantemente.

— Qual é o seu nome? — perguntei.

Ele pareceu perplexo e olhou para a mãe, que estava observando ansiosa.

— Meu nome é Uhtred — respondeu ele.

— Não é, não. Seu nome é Osbert.

— Eu sou Uhtred — insistiu ele, corajosamente.

Dei-lhe um tapa forte com a mão aberta. O golpe ardeu na palma de minha mão e deve ter feito seus ouvidos zumbirem, porque ele cambaleou e podia ter caído no mar se Finan não o tivesse puxado. Sua mãe gritou protestando, mas eu a ignorei.

— Seu nome é Osbert — repeti, e desta vez ele não disse nada, só me olhou com lágrimas e obstinação nos olhos. — Qual é o seu nome? — perguntei, mas ele continuou apenas me encarando. Pude ver a tentação em seu rosto teimoso, por isso preparei minha mão de novo.

— Osbert — murmurou ele.

— Não estou escutando!

— Osbert — disse ele, mais alto.

— Vocês ouviram isso! — gritei aos meus homens. — O nome do menino é Osbert!

Sua mãe me olhou, abriu a boca para protestar e fechou de novo.

— Meu nome é Uhtred — declarei ao menino —, e o nome de meu filho é Uhtred, o que significa que já há Uhtreds demais neste barco, de modo que agora você é Osbert. Volte para sua mãe.

Finan estava agachado em sua posição usual ao meu lado na plataforma do timoneiro. As ondas ainda eram grandes e o vento era rápido, mas nem todas as ondas tinham crista branca e o vento estava mais comportado. A chuva tinha parado e até havia aberturas nas nuvens, pelas quais jorravam raios de sol brilhando em trechos do mar. Finan olhou para a água.

— Podíamos estar contando moedas de ouro, senhor — comentou ele. — E em vez disso temos uma mulher e uma criança para vigiar.

— Não é uma criança — retruquei. — É quase um homem.

— Ele vale ouro, independente do que seja.

— Você acha que eu deveria ter aceitado o resgate?

— O senhor mesmo diga.

Pensei nisso. Eu havia mantido o menino por instinto e ainda não sabia direito por que o fizera.

— Para todo o mundo — eu disse — ele é o herdeiro de Bebbanburg, e isso o torna valioso.

— Sim.

— Não somente para o pai, mas para os inimigos dele.

— E eles são?

— Os dinamarqueses, suponho — respondi vagamente, porque ainda não sabia direito por que mantivera o menino.

— É estranho, não é? — continuou Finan. — A mulher e os filhos de Cnut Ranulfson são reféns em algum lugar, e agora temos esses dois. Será que estamos na temporada de capturar mulheres e crianças? — Ele parecia achar a ideia divertida.

E quem teria pegado a família de Cnut Ranulfson?, pensei. Disse a mim mesmo que não era da minha conta, que fora expulso da Britânia saxã, mas a pergunta continuava me incomodando. A resposta óbvia era que os saxões os sequestraram para manter Cnut quieto enquanto atacavam os senhores dinamarqueses do norte da Mércia ou o enfraquecido reino da Ânglia Oriental, porém Æthelflaed não sabia de nada. Ela possuía espiões tanto na casa do marido quanto na corte de seu irmão, e certamente saberia se Æthelred ou Eduardo tivessem tomado a esposa de Cnut, mas esses espiões não haviam lhe contado nada. E eu não acreditava que Eduardo de Wessex mandaria homens para capturar a família de Cnut. Ele temia demais a inquietação dinamarquesa e estava demasiadamente sob a influência de padres covardes. Æthelred? Era possível que sua nova mulher e seu irmão beligerante tivessem corrido esse risco, mas Æthelflaed certamente ficaria sabendo. Então quem os havia raptado?

Finan ainda estava me encarando, esperando uma resposta. Em vez disso, eu lhe ofereci uma pergunta.

— Quem é nosso inimigo mais perigoso?

— Seu primo.

— Se eu tivesse aceitado o ouro — continuei, e estava explicando a mim mesmo, tanto quanto a Finan —, ele ainda assim mandaria homens para nos matar em seguida. Ele iria querer o ouro de volta. Mas será cauteloso enquanto mantivermos sua mulher e seu filho.

— Verdade — admitiu ele.

— E o preço não vai baixar só porque esperamos o pagamento. Meu primo vai pagar no mês que vem ou no ano que vem.

— A não ser que tome uma nova esposa — comentou Finan com ceticismo. — Porque ele não vai pagar muito por ela. — E apontou na direção de Ingulfrid, que estava encolhida pouco à frente da plataforma do timoneiro. Ela ainda usava a capa de Ælfric e agarrava o filho para protegê-lo.

— Ele não parecia gostar muito dela — eu disse, achando curioso.

— Ele tem outra mulher para manter a cama quente — sugeriu Finan —, e esta é apenas a esposa.

— Apenas? — perguntei.

— Ele não se casou com ela por amor. Ou, se casou, o fio dessa lâmina ficou cego há muito tempo. Provavelmente se casou com ela em troca de terras, ou da aliança do pai dela.

E ela era dinamarquesa. Isso me interessava. Bebbanburg era um pequeno trecho de terra saxã num reino dinamarquês, cujo povo adoraria tomá-la. No entanto, uma esposa dinamarquesa sugeria que meu primo tinha um aliado entre eles.

— Senhora — chamei-a. Ela levantou os olhos para mim, mas não disse nada. — Venha cá — ordenei. — E pode trazer Osbert.

Ela se eriçou, talvez por eu lhe dar uma ordem ou então por chamar seu filho por outro nome. Por um breve instante pensei que iria desobedecer, então por fim Ingulfrid se levantou e, segurando o filho pela mão, foi até a popa. Cambaleou quando o navio saltou em uma onda e estendi um braço, que ela agarrou, depois pareceu enojada, como se tivesse segurado um pedaço de imundície gosmenta. Soltou-me e pôs a mão livre no poste de popa.

— Quem é o seu pai? — perguntei.

Ela hesitou, avaliando o perigo da pergunta e, quando evidentemente não descobriu nenhum, deu de ombros.

— Hoskuld Leifson — respondeu.

Eu nunca tinha ouvido falar dele.

— A quem ele serve?

— Sigtrygg.

— Santo Deus! — exclamou Finan. — O sujeito que estava em Dyflin?

— Estava — respondeu ela, com alguma amargura.

Sigtrygg era um guerreiro norueguês que havia escavado para si um reino na Irlanda, mas o lugar jamais é calmo para os forasteiros. A última coisa que eu tinha ouvido falar era que o suposto rei da Irlanda fora chutado de volta para a Britânia, do outro lado do mar.

— Então você é norueguesa?

— Dinamarquesa — respondeu ela.

— E onde está Sigtrygg agora?

— A última notícia que ouvi foi que ele estava em Cumbraland.

— Ele está em Cumbraland — confirmou Osferth. Ele havia seguido Ingulfrid até a plataforma do timoneiro, o que me pareceu estranho. Osferth gostava de ficar sozinho e raramente se juntava a mim na popa do navio.

— E o que seu pai faz para Sigtrygg? — perguntei a Ingulfrid.

— Comanda a guarda pessoal.

— Então diga: por que Ælfric casou o filho dele com uma dinamarquesa que serve a Sigtrygg?

— Por que ele não o faria? — retrucou ela, ainda com azedume na voz.

— Ele se casou com você para ter um refúgio na Irlanda caso perdesse Bebbanburg? — sugeri.

— Bebbanburg nunca será perdida. A fortaleza não pode ser tomada.

— Eu quase a tomei.

— Quase não é o bastante, é?

— É — admiti. — Não é. Então por que o casamento, senhora?

— Por que você acha? — devolveu ela, irritada.

Porque Bebbanburg dominava um pequeno trecho de terra cercado por um povo hostil e o casamento trouxera uma aliança com um homem que possuía os mesmos inimigos. Sigtrygg era ambicioso, queria um reino, e, se não pudesse ser na Irlanda, iria arrancá-lo das terras britânicas. Ele não possuía força suficiente para atacar Wessex, Gales seria tão problemático quanto a Irlanda e a Escócia era ainda pior, por isso olhava para a Nortúmbria. Ou seja, seus inimigos eram Cnut Ranulfson e Sigurd Thorrson. Isso significava que Sigtrygg havia capturado a mulher de Cnut? Era uma possibilidade, mas ele devia estar muito confiante em sua capacidade de conter um ataque de Cnut, caso tivesse ousado sequestrá-la. Por enquanto, Sigtrygg estava bastante seguro em Cumbraland. Era um lugar selvagem nas montanhas, e Cnut estava evidentemente satisfeito em deixá-lo governar aquelas terras ermas e estéreis. E Sigtrygg? Sem dúvida queria terras comandadas por Cnut, mas o nórdico não era idiota e provavelmente não provocaria uma guerra que inevitavelmente perderia.

Apoiei-me na esparrela. O *Middelniht* navegava rápido e o cabo do leme tremia em minhas mãos, o sinal tradicional de que o navio está feliz. As nuvens eram sopradas, esgarçando-se, empurradas para o sul, e de repente o *Middelniht* entrou num retalho de luz do sol. Eu sorri. Existem poucas coisas tão empolgantes quanto um bom navio num bom vento.

— O que é esse fedor? — perguntou Ingulfrid indignada.

— Provavelmente é Finan — respondi.

— É o senhor Uhtred — retrucou Finan no mesmo instante.

— É a vela — explicou Osferth. — Ela é encharcada com óleo de bacalhau e gordura de cordeiro.

Ingulfrid pareceu consternada.

— Óleo de bacalhau e gordura de cordeiro?

— Fede mesmo — admiti.

— E atrai moscas — acrescentou Finan.

— Então por que fazem isso?

— Porque pega melhor o vento — respondi. Ela fez uma careta. — Não está acostumada com navios, senhora?

— Não. E acho que os odeio.

— Por quê?

Ingulfrid me olhou, sem responder por alguns instantes, depois fez uma carranca.

— O que acha? Sou a única mulher a bordo.

Eu já ia tranquilizá-la dizendo que estava em segurança, depois entendi o que ela estava dizendo. Para os homens era fácil, era só mijar no mar, tendo o cuidado de não ficar contra o vento, mas Ingulfrid não poderia fazer o mesmo.

— Eldgrim! — chamei. — Ponha um balde embaixo da plataforma do timoneiro e arranje uma cortina! — Olhei de volta para ela. — É meio apertado aí embaixo, mas a senhora vai estar escondida.

— Eu faço isso — interrompeu Osferth rapidamente. Ele dispensou Eldgrim e passou a trabalhar com duas capas que ficariam penduradas como cortinas, fechando o espaço úmido e escuro embaixo de nossos pés. Finan me olhou, virou a cabeça na direção de Osferth e riu. Fingi não notar. — Pronto, senhora — avisou Osferth em seu tom mais solene. — E montarei guarda para garantir que ninguém a incomode.

— Obrigada — agradeceu ela, e Osferth fez uma reverência. Finan emitiu um ruído como se estivesse sufocando.

Osbert tentou juntar-se à mãe quando ela desceu da plataforma.

— Fique aqui, menino — falei. — Vou lhe ensinar a conduzir um navio.

Ingulfrid sumiu de vista. O *Middelniht* foi em frente, feliz nesse vento e nessas ondas. Dei a esparrela ao menino e mostrei como prever o movimento do navio. Deixei-o sentir a força do mar no comprido cabo do remo.

— Não corrija demais — instruí. — Isso diminui a velocidade do barco. Trate-o como um bom cavalo. Seja gentil e ele vai saber o que fazer.

— Por que ensinar a ele, se vai matá-lo? — perguntou a mãe ao reaparecer. Olhei-a voltar à plataforma do timoneiro. O vento fez com que mechas soltas de seu cabelo caíssem sobre seu rosto. — E então? — perguntou ela enfaticamente. — Por que ensinar? — Sua raiva lhe dava uma beleza séria, penetrante.

— Porque é uma habilidade que todo homem deve possuir.

— Então ele vai viver para se tornar homem? — perguntou Ingulfrid em tom de desafio.

— Eu não mato crianças, senhora — respondi gentilmente. — Mas não queria que seu marido soubesse disso.

— Então o que vai fazer com ele?

— Ele não vai fazer mal a seu filho, senhora — interveio Osferth.

— Então o que vai fazer com ele? — repetiu ela.

— Vou vendê-lo — respondi.

— Como escravo?

— Suspeito que seu marido vá pagar mais do que qualquer mercador de escravos. Ou talvez os inimigos de seu marido paguem, não é?

— Eles são muitos — comentou ela. — Mas você é o principal.

— E o menos perigoso — retruquei, achando graça naquilo. Apontei para meus guerreiros. — Esses são todos os homens que tenho.

— E mesmo assim atacou Bebbanburg — retrucou ela, e pelo tom não soube se me considerava um completo idiota ou se sentia uma admiração relutante por ter ousado atacar.

— E quase tive sucesso — falei, pensativo. — Mas confesso que provavelmente estaria morto agora se a senhora não tivesse levado seu filho para ver o cavalo novo sendo ferrado. — Fiz uma reverência. — Devo-lhe a vida, senhora, obrigado.

— Você a deve ao meu filho — disse ela, o azedume voltando à voz. — Eu não valho nada, mas Uhtred?

— Quer dizer, Osbert?

— Quero dizer Uhtred — respondeu ela em tom de desafio. — E ele é o herdeiro de Bebbanburg.

— Não enquanto meu filho viver.

— Mas primeiro seu filho precisa tomar Bebbanburg — retrucou ela. — E ele não fará isso. De modo que meu Uhtred é o herdeiro.

— A senhora ouviu meu tio — reagi com aspereza. — Seu marido pode fazer outro herdeiro.

— Ah, pode — declarou ela com selvageria. — Ele gera bastardos como um cão gera filhotes. Prefere fazer bastardos, mas sente orgulho de Uhtred.

A selvageria súbita em sua voz havia me surpreendido, assim como sua confissão quanto ao marido. Ela me olhou com beligerância e pensei em como seu rosto era belo, com ossos marcados e queixo forte, mas era suavizado por lábios generosos e olhos azul-claros que, como o mar, possuíam pintas prateadas. Osferth evidentemente achava o mesmo, porque mal havia afastado o olhar de cima dela desde que se juntara a nós.

— Então seu marido é idiota — falei.

— Idiota — ecoou Osferth.

— Ele gosta de mulheres gordas e morenas — explicou ela.

Seu filho estivera escutando e franziu a testa de maneira infeliz, diante das palavras amargas da mãe. Eu ri para o rapaz.

— Gorda, morena, loura ou magra — falei a ele —, todas são mulheres e todas merecem nossa estima.

— Estima? — Ele repetiu a palavra.

— Cinco coisas deixam um homem feliz: um bom navio, uma boa espada, um bom sabujo, um bom cavalo e uma mulher.

— Não uma boa mulher? — perguntou Finan, achando curioso.

— Todas são boas — respondi. — A não ser quando não são, e nesse caso são mais do que boas.

— Santo Deus! — exclamou Osferth em voz dolorida.

— Louvado seja — acrescentou Finan.

— Então seu marido — olhei de volta para Ingulfrid — vai querer o filho de volta?

— Claro que vai.

— Por isso ele vai nos perseguir?

— Vai pagar a alguém para encontrar você.

— Porque ele é covarde e não vem pessoalmente?

— Porque a lei do senhor Ælfric diz que o senhor de Bebbanburg não sai da fortaleza sem deixar o herdeiro para trás. Um deles deve estar sempre no interior das muralhas.

— Porque é fácil matar um deles do lado de fora — declarei —, mas é quase impossível matar um homem quando ele está em segurança do lado de dentro?

Ingulfrid fez que sim.

— Portanto, a não ser que ele tenha mudado a lei do pai, vai enviar outros homens para matar você.

— Muitos tentaram, senhora — observei com gentileza.

— Ele tem ouro. Pode mandar muitos homens.

— Vai precisar disso — comentou Finan secamente.

No dia seguinte chegamos às ilhas. Agora o mar estava calmo, o sol brilhante e o vento tão suave que fomos obrigados a remar. Seguimos muito cautelosamente, com um homem de pé na proa medindo a profundidade da água com um remo.

— Onde estamos? — perguntou Ingulfrid.

— Nas ilhas frísias.

— Você acha que pode se esconder aqui?

Meneei a cabeça.

— Não existe lugar onde eu possa me esconder, senhora. Seu marido saberá as opções que tenho, e saberá que esta é uma delas.

— Dunholm — declarou ela.

Olhei-a rapidamente.

— Dunholm?

— Ele sabe que Ragnar era seu amigo.

Não respondi. Ragnar havia sido mais que um amigo, havia sido um irmão. Seu pai tinha me criado e, se o destino houvesse decretado algo diferente, eu teria ficado com Ragnar e lutado ao lado dele até o fim dos tempos, porém as três Nornas tecem nosso destino e Ragnar ficou como senhor no norte e eu fui para o sul, para juntar-me aos saxões. Estivera doente e a notícia de sua morte chegara no inverno anterior. Isso não me surpreendeu, apesar de me entristecer. Ragnar havia ficado gordo, preguiçoso, manco e estava perdendo o fôlego, mas tinha morrido com uma espada na mão, posta por Brida, sua mulher, enquanto ele agonizava. Assim iria para o Valhala, onde, por todos os tempos, ou pelo menos até o caos final nos dominar, seria o antigo Ragnar, forte e animado, cheio de gargalhadas, generoso e bravo.

— O senhor Ælfric sabia que você se tornou um fora da lei — continuou Ingulfrid — e que possuía pouquíssimos homens para atacar Bebbanburg, por isso achou que você iria para Dunholm.

— Sem Ragnar? — perguntei, balançando a cabeça. — Sem Ragnar não há nada para mim em Dunholm.

— E a mulher de Ragnar — sugeriu ela. — E os filhos dele?

Sorri.

— Brida me odeia.

— Você tem medo dela?

Ri disso, mas na verdade tinha realmente medo de Brida. Ela já fora minha amante e agora era minha inimiga, e um ressentimento, para Brida, era como uma coceira que nunca passava. Coçaria até virar uma ferida, então cutucaria a ferida até sair sangue e formar pus. Ela me odiava porque eu não havia lutado ao lado dos dinamarqueses contra os saxões, e não importava que ela própria fosse saxã. Brida era pura paixão.

— O senhor Ælfric esperava que você fosse para Dunholm antes de Bebbanburg.

— Esperava?

Ingulfrid hesitou, como se temesse revelar demais, depois deu de ombros.

— Ele tem um acordo com Brida.

Por que eu estava surpreso? O inimigo de nosso inimigo é nosso amigo, ou no mínimo nosso aliado.

— Ele esperava que ela me matasse?

— Ela prometeu envenenar você, e ele prometeu ouro a ela.

Não fiquei surpreso com isso. Brida jamais iria me perdoar. Ela carregaria esse ódio até a morte e, se pudesse, iria prolongá-lo por meio de feitiçaria para além de sua morte.

— Por que está me contando isso? — perguntei a Ingulfrid. — Por que não me encorajar a ir para Dunholm?

— Porque, se você fosse para Dunholm, Brida ficaria com meu filho e exigiria mais ouro do que você jamais exigirá. Ela é amarga.

— E cruel — acrescentei, então me esqueci de Brida porque o homem na proa estava gritando avisos sobre água rasa. Estávamos tateando através de um canal que serpenteava na direção de um banco de areia deserto no qual crescia capim em dunas. O canal virava para o oeste, depois para o norte, depois para o leste de novo, e o *Middelniht* tocou o fundo quatro vezes antes de chegarmos a um trecho de água mais profunda que se curvava ao redor do flanco leste da ilha. — Isso vai servir — declarei a Finan, e demos algumas remadas para colocar a proa sobre a areia. — É nosso lar, por enquanto — avisei à minha tripulação.

Este era meu novo reino, meu lugar, meu trecho de areia lavada pelo mar e soprada pelo vento na borda da Frísia. Só iria mantê-lo enquanto nenhum inimigo mais poderoso não decidisse me esmagar como uma mosca, o que aconteceria caso não encontrasse mais homens, porém por enquanto só precisava manter a tripulação atual ocupada. Por isso, mandei meu filho e uma dúzia de homens no *Middelniht* para percorrer os bancos de areia próximos em busca de madeira para cabanas. Já havia um pouco de madeira que o mar levou até a praia da ilha, e fiquei olhando Osferth montar um abrigo para Ingulfrid. Meu filho trouxe mais madeira, o bastante para fazer uma fogueira, além dos abrigos, e naquela noite cantamos ao redor de chamas altas que cuspiam fagulhas no céu estrelado.

— O senhor quer que as pessoas saibam que estamos aqui? — perguntou Finan.

— Elas já sabem.

Dois barcos passaram por nós durante o dia, e a notícia de nossa presença estaria se espalhando pelas ilhas e ao longo do litoral pantanoso do continente. Thancward, o homem que havia questionado nossa presença antes, provavelmente viria até nós outra vez, mas eu duvidava que quisesse lutar. Avaliei que ficaríamos em paz durante alguns dias.

Dava para ver que Finan estava preocupado comigo. Eu não havia falado muito durante toda a tarde, nem me juntado à cantoria. O irlandês ficara me olhando. Suspeitei de que soubesse o que me preocupava. Não era meu primo nem qualquer força que ele pudesse juntar contra mim. Minha preocupação era mais ampla e profunda: era uma incapacidade de distinguir um caminho à frente. Eu não tinha ideia do que fazer, mas precisava fazer alguma coisa. Comandava uma tripulação, tinha um navio, carregávamos espadas e não podíamos simplesmente apodrecer numa praia, mas não sabia aonde levá-los. Eu estava perdido.

— Vai colocar sentinelas? — perguntou Finan, quando já era tarde da noite.

— Vou montar guarda — avisei. — E garantir que os homens saibam que a senhora Ingulfrid não está aqui para a diversão deles.

— Eles já sabem disso. Além do mais, o pregador vai matar qualquer homem que olhar para ela.

Gargalhei. "O pregador" era o apelido de Osferth.

— Ele parece mesmo fascinado — comentei em tom ameno.

— O pobre coitado se apaixonou.

— Já não era sem tempo — falei, depois dei um tapa de leve no ombro de Finan. — Durma, meu amigo, durma bem.

Andei pela praia no escuro. Deste lado da ilha as ondas faziam sons fracos, mas eu conseguia ouvir as maiores ondas batendo e recuando no lado oeste da duna. A fogueira morreu lentamente, até ser um punhado de brasas soltando fumaça, e segui andando. A maré estava baixa e o *Middelniht* era uma sombra escura inclinada na areia.

Sou um hlaford, um senhor. Um senhor precisa prover seus homens. Ele é o doador de ouro, o doador de braceletes, o senhor da prata. Precisa alimentar seus homens, abrigá-los e enriquecê-los, e em troca eles o servem e o tornam um grande senhor, cujo nome é falado com respeito. E meus homens tinham um senhor sem lar, um senhor de areia e cinzas, um senhor de um único navio. E eu não sabia o que fazer.

Os saxões me odiavam porque eu havia matado um abade. Os dinamarqueses jamais confiariam em mim, e além disso eu matara o filho de Sigurd Thorrson, e o próprio Sigurd, que era amigo de Cnut Ranulfson, tinha jurado vingar essa morte. Ragnar, que teria me recebido como irmão e me dado metade de suas posses, estava morto. Æthelflaed me amava mas também amava sua igreja e não possuía força para me defender contra os mércios que seguiam seu marido afastado. Ela era protegida pelo irmão, Eduardo de Wessex, e ele provavelmente me receberia, porém exigiria um wergild, uma compensação financeira, pela morte do padre, e me obrigaria a me arrastar e pedir desculpas aos seus sacerdotes. Ele me daria terras. Poderia me proteger e me usar como guerreiro, mas eu não seria um senhor.

E eu estava ficando velho. Sabia disso, podia sentir nos ossos. Estava numa idade em que os homens comandam exércitos. Quando vão para a retaguarda da parede de escudos e deixam a luta para os jovens na frente. Eu tinha cabelos grisalhos e uma barba riscada de branco. Portanto era velho, odiado, um pária e estava perdido, mas já estivera em situação pior. Certa vez meu tio me vendeu como escravo e esse foi um tempo ruim, só que conheci Finan e juntos havíamos sobrevivido. Finan tivera o prazer de matar o desgraçado que havia nos marcado a ferro e eu tinha acabado de sentir o júbilo de matar o desgraçado que me traíra. Os cristãos falam da roda da fortuna, uma roda enorme que gira constantemente e em algumas ocasiões nos levanta para o sol e em outras nos arrasta para a merda e a lama. E lá estava eu agora, na merda e no lodo. Então talvez devesse permanecer lá, pensei. Há destinos piores para um homem do que dominar algumas ilhas frísias. Eu não duvidava que poderia derrotar Thancward, colocar seus sobreviventes a meu serviço e depois forjar um pequeno reino de dunas de areia e bosta de foca. Sorri com esse pensamento.

— Osferth diz que você realmente não vai matar meu filho. — Ela falava atrás de mim. Virei-me para ver Ingulfrid. Era uma sombra contra a duna. Não respondi. — Ele diz que você é realmente um homem bom.

Ri disso.

— Já fiz mais viúvas e órfãos do que a maioria dos homens. Isso é ser bom?

— Ele diz que você é decente, honrado e... — ela hesitou — ... cabeça-dura.

— Cabeça-dura está correto.

— E agora está perdido. — Ela falava afavelmente, com todo o desafio e a raiva sumidos da voz.

— Perdido?

— Você não sabe aonde ir, não sabe o que fazer.

Sorri, porque Ingulfrid estava certa, depois olhei-a descer cautelosamente pela praia.

— Não sei aonde ir — admiti.

Ela andou até os restos da fogueira, agachou-se e estendeu as mãos para as brasas que brilhavam fracas.

— Eu me senti assim durante 15 anos — declarou ela com amargura.

— Então seu marido é um idiota.

Ingulfrid balançou a cabeça.

— É o que você vive dizendo, mas na verdade ele é um homem inteligente e você lhe fez um favor.

— Pegando você?

— Matando o senhor Ælfric. — Ela ficou olhando as brasas, vendo os pequenos restos de chamas se torcendo, diminuindo e brilhando de novo. — Agora meu marido está livre para fazer o que quiser.

— E o que ele quer?

— Ficar seguro em Bebbanburg. Não dormir toda noite se perguntando onde você está. E neste momento? Suspeito que queira o filho de volta. Apesar de todos os defeitos, ele gosta de Uhtred.

Então era por isso que ela estava falando comigo sem escárnio ou amargura. Ingulfrid queria implorar pela vida do filho. Sentei-me do lado oposto da fogueira e cutuquei as toras queimadas com um pé, para fazer as pequenas chamas saltarem.

— Ele não estará seguro em Bebbanburg enquanto Cnut Ranulfson e Sigurd Thorrson viverem. Eles também querem a fortaleza e um dia vão tentar capturá-la.

— Mas os padres de meu marido dizem que a Nortúmbria está destinada a ser cristã, então os dinamarqueses serão derrotados. É a vontade do deus cristão.

— Você é cristã?

— Eles dizem que sou, mas não tenho certeza. Meu marido insistiu que eu fosse batizada e um padre me colocou num barril d'água, depois afundou minha cabeça. Meu marido riu quando fizeram isso. Depois me fizeram beijar o braço de santo Osvaldo. Estava seco e amarelado.

Santo Osvaldo. Havia me esquecido da nova agitação causada pelo abade que eu matara. Santo Osvaldo. Ele tinha sido rei da Nortúmbria nos velhos tempos. Vivera em Bebbanburg e governara todo o norte até entrar em guerra com a Mércia e ser derrotado em batalha por um rei pagão. O deus pregado não o ajudou muito naquele dia, e seu corpo foi retalhado, mas, como ele era santo, além de rei, as pessoas recolheram os restos esquartejados e os preservaram. Eu sabia que o braço esquerdo do santo fora dado ao senhor Ælfric, e muito tempo antes disso eu tinha ajudado a escoltar a cabeça cortada de Osvaldo pelas montanhas do norte.

— Os padres dizem que, se o corpo de Osvaldo puder ser reunido — explicou Ingulfrid —, todas as terras saxãs serão governadas por um único senhor. Um rei.

— Os padres nunca param de falar bobagem.

— E Æthelred da Mércia implorou para que o senhor Ælfric lhe desse o braço — continuou ela, ignorando meu comentário.

Isso atraiu meu interesse. Olhei seu rosto iluminado pelas chamas.

— E o que Ælfric disse?

— Que trocaria o braço do santo pelo seu corpo.

— Verdade?

— Verdade.

Ri disso, depois fiquei quieto enquanto pensava. Æthelred queria reunir as partes do falecido Osvaldo? Era essa sua ambição? Ser rei de todos os saxões? E ele acreditava no absurdo dos sacerdotes, que diziam que quem possuísse o cadáver de santo Osvaldo não poderia ser derrotado em batalha? Segundo a lenda, a maior parte do corpo dele fora levada a um mosteiro na Mércia, onde os monges se recusaram a aceitar as relíquias porque, segundo eles, Osvaldo fora inimigo do reino. Mas, naquela noite, enquanto o cadáver estava do lado de fora do portão, uma grande coluna de luz que rasgou o céu e brilhou sobre o corpo convenceu os monges a aceitar os restos do santo. Então o convento foi conquistado pelos dinamarqueses, que anexaram suas terras à Nortúmbria. Æthelred realmente queria encontrar esse cadáver seco? Se eu tivesse governado aquela parte da Nortúmbria, teria desenterrado o corpo muito tempo atrás, queimado e espalhado as cinzas ao vento. Porém, presumivelmente, Æthelred acreditava que o corpo continuava na sepultura, no entanto, para reivindicá-lo, ele precisava lutar contra os senhores da Nortúmbria. Ele planejava uma guerra contra Cnut? Primeiro a Ânglia Oriental, depois a Nortúmbria? Isso era loucura.

— Você acha que Æthelred quer invadir a Nortúmbria? — perguntei.

— Ele quer ser rei da Mércia.

Ele sempre quisera isso, mas nunca tinha ousado desafiar Alfredo, porém Alfredo estava morto havia muitos anos e Eduardo era rei. Æthelred havia se aborrecido sob o domínio de Alfredo e eu só podia imaginar como se ressentia de não ser mais do que um thrall do jovem Eduardo. E ele estava ficando velho como eu, portanto pensava em sua reputação. Não queria ser lembrado como vassalo de Wessex, e sim como rei da Mércia e, mais ainda, como o rei que acrescentara a Ânglia Oriental às terras da Mércia. E por que parar por aí? Por que não invadir a Nortúmbria e se tornar rei de todos os saxões do norte? Quando tivesse acrescentado os thegns da Ânglia Oriental ao seu exército, teria força suficiente para derrotar Cnut, e a posse do corpo de santo Osvaldo convenceria os cristãos do norte de que seu deus pregado estava do lado de Æthelred. Dessa forma, os cristãos poderiam muito bem se revoltar contra seus senhores dinamarqueses. Æthelred seria lembrado como o rei que fortalecera a Mércia outra vez, talvez até como o homem que uniu todos os reinos saxões. Ele incendiaria a Britânia para colocar seu nome nas crônicas da história.

E o maior obstáculo para essa ambição era Cnut Ranulfson, Cnut Espada Longa, o homem que brandia Cuspe de Gelo. E a mulher e os filhos de Cnut estavam desaparecidos, presumivelmente como reféns. Perguntei a Ingulfrid se ela ouvira falar da captura deles.

— Claro que ouvi, toda a Britânia sabe disso. — Ela fez uma pausa. — O senhor Ælfric achava que você os havia sequestrado.

— Quem quer que tenha feito isso queria que as pessoas pensassem assim. Os homens cavalgaram sob meu estandarte, mas não era eu.

Ingulfrid olhou para as chamas minúsculas.

— Seu primo Æthelred é quem mais ganharia com a captura deles.

Ela era uma mulher inteligente, percebi, inteligente e sutil. Meu primo, pensei, era um idiota por desprezá-la.

— Não foi Æthelred quem fez isso — declarei. — Ele não é tão corajoso assim. Morre de medo de Cnut. Æthelred não se arriscaria à raiva dele, pelo menos até estar muito mais forte.

— Alguém fez isso.

Alguém que se beneficiava com a inação de Cnut. Alguém suficientemente idiota para se arriscar à vingança violenta. Alguém esperto o bastante para manter isso em segredo. Alguém que beneficiaria Æthelred com isso, presumivelmente em troca de uma grande recompensa em ouro ou terras, alguém que iria me culpar.

E de repente foi como se um feixe de gravetos secos fosse jogado nas brasas agonizantes. A percepção me atingiu como um jato de luz, forte como o que descera do céu para brilhar sobre o corpo desmembrado de Osvaldo.

— Haesten — falei.

— Haesten. — Ingulfrid repetiu o nome como se soubesse o tempo todo. Olhei-a e ela me olhou de volta. — Quem mais? — perguntou simplesmente.

— Mas Haesten... — comecei e fiquei em silêncio.

Sim, Haesten possuía coragem o bastante para desafiar Cnut e era suficientemente traiçoeiro para se aliar a Æthelred, mas realmente se arriscaria à vingança de Cnut? Haesten não era idiota. Tinha sobrevivido a uma derrota após a outra, mas sempre saía livre. Possuía terras e homens; não muito das duas coisas, mas tinha. E, se realmente havia sequestrado a mulher de Cnut, arriscava-se a perder tudo, principalmente a vida, e essa vida não terminaria com leveza. Seriam dias de tortura.

— Haesten é amigo de todo mundo — comentou Ingulfrid baixinho.

— Não meu.

— E inimigo de todo mundo — continuou ela, ignorando meu comentário. — Ele sobrevive jurando lealdade a todos que sejam mais fortes do que ele. Permanece quieto, deita-se feito um cachorro junto à lareira e balança o rabo quando alguém chega perto. Jura lealdade a Cnut e a Æthelred, mas é como os cristãos dizem. Nenhum homem pode servir a dois senhores.

Franzi a testa.

— Ele serve a Æthelred? — Balancei a cabeça. — Não, Haesten é inimigo dele. Ele serve a Cnut. Eu sei, eu o encontrei no salão de Cnut.

Ingulfrid sorriu discretamente, fez uma pausa e depois perguntou:

— Você confia em Haesten?

— Claro que não.

— Meu pai chegou à Britânia a serviço de Haesten e o deixou para se juntar a Sigtrygg. Ele diz que Haesten é tão digno de confiança quanto uma serpente. Se segurar sua mão, de acordo com meu pai, você deveria contar os dedos depois.

Nada disso era espantoso.

— Tudo é verdade — eu disse —, mas ele é fraco, precisa da proteção de Cnut.

— Precisa — concordou ela —, porém suponha que ele tenha mandado um enviado a Æthelred? Um enviado clandestino.

— Isso não me surpreenderia.

— E Haesten se oferece para servir a Æthelred mandando notícias e fazendo tudo que puder sem levantar as suspeitas de Cnut. E em troca Æthelred promete não atacar Haesten.

Pensei nisso, depois fiz que sim.

— Passei oito anos querendo atacar Haesten — falei. — E Æthelred se recusou a me dar os homens.

Haesten ocupou Ceaster, e aquela grande fortaleza romana protegeu as terras do norte da Mércia de ataques dos noruegueses da Irlanda e dos dinamarqueses e noruegueses de Cumbraland, porém Æthelred se recusou a montar um ataque. Eu pensava que a recusa dele era simplesmente para me negar a chance de aumentar minha reputação, por isso fui obrigado a deixar meus homens apenas vigiando Ceaster para garantir que Haesten não causasse problemas.

Ingulfrid franziu levemente a testa. Ainda estava olhando as pequenas chamas enquanto falava.

— Não sei se alguma coisa do que estou dizendo é verdade — comentou ela —, mas me lembro de ter ouvido falar da esposa de Cnut e pensei instantaneamente em Haesten. Ele é traiçoeiro e esperto. Poderia convencer Æthelred de que é leal, no entanto sempre vai servir ao mais forte, e não ao mais fraco. Ele vai sorrir para Æthelred mas vai lamber o traseiro de Cnut, e Æthelred acha que Cnut não ousa atacar porque sua mulher é refém, mas... — ela fez uma pausa e levantou a cabeça para me olhar diretamente — ... apenas suponha que seja isso que Cnut e Haesten queiram que Æthelred pense.

Olhei-a enquanto tentava compreender o que ela sugeria. Fazia sentido. A mulher e os filhos de Cnut jamais foram capturados, tudo não passava de um ardil para fazer com que Æthelred se sentisse seguro. Pensei em meu encontro com Cnut. Tudo aquilo teria feito parte do ardil. Ele parecera raivoso, mas depois ficou amigável, e Haesten estava lá, dando sua risadinha o tempo inteiro. E por que Cnut jamais esmagou Haesten? Ceaster era uma fortaleza que valia a pena possuir, visto que controlava boa parte do tráfego entre a Britânia e a Irlanda, ficava entre a Mércia e a Nortúmbria e entre os galeses e os saxões, mas Cnut havia permitido que Haesten a mantivesse. Por quê? Porque Haesten era útil? Então Ingulfrid estava certa e ele estava escondendo a esposa e os filhos de Cnut? E dizendo a Æthelred que os havia capturado e os mantinha como reféns?

— Então Cnut está enganando Æthelred — proferi lentamente.

— E se Æthelred se sentir seguro para atacar a Ânglia Oriental? — perguntou ela.

— Ele vai marchar — respondi —, e no momento em que suas tropas tiverem saído da Mércia os dinamarqueses atacarão lá.

— Os dinamarqueses atacarão a Mércia — concordou ela. — Provavelmente isso está acontecendo agora. Æthelred foi enganado e acredita estar em segurança. O exército mércio está na Ânglia Oriental, enquanto Cnut e Sigurd estão na Mércia, destruindo, queimando, estuprando, assassinando.

Olhei a fogueira morrer. Havia uma luz cinza sobre o continente, uma luz cinzenta tocando o mar interior com seu brilho fantasmagórico. O alvorecer, a luz que chegava e inundava meus pensamentos ao mesmo tempo.

— Faz sentido — observei incerto.

— O senhor Ælfric tinha espiões em toda parte — declarou ela. — Mas não conseguiu arranjar um em sua casa. Porém, eles estavam em todos os outros lugares e mandavam notícias para Bebbanburg. Os homens conversavam no salão do alto e eu ouvia. Eles nunca me ouviam, mas deixavam que eu escutasse. E às vezes meu marido me conta coisas, se não estiver batendo em mim.

— Ele bate em você?

Ingulfrid me olhou como se eu fosse idiota.

— Eu sou mulher dele. Se o desagradar, claro, ele me baterá.

— Nunca bati numa mulher.

Ela sorriu com isso.

— O senhor Ælfric sempre disse que você era idiota.

— Talvez seja, mas ele tinha medo de mim.

— Tinha pavor — concordou ela. — E a cada vez que respirava, o amaldiçoava e rezava por sua morte.

E Ælfric, e não eu, era quem tinha ido para o Estripador de Cadáveres. Olhei a luz cinzenta ficar mais forte.

— O braço de santo Osvaldo ainda está em Bebbanburg?

Ela confirmou.

— Ele é mantido na capela, numa caixa de prata, mas meu marido quer dá-lo a Æthelred.

— Para encorajá-lo?

— Porque Cnut quer que ele dê.

— Ah! — exclamei, entendendo. Cnut estava encorajando Æthelred a invadir a Ânglia Oriental, que faria isso se achasse que poderia conseguir a ajuda mágica do corpo de santo Osvaldo.

— Bebbanburg é uma área fraca — disse Ingulfrid. — A fortaleza em si não é. Ela é extremamente forte, e eles podem juntar homens suficientes para defendê-la contra a maioria dos inimigos, mas não ousam provocar algum realmente perigoso. Por isso ficam em segurança sendo afáveis com os vizinhos.

— Afáveis com os dinamarqueses.

— Com os dinamarqueses — concordou ela.

— Então seu marido é como Haesten, sobrevive ficando abaixado e sacudindo o rabo.

Ingulfrid hesitou um instante, depois fez que sim.

— É.

E Bebbanburg não importava para os dinamarqueses. Importava para mim, mas para eles era só uma coceira. Queriam Bebbanburg, com certeza, mas queriam muito mais. Queriam os campos ricos, os rios lentos e as florestas densas da Mércia e de Wessex. Queriam um reino chamado Dinaterra. Queriam tudo e, enquanto eu estava encalhado numa praia da Frísia, provavelmente estavam tomando-a.

Então pensei em Æthelflaed. Ela estava no meio daquela loucura.

Eu não sabia se isso era verdade. Nesse momento, enquanto o sol incendiava o leste em vermelho, não sabia nada do que estava acontecendo na Britânia. Tudo era suposição. Pelo que sabia, a longa paz continuava e eu só estava imaginando o caos, mas o instinto me dizia o contrário. E se o instinto não é a voz dos deuses, o que é?

Mas por que eu deveria me importar? Os cristãos me rejeitaram e queimaram minha propriedade. Tinham me expulsado da Mércia e me tornado um fora da lei, nesta duna de areia estéril. Eu não lhes devia nada. Se tivesse algum senso, pensei, deveria procurar Cnut e lhe oferecer minha espada, depois carregá-la por toda a Mércia e por todo o Wessex, direto até o litoral sul, e esmagar os idiotas devotos que cuspiram na minha cara. Obrigaria bispos, abades e padres a se ajoelhar diante de mim e implorar por misericórdia.

Então pensei em Æthelflaed.

E soube o que deveria fazer.

— E então, vamos fazer o quê? — perguntou Finan na manhã seguinte.

— Arranjar comida suficiente para três ou quatro dias no mar — respondi.

Ele me encarou, surpreso com a decisão na minha voz, depois concordou.

— Há bastante comida e carne salgada.

— Defume — ordenei. — E cerveja?

— Temos o bastante para uma semana. Tiramos dois barris do *Reinbôge*.

Pobre Blekulf. Eu o havia deixado em Bebbanburg com o filho e seu marujo. Ele queria resgatar o *Reinbôge*, mas eu lhe disse para abandoná-lo.

— Venha conosco.

— Ir com vocês para onde?

— Frísia — respondi e lamentei imediatamente. Eu não tinha certeza se a Frísia seria meu destino, mas não podia pensar em outro local como refúgio. Tentei ocultar minha estupidez: — Cedo ou tarde vamos para a Frísia. O mais provável é que eu vá primeiro para a Ânglia Oriental, mas você sempre pode conseguir uma passagem num navio que vá de lá para a Frísia.

— Vou resgatar o *Reinbôge* — insistiu teimoso Blekulf. — Ele não está encalhado alto demais. — Por isso ficou, e duvidei que ele teria tempo de fazer o barco flutuar outra vez antes que os homens de meu primo o encontrassem, mas não que Blekulf revelaria que eu estava indo para a Frísia.

Poderíamos ter navegado naquele dia, ou pelo menos no dia seguinte, se abastecêssemos o *Middelniht* com comida suficiente, mas precisávamos de dois ou três dias para nos recuperar da tempestade. As armas e as cotas de malha ficavam molhadas e precisavam ser areadas para tirar até os mínimos traços de ferrugem, por isso falei a Finan que partiríamos em três dias.

— E para onde vamos? — perguntou ele.

— Para a guerra — respondi em tom grandioso. — Vamos dar aos poetas algo para cantar. Vamos exaurir a língua deles de tanta cantoria! Vamos à guerra, amigo. — Dei um tapa no ombro de Finan. — Mas por enquanto vou dormir. Mantenha os homens ocupados, diga que vamos ser heróis!

Primeiro os heróis precisavam trabalhar. Havia focas a matar, peixes a pegar e lenha a catar, de modo que a carne, cortada em tiras finas, pudesse ser defumada. A madeira verde é melhor para defumar, porém não tínhamos nenhuma, por isso misturamos a madeira seca carregada pela maré com algas, acendemos as fogueiras e deixamos a fumaça manchar o céu.

O *Middelniht* precisava ser mimado. Eu tinha pouco material para fazer qualquer reparo, mas ele carecia de pouca coisa, por isso verificamos todos os cabos, costuramos um rasgo na vela e limpamos o casco na maré baixa. Foi durante a mesma maré baixa que juntei uma dúzia de homens e enfiamos varas de junco nos bancos de areia. Era um trabalho pesado. Tínhamos de cavar buracos na areia coberta pela água rasa, e, assim que cavávamos, a água e a areia entravam de novo. Continuávamos cavando, usando as mãos nuas e tábuas quebradas, depois enfiávamos uma tora o mais fundo que podíamos antes de encher o buraco com pedras para mantê-la em pé. Não havia pedras no meio das dunas e das ilhotas, por isso usamos as de lastro do *Middelniht*, tantas que as substituímos por areia. O navio flutuaria um pouco alto, porém achei que ele estaria em segurança. Isso levou dois dias, mas no fim as varas apareciam acima da água mesmo na maré alta e, ainda que um punhado delas tenha se inclinado na corrente e umas poucas tivessem flutuado totalmente para longe, o restante revelava um caminho através dos baixios perigosos até nosso refúgio na ilha. Um caminho para um inimigo seguir.

E um inimigo apareceu. Não era Thancward. Ele sabia que tínhamos voltado, e vi seu navio passar umas duas vezes, mas ele não queria encrenca e nos ignorou. Foi no último dia, uma bela manhã de verão, que a embarcação chegou. Veio justamente quando estávamos partindo. Tínhamos queimado os abrigos, empilhado a carne seca a bordo do *Middelniht* e agora puxávamos a âncora de pedra, colocávamos os remos nos toletes e lá estava ele, um navio que chegara para lutar.

Ele vinha do oeste. Estávamos vigiando sua aproximação e tínhamos avistado a alta cabeça de fera na proa. O vento fluía da mesma direção, e ele chegou com a vela enfunada, e à medida que chegava mais perto vi o padrão da águia costurado no grosso pano da vela. Um navio orgulhoso, um navio belo, apinhado de homens cujos elmos refletiam a luz do sol.

Até hoje não sei que navio era nem quem o comandava. Era dinamarquês, presumo, e talvez fosse um dinamarquês que quisesse a recompensa que meu primo prometia a qualquer homem que me matasse. Ou talvez fosse apenas um predador de passagem que viu uma oportunidade fácil, mas, quem quer que fosse, viu nosso navio menor e percebeu que o *Middelniht* estava tentando sair das ilhas, e nos viu remar para a extremidade do canal mais próxima da terra que eu havia marcado com as varas de junco presas por pedras.

E ele me encurralara. Navegava depressa, impelido pelo vento naquela vela reforçada com cordas, enfeitada com a águia. Ele só precisava entrar no canal e golpear seu grande casco contra um dos nossos flancos, partir nossos remos ou se chocar contra nós, casco batendo em casco, e soltar seus guerreiros na barriga do *Middelniht,* onde nos dominariam. E de fato fariam isso, porque seu navio tinha o dobro do tamanho do nosso e sua tripulação consistia de mais que o dobro de membros.

Observei-o vir em nossa direção enquanto remávamos, e era uma bela visão. Sua cabeça de dragão tinha toques de ouro, a vela com a águia era trançada com fio escarlate, e o estandarte na ponta do mastro era uma tira enrolada em azul e ouro tocada pelo sol. A água se partia branca em sua proa. Os homens usavam cota de malha e estavam armados com espadas e escudos. Chegando para a matança, ele entrou no canal marcado, vendo que não tínhamos escapatória, e ouvi o rugido de seus homens preparando-se para a carnificina.

E então o navio bateu.

Os juncos o levaram para um banco de areia, motivo pelo qual eu os havia posicionado com tanto cuidado.

A embarcação chegou, encalhou e o mastro estalou e se partiu, de modo que a vela despencou na proa, e junto com ela caíram a pesada verga e o mastro partido. Homens foram jogados para a frente pelo impacto enquanto o casco pesado raspava na areia. Num momento era um navio orgulhoso caçando sua presa; no outro era um destroço, a proa levantada pela areia e o casco cheio de homens lutando para ficar de pé.

Então virei a esparrela do *Middelniht*, de modo que saímos do canal marcado para pegar o verdadeiro, circulando para o sul ao redor do banco de areia no qual o navio orgulhoso estava encalhado. Remávamos devagar, provocando aquele inimigo atrapalhado, e, enquanto passávamos por ele, fora do alcance de suas lanças, acenei com um cumprimento matinal.

Então estávamos no mar.

Ingulfrid e seu filho estavam perto de mim, Finan ao meu lado, meu filho e meus homens nos remos. O sol brilhava sobre nós, a água cintilava, as pás dos remos mergulhavam e fomos embora.

Para fazer história.

SETE

A RODA DA FORTUNA estava girando. Eu não sabia disso, porque na maior parte do tempo não sentimos seu movimento, mas ela girava rápido enquanto nos afastávamos da Frísia naquele dia luminoso de verão.

Eu retornava à Britânia, para onde os cristãos me odiavam e os dinamarqueses desconfiavam de mim. Voltava porque o instinto me dizia que a longa paz havia terminado. Acredito que o instinto seja a voz dos deuses, mas não tinha tanta certeza de que esses deuses me diziam a verdade. Os deuses também mentem e trapaceiam, nos pregam peças. Eu me preocupava ao pensar que poderíamos estar voltando de encontro a uma terra em paz, na qual nada mudara, por isso estava cauteloso.

Se eu estivesse certo de qual era a mensagem dos deuses, teria navegado para o norte. Havia pensado em fazer isso. Planejara navegar ao redor da borda norte da terra escocesa, depois ir para o sul através das ilhas hostis e descer pelo litoral norte de Gales e pelo leste, até onde os rios Dee e Mærse se esvaziam no mar. É apenas uma jornada curta subindo o Dee até Ceaster, mas, mesmo suspeitando que Haesten estava escondendo a família de Cnut, eu não tinha provas. Além disso, com minha tripulação pequena, que esperança teria contra sua guarnição, protegida pela forte muralha romana de Ceaster?

Por isso estava cauteloso. Fui para o oeste, para o que esperava ser um lugar seguro onde poderia descobrir quais eram as novidades. Precisávamos remar o *Middelniht*, porque o vento estava contra nós, e durante o dia inteiro mantivemos uma batida de remos lenta, usando apenas vinte remadores, fazendo os homens se revezarem. Eu também participava.

Aquela noite estava clara e nos encontrávamos sozinhos sob incontáveis estrelas. O leite dos deuses estava espalhado atrás das estrelas, um arco de luz que se refletia nas ondas. O mundo foi feito com fogo e, quando ficou pronto, os deuses pegaram as fagulhas e as brasas restantes e jogaram no céu. Nunca deixei de me espantar com a glória desse grande arco de luz leitosa das estrelas.

— Se o senhor estiver certo — Finan se juntara a mim na esparrela e cortou meu devaneio —, ela pode já ter terminado.

— A guerra?

— Se o senhor estiver certo.

— Se eu estiver certo, ela ainda nem começou.

Finan fungou.

— Cnut vai retalhar Æthelred! Não vai ser preciso mais de um dia para transformar aquele desgraçado covarde em filé.

— Acho que ele vai esperar. E mesmo assim não vai atacar Æthelred. Deixará que ele fique enrolado na Ânglia Oriental, apodrecendo nos pântanos, depois marchará para o sul, entrando na Mércia. E vai esperar que a colheita termine antes de marchar.

— Não haverá muito o que colher — comentou Finan, soturno. — Não depois desse verão úmido.

— Mas mesmo assim ele vai querer o que conseguir roubar. E, se estivermos certos com relação a Haesten, Æthelred acredita estar em segurança. Acha que pode lutar na Ânglia Oriental sem que Cnut se levante contra ele, por isso Cnut vai esperar o bastante para convencer Æthelred de que está realmente em segurança.

— Então quando Cnut vai atacar a Mércia?

— Ainda faltam alguns dias. Deve ser na época da colheita. Mais uma semana? Duas?

— E Æthelred estará com as mãos ocupadas na Ânglia Oriental.

— E Cnut vai tomar o sul da Mércia, depois se virar contra Æthelred e ficar de olho em Eduardo.

— Eduardo vai marchar?

— Ele tem de marchar — respondi com uma veemência que esperava corresponder à verdade. — Eduardo não pode se dar o luxo de deixar os dinamarqueses tomarem toda a Mércia, mas aqueles padres com cérebro de mijo podem aconselhá-lo a ficar em seus burhs. Deixar que Cnut vá até ele.

— Então Cnut toma a Mércia — declarou Finan. — Depois a Ânglia Oriental, e finalmente marcha contra Wessex.

— É o que ele pretende fazer. Pelo menos é o que eu faria, se fosse ele.

— E o que nós vamos fazer?

— Desatolar os desgraçados da merda, claro.

— Todos nós, os 36?

— Você e eu poderíamos fazer isso sozinhos — respondi com escárnio.

Ele riu. O vento estava aumentando, adernando o navio. Além disso, estava virando para o norte, e se continuasse assim poderíamos içar a vela e puxar os remos para bordo.

— E santo Osvaldo? — perguntou Finan.

— O que tem ele?

— Æthelred está mesmo tentando juntar os pedaços do pobre coitado?

Eu não tinha certeza quanto a isso. Æthelred era supersticioso a ponto de acreditar na alegação cristã de que o cadáver do santo possuía poderes mágicos, mas para obter o cadáver precisaria marchar para a Nortúmbria dominada pelos dinamarqueses. Pelo que eu sabia, ele estava disposto a iniciar uma guerra contra os dinamarqueses da Ânglia Oriental, mas Æthelred se arriscaria contra os senhores da Nortúmbria? Ou acreditava que Cnut jamais ousaria lutar enquanto sua esposa estivesse como refém? Se acreditava nisso, talvez se arriscasse a uma incursão contra a Nortúmbria.

— Vamos descobrir logo — concluí.

Entreguei a esparrela a Finan e deixei-o guiando o navio enquanto andava com cuidado entre os corpos adormecidos e passava pelos vinte homens que remavam lentamente na escuridão iluminada pelas estrelas. Fui até a proa, pus a mão no poste do dragão e olhei para a frente.

Gosto de ficar de pé na proa dos navios, e naquela noite o mar era uma vastidão refletindo a luz das estrelas, um caminho luminoso pelo escuro aquático, mas que levava a quê? Olhei o mar piscar e cintilar, ouvindo a água bater e borbulhar no casco do *Middelniht* enquanto a embarcação subia e descia nas ondas pequenas. O vento havia mudado a ponto de nos empurrar para o sul, mas, como eu não tinha ideia clara do lugar aonde queria ir, não gritei para Finan mudar o curso. Só deixei o navio seguir aquele caminho de luz pelo mar estrelado.

— E o que acontece comigo?

Era Ingulfrid. Eu não a ouvira se aproximar pelo convés comprido, mas me virei e vi seu rosto pálido emoldurado pelo capuz da capa de Ælfric.

— O que acontece com você? — indaguei. — Você vai para casa com seu filho quando seu marido pagar o resgate, claro.

— E o que acontece comigo quando eu chegar em casa?

Eu já ia responder que não era da minha conta o que lhe acontecesse em Bebbanburg, depois entendi por que ela fizera a pergunta e por que a pronunciara num tom tão amargo.

— Nada — respondi, sabendo que era mentira.

— Meu marido vai bater em mim, e provavelmente coisa pior.

— Pior?

— Sou uma mulher que caiu em desonra.

— Não é.

— E ele vai acreditar nisso?

Não falei nada durante um tempo, depois meneei a cabeça.

— Ele não vai acreditar — respondi.

— Por isso vai me espancar, e depois, com toda a certeza, vai me matar.

— Vai?

— Ele é um homem orgulhoso.

— E idiota.

— Mas os idiotas também matam — declarou Ingulfrid.

Passou pela minha mente dizer que deveria ter pensado em todas essas consequências antes de insistir em acompanhar o filho, então vi que ela chorava, por isso não falei nada. Ingulfrid não soltou qualquer som. Estava apenas soluçando em silêncio, depois Osferth veio dos bancos dos remadores e passou o braço pelos ombros dela. Ingulfrid se virou, encostando a cabeça em seu peito, e apenas chorou.

— Ela é uma mulher casada — eu disse a Osferth.

— E eu sou um pecador — respondeu ele —, amaldiçoado por Deus por causa de meu nascimento. Deus não pode me fazer mais mal, porque o pecado de meu pai já me condenou. — Ele me olhou em desafio e, como eu não disse nada, levou Ingulfrid gentilmente para a popa. Olhei-os ir.

Que idiota nós somos.

Chegamos em terra duas manhãs depois, em meio a uma névoa prateada. Estávamos remando, e por um tempo segui a opaca linha da costa à direita. A água era rasa, não havia vento, apenas milhares de aves marinhas que fugiam de nossa aproximação agitando o mar liso com a batida das asas.

— Onde estamos? — perguntou Osferth.

— Não sei.

Finan estava na proa. Ele tinha olhos melhores que qualquer homem que já conheci, e naquele momento os direcionava àquele litoral chapado e monótono em busca de algum sinal de vida. Não viu nenhum. Além disso, estava atento a bancos de areia e íamos remando lentamente, devido ao medo de encalhar. A maré nos carregava e nossos remos faziam pouco mais que manter o navio firme.

Então Finan gritou dizendo que tinha visto marcos. Varas de juncos outra vez, e um instante depois vimos algumas choupanas em meio às dunas de areia e viramos para a costa. Segui o canal marcado pelos juncos, de fato um leito verdadeiro, que nos levou ao abrigo de uma ponta de terra baixa e arenosa, e então a um pequeno porto onde quatro barcos de pesca estavam encalhados. Eu podia sentir o cheiro das fogueiras que defumavam peixe e levei o *Middelniht* para a areia, sabendo que a maré seguinte iria fazê-lo flutuar, e assim voltamos à Britânia.

Eu estava vestido para a guerra. Usava cota de malha, capa, elmo e tinha Bafo de Serpente à cintura, mas não podia imaginar algum inimigo nesta solidão soturna, envolta em névoa. Mesmo assim me vesti em minha glória de batalha e, deixando Finan no comando do *Middelniht*, levei meia dúzia de homens para a terra. Quem quer que vivesse naquela aldeia minúscula desse litoral desolado tinha nos visto chegar e provavelmente fugira para se esconder, mas eu sabia que estariam nos vigiando através da névoa. Não queria apavorá-los, desembarcando mais que um punhado de homens. Uma casa, maior do que as outras, era emoldurada pela carcaça de um navio naufragado. Passei sob o lintel baixo e vi fogo aceso numa lareira central, duas camas de juncos, alguns potes de cerâmica e um grande caldeirão de ferro. Neste lugar, pensei, esses objetos eram considerados riquezas. Um cão rosnou das sombras e eu rosnei de volta. Não havia ninguém dentro da construção.

Seguimos por um curto caminho para o interior. Um muro de terra fora erguido em alguma ocasião, um barranco que se estendia dos dois lados pela névoa. Os anos alisaram-no e me perguntei quem o teria feito e por quê. Não parecia proteger nada, a não ser que os aldeões temessem os sapos do pântano que se estendia monótono para o norte, penetrando na névoa. Para onde quer que eu olhasse, via apenas atoleiros, juncos, umidade e capim.

— É o céu na terra — comentou Osferth. Esta era sua ideia de piada.

Meu instinto me dizia que estávamos naquela estranha baía que rasga o flanco leste da Britânia entre as terras da Ânglia Oriental e a Nortúmbria. Chama-se Gewæsc e é uma porção de água ampla, rasa e traiçoeira, cercada por nada além de terreno plano, mas ela vê muitos navios. Como o Humbre, Gewæsc é uma rota para o interior da Britânia e atraiu incontáveis navios dinamarqueses que remaram baía acima até os quatro rios que se derramavam nas águas rasas, e, se estivesse certo, havíamos desembarcado na margem norte de Gewæsc, portanto estávamos na Nortúmbria. Minha terra. Terra dinamarquesa. Terra inimiga.

Esperamos alguns passos atrás do velho muro de terra. Um caminho levava para o norte, mas era pouco mais que uma trilha de junco pisoteado. Se não fizéssemos nada hostil, eventualmente alguém iria aparecer, e foi o que aconteceu. Dois homens, com a nudez meio oculta por peles de foca, apareceram na trilha e andaram com cautela em nossa direção. Eram barbudos e ambos tinham cabelos escuros, oleosos e emaranhados. Podiam ter qualquer idade entre 20 e 50 anos, o rosto e o corpo tão sujos que pareciam ter se esgueirado de algum covil subterrâneo. Abri as mãos para demonstrar que não pretendia fazer mal.

— Onde estamos? — perguntei quando chegaram ao alcance da audição.

— Botulfstan — respondeu um deles.

O que significava que estávamos na pedra de Botulf, mas não havia sinal de qualquer pessoa assim chamada nem de sua pedra. Perguntei quem ele era e deram a entender ser seu senhor, mas o sotaque dos dois era tão embolado que dificultava o entendimento.

— Botulf possui plantações aqui? — perguntei, desta vez em dinamarquês, mas eles apenas deram de ombros.

— Botulf foi um grande santo — explicou-me Osferth — e rezar a são Botulf protege os viajantes.

— Por que eles?

— Imagino que o santo também tenha sido um grande viajante.

— Não estou surpreso — comentei. — O pobre coitado provavelmente queria ir para bem longe desta aldeia de merda. — Olhei de novo para os dois homens. — Vocês têm um senhor? Onde ele mora?

Um deles apontou para o norte, então seguimos a trilha nessa direção. Troncos foram postos sobre os trechos onde o atoleiro era denso, mas apodreceram muito tempo atrás e a madeira úmida estalava sob nossos pés. A névoa era obstinada. Eu podia ver o sol como um feixe de luz distante, mas, ainda que ele estivesse alto no céu, a neblina não se dissipou. Parecíamos andar eternamente, apenas nós, as aves do pântano, os juncos e os longos poços lamacentos. Comecei a pensar que não haveria fim para aquela desolação, mas então vi uma grosseira cerca formada por espinheiros e um pequeno terreno onde vinte ovelhas encharcadas, as caudas sujas de bosta, pastavam. Para além dos animais havia construções, a princípio apenas formas escuras na névoa, depois consegui vislumbrar um salão, um celeiro e uma paliçada. Um cachorro começou a latir e o som atraiu um homem ao portão aberto. Era velho, vestia uma cota de malha rasgada e segurava uma lança com a ponta enferrujada.

— Isso aqui é Botulfstan? — perguntei em dinamarquês.

— Botulf morreu há muito tempo — explicou ele no mesmo idioma.

— Então quem mora aqui?

— Eu — respondeu ele, solícito.

— Gorm! — Uma voz feminina gritou de dentro da paliçada. — Deixe-os entrar!

— E ela — acrescentou Gorm, carrancudo. — Ela também mora aqui. — Ele ficou de lado.

O salão fora construído com madeiras agora enegrecidas pela umidade e pelo tempo. O teto coberto de junco era denso de musgo. Um cão sarnento estava amarrado a um portal com uma corda de couro trançado que se esticou quando ele saltou em nossa direção, mas a mulher gritou e o animal se deitou. Ela era velha, grisalha, vestia uma capa marrom comprida presa no pescoço por um pesado broche de prata que tinha a forma de um martelo. Então não era cristã.

— Meu marido não está aqui — declarou ela bruscamente. Falava dinamarquês. Os aldeões eram saxões.

— E quem é seu marido? — perguntei.

— Quem são vocês? — retrucou ela.

— Wulf Ranulfson — respondi, usando o nome que tinha inventado em Grimesbi. — De Haithabu.

— Você está muito longe de casa.

— Parece que o seu marido também.

— Ele é Hoskuld Irenson — disse ela, num tom que sugeria que deveríamos ter ouvido falar dele.

— E ele serve a quem?

Ela hesitou, como se relutasse em dizer, mas por fim cedeu.

— A Sigurd Thorrson.

Sigurd Thorrson era amigo e aliado de Cnut Ranulfson, o segundo maior senhor da Nortúmbria, e um homem que me odiava por eu ter matado seu filho. É verdade, a morte fora em batalha e o rapaz havia morrido com uma espada na mão, mas Sigurd continuaria me odiando até a própria morte.

— Ouvi falar de Sigurd Thorrson — falei.

— Quem não ouviu?

— Tenho esperanças de servir a ele.

— Como você chegou aqui? — perguntou ela, parecendo indignada, como se ninguém jamais devesse descobrir este salão apodrecido no meio do pântano enorme.

— Atravessamos o mar, senhora — respondi.

— O mar errado — acrescentou ela, parecendo achar graça nisso. — E você está muito longe de Sigurd Thorrson.

— E a senhora é...? — perguntei gentilmente.

— Sou Frieda.

— Se tiver cerveja, podemos pagar por ela.

— Em vez de roubar?

— Pagar — retruquei. — E enquanto bebemos a senhora pode dizer por que atravessei o mar errado.

Pagamos uma lasca de prata por uma cerveja com cheiro de água de vala, e Frieda explicou que seu marido havia sido chamado para servir ao senhor, que levara os seis homens da propriedade que eram hábeis com armas consigo e que cavalgaram para o oeste.

— O jarl Sigurd disse que deveriam levar o barco, mas não temos navio.

— Levar para onde?

— Para o mar ocidental. O mar entre nós e a Irlanda. — Ela disse isso vagamente, como se a Irlanda fosse apenas um nome. — Mas não temos navio, por isso meu marido foi a cavalo.

— O jarl Sigurd está convocando seus homens?

— Está. O jarl Cnut também. E rezo para que todos retornem em segurança.

Do mar ocidental? Pensei a respeito. Isso queria dizer, certamente, que Cnut e Sigurd estavam reunindo navios, e o único lugar na costa oeste onde podiam fazê-lo era perto da fortaleza de Haesten, em Ceaster. O litoral ao sul de Ceaster era galês e aqueles selvagens não dariam abrigo a uma frota dinamarquesa, enquanto o litoral ao norte era Cumbraland, que é tão selvagem e sem lei quanto Gales, de modo que os dinamarqueses deviam estar se reunindo em Ceaster. E aonde a frota iria? Para Wessex? Frieda não sabia.

— Haverá guerra — avisou ela — e já há guerra.

— Já?

Ela fez um gesto para o norte.

— Ouvi dizer que os saxões estão em Lindcolne!

— Saxões! — fingi surpresa.

— A notícia chegou ontem. Centenas de saxões!

— E onde fica Lindcolne?

— Lá — explicou ela, apontando de novo para o norte.

Eu tinha ouvido falar de Lindcolne, mas nunca havia visitado o lugar. Já fora uma cidade importante, construída pelos romanos e ampliada pelos saxões que se apoderaram da terra quando os romanos partiram, mas, segundo boatos, o local fora queimado pelos dinamarqueses que agora ocupavam o forte no terreno elevado de Lindcolne.

— A que distância fica Lindcolne?

Ela não sabia.

— Mas meu marido pode ir até lá e voltar em dois dias — sugeriu ela —, de modo que não é longe.

— E o que os saxões estão fazendo lá?

— Cagando o chão com a imundície deles. Não sei. Só espero que não venham para cá.

Lindcolne ficava ao norte, bem no interior da Nortúmbria. Se Frieda estivesse certa, um exército saxão tinha ousado invadir a terra de Sigurd Thorrson, e ele só faria isso se tivesse certeza de que não haveria represálias. O único modo de impedi-las era se a esposa e os filhos de Cnut Espada Longa fossem reféns nas mãos dos saxões.

— A senhora possui cavalos? — perguntei.

— Você está com fome? — zombou ela.

— Eu pegaria cavalos emprestados, para descobrir mais sobre esses saxões, senhora.

Ela barganhou arduamente, me fazendo alugar dois pangarés miseráveis deixados no estábulo. Eram éguas, ambas velhas, e nenhuma parecia ter energia, mas eram montarias e precisávamos delas. Eu disse a Osferth que ele me acompanharia a Lindcolne e mandei os outros homens de volta ao *Middelniht*.

— Digam a Finan que voltamos em três dias — falei a eles, esperando que fosse verdade.

Osferth estava relutante em deixar o *Middelniht* e Ingulfrid.

— Ela estará em segurança — rosnei para ele.

— Sim, senhor — respondeu Osferth de maneira distante.

— Ela estará em segurança! Finan vai garantir isso.

Ele jogou uma sela sobre a égua menor.

— Sei disso, senhor.

Eu estava levando Osferth porque ele era útil. Com relação aos saxões em Lindcolne eu só sabia que vieram do exército de Æthelred, ou seja, provavelmente haviam jurado minha destruição, mas Osferth, ainda que bastardo, era filho de Alfredo, e os homens o tratavam com o respeito e a deferência devidos ao filho de um rei. Ele tinha uma autoridade natural, seu cristianismo era indiscutível e eu precisava de todo o apoio que sua presença pudesse me oferecer.

Osferth e eu montamos. As tiras dos estribos eram curtas demais e as duas cilhas, grandes demais. Eu me perguntei se conseguiríamos chegar a Lindcolne, porém as duas éguas seguiram para o norte com boa vontade, embora nenhuma parecesse capaz de viajar mais rápido que um caminhar exausto.

— Se encontrarmos dinamarqueses, estamos encrencados — declarou Osferth.

— Eles provavelmente vão morrer de rir se virem estes animais.

Ele fez uma careta. A névoa estava se dissipando lentamente para revelar uma terra ampla e vazia, feita de pântanos e juncos. Era um lugar desolado e sem árvores. Notamos que algumas pessoas moravam na região, porque vimos suas choupanas à distância e passamos por armadilhas para enguias em valas escuras, mas não vimos ninguém. Osferth parecia ficar mais soturno a cada quilômetro que viajávamos.

— O que o senhor fará com o menino? — perguntou depois de um tempo.

— Vou vendê-lo de volta ao pai, claro. A não ser que outra pessoa ofereça mais dinheiro.

— E a mãe vai com ele.

— Vai? Você sabe melhor do que eu o que ela vai fazer.

Osferth estava olhando para as terras molhadas.

— Ela vai morrer.

— É o que ela diz.

— O senhor acredita? — desafiou ele.

Fiz que sim.

— Obviamente não existe afeto por lá. Todo mundo vai presumir que a estupramos, e o marido não vai acreditar nas negativas dela, de modo que sim, provavelmente irá matá-la.

— Então ela não pode voltar! — exclamou Osferth com ferocidade.

— A decisão é dela.

Cavalgamos em silêncio por um tempo.

— A senhora Ingulfrid — disse ele, rompendo o silêncio — não teve permissão para sair de Bebbanburg durante 15 anos. Ela era mantida como uma prisioneira.

— É por isso que veio conosco? Para sentir o cheiro do ar do lado de fora?

— Uma mãe sempre quer ficar ao lado do filho.

— Ou longe do marido — retruquei acidamente.

— Se ficarmos com o menino... — começou ele, depois hesitou.

— Ele não tem utilidade para mim, a não ser pelo que o pai pagará. Eu deveria tê-lo vendido quando estávamos em Bebbanburg, mas não tinha certeza se conseguiríamos sair do porto vivos a não ser que o mantivéssemos como refém. Desde então ele não passa de um incômodo.

— Ele é um bom menino — comentou Osferth, defensivamente.

— E enquanto viver, o bom menino acredita ter o direito de reivindicar Bebbanburg. Eu deveria cortar a garganta suja dele.

— Não!

— Eu não mato crianças. Mas daqui a alguns anos? Daqui a alguns anos terei de matá-lo.

— Eu o compro do senhor — anunciou Osferth bruscamente.

— Você? Onde vai conseguir o ouro?

— Eu compro! — insistiu com obstinação. — Só me dê tempo.

Suspirei.

— Nós venderemos o menino de volta ao pai e vamos convencer a mãe a ficar conosco. É o que você quer, não é? — Ele fez que sim, mas não disse nada. — Você está apaixonado — falei, e vi que havia deixado Osferth sem graça, mas mesmo assim continuei: — E estar apaixonado muda tudo. Um homem é capaz de lutar através dos incêndios do Ragnarok porque está apaixonado; vai se esquecer do mundo inteiro e fazer coisas insanas pela mulher que ama.

— Eu sei.

— Sabe? Você nunca sentiu essa loucura antes.

— Eu tenho observado o senhor, e o senhor não está fazendo isso por Wessex ou pela Mércia, mas por minha irmã.

— Que é uma mulher casada — acrescentei, asperamente.

— Somos todos pecadores — observou ele e fez o sinal da cruz. — Deus nos perdoe.

Ficamos em silêncio. Agora a estrada subia, mas apenas para um baixo planalto no qual, finalmente, cresciam árvores. Eram amieiros e salgueiros, todos inclinados para o oeste por causa do vento frio do mar. O terreno mais elevado era um bom pasto, ainda plano, mas com cercas vivas e valas, onde vacas e ovelhas se espalhavam. Havia aldeias e bons salões. Era de tarde e paramos em um salão e pedimos cerveja, pão e queijo. Os serviçais eram dinamarqueses e nos disseram que seu senhor havia cavalgado para o oeste, para se juntar a Sigurd Thorrson.

— Quando ele partiu? — perguntei

— Há seis dias, senhor.

Então Cnut e Sigurd ainda não tinham iniciado sua invasão, ou talvez estivessem navegando enquanto falávamos.

— Ouvi dizer que os saxões estão em Lindcolne — falei ao administrador do local.

— Não em Lindcolne, senhor. Na Bearddan Igge.

— Na ilha de Bearda? — repeti o nome. — Onde fica isso?

— Não é longe de Lindcolne, senhor. Uma curta cavalgada para o leste.

— Quantos?

Ele deu de ombros.

— Duzentos? Trezentos?

Obviamente o homem não sabia, mas sua resposta confirmava minha suspeita de que Æthelred não trouxera todo o seu exército para a Nortúmbria; em vez disso, havia mandado um forte grupo de guerreiros.

— Eles estão lá para atacar Lindcolne?

O homem gargalhou.

— Eles não ousariam! Iriam morrer!

— Então por que estão lá?

— Talvez porque sejam idiotas, senhor?

— E o que há em Bearddan Igge?

— Nada, senhor — respondeu o administrador. Vi Osferth abrir a boca para falar e depois pensar melhor.

— Há um mosteiro em Bearddan Igge — explicou-me Osferth enquanto prosseguíamos cavalgando —, ou pelo menos havia, antes que os pagãos o queimassem.

— Bom saber que fizeram algo útil — declarei, e fui recompensado com uma carranca.

— É onde o corpo de santo Osvaldo está enterrado.

Encarei Osferth.

— Por que não disse isso antes?

— Eu tinha esquecido o nome, senhor, até o homem o mencionar. Bearddan Igge: um nome estranho, mas um lugar sagrado.

— E repleto de homens de Æthelred desenterrando um santo.

O sol estava baixo no oeste enquanto nos aproximávamos de Bearddan Igge. A terra ainda era plana e o terreno, úmido. Atravessamos riachos preguiçosos e valas de drenagem que corriam retas como flechas. Passamos por um marco de estrada romano, caído e meio escondido pelo capim. A gravação na pedra indicava "Lindum VIII", o que significava, pelo que presumi, que faltavam 8 milhas para a cidade que chamamos de Lindcolne.

— Os romanos usavam milhas? — perguntei a Osferth.

— Usavam, senhor.

Não foi muito depois do marco que o grupo de guerreiros nos viu. Estava a oeste de nós, onde o sol se encontrava baixo e ofuscante no céu, e eles nos viram muito antes de os vermos. Eram oito, montados em grandes garanhões e armados com lanças e espadas, galopando pelo terreno molhado, os cascos levantando grandes torrões de terra úmida. Contivemos os pangarés miseráveis e esperamos.

Os oito nos cercaram. Seus cavalos pisoteavam a trilha enquanto os cavaleiros nos inspecionavam. Vi o líder deles olhar meu martelo, depois a cruz pendurada no pescoço de Osferth.

— Vocês chamam essas coisas de cavalos? — zombou ele. Então, como nenhum de nós respondeu, prosseguiu: — E quem são vocês, em nome de Deus?

— Ele é o matador de padres — indicou um dos homens, respondendo. Era o único segurando um escudo, que estava pintado com o cavalo branco empinado, o símbolo de Æthelred. — Eu o reconheço.

O interrogador olhou em meus olhos. Pude ver a surpresa no rosto dele.

— Você é Uhtred?

— Ele é o senhor Uhtred — corrigiu Osferth, reprovando.

— Vocês vêm conosco — disse o homem peremptoriamente, depois virou seu cavalo.

Acenei para Osferth indicando que obedeceríamos.

— Deveríamos pegar as espadas deles — sugeriu outro homem.

— Tente — eu disse em tom afável.

Eles decidiram não tentar, em vez disso levaram-nos por pastos encharcados, passando sobre valas e finalmente chegando a uma estrada úmida que seguia para nordeste. Eu podia ver uma massa de cavalos à distância.

— Em quantos homens vocês estão? — perguntei. Ninguém respondeu. — E quem os comanda?

— Alguém que vai decidir se um matador de padres deve viver ou morrer — respondeu o homem que era evidentemente o líder.

Mas a roda da fortuna ainda estava me levantando, porque o tomador de decisões, por acaso, era Merewalh, e eu percebi o alívio no rosto dele ao me reconhecer. Eu o conhecia havia anos. Era um dos homens de Æthelred, e dos bons. Estivéramos juntos do lado de fora de Ceaster, e Merewalh sempre tinha aceitado meu conselho e, até onde Æthelred lhe permitia, cooperava comigo. Ele nunca fora próximo de Æthelred. Era um homem escolhido para as tarefas desagradáveis, como cavalgar na fronteira entre terras saxãs e dinamarquesas enquanto outros homens aproveitavam o conforto da aprovação de Æthelred. Agora Merewalh recebera o trabalho de comandar trezentos homens para o interior da Nortúmbria.

— Estamos procurando por santo Osvaldo — explicou Merewalh.

— O que restou dele.

— Ele deveria estar enterrado aqui — disse Merewalh, e fez um gesto para um campo onde seus homens haviam cavado, de modo que todo o grande trecho de capim estava marcado por sepulturas abertas, montes de terra e fileiras de ossos. Alguns postes podres revelavam os restos de um mosteiro. — Os dinamarqueses queimaram o local há anos.

— E também desenterraram santo Osvaldo — acrescentei. — E provavelmente transformaram os ossos em pó e espalharam aos ventos.

Merewalh era um bom amigo, mas também havia inimigos esperando por mim naquele campo desolado chamado Bearddan Igge. Havia três padres comandados por Ceolberht, o qual reconheci pelas gengivas banguelas, e minha chegada o instigou a arengar novamente. Eu deveria ser morto. Era o pagão que havia matado o santo abade Wihtred. Fora amaldiçoado por Deus e pelos homens. Os homens se apinharam ao redor para ouvi-lo cuspir seu ódio.

— Eu ordeno — disse Ceolberht a Merewalh, mas apontando para mim —, em nome do Pai, do Filho e do Espírito Santo, que matem esse homem maligno.

Mas, apesar de serem cristãos, aqueles mércios estavam nervosos. Foram enviados para uma tarefa idiota no interior das terras inimigas e sabiam que estavam sendo vigiados por dinamarqueses que patrulhavam do alto forte em Lindcolne. Quanto mais tempo ficavam em Bearddan Igge, mais nervosos se tornavam, esperando ser atacados a qualquer momento por um inimigo maior e mais poderoso. Queriam estar de volta junto do exército de Æthelred, mas os padres insistiam que santo Osvaldo poderia e deveria ser encontrado. Ceolberht e seus sacerdotes reforçavam que eu era um fora da lei, destinado a ser morto, mas aqueles homens também sabiam que eu era um chefe guerreiro, que vencera uma batalha após a outra contra os dinamarqueses, e nesse momento temiam mais os inimigos do que a ira de seu deus pregado. Ceolberht discursou, mas ninguém se moveu para me matar.

— Terminou? — perguntei a Ceolberht quando ele parou para recuperar o fôlego.

— Você foi declarado... — recomeçou ele.

— Quantos dentes você ainda tem? — interrompi. Ele não disse nada, apenas me olhou boquiaberto. — Então fique de boca fechada — avisei — se não quiser que eu arranque a chutes o restante. — Virei-me para Merewalh. — Os dinamarqueses estão deixando você cavar?

Ele confirmou.

— Eles sabem que estamos aqui.

— Há quanto tempo?

— Três dias. Os dinamarqueses mandaram homens de Lindcolne nos vigiar, mas eles não interferem.

— Não interferem porque querem vocês aqui — declarei.

Merewalh franziu a testa diante disso.

— Por que nos querem aqui?

Levantei a voz. A maioria dos homens de Merewalh estava perto e eu queria que eles ouvissem o que tinha a dizer.

— Os dinamarqueses querem vocês aqui porque desejam que Æthelred fique atolado na Ânglia Oriental enquanto atacam a Mércia.

— Você está errado! — berrou em triunfo o padre Ceolberht.

— Estou? — perguntei em tom afável.

— Deus nos entregou os dinamarqueses! — disse ele.

— Eles não vão atacar a Mércia — completou Merewalh, explicando a confiança do padre —, porque temos o filho de Cnut como refém.

— Têm mesmo? — perguntei.

— Bom, não eu, não.

— Então quem tem?

Ceolberht obviamente não queria me revelar qualquer informação, mas Merewalh confiava em mim. Além disso, o que ele me falou já era conhecido por seus homens.

— O senhor Æthelred fez uma trégua com Haesten. O senhor se lembra de Haesten?

— Claro que me lembro de Haesten — respondi. Merewalh e eu havíamos nos conhecido diante da fortaleza de Haesten; nos tornáramos amigos lá.

— Haesten se tornou cristão! — interveio o padre Ceolberht.

— E tudo o que Haesten quer — acrescentou Merewalh — é ser deixado em paz em Ceaster. Por isso o senhor Æthelred prometeu deixá-lo lá caso se convertesse, e ele nos prestou um serviço em troca.

— Deus provê! — grasnou Ceolberht.

— E o serviço era capturar a mulher e os dois filhos de Cnut? — perguntei.

— Sim — respondeu Merewalh com simplicidade e orgulho. — Portanto o senhor vê? Cnut não vai se mover. Ele acha que o senhor Æthelred está com a família dele.

— O Senhor Deus Todo-Poderoso entregou nossos inimigos em nossas mãos — berrou Ceolberht — e estamos sob sua proteção divina. Deus seja louvado!

— Vocês são idiotas — rosnei. — Todos vocês! Eu estive no salão de Cnut logo depois que sua esposa foi capturada, e sabem quem estava lá com ele? Haesten! E o que estava usando pendurado no pescoço? Um destes! — Levantei meu martelo de Tor. — Haesten não é mais cristão do que eu, e está jurado ao serviço de Cnut Ranulfson, que deu ordens para seus thegns, seus seguidores, seus guerreiros se reunirem em Ceaster. Com navios!

— Ele mente — gritou Ceolberht.

— Se minto para você — eu disse ao padre, mas suficientemente alto para todos os homens de Merewalh ouvirem —, então minha vida é sua. Se minto para você, vou dobrar meu pescoço na sua frente e você pode decepar minha cabeça. — Isso silenciou o padre. Ele apenas me encarou. Merewalh acreditou em mim, assim como seus homens. Puxei a manga do casaco de Osferth, atraindo-o para o meu lado. — Este homem é cristão. É filho do rei Alfredo. Ele vai dizer que falo a verdade.

— Ele fala — confirmou Osferth.

— Ele mente! — reagiu Ceolberht, mas havia perdido a discussão. Os homens acreditavam em mim, e não no padre, e seu mundo ruíra. Eles não estavam mais em segurança e, sim, à beira do caos.

Puxei Merewalh de lado para a sombra de um salgueiro.

— Na última vez que Cnut atacou — falei —, ele levou navios para o litoral sul de Wessex. Ele está reunindo uma frota outra vez.

— Para atacar Wessex?

— Não sei, mas não importa.

— Não?

— O importante é que temos de fazer com que ele dance ao som de nosso tambor. Ele acha que estamos nos mexendo ao som do dele.

— Æthelred não vai acreditar no senhor — comentou Merewalh, nervoso.

Eu suspeitava que isso fosse verdade. Æthelred iniciara sua guerra e não estaria disposto a acreditar que havia feito isso porque fora enganado. Insistiria em que estava certo e seu ódio por mim iria deixá-lo ainda mais teimoso. Decidi que isso não importava. Logo Æthelred seria obrigado a acreditar em mim. O que importava era abalar Cnut.

— Você deveria mandar a maioria de seus homens de volta a Æthelred — sugeri a Merewalh.

— Sem o santo?

Eu já ia rosnar para ele, mas me contive. Æthelred tinha prometido a seu exército a assistência de santo Osvaldo, e mesmo que seus homens estivessem no lugar errado e que ele não estivesse disposto a abandonar a guerra contra a Ânglia Oriental, ainda fazia sentido dar a seu exército a confiança da ajuda divina.

— Amanhã — indiquei — vamos fazer uma última tentativa de encontrar Osvaldo. Depois vamos mandá-lo de volta para Æthelred.

— Mandá-lo?

— Tenho um navio a menos de um dia de cavalgada daqui. Quarenta de seus homens irão para lá com Osferth. Eles mandarão meus homens de volta para cá, a cavalo. Até eles chegarem você pode procurar seu santo. Se encontrá-lo, mande duzentos homens de volta para Æthelred com os ossos, porém o restante vem comigo.

— Mas... — Ele ficou em silêncio. Estava pensando que não poderia destacar homens para me seguir sem cair na ira de Æthelred.

— Se você não fizer o que digo, Æthelred estará morto em menos de um mês e a Mércia será dinamarquesa. Caso confie em mim, ambos ficarão vivos.

— Confio no senhor.

— Então durma um pouco, porque amanhã estaremos ocupados.

Esperei até a calada da noite, até a hora mais escura em que apenas os caminhantes das sombras andam pela terra, quando os homens dormem e as corujas voam, quando a raposa caça e o mundo treme a cada pequeno ruído. A noite é o reino da morte. As sentinelas de Merewalh estavam acordadas, mas se encontravam no limite do acampamento, e nenhuma estava próxima dos destroços de madeira encharcada do velho mosteiro. Duas fogueiras agonizavam ali, e à sua luz fraca passei pelos esqueletos que foram arrancados da terra e estavam reverentemente posicionados numa longa fileira. O padre Ceolberht havia declarado que todos deveriam ser enterrados com orações, porque esses eram os monges de Bearddan Igge, os monges que viveram ali antes que os dinamarqueses chegassem para queimar, roubar e matar.

Os ossos estavam enrolados em novas mortalhas de lã. Contei 27. Na extremidade da fileira uma mortalha fora posta no chão e sobre ela havia um monte de ossos e crânios, restos soltos que não se ligavam a nenhum esqueleto, e para além dessa pilha estava uma carroça com duas rodas altas. Ela possuía apenas tamanho suficiente para conter um homem. Os flancos foram pintados com cruzes que eu mal podia ver à luz fraca das fogueiras quase apagadas. Havia um pano dobrado no leito da carroça e, quando o toquei, senti o material liso e caro chamado seda, importado de algum território distante no oriente. A seda obviamente se destinava a ser uma nova mortalha para santo Osvaldo; o único problema era ele não existir mais.

Por isso era hora de outra ressurreição.

Imaginei se alguém teria contado os esqueletos ou se contariam de novo antes de serem enterrados outra vez. Mas eu tinha pouco tempo e duvidava que poderia descobrir outro corpo, principalmente sem fazer barulho suficiente para acordar os homens que dormiam mais perto e estavam a poucos metros de distância, por isso escolhi um ao acaso e desenrolei a lã. Senti os ossos. Estavam limpos, sugerindo que tinham sido lavados antes de ser enrolados na mortalha, e quando levantei um braço seco os ossos permaneceram ligados, o que significava que este monge não morrera muito antes de o mosteiro ser destruído.

Agachei-me ao lado do morto e tateei em meu bolso procurando a cruz de prata que havia usado para enganar as sentinelas do Portão de Baixo de Bebbanburg. Era pesada com pedras incrustadas nos braços. Havia planejado vendê-la, mas agora ela deveria servir a outro propósito, porém, primeiro eu precisava desmembrar o esqueleto. Usei uma faca para arrancar um braço e o crânio, depois levei as partes separadas para o monte de ossos soltos.

Depois disso foi simples. Pus a cruz de prata dentro da caixa torácica, enrolando a corrente numa costela, depois usei a mortalha de lã para pegar o homem e carregá-lo para o oeste, na direção de um riacho lento. Coloquei-o na água rasa, soltei a mortalha e enfiei uma armadilha para enguias entre os ossos. Deixei o morto balançando na corrente vagarosa enquanto espremia o máximo de água possível da mortalha, então joguei a lã úmida numa fogueira agonizante, onde ela sibilou e soltou vapor. Pela manhã a maior parte dela estaria queimada e irreconhecível. Voltei para os monges mortos e movi os esqueletos para disfarçar o espaço que tinha criado, em seguida toquei o martelo em meu pescoço e rezei a Tor para que ninguém fizesse uma nova contagem dos corpos.

Depois fui dormir, porque, quando a manhã chegasse, eu estaria ocupado.

Chamei Osferth e Merewalh ao amanhecer, mas uma dúzia de outros homens também atendeu ao chamado. Eram thegns, homens importantes, donos de terras na Mércia que levaram seus guerreiros para servir no exército de Æthelred. Estavam desanimados, talvez porque uma névoa densa havia encoberto o terreno plano, ou porque a confiança em Æthelred fora destruída pela minha notícia sobre a verdadeira aliança de Haesten. Reunimo-nos em torno da carroça, onde os serviçais nos trouxeram canecas de cerveja fraca e pedaços de pão duro.

Merewalh era o líder mércio, mas ele cedeu o comando a mim, como havia feito em Ceaster, tantos anos antes.

— Você — apontei para Osferth — vai cavalgar de volta ao *Middelniht* hoje. — Olhei para Merewalh. — Dê-lhe um bom cavalo e quarenta homens.

— Quarenta?

— Uma tripulação — expliquei, então olhei de volta para Osferth. — Mande Finan e os homens dele para mim nos cavalos que vocês levarem ao *Middelniht*. Diga para virem depressa e que tragam o restante de meu equipamento de guerra. Após isso navegue para Lundene e alerte a guarnição sobre o que está acontecendo, e por fim encontre seu meio-irmão e conte a ele. — O meio-irmão de Osferth era rei de Wessex, e precisaríamos do forte exército saxão ocidental para derrotar Cnut. — Diga a ele que os dinamarqueses estão indo para a Mércia ou para Wessex, em força máxima, e que ele deve me procurar no oeste.

— No oeste — repetiu Osferth com solenidade.

— Não sei onde — eu disse. — Porém, se Cnut atacar a Mércia, o rei Eduardo deve levar suas forças para Gleawecestre. Caso ele ataque Wessex vou me juntar ao rei, mas acho que será a Mércia, por isso mande seu irmão a Gleawecestre.

— Por que Gleawecestre? — perguntou um dos thegns. — Não sabemos o que Cnut vai fazer!

— Sabemos que ele vai atacar — respondi. — E, enquanto estiver à solta, pode marchar para onde quiser e causar os danos que achar melhor, por isso temos de preparar uma armadilha para ele. Temos de fazê-lo lutar onde queremos, e não onde ele escolher.

— Mas...

— Escolhi o oeste — rosnei —, e vou fazê-lo lutar onde eu escolher.

Ninguém falou nada. Provavelmente não acreditavam em mim, mas eu dizia a verdade.

— Preciso de cem de seus homens — pedi a Merewalh. — Os melhores, nos cavalos mais rápidos. Você pode comandá-los.

Ele fez que sim lentamente.

— Para ir aonde?

— Comigo. O restante deles vai se juntar de novo a Æthelred. Digam que lamentam muito, mas que santo Osvaldo foi espalhado aos ventos há muito tempo.

— Ele não vai gostar — retrucou um homem atarracado chamado Oswin.

— Ele não vai gostar de nenhuma das novidades — respondi — e se recusará a acreditar. Ficará na Ânglia Oriental até provarem que está errado, e depois morrerá de pavor de voltar para casa. Mas ele precisa seguir na direção de Gleawecestre. — Olhei para Osferth. — Peça para seu irmão mandar ordens a ele.

— Farei isso — respondeu Osferth.

— E peça para Eduardo dizer a Æthelred que, se ele quiser permanecer como senhor da Mércia, é melhor mover o rabo depressa.

— E o que você vai fazer? — perguntou Oswin, indignado.

— Vou chutar o saco de Cnut— respondi. — Chutarei com tanta força que ele será obrigado a se virar e lidar comigo, então vou mantê-lo quieto no lugar até o restante de vocês poder vir e matar o desgraçado de uma vez por todas.

— Sequer podemos ter certeza de que Cnut vai atacar — retorquiu nervoso outro thegn.

— Acorde! — gritei para ele, espantando todos os homens reunidos em volta da carroça. — A guerra começou! Só não sabemos onde nem como. Mas Cnut começou, e vamos acabar com isso.

Ninguém disse mais nada, porque nesse momento houve outro grito, um grito de triunfo, e vi homens correndo para o riacho raso que corria na extremidade oeste do acampamento. O padre Ceolberht estava lá, balançando os braços, e os outros dois padres estavam ao seu lado, ambos de joelhos.

— Deus seja louvado! — exclamou um deles.

Merewalh e seus homens foram em direção aos padres. Osferth me olhou.

— Nós o encontramos! — avisou Ceolberht. — Encontramos o santo!

— Deus seja louvado! — gritou o padre de novo.

Todos fomos em direção ao riacho.

— Você estava errado! — disse Ceolberht a mim, a voz sibilando por causa dos dentes que faltavam. — Nosso Deus é maior do que você imagina. Ele nos entregou o santo! Uhtred estava errado e nós estávamos certos!

Homens retiravam o esqueleto da água, desemaranhando mato e ramos de salgueiro que se partiram da armadilha para peixes. Então carregaram os ossos com reverência para a carroça.

— O senhor estava errado — disse Merewalh a mim.

— Eu estava errado. Estava mesmo.

— A vitória será nossa! — exclamou Ceolberht. — Olhem! Uma cruz! — Ele tirou a cruz de prata das costelas. — A cruz do bendito santo Osvaldo. — Ele beijou a prata e me lançou um olhar de puro ódio. — Você zombou de nós, mas estava errado. Nosso Deus é maior do que você jamais saberá! É um milagre! Um milagre! Nosso Deus preservou o santo através de todas as tribulações, e agora nos concederá a vitória sobre os pagãos.

— Deus seja louvado — declarou Merewalh, e ele e seus homens recuaram com reverência enquanto os ossos amarelados eram colocados no leito da carroça.

Deixei os cristãos terem seu momento de felicidade enquanto puxava Osferth de lado.

— Conduza o *Middelniht* a Lundene — ordenei a ele —, e leve Ingulfrid e o menino com você.

Ele concordou, começou a dizer algo e depois decidiu ficar em silêncio.

— Não sei o que vou fazer com o menino por enquanto — falei. — E primeiro preciso cuidar de Cnut, mas mantenha-o em segurança. Ele vale muito ouro.

— Vou comprá-lo do senhor — respondeu Osferth.

— Deixe o pai dele fazer a compra e cuide da mãe. Mas mantenha os dois em segurança!

— Vou cuidar deles. — Os padres tinham começado a cantar e Osferth olhou-os com a expressão séria de sempre. Havia ocasiões em que ele se parecia tanto com o pai que eu quase me sentia tentado a chamá-lo de "senhor". — Eu me lembro — ele continuava olhando os três padres cantando enquanto falava — de que o senhor me disse que seu tio recebeu um dos braços de santo Osvaldo.

— Recebeu, sim. Ingulfrid o viu. Pode perguntar a ela.

— O senhor disse que foi o braço esquerdo?

— Foi?

— Tenho uma boa memória para essas coisas — comentou ele com solenidade —, e o senhor disse que era o braço esquerdo.

— Não lembro, e como eu iria saber que braço era?

— O senhor disse que era o esquerdo — insistiu ele. — Um de seus espiões deve ter lhe contado.

— Então era o esquerdo.

— Nesse caso isso é de fato um milagre — declarou Osferth, ainda olhando os homens apinhados em volta da carroça —, porque aquele cadáver está sem o braço direito.

— É mesmo?

— É, sim, senhor, é. — Ele me olhou e me surpreendeu, pois estava sorrindo. — Vou dizer a Finan para se apressar, senhor.

— Diga que eu o quero aqui amanhã.

— Ele estará aqui, senhor, e que Deus o ajude.

— Espero que ele o ajude a chegar logo a Lundene — eu disse. — Precisamos do exército de seu irmão.

Osferth hesitou.

— E o que o senhor vai fazer?

— Você não vai contar a ninguém?

— Prometo, senhor — disse ele, e quando Osferth prometia algo eu sabia que a promessa seria cumprida.

— Vou fazer o que fui acusado de fazer tantas semanas atrás. Vou capturar a mulher e os filhos de Cnut.

Ele balançou a cabeça como se essa tarefa fosse o próximo passo óbvio, depois franziu a testa.

— E vai garantir que minha irmã fique em segurança?

— Acima de tudo.

Porque eu havia feito uma promessa a Æthelflaed, e esse foi um juramento que nunca violei.

O que significava que cavalgaria para o oeste. Para encontrar Cnut Espada Longa.

Oito

Saímos de Bearddan Igge numa névoa densa, apenas duas manhãs após o corpo de santo Osvaldo ser tão milagrosamente descoberto enredado na armadilha para peixes.

Cento e trinta e três homens cavalgavam. Levamos cinquenta cavalos de carga para transportar armaduras e armas, e carregávamos dois estandartes: a cabeça do lobo de Bebbanburg e o cavalo branco da Mércia, porém, durante a maior parte da jornada, esses estandartes precisariam ficar escondidos. Também levamos um sacerdote, o padre Wissian. Merewalh insistiu para que um padre nos acompanhasse, pois alegou que seus homens lutavam melhor quando tinham um para pastorear suas almas. Resmunguei dizendo que eles eram guerreiros, não ovelhas, mas Merewalh insistiu, de seu modo educado, e permiti, com má vontade, que Wissian cavalgasse conosco. Ele era mércio, um rapaz alto e magro de expressão perpetuamente nervosa e uma cabeleira revolta que havia ficado prematuramente branca.

— Vamos cavalgar por terras dinamarquesas — falei a ele —, e não quero que saibam que somos saxões, o que significa que você não pode usar esse vestido. — Apontei para a comprida batina de padre. — Portanto tire-a.

— Não posso... — começou ele, depois apenas gaguejou.

— Tire — ordenei de novo — e pegue emprestada uma cota de malha ou uma túnica de couro.

— Eu... — começou ele de novo e descobriu que ainda não podia falar, mas me obedeceu e pôs uma roupa humilde de serviçal, que depois cobriu com uma capa preta comprida que amarrou na cintura usando um pedaço de barbante, de modo que ainda parecia um padre, mas pelo menos sua pesada cruz de madeira estava coberta.

Cavalgávamos para salvar o cristianismo na Britânia. Isso era verdade? O padre Ceolberht afirmou que sim num sermão que fez no dia em que esperávamos a chegada de Finan. O padre discursou para os homens de Merewalh, dizendo que o livro santo dos cristãos previra o ataque do rei do norte ao rei do sul, e que essa profecia estava sendo cumprida, o que significava que agora essa era a guerra de Deus. Talvez fosse, mas Cnut não era rei, mesmo que fosse do norte. Eu me perguntava com frequência se seríamos cristãos caso os dinamarqueses tivessem vencido e agora vivêssemos num reino chamado Dinaterra. Gostaria de pensar que não, mas a verdade era que o cristianismo já infectava o povo dinamarquês. Aquela longa guerra nunca teve a ver com religião. Alfredo acreditava que sim, os padres proclamavam que era uma luta santa e os homens morriam sob o estandarte da cruz na crença de que, assim que todos fôssemos cristãos — tanto os saxões quanto os dinamarqueses —, viveríamos em paz perpétua, mas isso estava completamente errado. Os dinamarqueses da Ânglia Oriental eram cristãos, mas isso não impediu os saxões de atacá-los. A pura verdade era que os dinamarqueses e os saxões queriam a mesma terra. Os padres diziam que o leão se deitaria com o cordeiro, mas nunca vi isso acontecer. Não que eu jamais tenha descoberto o que era um leão. Uma vez perguntei a Mehrasa, a esposa escura do padre Cuthbert, se já tinha visto um leão, e ela disse que sim, e que, quando era criança, os leões vinham do deserto para matar o gado em sua aldeia. Eram animais maiores do que qualquer cavalo e tinham seis patas, duas caudas bifurcadas, três chifres feitos de ferro fundido e dentes parecidos com foices. Eohric, que fora rei da Ânglia Oriental antes de o matarmos, tinha um leão em seu estandarte, e esse animal possuía apenas quatro patas e um chifre, mas eu duvidava que ele alguma vez tivesse visto um leão, portanto supunha que Mehrasa estava certa.

De qualquer forma, cavalgamos, e, se não cavalgávamos para salvar a cristandade, cavalgávamos para salvar os saxões.

Talvez a parte mais perigosa de toda essa jornada tenha sido a primeira, mas na ocasião não pareceu assim. Precisávamos atravessar o rio em Lindcolne e, para economizar tempo, e porque estávamos encobertos pela densa névoa, optei por usar a ponte. Sabíamos que havia uma ponte porque um vaqueiro apavorado na Bearddan Igge gaguejou que a tinha visto. Ele se ajoelhou diante de mim, espantado com minha cota de malha, meu elmo, minha capa com acabamento em pele e minhas botas com esporas de prata.

— Você viu a ponte? — perguntei.

— Uma vez, senhor.

— Fica perto do forte?

— Não, senhor, não fica. — Ele franziu a testa, pensando. — O forte fica no morro — acrescentou, como se isso tornasse tudo claro.

— Ela é vigiada? A ponte.

— Vigiada, senhor? — Ele pareceu perplexo com a pergunta.

— Se você atravessa a ponte — perguntei com paciência —, homens armados o fazem parar?

— Ah, não, senhor — respondeu ele, confiante. — A gente nunca leva as vacas por cima de uma ponte, porque os espíritos da água ficam com ciúme e aí elas pegam barriga d'água.

— Então existem vaus?

Ele meneou a cabeça, mas duvidei que o sujeito soubesse a resposta para isso também. Ele vivia perto de Lindcolne, mas pelo que pude descobrir só estivera lá uma vez. Se a guarnição dinamarquesa em Lindcolne tivesse um pouco de bom senso, manteria guardas na ponte, mas achei que estaríamos em maior número do que ela, e quando os reforços de cima do morro chegassem já teríamos adentrado muito antes a névoa.

Era bastante fácil encontrar Lindcolne, porque os romanos fizeram uma estrada que possuía marcos de pedra indicando as milhas. Porém, a névoa era tão densa que não vi a fortaleza no morro e só percebi que havíamos chegado à cidade quando passei por um arco de portão meio desmoronado e sem guardas. O portão deixara de existir havia muito tempo, assim como os muros dos dois lados.

E cavalguei por um local habitado por fantasmas.

Nós, saxões, sempre relutamos em viver em construções romanas, a não ser que as disfarcemos com palha e barro. O povo de Lundene fora obrigado a ocupar a antiga cidade quando os dinamarqueses atacaram, porque era a única parte defendida por uma muralha, mas mesmo assim preferiam suas casas de madeira e palha na cidade nova, a oeste. Eu havia morado com Gisela em uma grande casa romana ao lado do rio em Lundene e nunca vi um fantasma, mas tinha reparado em como os cristãos que visitavam a casa faziam o sinal da cruz e olhavam ansiosos para os cantos escuros. Agora nossos cavalos andavam por uma rua deserta flanqueada por casas em ruínas. Os telhados haviam caído, as colunas, desmoronado e a alvenaria estava rachada e cheia de musgo. Deviam ter sido belas casas, mas os saxões que ainda moravam lá preferiam fazer choupanas de barro e taipa. Aqui e ali havia uma construção ocupada, mas só porque as pessoas tinham feito uma cabana no interior da casca da velha casa.

A ponte também era feita de pedra. Seus parapeitos estavam quebrados e um grande buraco se abria no vão central, mas não era vigiada, por isso passamos sobre o rio e seguimos pelo amplo campo amortalhado pela névoa, do outro lado.

Nenhum de nós conhecia a região nem para onde deveríamos ir, por isso simplesmente segui a estrada romana até que ela se juntou a outra que corria entre norte e sul.

— Vamos continuar indo para o oeste — informei a Finan.

— Simplesmente para o oeste?

— Vamos encontrar algum lugar conhecido.

— Ou cavalgar até o fim do mundo — disse ele animado.

A névoa estava se dissipando e a terra subia lentamente até que chegamos a uma região ondulada onde havia amplas fazendas e grandes salões parcialmente escondidos por bosques de árvores graciosas. E, apesar de eu ter certeza de que as pessoas nos viam, ninguém veio perguntar o que nos trazia às suas terras. Éramos homens armados, de forma que seria melhor nos deixar em paz. Mandei batedores adiante, como sempre fazia em alguma região hostil, e esta terra certamente era. Estávamos em território de Cnut ou de Sigurd, todos os salões seriam dinamarqueses. Os batedores cavalgavam dos dois lados da estrada, usando a floresta ou as cercas vivas como cobertura e sempre procurando algum sinal de um inimigo, mas não encontramos nada. Uma vez, no segundo dia, cinco cavaleiros se aproximaram pelo norte em nossa direção, mas viram nosso número e se desviaram.

A essa altura estávamos entre morros mais altos. Os povoados eram menores e mais espalhados, os salões menos ricos. Mandei meus dinamarqueses comprarem cerveja e comida nos salões e os saxões para comprar provisões nas aldeias, mas praticamente não havia comida sobrando porque muitos bandos armados já haviam passado por este caminho antes de nós. Fui a um salão onde um velho me recebeu.

— Sou Orlyg Orlygson — apresentou-se ele com orgulho.

— Wulf Ranulfson — respondi.

— Nunca ouvi falar de você — comentou ele. — Mas é bem-vindo. — Orlyg mancava por causa de um antigo ferimento na perna esquerda. — E para onde Wulf Ranulfson vai?

— Juntar-me ao jarl Cnut.

— Está atrasado — declarou ele. — A convocação foi para a morte da lua. Ela já está crescendo de novo.

— Vamos encontrá-lo.

— Eu gostaria de poder ir. — Orlyg bateu na perna ferida. — Mas para que serve um velho? — Ele olhou para meus companheiros. — São apenas sete?

Fiz um gesto vago em direção ao norte.

— Tenho três tripulações na estrada.

— Três! Não posso alimentar tantos. Mas vou mandar meu administrador encontrar algo para vocês. Entrem, entrem!

Ele queria conversar. Como todos nós, recebia bem os viajantes que chegavam com notícias, portanto me sentei em seu salão, fiz carinho em seus cachorros e inventei histórias sobre a Frísia. Disse que a colheita lá seria ruim.

— Aqui também! — disse Orlyg, sombrio.

— Mas há boas notícias — continuei. — Ouvi dizer que Uhtred Uhtredson atacou Bebbanburg e fracassou.

— Não somente fracassou — disse Orlyg. — Ele foi morto lá! — Simplesmente encarei-o e ele riu da surpresa em meu rosto. — Você não sabia?

— Uhtred Uhtredson foi morto? — Eu não conseguia afastar a perplexidade de minha voz. — Ouvi dizer que ele fracassou, mas que sobreviveu.

— Ah, não — insistiu Orlyg cheio de confiança. — Ele morreu. O homem que me contou foi testemunha da luta. — Ele enfiou os dedos na barba emaranhada para tocar o martelo no pescoço. — Foi derrubado pelo senhor Ælfric. Ou talvez tenha sido o filho dele. O homem não tinha certeza, mas foi um deles.

— Ouvi dizer que Ælfric morreu — falei.

— Então deve ter sido o filho que deu o golpe. Mas é verdade! Uhtred Uhtredson está morto.

— Isso vai tornar a vida do jarl Cnut mais fácil.

— Todos temiam Uhtred — afirmou Orlyg. — E não é de se espantar. Ele era um guerreiro! — Ele pareceu pensativo por um momento. — Eu o vi uma vez.

— Viu?

— Era um homem grande, alto. Carregava um escudo de ferro.

— Ouvi falar a respeito. — Eu nunca tinha carregado um escudo de ferro na vida.

— Ele era temível, sem dúvida, mas era um guerreiro.

— Agora pertence ao Estripador de Cadáveres.

— Alguém deveria ir até o senhor Ælfric — sugeriu Orlyg — e comprar o cadáver do maldito.

— Por quê?

— Para fazer uma taça com o crânio, é claro! Seria um belo presente para o jarl Cnut.

— O jarl terá taças suficientes quando derrotar Æthelred e Eduardo — declarei.

— Ah, terá — disse Orlyg, entusiasmado. E sorriu. — No Yule, amigo, todos vamos beber no crânio de Eduardo, jantar no salão de Eduardo e desfrutar da esposa de Eduardo!

— Ouvi dizer que a esposa do jarl Cnut foi capturada por Uhtred.

— É só um boato, amigo, só um boato. Você não pode acreditar em tudo que ouve. Isso eu aprendi no correr dos anos. Homens vêm aqui, me dão notícias e comemoramos, depois descobrimos que não era verdade! — Ele deu uma risadinha.

— Então talvez Uhtred esteja vivo — sugeri maliciosamente.

— Ah, não! Isso é verdade, amigo. Ele foi derrubado em batalha e ainda vivia, por isso o amarraram a um poste e soltaram os cães sobre ele. Foi despedaçado. — O velho balançou a cabeça. — Fico feliz por estar morto, mas esse não é o modo de um guerreiro morrer.

Fiquei olhando os serviçais levarem cerveja, pão e carne defumada a meus homens que esperavam no pomar.

— Para encontrar o jarl continuamos indo para o oeste? — perguntei a Orlyg.

— Atravessem os morros e simplesmente sigam a estrada. O jarl não vai estar em nenhum de seus salões, ele já deve ter navegado para o sul.

— Para Wessex?

— Para onde quiser! Mas, se você seguir a estrada, vai chegar a Cesterfelda e pode perguntar lá. — Orlyg franziu a testa. — Acho que de lá você pode ir a Buchestanes, onde o jarl tem um salão, um belo salão! Um de seus prediletos, e haverá homens que lhe dirão onde encontrá-lo.

— Buchestanes.

Repeti o nome como se nunca tivesse ouvido antes, mas meu interesse estava aguçado. Cnut me dissera que sua mulher e seus dois filhos foram capturados enquanto viajavam para Buchestanes. Talvez a menção à cidade por Orlyg fosse apenas uma coincidência, mas o destino não gosta disso. Senti os pelos da nuca se eriçarem.

— É uma boa cidade — comentou Orlyg. — Tem fontes quentes. Fui lá há dois verões e me sentei na água. Ela acabou com a dor.

Paguei em ouro por sua generosidade. Ele havia me dito que seu filho levara 23 homens para servir a Cnut, respondi que esperava que voltassem vitoriosos e assim deixei-o.

— Estou morto — eu disse a Finan.

— Está?

Contei a história de Orlyg e ele riu. Naquela noite dormimos em Cesterfelda, um povoado do qual nunca tinha ouvido falar e que talvez nunca mais visse. No entanto, era um local bastante agradável, com uma boa terra fértil ao redor da aldeia, que por sua vez cercava algumas belas construções romanas, embora, claro, houvessem se tornado decadentes no correr dos longos anos. Um salão com colunas magníficas, que supus ter sido um templo dos deuses romanos, era agora abrigo para o gado. Havia uma estátua tombada de um homem de nariz adunco enrolado num pano e com uma coroa de folhas em volta do cabelo curto, e a estátua evidentemente era usada como pedra de amolar, porque fora sulcada profundamente por lâminas.

— Uma pena que não fosse mármore — comentou Finan, chutando a estátua.

— Ela não estaria aqui se fosse — respondi. Às vezes um fazendeiro encontra uma estátua romana feita de mármore, o que é valioso porque pode ser posto numa fornalha para fazer cal, mas uma estátua de pedra não vale nada. Olhei o nariz adunco. — Este é o deus deles? — perguntei a Finan.

— Os romanos eram cristãos — respondeu meu filho em seu lugar.

— Alguns eram — corrigiu Finan —, mas acho que os outros adoravam águias.

— Águias!

— Acho que sim. — Ele olhou o frontão do abrigo de gado, habilmente esculpido com jovens seminuas correndo por uma floresta perseguidas por um homem com patas de bode. — Talvez adorassem bodes.

— Ou peitos — comentou meu filho, olhando as jovens ágeis.

— Essa seria uma religião que valeria a pena seguir — declarei.

Merewalh havia se juntado a nós e também olhou para o frontão. Os relevos eram evidentes porque o sol estava baixo e as sombras, longas e nítidas.

— Quando retomarmos estas terras — disse ele —, vamos derrubar tudo isso.

— Por quê? — perguntei.

— Porque os padres não vão gostar. — Ele apontou para as jovens de pernas longas. — Vão ordenar que seja destruído. É pagão, não é?

— Acho que eu gostaria de ter sido romano — retruquei, olhando para cima.

Eles riram, mas eu me sentia melancólico. As ruínas de Roma sempre me deixam triste por serem uma prova de que deslizamos inevitavelmente para as trevas. Antigamente havia luz caindo sobre a magnificência em mármore, e agora nos arrastamos na lama. Wyrd bið ful āræd.

Compramos manteiga, bolo de aveia, queijo e feijão, dormimos sob as jovens nuas no curral vazio e na manhã seguinte continuamos cavalgando para o oeste. O vento soprava forte e a chuva recomeçou, e no meio da manhã cavalgávamos em meio a uma tempestade. A terra ia subindo e a trilha que seguíamos se transformou num riacho. Raios tremulavam ao norte e trovões ressoavam pelo céu. Levantei meu rosto para o vento e a chuva e soube que Tor estava lá. Rezei a ele. Disse que havia sacrificado meus melhores animais em sua honra, que fora leal, que deveria me ajudar, mas sabia que Cnut estaria fazendo a mesma oração, assim como o amigo dele, Sigurd Thorrson, e temia que os deuses favorecessem os dinamarqueses, pois um número maior deles os cultuava.

A chuva aumentou, o vento guinchava e alguns cavalos refugavam diante da ira do martelo de Tor, por isso nos abrigamos sob os galhos agitados de um bosque de carvalho. Não era exatamente um abrigo, porque a chuva atravessava as folhas e pingava incessantemente. Homens faziam seus cavalos andarem enquanto Finan e eu nos agachamos junto de um arbusto de espinheiro no limite oeste das árvores.

— Nunca vi um verão assim — comentou ele.

— Vai ser um inverno duro.

— Deus nos ajude — declarou ele, sério, e fez o sinal da cruz. — E o que estamos fazendo?

— Viajando para Buchestanes.

— Para ver a feiticeira?

Balancei a cabeça e desejei não ter feito isso, porque com o movimento a água da chuva escorreu para dentro de minha túnica de couro.

— Para ver a neta dela, talvez — eu disse, sorrindo. — Cnut diz que a feiticeira ainda vive, mas deve ser mais velha do que o tempo. — O nome da feiticeira era Ælfadell e ela supostamente possuía poderes maiores do que qualquer outra aglæcwif da Britânia. Eu a havia visitado, bebido sua poção, sonhado os sonhos e ouvido meu futuro. Sete reis morreriam, disse ela, sete reis numa grande batalha.

— Para ver a neta dela? — perguntou Finan. — A que é surda e muda?

— E a criatura mais linda que já vi — respondi pensativo.

Finan sorriu.

— Então, se não estamos indo ver essa criatura, por que vamos para lá? — perguntou ele depois de uma pausa.

— Porque fica no caminho de Ceaster.

— Isso é tudo?

Balancei a cabeça.

— Cnut disse que sua mulher e seu filho foram capturados enquanto viajavam para Buchestanes. E aquele velho ontem disse que Cnut tem um salão no lugar, um belo salão.

— E?

— E ele não possuía um salão lá há dez anos. É novo.

— Se me lembro, não há muralhas em Buchestanes.

Eu sabia o que ele queria dizer. Eu estava sugerindo que o novo salão era importante para Cnut, e Finan estava contrapondo que ele não era defendido, e que, portanto, não era tão importante quanto eu pensava.

— Não havia muralhas há dez anos, mas pode haver agora.

— E você acha que a mulher dele está lá?

— Não sei. Talvez.

Ele franziu a testa, depois se encolheu quando um sopro de vento jogou chuva em nossa cara.

— Talvez?

— Sabemos que Cnut foi para Ceaster, e ela provavelmente foi com ele, mas não deve ter navegado com o marido. Os filhos são pequenos demais. Você não leva crianças pequenas para a guerra, de modo que ou está em Ceaster ou Cnut a mandou para outro lugar no interior da Mércia.

— Pode ser qualquer lugar.

— Estou tateando no escuro — admiti.

— Mas o senhor sempre teve sorte.

— Às vezes tenho sorte — respondi, pensando na roda da fortuna. Tor estava no céu e o vento batia forte em meu rosto. Os presságios eram ruins. — Às vezes — repeti.

Esperamos a chuva amainar e continuamos.

Tateando no escuro.

Chegamos a Buchestanes no dia seguinte. Não ousei entrar na cidade por medo de ser reconhecido, por isso mandei Rolla, Eldgrim e Kettil, três dinamarqueses, para a depressão onde a cidadezinha era aninhada por morros.

Pude ver que Cnut havia erguido uma paliçada ao redor do lugar, mas não era nem de longe algo formidável, e sim meramente um muro da altura de um homem mais adequado para manter o gado do lado de fora do que para deter inimigos.

Ainda chovia. As nuvens estavam baixas, o terreno encharcado, a chuva persistente, mas o vento havia amainado. Conduzi meus cavaleiros para a floresta perto da caverna onde a feiticeira tecia seus sortilégios, depois levei meu filho, Finan e Merewalh para o grande penhasco de calcário com água escorrendo. A pedra era cortada por uma fenda onde samambaias e musgo cresciam densos e que levava à caverna. Hesitei junto à entrada, lembrando-me de meu medo.

Cavernas são entradas para o mundo inferior, para os lugares escuros onde o Estripador de Cadáveres espreita e onde Hel, a deusa sinistra, governa. São as terras dos mortos, onde até a maioria dos deuses caminha com cautela, onde o silêncio é um uivo, onde todas as lembranças dos vivos são ecoadas interminavelmente em sofrimento, e onde as três Nornas tecem nosso destino e fazem suas brincadeiras. É o mundo inferior.

Estava escuro sob a entrada baixa e estreita, porém o som de minhas botas ecoou subitamente alto e eu soube que tinha entrado na câmara maior. Água pingava. Esperei. Finan trombou em mim e ouvi meu filho respirando. Devagar, muito devagar, meus olhos se acostumaram à escuridão, auxiliados pela pouca luz cinzenta que vazava da fenda, e vi a pedra lisa na qual a feiticeira havia feito sua magia.

— Tem alguém aí? — gritei, e o eco de minha voz foi a única resposta.

— O que aconteceu aqui? — perguntou meu filho num tom pasmo.

— Era onde Ælfadell, a feiticeira, dizia o futuro — respondi. — E talvez ainda o faça.

— E o senhor esteve aqui? — perguntou Merewalh.

— Só uma vez — respondi, como se não fosse grande coisa. Algo se moveu no fundo da caverna, um som raspado, e os três cristãos tocaram suas cruzes enquanto eu segurava o martelo de Tor. — Tem alguém aí? — gritei, e mais uma vez não houve resposta.

— Um rato — sugeriu Finan.

— E que futuro o senhor descobriu? — perguntou Merewalh.

Hesitei.

— Foi bobagem — respondi asperamente.

Sete reis morrerão, dissera ela, sete reis e a mulher que você ama. O filho de Alfredo não vai governar e Wessex morrerá. O saxão vai matar o que ele ama e os dinamarqueses ganharão tudo. Tudo mudará e tudo será o mesmo.

— Foi bobagem — repeti, e era mentira, mas eu não sabia. Agora sei, porque tudo que ela falou foi verdade, menos uma coisa, e talvez esta única coisa ainda esteja reservada para o futuro.

E o filho de Alfredo governava, então isso estava errado? Com o tempo vi o que ela queria dizer, mas na ocasião, parado num chão escorregadio com bosta de morcego e ouvindo a água correr no subsolo, não compreendi o significado do que tinha ouvido. Em vez disso estava pensando em Erce.

Erce era a neta da aglæcwif. Não sabia seu nome verdadeiro, só que ela era chamada de Erce por causa da deusa, e em meu transe eu tinha visto o que acreditava ser a deusa vindo a mim. Ela estava nua e era linda, pálida como marfim, esguia como uma vara de salgueiro, uma jovem de cabelos escuros que sorrira enquanto me montava, as mãos leves tocando meu rosto enquanto meus dedos acariciavam seus seios pequenos. Ela era real? Ou um sonho? Os homens diziam que ela existia, que era surda e muda, mas depois daquela noite sempre duvidei das histórias deles. Talvez houvesse uma neta que não podia ouvir nem falar, mas certamente não era a criatura adorável de quem me lembrava nesta caverna úmida. Fora uma deusa que havia descido a terra para tocar nossas almas com feitiçaria, e era a lembrança dela que me atraíra para esta caverna. Eu esperava vê-la de novo? Ou só queria me lembrar daquela noite estranha?

Uhtred, meu filho, foi até a pedra lisa e clara e passou a mão sobre a superfície que parecia uma mesa.

— Eu gostaria de ouvir o futuro — observou ele, pensativo.

— Há uma feiticeira em Wessex — comentou Finan. — E meus homens dizem que ela fala a verdade.

— A mulher em Ceodre? — perguntei.

— A própria.

— Mas ela é pagã — disse meu filho, desaprovando.

— Não seja idiota — rosnei. — Você acha que os deuses só falam com os cristãos?

— Mas uma feiticeira... — começou ele.

— Algumas pessoas sabem melhor do que outras o que os deuses estão fazendo. Ælfadell era uma delas. Ela falava com eles aqui; eles a usavam. E sim, ela era pagã, é pagã, mas isso não significa que não possa enxergar mais longe do que o restante de nós.

— E o que ela viu? — perguntou meu filho. — O que ela contou sobre seu futuro?

— Que eu gerei idiotas que fariam perguntas imbecis.

— Então ela viu mesmo o futuro! — exclamou Uhtred e gargalhou. Finan e Merewalh também gargalharam.

— Ela disse que haveria uma grande batalha e sete reis morreriam — falei em tom soturno. — Como eu disse, apenas absurdos.

— Não há sete reis na Britânia — acrescentou meu filho.

— Há — discordou Merewalh. — Os escoceses têm pelo menos três, e só Deus sabe quantos outros homens se proclamam reis em Gales. E há os reis irlandeses.

— Uma batalha da qual todo mundo participa? — questionou Finan, despreocupado. — Não podemos perder isso.

Rolla e seus companheiros retornaram no fim da tarde, trazendo pão e lentilha. A chuva havia parado e eles nos encontraram na floresta onde havíamos acendido uma fogueira e estávamos tentando secar as roupas.

— A mulher não está lá — relatou Rolla, falando da esposa de Cnut.

— Então quem está?

— Trinta, quarenta homens — respondeu ele, sem dar importância. — A maioria velha demais para ir à guerra, e também o administrador de Cnut. Eu disse a ele o que o senhor me mandou dizer.

— Ele acreditou?

— Ficou impressionado! — Eu sabia que as pessoas no interior da paliçada de Buchestanes ficariam curiosas, até desconfiadas, de porque não havíamos entrado na cidade, e sim ficado do lado de fora, por isso mandei Rolla dizer que eu tinha feito um juramento de não passar por nenhum muro de cidade antes de atacar uma fortaleza saxã. — Falei a ele que o senhor era Wulf Ranulfson, de Haithabu. E ele disse que Cnut nos receberia bem.

— Mas onde?

— Ele mandou ir a Ceaster, depois simplesmente cavalgar para o sul, se não houver navios.

— Só ir para o sul?

— Foi o que ele disse, sim.

E o sul poderia ser a Mércia ou Wessex, mas o instinto, aquela voz dos deuses, da qual desconfiamos com tanta frequência, me dizia que era a Mércia. Cnut e Sigurd atacaram Wessex dez anos antes e não tinham conseguido nada. Desembarcaram suas forças nas margens do Uisc e marcharam 3 quilômetros até Exanceaster, onde as muralhas daquele burh os derrotaram. Wessex estava repleto das cidades fortificadas que Alfredo erguera e onde as pessoas podiam se abrigar enquanto os dinamarqueses ficavam impotentes do lado de fora. A Mércia possuía burhs também, mas em menor número, e o exército mércio, que deveria estar preparado para atacar os dinamarqueses enquanto eles sitiassem um burh, estava distante, na Ânglia Oriental.

— Então vamos fazer o que ele sugeriu — eu disse. — Vamos a Ceaster.

— Por que não direto para o sul? — perguntou Merewalh.

Eu sabia o que se passava na mente dele. Indo para o sul chegaríamos à Mércia muito mais depressa do que viajando até a costa oeste da Britânia e, uma vez em Ceaster, estaríamos na borda do reino, numa região já dominada pelos dinamarqueses. Merewalh queria voltar rapidamente para lá a fim de descobrir o que havia acontecido, e talvez reunir seus homens às forças de Æthelred. Seu senhor ficaria chateado por Merewalh ter viajado comigo, e essa preocupação estava incomodando o mércio.

— Você não vai ganhar nada indo para o sul agora — expliquei.

— Vamos economizar tempo.

— Não quero economizar tempo. Preciso de tempo. Preciso de tempo para Eduardo de Wessex e Æthelred unirem forças.

— Então volte à Ânglia Oriental — sugeriu Merewalh, sem muita convicção.

— Cnut quer Æthelred lá — eu disse. — Então por que deveríamos fazer o que ele quer? Cnut quer que Æthelred venha a ele e vai esperá-lo num morro ou ao lado de um rio, e no fim do dia Æthelred estará morto e Cnut ferverá o crânio dele para fazer uma taça. É isso que você quer?

— Senhor — protestou Merewalh.

— Precisamos obrigar Cnut a fazer o que queremos, por isso vamos a Ceaster.

Assim cavalgamos para Ceaster. A região estava estranhamente vazia. Havia gente fazendo a colheita nos campos e vaqueiros nos pastos, havia pastores e lenhadores, mas os guerreiros tinham sumido. Não havia homens caçando com falcões nem treinando na parede de escudos, tampouco exercitando seus cavalos, porque os guerreiros foram para o sul, deixando os salões protegidos apenas por velhos ou feridos. Deveríamos ter sido interpelados uma centena de vezes naquela viagem, mas a estrada já assistira a incontáveis bandos passarem, e as pessoas presumiam que éramos apenas mais um grupo buscando a generosidade do jarl Cnut.

Seguimos uma estrada romana que saía dos morros. Os campos dos dois lados estavam revolvidos por marcas de cascos, todas seguindo para o oeste. As pedras contavam as milhas até Deva, que era como os romanos chamavam Ceaster. Eu conhecia o lugar, assim como Finan e Merewalh; na verdade, a maior parte de nossos homens passara algum tempo ao sul da cidade, cavalgando nas florestas e nos campos da margem sul do rio Dee enquanto olhava os dinamarqueses nas fortificações de Ceaster. Aquelas muralhas, e o rio, protegiam a cidade, e, se quiséssemos atacá-la pelo sul, precisaríamos atravessar a ponte romana que levava ao portão sul, mas agora íamos pelo leste e a estrada nos levava para o lado norte das águas. Passamos por uma região de urzes onde algumas árvores espalhadas se curvavam sob o vento oeste. Eu podia sentir o cheiro do mar. A chuva havia parado e o céu estava atulhado de nuvens que se moviam rapidamente lançando enormes sombras pelo terreno baixo à nossa frente. As curvas do rio brilhavam nessa paisagem que, abaixo das urzes, era composta de pântanos, e, para além disso, não mais que um brilho nevoento no horizonte, estava o mar.

Cavalguei adiante com Finan, Merewalh e meu filho. Desviamo-nos para a esquerda, indo até um bosque numa pequena colina. De lá podíamos ver

Ceaster propriamente dita. Fumaça se erguia de tetos de palha no interior da muralha. Alguns eram de telhas e algumas construções se erguiam mais altas do que as outras. A pedra dessas paredes altas parecia ouro pálido nos retalhos de luz do sol. As defesas da cidade eram formidáveis. Na frente havia um fosso inundado pelo rio, e atrás do fosso ficava um muro de terra encimado por fortificações de pedra. Algumas rochas tinham caído, mas paliçadas de madeira preenchiam esses espaços. Havia torres do mesmo material se projetando ao longo da muralha, e torres de madeira acima dos quatro portões, um no centro de cada lado do alto muro. No entanto, tínhamos observado Ceaster por tempo suficiente e sabíamos que duas das entradas nunca eram usadas. Antigamente, os portões norte e sul costumavam ser movimentados, mas nenhum de nós jamais havia visto homens a cavalo usar as entradas leste e oeste, e suspeitei que elas tivessem sido bloqueadas. Do lado de fora da muralha havia uma arena de pedra onde os romanos faziam lutas e matanças, porém agora o gado pastava embaixo dos arcos meio arruinados. Quatro navios estavam no rio, abaixo da ponte, apenas quatro, mas deveria ter havido duzentos ou trezentos antes de Cnut partir. Essas embarcações teriam remado pelas curvas do rio, passando pelas aves marinhas selvagens no estuário do Dee a caminho do mar aberto, e depois teriam ido para onde?

— Aquilo é um burh — indicou Finan, admirando. — Um lugar tremendamente desgraçado de capturar.

— Æthelred deveria tê-lo capturado há dez anos — declarei.

— Æthelred não conseguiria capturar uma pulga que estivesse picando o pau dele — comentou Finan com desprezo.

Merewalh pigarreou como um leve protesto contra esse insulto ao seu senhor jurado.

Um estandarte tremulava acima da torre do portão na muralha sul. Estávamos longe demais para ver o que estava bordado ou pintado no pano, mas eu sabia de qualquer modo. Seria o emblema de Cnut, o machado com a cruz partida, e essa bandeira estava na fortificação sul, virada para o território saxão, para a direção de onde a guarnição esperaria um ataque.

— Quantos homens você consegue ver? — perguntei a Finan, sabendo que seus olhos eram melhores do que os meus.

— Não muitos — respondeu ele.

— Cnut me disse que a guarnição tinha 150 homens. — Eu estava me lembrando da conversa em Tameworþig. — Podia estar mentindo, claro.

— Cento e cinquenta homens bastariam, na maior parte do tempo — comentou Finan.

Cento e cinquenta homens não seriam suficientes para impedir um ataque poderoso a duas ou mais das quatro muralhas, porém seriam mais do que suficientes para derrotar um ataque que avançasse pela ponte comprida, contra o portão sul. Se a cidade fosse ameaçada pela guerra, mais homens poderiam ser trazidos para reforçar a guarnição. O rei Alfredo, que sempre fora preciso em seus cálculos, exigia quatro homens para cada mastro das muralhas de um burh. Um mastro equivalia a seis passos, mais ou menos. Tentei avaliar o tamanho das fortificações de Ceaster e concluí que elas precisariam de mil homens para ser defendidas contra um ataque decidido, mas qual seria a probabilidade de um ataque desses? Æthelred havia passado muito tempo dormindo e agora estava longe; Cnut, por sua vez, estava atacando em algum lugar e iria querer todos os homens disponíveis para as batalhas que sabia ter de travar. Suspeitei que Ceaster estaria bem pouco defendida.

— Vamos simplesmente entrar — falei.

— Vamos? — Merewalh pareceu surpreso.

— Eles não estão esperando um ataque — respondi. — E duvido que haja sequer 150 homens lá. Oitenta, talvez?

Oitenta homens poderiam nos impedir se tentássemos atacar a muralha, porém sem escadas um ataque assim era impensável. Mas eles tentariam nos impedir se subíssemos a estrada em paz? Se nos parecêssemos com todos os outros grupos de homens que obedeceram à convocação de Cnut?

— Por que oitenta? — perguntou meu filho.

— Não faço ideia, inventei o número. Pode haver quinhentos homens lá dentro.

— E vamos simplesmente entrar? — perguntou Finan.

— Você tem um plano melhor?

Ele balançou a cabeça, rindo.

— Igual a Bebbanburg — comentou ele. — Vamos simplesmente entrar.

— E rezar por um final melhor — acrescentei, sério.

E fizemos isso.

Simplesmente entramos.

A estrada que dava no portão norte da fortaleza era pavimentada com grandes lajes, a maior parte agora rachada ou inclinada. O capim crescia denso em cada borda, cheio de esterco das centenas de cavalos que passaram antes de nós. Havia ricas fazendas dos dois lados, nas quais escravos usavam foices para cortar o centeio alto e a cevada batida pela chuva. As casas das fazendas eram feitas de pedra, mas todas remendadas com barro e taipa, e geralmente cobertas com palha. Como a cidade, eram casas romanas.

— Eu gostaria de ir a Roma — comentei.

— O rei Alfredo foi — disse Merewalh.

— Duas vezes, pelo que me disse — respondi. — E só viu ruínas. Grandes ruínas.

— Dizem que a cidade era feita de ouro. — Merewalh pareceu desejoso.

— Uma cidade de ouro num rio de prata — falei. — Depois de derrotarmos Cnut deveríamos ir para lá e cavar tudo.

Estávamos cavalgando lentamente, como homens cansados em cavalos exaustos. Não usávamos cota de malha nem carregávamos escudos. Os cavalos de carga, com os longos machados de batalha e os pesados escudos redondos, estavam na parte de trás da coluna, e eu posicionara os dinamarqueses na frente.

— Mantenha sua boca saxã fechada quando chegarmos ao portão — falei a Merewalh.

— Um rio de prata? — perguntou ele. — É verdade?

— Provavelmente se parece mais com nossos rios — respondi. — Cheio de mijo, bosta e lama.

Um mendigo com metade do rosto devorado por úlceras estava agachado junto ao fosso. Ele miou enquanto passávamos e estendeu a mão torta. Wissian, nosso padre cristão, fez o sinal da cruz para conter qualquer mal que o mendigo pudesse trazer e rosnei para ele.

— Os dinamarqueses verão você fazer isso, seu idiota. Guarde para quando estivermos fora da vista deles. — Meu filho largou um pedaço de pão perto do mendigo, que correu de quatro até ele.

Passamos pela grande curva do rio a leste da fortaleza e agora a estrada corria para o sul, reta como uma lança, em direção à cidade. Havia um templo romano, um simples abrigo de pedra onde, eu supunha, a estátua de algum deus já estivera, mas agora a pequena construção abrigava um homem perneta que estava tecendo cestos com varas de salgueiro.

— O jarl Cnut já foi? — perguntei a ele.

— Com certeza foi — respondeu o homem. — Metade do mundo já foi.

— Quem ficou?

— Ninguém que importe, ninguém que saiba remar, cavalgar, voar ou rastejar. — Ele deu uma risada. — Metade do mundo passou e metade do mundo foi embora. Agora só tem o elfo!

— O elfo?

— O elfo está aqui — declarou ele com muita seriedade. — Mas todo o resto se foi. — Ele era louco, acho, mas suas mãos velhas teciam o salgueiro com habilidade. Jogou um cesto acabado numa pilha e pegou mais varetas. — Todo o resto se foi — repetiu —, e só ficou o elfo.

Esporeei o cavalo. Um par de postes flanqueava a estrada, e em cada um havia um esqueleto amarrado com corda de cânhamo. Eram avisos, claro, uma indicação de que os ladrões seriam mortos. A maioria dos homens se contentaria com um par de crânios, mas era típico de Haesten querer mais. A visão dos ossos me lembrou de santo Osvaldo, então me esqueci dele porque a estrada ia direto para o portão norte de Ceaster, o qual, enquanto eu olhava, foi fechado.

— Isso é que é recepção — comentou Finan.

— Se você visse cavaleiros se aproximando, o que faria?

— Estava torcendo para os desgraçados deixarem-no aberto e facilitar para nós.

O portão era formidável. Um par de torres de pedra flanqueava o arco, mas uma delas havia desmoronado parcialmente no fosso, que era atravessado por uma ponte de madeira. A torre caída fora reconstruída com madeira.

Na plataforma que ficava no topo do arco, um homem observava nossa aproximação, mas à medida que a distância entre nós diminuía outros três se juntaram a ele.

O portão duplo tinha mais ou menos o dobro da altura de um homem. Parecia sólido como pedra. Acima havia um espaço aberto porque as folhas não chegavam até a alta plataforma, que era protegida por um muro de madeira e um teto de aparência firme. Um dos homens à sombra pôs as mãos em concha.

— Quem são vocês? — gritou ele.

Fingi não ter ouvido. Continuamos em frente.

— Quem são vocês? — gritou o homem de novo.

— Rolla, de Haithabu! — gritou Rolla em resposta. Eu estava deliberadamente ficando atrás de meus principais homens, mantendo a cabeça baixa porque era possível que alguns daqueles guardas tivessem estado em Tameworþig e me reconhecessem.

— Você está atrasado! — gritou o homem. Rolla não respondeu. — Veio se juntar ao jarl Cnut?

— De Haithabu — gritou Rolla.

— Vocês não podem entrar! — declarou o homem. Agora estávamos muito perto e ele não precisava gritar.

— O que vamos fazer? — perguntou Rolla. — Ficar aqui e morrer de fome? Precisamos de comida!

Nossos cavalos haviam parado pouco antes da ponte, que era tão larga quanto a estrada e somava uns dez passos de comprimento.

— Deem a volta na muralha — ordenou o homem —, até o portão sul. Atravessem a ponte de lá e poderão comprar comida na aldeia.

— Onde está o jarl Cnut? — perguntou Rolla.

— Vocês terão de ir para o sul. Mas primeiro atravessem o rio. Leiknir vai dizer o que devem fazer.

— Quem é Leiknir?

— Ele comanda aqui.

— Mas por que não podemos entrar? — perguntou Rolla.

— Porque eu disse que não. Porque ninguém entra. Porque o jarl deu ordens.

Rolla hesitou. Ele não sabia o que fazer e olhou para mim como se buscasse orientação, mas nesse momento meu filho esporeou o cavalo passando por mim e entrou na ponte. Ele olhou para os quatro homens.

— Brunna ainda está aqui? — perguntou ele. Uhtred falava em dinamarquês, a língua que aprendera com a mãe e comigo.

— Brunna? — O homem ficou perplexo, e não era para menos. Brunna era o nome da mulher de Haesten, mas eu duvidava que meu filho soubesse disso.

— Brunna! — exclamou meu filho, como se todo mundo devesse reconhecer o nome. — Brunna! — repetiu ele. — Vocês devem conhecer Brunna, a Coelhinha! A putinha doce com peitos que balançam e uma bunda divina? — Ele fez movimentos de penetração com o punho.

O homem gargalhou.

— Esta não é a Brunna que conheço.

— Você deveria conhecer! — continuou meu filho, entusiasmado. — Mas só quando eu terminar com ela.

— Vou mandá-la para o outro lado do rio — disse o homem, achando divertido.

— Opa! — gritou Uhtred, não de empolgação, mas porque seu cavalo estava andando de lado.

Parecia acidental, mas eu o tinha visto bater com uma espora, e o cavalo reagiu tentando se afastar da dor. O movimento levou Uhtred para baixo da plataforma, de modo que não podia ser visto pelos quatro homens acima. Então, para meu espanto, ele soltou os pés dos estribos e ficou de pé na sela. Fez isso com facilidade, mas era um movimento perigoso porque o cavalo não era dele, tinha sido emprestado pelos homens de Merewalh, de modo que Uhtred não poderia saber como ele reagiria ao seu comportamento estranho. Prendi o fôlego, no entanto o cavalo apenas balançou a cabeça e ficou parado, deixando meu filho levantar as mãos para o topo do portão. Ele se impulsionou para cima, montou no portão e saltou para o outro lado. Não demorou praticamente nada.

— O que... — O homem na torre do portão se inclinou por cima, tentando ver o que estava acontecendo.

— Você vai mandar todas as putas da cidade para o outro lado do rio? — gritei, atraindo sua atenção.

Uhtred havia sumido. Ele estava dentro da cidade. Esperei ouvir um grito ou um choque de espadas, mas em vez disso escutei o raspar da tranca sendo erguida dos suportes e um ruído surdo quando foi largada; por fim um dos lados do portão estava sendo aberto. As pesadas dobradiças de ferro guincharam.

— Ei! — gritou o homem de cima.

— Vão! — ordenei. — Vão!

Esporeei meu cavalo, impelindo o garanhão de Uhtred à minha frente. Tínhamos planejado o que faríamos caso entrássemos na cidade e esse plano precisava ser alterado. Os romanos construíam as cidades seguindo um padrão, com quatro portões em quatro muralhas e duas ruas correndo entre os pares de portões, formando uma encruzilhada no centro delas. Minha ideia tinha sido andar rapidamente até esse ponto e fazer uma parede de escudos lá, um convite para os homens a avançarem e serem mortos. Então eu teria mandado vinte homens ao portão sul, para garantir que estivesse fechado e trancado, mas agora suspeitei de que a maioria da guarnição de defesa estaria concentrada naquela entrada, de modo que era lá que faríamos nossa parede de escudos.

— Merewalh!

— Senhor?

— Vinte homens para guardar este portão. Feche-o, tranque, sustente! Finan! Portão sul!

Meu filho correu ao lado de seu cavalo, estendeu a mão para o arção e saltou para cima da sela. Desembainhou a espada.

E eu desembainhei a minha.

Os cascos de nossos cavalos ressoavam na rua pavimentada. Cachorros latiam e uma mulher gritou.

Porque os saxões tinham chegado a Ceaster.

Nove

Havia uma rua à minha frente. Uma rua longa e reta, e atrás de mim cavaleiros passavam rapidamente pelo portão. Começaram a uivar enquanto esporeavam para o interior da cidade.

De repente Ceaster pareceu vasta. Lembro-me de ter pensado que havíamos feito uma idiotice, que eu precisava do triplo de homens para tomar este lugar, mas agora estávamos comprometidos.

— Você é um idiota! — gritei para meu filho. Ele se virou na sela e riu. — E parabéns!

A rua longa era ladeada por construções de pedra. Patos fugiram dos primeiros cavaleiros e uma das aves foi pisoteada por um casco pesado. Houve um grasnido e penas brancas voando. Bati os calcanhares para acelerar meu garanhão enquanto dois homens armados saíam de um beco. Pararam, atônitos, e um deles teve o bom senso de voltar correndo para as sombras enquanto o outro era derrubado por Rolla, cuja espada golpeou uma vez, com força, e a pedra clara da casa mais próxima foi subitamente manchada de vermelho. Sangue e penas. Uma mulher gritou. Nós, mais de cem, disparamos pela via. Ela já fora pavimentada, mas em alguns lugares as lajes de pedras tinham sumido e os cascos batiam em lama, depois ressoavam nas pedras novamente. Eu havia esperado ver o portão sul na extremidade oposta da rua, mas uma grande construção com colunas bloqueava a visão. Quando cheguei mais perto, percebi que havia quatro lanceiros atrás das colunas, correndo. Um deles se virou para nos encarar. Eldgrim e Kettil, cavalgando estribo com estribo, fizeram seus cavalos subir os dois degraus de pedra que levavam à arcada ao redor da construção enorme. Desviei-me para a esquerda, ouvi um gemido quando um homem foi derrubado, depois virei minha montaria para a direita e vi mais homens, talvez meia dúzia, parados à uma porta enorme na edificação com colunas.

— Rolla! Doze homens. Mantenham esses desgraçados aqui!

Virei para a direita de novo, em seguida para a esquerda, então atravessamos uma praça ampla e galopamos entrando em outra rua comprida que ia reta até o portão sul. Cinco homens corriam à nossa frente e não tiveram o bom senso de entrar em um beco. Esporeei o cavalo atrás de um deles, vi seu rosto apavorado enquanto se voltava em pânico, então Bafo de Serpente cortou sua nuca. Bati os calcanhares mais uma vez e vi meu filho cortar outro homem. Havia três vacas à beira da rua. Uma mulher de rosto vermelho ordenhava uma delas e nos olhou com indignação, mas continuou puxando os úberes enquanto passávamos ruidosamente. Eu podia ver lanças e espadas no muro acima do portão sul. O estandarte de Cnut, com o machado e a cruz partida, tremulava lá em cima. O arco do portão era flanqueado por duas torres de pedra, porém a fortificação acima era de madeira. Havia pelo menos vinte homens naquela plataforma e outros se juntavam a eles. Eu não conseguia ver um caminho que levasse ao topo da muralha e supus que a escada ficasse no interior de uma das torres. O enorme portão dentro do arco estava fechado e tinha a tranca no lugar. Agora eu estava próximo a ele, ainda galopando, e vi uma flecha voar da alta plataforma e deslizar ao longo do pavimento da rua. Olhei um segundo arqueiro mirando, puxei as rédeas e soltei os pés dos estribos.

— Cenwalh! — gritei para um de meus saxões mais jovens. — Cuide dos cavalos!

Apeei. Uma pedra foi atirada da plataforma, partindo-se numa laje do pavimento. Havia uma porta na torre da direita e corri para ela enquanto uma segunda pedra não me acertava por pouco. Um cavalo relinchou ao ser atingido por uma flecha. Havia uma escada de pedra curvando-se para cima, para as sombras, mas ela parava depois de alguns degraus porque boa parte da face interna da torre havia desmoronado. A alvenaria fora substituída por pesadas traves de carvalho e os degraus de pedra por uma forte escada de mão, feita de madeira. Subi alguns dos antigos degraus romanos, depois espiei para cima e tive de pular para trás quando uma pedra pesada caiu com um estrondo. Ela bateu no degrau mais baixo da escada de madeira, ricocheteou sem quebrá-lo e rolou ao meu lado. Uma flecha a seguiu, uma flecha simples de caçador, mas como eu não estava usando cota de malha ela poderia ter furado meu peito facilmente.

— Finan! — berrei enquanto voltava para a porta da torre. — Precisamos de escudos!

— Estão chegando! — gritou ele de volta.

Finan levara meu cavalo para um beco porque mais flechas eram lançadas da alta fortificação. Não estávamos com escudos porque eu não quisera levantar suspeitas dos guardas no portão norte, o que significava que nossa melhor proteção continuava empilhada nos cavalos de carga.

— Onde estão os cavalos de carga? — gritei.

— Estão chegando! — respondeu Finan novamente.

Hesitei alguns instantes, depois corri para fora da torre, desviando-me em zigue-zague enquanto atravessava o espaço aberto. Eu mancava ligeiramente desde a luta em Ethandun e não era capaz de correr como um jovem. Uma flecha bateu na rua, à minha direita, então me desviei para o mesmo lado e outra passou junto ao meu ombro esquerdo, mas por fim estava em segurança no beco.

— São dois arqueiros desgraçados — avisou Finan.

— Onde estão os escudos?

— Eu já disse, estão chegando. Einar levou uma flechada na perna.

Einar era um dinamarquês, um homem bom. Estava sentado no beco com a flecha se projetando da coxa. Ele pegou uma faca para arrancar a cabeça dela.

— Espere o padre Wissian — eu disse. Merewalh havia me dito que o padre tinha talento para a cura.

— O que ele pode fazer que eu não posso? — perguntou Einar. Em seguida trincou os dentes e enfiou a faca na perna.

— Meu Deus! — exclamou Finan.

Olhei para fora do beco e me inclinei de volta imediatamente quando uma flecha passou voando. Se eu estivesse usando uma cota de malha e carregando um escudo, ficaria bastante seguro, mas até mesmo uma flecha de caçador pode matar um homem sem armadura.

— Quero lenha — falei a Finan. — Muita lenha. Acendalha também.

Procurei Merewalh e o encontrei com os cavalos de carga. As ruas da cidade formavam uma grade e os homens que levavam os animais tiveram o bom senso de guiá-los por uma rua paralela, portanto fora do campo de visão dos dois arqueiros na plataforma sobre o portão.

— Matamos os homens do portão norte — disse Merewalh. Ele estava colocando uma cota de malha e sua voz saiu abafada. — E deixei 12 homens para sustentá-lo.

— Quero mais dois grupos — ordenei. — Eles devem dar um jeito de subir na muralha dos dois lados deste portão. — Eu estava me referindo às muralhas leste e oeste. — Doze homens em cada grupo. — Ele grunhiu, aceitando as ordens. — E diga para verificarem os outros dois portões. Acho que estão bloqueados, mas certifique-se disso!

Eu não sabia quantos homens estavam na plataforma do portão sul, mas havia pelo menos vinte. Com os guerreiros de Merewalh em cima das muralhas deveríamos ser capazes de encurralar esses defensores.

— Avise-os sobre os arqueiros — falei a Merewalh, depois desafivelei o cinto da espada e tirei a capa. Vesti a cota de malha por cima da cabeça. O forro de couro fedia como peido de gambá. Coloquei o elmo, depois prendi o cinto da espada em torno da cintura outra vez. Outros homens estavam encontrando suas armaduras. Finan me entregou meu escudo. — Arranje a lenha! — instruí.

— Estão coletando — respondeu ele com paciência.

Alguns homens invadiram uma casa e estavam quebrando bancos e uma mesa. Havia uma pocilga no quintal dos fundos e tiramos a palha de cobertura e arrancamos as traves. Fogo ardia no quintal, apenas brasas e fumaça contidas num círculo de pedras. Um velho caldeirão repousava ao lado do fogo e uma dúzia de potes de barro estava numa pequena prateleira encostada na parede. Peguei um deles, esvaziei-o, retirando os feijões secos, e procurei uma pá. Em vez disso encontrei uma peneira e usei-a para encher o pote com brasas, depois o coloquei dentro do caldeirão.

Tudo isso estava levando tempo. Eu ainda não fazia ideia de quantos inimigos estariam na cidade, portanto dividia minhas forças em grupos cada vez menores, o que significava que poderíamos ser dominados, uma frente de cada vez. Tínhamos pegado a guarnição de surpresa, mas eles iriam se recuperar depressa, e, se estivessem em maior número, poderiam nos esmagar como percevejos. Precisávamos derrotá-los depressa. Eu sabia que os homens do portão norte já estavam mortos, e presumi que Rolla houvesse encurralado os dinamarqueses que se encontravam na grande construção com colunas, mas poderia haver mais trezentos ou quatrocentos nórdicos furiosos nas áreas da cidade que não tínhamos visto. Os inimigos no portão sul pareciam confiantes, com certeza, sugerindo que acreditavam que seriam resgatados por reforços. Estavam gritando insultos contra nós, convidando-nos a sair do beco e ser mortos.

— Ou podem esperar aí! — gritou um homem. — Vocês vão morrer de qualquer forma! Bem-vindos a Ceaster!

Eu precisava capturar as muralhas. Suspeitei existirem inimigos do lado de fora da cidade e tínhamos de impedir que entrassem. Olhei homens trazendo braçadas de palha e madeira quebrada para o beco.

— Preciso de quatro homens — anunciei. Mais de quatro seria demais para o térreo da torre. — E seis com cota de malha e escudo!

Mandei os seis primeiro. Eles correram para a torre e, sem dúvida, os arqueiros soltaram suas flechas, que bateram inofensivas nos escudos. Assim que os arcos foram usados levei os quatro homens para a torre. Choveram pedras. Eu estava com meu escudo sobre a cabeça e ele tremeu quando elas se chocaram contra as tábuas de salgueiro. Estava carregando o caldeirão na mão da espada.

Entrei na torre. Se os defensores estivessem pensando direito teriam mandado homens descer a escada de mão para nos manter longe da antiga escadaria romana, mas eles se sentiam mais seguros na plataforma elevada, por isso ficaram lá. Porém, sabiam que estávamos dentro da torre, então jogaram pedras para baixo. Usei o escudo para cobrir a cabeça e subi os poucos degraus de pedra. As tábuas de salgueiro tremiam quando eram atingidas, mas o escudo me protegeu enquanto eu me agachava ao pé da escada de madeira e homens estendiam punhados de palha e madeira quebrada para mim. Com a mão livre, empilhei a lenha ao redor da escada de madeira, depois tirei o pote escaldante do interior do caldeirão e derramei as brasas na palha e nos pedaços de madeira.

— Mais madeira! — gritei. — Mais!

No entanto eu não precisava de mais madeira porque o fogo acendeu imediatamente, fazendo-me recuar depressa descendo os degraus de pedra. A acendalha se incendiou, a lenha pegou fogo e a torre pareceu sugar as chamas e a fumaça para cima, imediatamente sufocando os homens na plataforma superior, interrompendo a chuva de pedras. A escada de mão pegaria fogo depressa e o incêndio iria se espalhar para as tábuas de carvalho da lateral da torre, depois subiria para a plataforma propriamente dita, impelindo os inimigos para as muralhas laterais, onde os homens de Merewalh deveriam estar esperando. Corri de volta para o ar livre, vendo a fumaça sair pelo topo partido da torre e os defensores abandonando a área como ratos fugindo de um porão de navio inundando. Eles hesitaram ao chegar ao topo da muralha, mas deviam ter visto os homens de Merewalh se aproximando, porque simplesmente abandonaram a fortificação, pulando no fosso e indo para o terreno do outro lado.

— Uhtred! — chamei meu filho e apontei para o portão. — O fogo pode se espalhar para o portão, então encontre algo para bloquear o arco quando eles tiverem queimado. Escolha uma dúzia de homens. Vocês vão sustentar a passagem.

— O senhor acha que eles...

— Não sei o que vão fazer — interrompi. — E não sei quantos são. O que sei é que você deve impedir que qualquer um deles volte à cidade.

— Não podemos sustentar este lugar por muito tempo — retrucou ele.

— Claro que não. Não temos homens o bastante. Mas eles não sabem disso. — O fogo chegou ao estandarte de Cnut, que irrompeu subitamente em chamas. Em um momento ele estava tremulando, no outro era um clarão de fogo e cinzas ao vento. — Merewalh! — Procurei o mércio. — Ponha metade de seus homens nas muralhas! — Eu queria que qualquer dinamarquês do lado de fora da cidade visse lanças, espadas e machados na fortificação. Queria que pensassem que estávamos em maior número. — Use a outra metade para limpar a cidade.

Mandei a maioria dos homens subir a muralha e levei Finan e sete outros de volta ao centro da cidade, para a grande construção com colunas onde havia deixado Rolla. Ele ainda estava lá.

— Só há uma entrada — declarou ele —, e tem alguns deles lá dentro. Com escudos e lanças.

— Quantos?

— Eu vi oito, mas talvez sejam mais. — Ele virou a cabeça para cima. — Há janelas lá, mas são altas e possuem barras.

— Barras?

— Barras de ferro. Acho que o único modo de entrar é por essas portas.

Os homens lá dentro haviam fechado as portas, que eram feitas de madeira grossa reforçada com pinos de ferro. Havia uma tranca numa das folhas, mas quando puxei-a ficou evidente que as duas possuíam travas ou trincos pelo lado interno. Chamei Folcbald, que carregava um machado de guerra pesado.

— Quebre — eu disse.

Folcbald era o frísio com força de touro. Era lento, mas se recebesse um serviço simples podia ser implacável. Ele fez que sim, respirou fundo e brandiu a arma.

A lâmina de aço afundou na madeira. Lascas voaram. Folcbald soltou o machado e golpeou de novo. As portas tremeram sob a poderosa pancada. Ele puxou a lâmina e recuou a arma para um terceiro choque quando ouvi a barra no suporte fazer um barulho.

— Pare! — exclamei. — Recue.

Todos os sete homens que eu havia trazido usavam cota de malha e portavam escudos, por isso formamos uma parede entre as duas colunas mais próximas da entrada. Rolla e seus guerreiros estavam atrás de nós. A barra fez um ruído novamente, raspando na madeira, depois ouvi o baque surdo quando ela caiu no chão. Houve uma pausa, depois a folha da direita foi aberta muito lentamente. Parou quando a abertura tinha espaço suficiente apenas para passar uma mão. Uma espada foi estendida pela abertura. A arma foi largada no pavimento.

— Nós lutaremos, se for isso que quiserem — gritou um homem do interior. — Mas preferimos viver.

— Quem é você? — perguntei.

— Leiknir Olafson — respondeu o homem.

— E a quem você serve?

— Ao jarl Cnut. Quem é você?

— O homem que vai matar você caso não se renda. Abra as portas agora.

Fechei as placas faciais do elmo e esperei. Podia ouvir vozes baixas e ansiosas dentro da construção, mas a discussão foi breve e então as duas folhas da porta foram escancaradas. Cerca de uma dúzia de homens estava num corredor repleto de sombras que levava para a escuridão no interior da grande edificação. Usavam cota de malha, tinham elmos e carregavam escudos, mas assim que a porta se abriu eles largaram as lanças e as espadas no chão. Um deles, alto e de barba grisalha, foi em nossa direção.

— Sou Leiknir — anunciou.

— Diga a seus homens para largar os escudos — ordenei. — Escudos e elmos. Você também.

— Vai nos deixar viver?

— Não decidi ainda — respondi. — Dê-me um motivo para isso.

— Minha esposa está aqui, e minhas três filhas com seus bebês. Minha família.

— Sua esposa pode arranjar outro marido.

Diante disso Leiknir se eriçou.

— Você tem família? — perguntou ele.

Não respondi a pergunta.

— Talvez eu o deixe viver e só venda sua família — falei. — Os noruegueses da Irlanda pagam bem por escravos.

— Quem é você?

— Uhtred de Bebbanburg — rosnei. A reação foi estranha mas também gratificante, porque uma expressão de puro medo surgiu no rosto de Leiknir. Ele deu um passo atrás e pôs a mão no martelo de Tor pendurado no pescoço.

— Uhtred está morto — declarou ele, e foi a segunda vez que ouvi aquele boato. Leiknir havia obviamente acreditado, pois me olhava com horror.

— Será que preciso dizer o que aconteceu? — perguntei. — Eu morri, e morri sem uma espada na mão, por isso fui mandado a Hel e ouvi seus galos sombrios cantando! Eles anunciaram minha chegada, Leiknir, e o Estripador de Cadáver veio me pegar. — Dei um passo até ele, que recuou. — O Estripador de Cadáveres, Leiknir, todo feito de carne podre se soltando de ossos amarelados, os olhos parecendo fogo, os dentes como chifres e as garras como facas de castrar. E havia um osso no chão, um osso de coxa, então peguei-o, afiei uma ponta com os próprios dentes e matei o Estripador. — Senti o peso de Bafo de Serpente nas mãos. — Eu sou o morto que veio buscar os vivos, Leiknir. Agora chutem as espadas, as lanças e os elmos para a porta.

— Imploro pela vida de minha família — disse Leiknir.

— Você ouviu falar de mim? — perguntei, sabendo muito bem qual era a resposta.

— Claro.

— E já ouviu dizer que mato mulheres e crianças?

Ele balançou a cabeça.

— Não, senhor.

— Então chutem suas armas para mim e se ajoelhem.

Eles obedeceram, ajoelhando-se encostados na parede do corredor.

— Vigie-os — ordenei a Rolla, depois passei pelos homens ajoelhados. — Leiknir — gritei. — Você vem comigo.

As paredes do corredor eram feitas de tábuas ásperas, portanto não eram trabalho romano. Existiam portas de ambos os lados, levando a pequenos aposentos nos quais havia colchões de palha. Outro cômodo guardava barris. Todos estavam vazios. No fim do corredor havia uma porta maior que dava na metade oeste da grande construção. Fui até lá e a empurrei. Uma mulher gritou.

E fiquei olhando. Havia seis mulheres no cômodo. Quatro aparentemente eram serviçais, porque se ajoelharam aterrorizadas atrás das outras duas, e estas eu conhecia. Uma era Brunna, a mulher de Haesten. Era grisalha, gorducha, de rosto redondo e ostentava uma cruz pesada pendurada no pescoço. Estava segurando-a com força e murmurando uma oração. Tinha sido batizada por ordem do rei Alfredo e eu sempre havia pensado que sua aceitação do cristianismo fora um ardil cínico armado pelo marido, mas pelo visto estava errado.

— Essa é sua mulher? — perguntei a Leiknir, que havia me seguido cômodo adentro.

— Sim, senhor — respondeu ele.

— Eu mato mentirosos, Leiknir.

— Ela é minha esposa — repetiu ele, mas defensivamente, como se a mentira devesse ser mantida mesmo tendo fracassado.

— E essa é sua filha? — perguntei, apontando para a mulher mais nova que estava sentada ao lado de Brunna.

Desta vez Leiknir não disse nada. Agora Brunna gritava comigo, exigindo que eu a deixasse ir, mas ignorei-a. Duas crianças pequenas, gêmeas, estavam agarradas à saia da mãe e ela também não falou nada, apenas me encarou com olhos grandes e escuros que eu lembrava bem demais. Era muito linda, muito frágil, estava muito apavorada, e apenas me encarou sem falar. Havia ficado mais velha, mas o tempo não passara para ela como para o restante de nós. Suponho que, quando a conhecera, ela devia estar com 15 ou 16 anos, e agora teria dez anos a mais, porém eles meramente acrescentaram dignidade à beleza.

— Ela é sua filha? — perguntei a Leiknir de novo, violentamente, e ele não disse nada. — Qual é o nome dela? — perguntei.

— Frigg. — Leiknir quase sussurrou a resposta.

Frigg, esposa de Odin, a principal deusa de Asgard, a única com permissão de sentar-se no alto trono de Odin, uma criatura de beleza insuperável que também tinha o grande dom da profecia, embora optasse por jamais revelar o que sabia.

E talvez esta Frigg também soubesse de tudo que aconteceria, mas jamais poderia falar, porque a jovem que eu conhecia como Erce, neta da feiticeira Ælfadell, era surda e muda.

E também, presumi, era a esposa do jarl Cnut.

E eu a havia encontrado.

Duzentos dinamarqueses foram deixados para guardar Ceaster, porém muitos eram velhos ou vagarosos devido a ferimentos.

— Por que tão poucos? — perguntei a Leiknir.

— Ninguém esperava que fôssemos atacados — admitiu ele com amargura.

Eu estava andando pela Ceaster capturada, explorando e admirando. Nem mesmo a cidade velha de Lundene, a parte construída na colina, possuía tantas construções romanas tão preservadas. Se eu ignorasse a palha das coberturas poderia até me imaginar no tempo em que os homens faziam tais maravilhas, quando metade do mundo era governada a partir de uma cidade radiante. Como fizeram isso, pensei, e como um povo assim, tão forte e tão inteligente, havia sido derrotado?

Finan e meu filho me acompanhavam. Merewalh e seus homens estavam nas muralhas, dando a impressão de que éramos muito mais do que 133 homens. A maior parte da guarnição derrotada estava agora do lado de fora das muralhas, reunida na enorme arena onde os romanos se divertiram com morte, mas tínhamos capturado seus cavalos, quase todos os suprimentos e muitas de suas mulheres.

— Então você foi deixado para guardar Frigg? — perguntei a Leiknir.

— Sim.

— O jarl Cnut não vai ficar feliz com você — falei com ironia. — Se eu fosse você, Leiknir, encontraria um lugar muito distante e me esconderia. — Ele não disse nada. — Haesten navegou com o jarl Cnut?

— Sim.

— Para onde?

— Não sei.

Estávamos numa olaria. A fornalha, feita de finos tijolos romanos, ainda estava acesa. Havia prateleiras com tigelas e jarras prontas, e uma roda com um bocado de barro.

— Não sabe?

— Ele não disse, senhor — respondeu Leiknir humildemente.

Cutuquei o barro na roda de oleiro. Estava endurecido.

— Finan?

— Senhor?

— Existe lenha para essa fornalha?

— Sim.

— Por que não a esquenta bastante e nós colocamos as mãos e os pés de Leiknir dentro? Vamos começar com o pé esquerdo. — Virei-me para o dinamarquês capturado. — Tire as botas. Você não vai mais precisar delas.

— Eu não sei! — exclamou ele freneticamente. Finan tinha jogado lenha na boca da fornalha.

— Você foi deixado para guardar a posse mais preciosa do jarl Cnut — insisti. — E ele não teria simplesmente desaparecido. Teria dito a você para onde mandar notícias. — Olhei enquanto o fogo rugia. O calor súbito me obrigou a recuar um passo. — Você vai ficar sem as mãos e os pés, mas acho que poderá se arrastar com os cotocos dos joelhos e dos pulsos.

— Eles foram para o Sæfern — declarou ele, desesperado.

E acreditei. Leiknir havia acabado de revelar o que Cnut estava fazendo, e era compreensível. O jarl poderia ter levado sua frota para o sul ao redor de Cornwalum e atacado o litoral sul de Wessex, mas já tentara isso antes e fracassara. Então, em vez disso, ele estava usando o rio Sæfern para levar seu exército para o interior da Mércia, e o primeiro grande obstáculo que encontraria era Gleawecestre. Era o lar de Æthelred, a cidade mais importante da Mércia, e um burh bem-defendido com altas muralhas romanas, mas quantos homens foram deixados para protegê-la? Æthelred havia enviado todos os homens do reino para invadir a Ânglia Oriental? E senti um medo súbito porque Æthelflaed certamente teria se refugiado em Gleawecestre. No momento em que as pessoas soubessem que os dinamarqueses estavam no rio, que milhares de homens e cavalos eram desembarcados na margem do Sæfern, fugiriam para o burh mais próximo, mais forte, porém, se esse burh estivesse maldefendido, ele se tornaria uma armadilha para elas.

— E o que você faria se precisasse mandar uma mensagem para Cnut? — perguntei a Leiknir, que olhava temeroso a fornalha.

— Ele disse para mandar cavaleiros em direção ao sul, senhor. Disse que eles iriam encontrá-lo.

E provavelmente era verdade. O exército de Cnut estaria espalhado pela Mércia saxã, queimando salões, igrejas e aldeias, e a fumaça desses incêndios seria como faróis para qualquer mensageiro.

— Quantos homens Cnut possui?

— Quase 4 mil.

— Quantos navios partiram daqui?

— Cento e sessenta e oito, senhor.

Um número tão grande de embarcações poderia ter carregado 5 mil homens, mas também haviam levado cavalos, serviçais e bagagem, de modo que 4 mil era um número provável. Um grande exército, e Cnut tinha sido inteligente. Havia atraído Æthelred para a Ânglia Oriental e agora estava no interior das terras do inimigo. O que Wessex estava fazendo? Eduardo certamente estaria reunindo seu exército, mas também estaria colocando guerreiros em seus burhs, temendo que os dinamarqueses golpeassem o sul, atravessando o Temes. Eu supunha que Eduardo pensaria em defender Wessex, o que deixava Cnut livre para devastar a Mércia e derrotar Æthelred quando aquele idiota finalmente decidisse marchar para casa. No mês seguinte, toda a Mércia seria dinamarquesa.

No entanto, eu estava com Frigg. Esse não era seu nome verdadeiro, mas quem sabia qual era? Ela não podia dizer e, como era surda, talvez nem soubesse. Ælfadell chamava sua neta de Erce, mas o nome daquela deusa era apenas para impressionar os crédulos.

— O jarl Cnut gosta de Frigg — sugeri a Leiknir.

— Ele é como um homem com uma espada nova — respondeu ele. — Não suporta ficar longe dela.

— Você não pode culpá-lo. Ela é uma beldade rara. Então por que não foi para o sul com Cnut?

— Ele queria que Frigg ficasse em segurança.

— E deixou apenas duzentos homens para guardá-la?

— O jarl achou que isso bastava — respondeu Leiknir, então fez uma pausa. — Ele disse que só havia um homem astuto a ponto de atacar Ceaster, e que esse homem estava morto.

— E aqui estou, de volta do reino de Hel. — Fechei a porta da fornalha com um chute. — Pode ficar com suas mãos e seus pés.

Era o crepúsculo. Deixamos a olaria e voltamos para o centro da cidade. Fiquei surpreso ao ver uma pequena construção enfeitada com uma cruz.

— A esposa de Haesten — explicou Leiknir.

— Ele não se incomoda por ela ser cristã?

— Ele diz que seria bom ter o deus cristão ao seu lado também.

— Isso se parece com Haesten — declarei. — Dançando com duas mulheres diferentes ao som de duas músicas diferentes.

— Duvido que ele goste de dançar com Brunna — comentou Leiknir.

Gargalhei. Ela era uma bruxa, uma bruxa corpulenta e mal-humorada em forma de barril, com um queixo parecendo a proa de um navio e uma língua mais afiada que uma espada.

— Você não pode nos manter como prisioneiras! — disse ela quando voltamos para a grande construção com colunas. Ignorei-a.

O lugar já fora um salão, um salão magnífico. Talvez fosse um templo, ou mesmo o palácio de um governador romano, mas alguém — presumi que Haesten — havia dividido a grande câmara em salas separadas. As paredes, feitas de madeira, só chegavam à metade da altura, e durante o dia a luz entrava pelas janelas altas com barras de ferro. À noite havia lâmpadas, e no grande cômodo onde as mulheres e as crianças viviam, uma fogueira aberta manchara as pedras pintadas do teto alto com fuligem e fumaça. O piso era composto por milhares de pequenos ladrilhos organizados para formar o desenho de uma estranha criatura marinha com cauda enrolada sendo caçada por três homens nus com tridentes. Duas mulheres nuas cavalgavam gigantescas conchas de vieira na crista de uma onda, assistindo à caçada.

Brunna continuou arengando comigo e eu continuei ignorando-a. As quatro serviçais estavam agachadas com os gêmeos de Frigg na extremidade do cômodo e me olhavam nervosas. Frigg usava uma capa de penas e estava sentada numa cadeira de madeira no centro do cômodo. Também me observava, agora não com medo, mas com uma curiosidade infantil, os olhos grandes me seguindo pelo cômodo enquanto eu examinava o estranho desenho no chão.

— Devem existir vieiras gigantes em Roma — comentei, mas ninguém respondeu.

Fui até a cadeira de Frigg e olhei para ela, que devolveu calmamente o olhar. Sua capa era feita com milhares de penas costuradas num tecido de linho e que haviam sido arrancadas de gaios e corvos, de modo que pareciam tremeluzir em azul e preto. Por baixo da estranha capa ela estava coberta por ouro. Os pulsos magros portavam braceletes dourados, os dedos brilhavam com pedras engastadas em ouro, o pescoço estava cheio de correntes e o cabelo, preto como um dos corvos de Odin, estava arrumado num coque alto na cabeça e amarrado por uma rede de ouro.

— Se tocá-la — sibilou Brunna —, você é um homem morto!

Eu já havia aprisionado Brunna antes, mas Alfredo, convencido de que ela tinha se tornado uma verdadeira cristã, insistira em soltá-la. Ele até apadrinhara seus dois filhos, Haesten, o Jovem, e Horic, e eu me lembrava do dia em que ela fora enfiada na água benta na igreja de Lundene, onde recebera um novo nome cristão, Æthelbrun. Agora, apesar de ainda se chamar de Brunna, usava uma grande cruz de prata sobre os seios.

— Meu marido vai matar você — cuspiu ela.

— Seu marido tentou muitas vezes e ainda estou vivo.

— Nós poderíamos matá-la, em vez disso — sugeriu Rolla. Ele parecia cansado de vigiar as mulheres, ou pelo menos de vigiar Brunna. Nenhum homem poderia se cansar de olhar para Frigg.

Agachei-me diante da cadeira de Frigg e olhei em seus olhos. Ela sorriu para mim.

— Você se lembra de mim? — perguntei.

— Ela não escuta — interveio Leiknir.

— Eu sei — respondi. — Mas entende?

Ele deu de ombros.

— Tanto quanto um cachorro? Às vezes a gente pensa que ela sabe tudo, mas em outras ocasiões... — Leiknir deu de ombros outra vez.

— E as crianças? — perguntei, olhando os gêmeos que me observavam silenciosos com os olhos arregalados da extremidade do aposento. Pareciam ter 6 ou 7 anos, um menino e uma menina, ambos com os cabelos escuros da mãe.

— Elas falam — disse Leiknir. — E ouvem.

— Qual é o nome delas?

— A menina é Sigril, o menino é Cnut Cnutson.

— E falam bem?

— Em geral nunca param — observou Leiknir.

E os gêmeos falavam mesmo, porque uma coisa estranha aconteceu naquele momento, algo que não entendi imediatamente. Merewalh entrou no cômodo, e junto dele estava o padre Wissian, com seu cabelo prematuramente branco e a capa preta e comprida presa com o cinto, lembrando uma batina de padre. O rosto do menino se iluminou.

— Tio Wihtred! — exclamou Cnut Cnutson. — Tio Wihtred!

Wissian saiu da sombra para a luz da fogueira.

— Meu nome é Wissian — corrigiu ele, e os gêmeos ficaram perplexos.

Na ocasião não pensei nisso porque estava olhando para Frigg, e a visão daquela beleza bastava para tirar todo o senso da cabeça de um homem. Eu ainda estava agachado. Segurei uma de suas mãos pálidas e ela pareceu muito leve na minha, leve e frágil, como um passarinho.

— Você se lembra de mim? — perguntei de novo. — Eu me encontrei com você e Ælfadell.

Ela apenas sorriu. Estivera apavorada quando tínhamos chegado, mas agora parecia bastante feliz.

— Você se lembra de Ælfadell? — perguntei, e claro que ela não respondeu. Apertei sua mão muito suavemente. — Você vem comigo — eu disse. — Você e seus filhos, mas prometo que nenhum mal lhe acontecerá. Nenhum.

— O jarl Cnut vai matar você! — guinchou Brunna.

— Mais uma palavra sua e corto sua língua.

— Como ousa... — começou ela, depois berrou porque eu havia me levantado e tirado uma faca do cinto. E, para minha surpresa, Frigg gargalhou. Não havia som na risada, apenas um ruído gutural sufocado, mas seu rosto se iluminou com diversão súbita.

Fui até Brunna, que se encolheu.

— Você consegue cavalgar, mulher? — perguntei. Ela apenas fez que sim. — Então, de manhã, vai cavalgar para o sul. Vai até aquele verme miserável que chama de marido para dizer que Uhtred de Bebbanburg está com a mulher e os filhos do jarl Cnut. E vai dizer que Uhtred de Bebbanburg está disposto a matar.

Embainhei a faca e olhei para Rolla.

— Eles comeram?

— Não enquanto estive aqui.

— Garanta que sejam alimentados. E que fiquem em segurança.

— Segurança. — Ele repetiu a palavra com ar soturno.

— Se tocar nela, você vai lutar comigo — avisei.

— Eles estão em segurança, senhor — prometeu ele.

Æthelred havia começado essa guerra e Cnut o enganara, e agora o jarl estava à solta na Mércia e convencido de que seus inimigos se encontravam desorganizados. O antigo sonho dos dinamarqueses começava a se realizar: a conquista da Britânia saxã.

Só que eu ainda estava vivo.

Naquela noite mal dormimos. Havia trabalho a fazer.

Finan encontrou os melhores cavalos capturados, porque eles iriam conosco. Meu filho comandou batedores pela cidade, procurando moedas escondidas ou qualquer coisa de valor que pudéssemos carregar, enquanto metade dos homens de Merewalh guardava as muralhas e o restante despedaçava construções para fazer lenha e acendalha.

O portão sul havia sido queimado e meu filho bloqueara a entrada com duas carroças pesadas. Os dinamarqueses do lado de fora da cidade nos suplantavam em número, mas nenhum deles veio a Ceaster. Eu conseguia ver fogueiras tremulando na antiga arena e outras perto da ponte a uma curta distância ao sul. Logo haveria mais.

Os homens de Merewalh estavam espalhando a acendalha e a lenha ao lado de todos os trechos de paliçada de madeira. Onde quer que a muralha tivesse sido consertada poríamos fogo. Queimaríamos os portões da cidade e os muros e iríamos deixá-la sem qualquer defesa que não fosse feita de pedra.

Eu não podia sustentar Ceaster. Precisaria de um número de homens dez vezes maior, portanto iria abandoná-la. Sem dúvida os dinamarqueses voltariam para dentro das muralhas romanas, mas pelo menos eu poderia tornar mais fácil para uma força saxã atacar essas muralhas. Seriam necessários seis meses para reparar os danos que eu pretendia causar, seis meses derrubando árvores, aparando os troncos e enterrando-os no entulho das fortificações quebradas. E assim, à medida que a noite prosseguia, acendemos as chamas, começando no lado norte da cidade. Um incêndio após o outro clareou o fim da noite de verão, elevando-se até as estrelas, a fumaça manchando o céu amplo. Ceaster estava cercada de fogo, o que a deixava ruidosa, e as fagulhas eram sopradas para a palha no interior da cidade, que também começou a se incendiar, mas, quando o último ponto foi aceso e boa parte de Ceaster estava em chamas, já havíamos montado e estávamos prontos para partir. Nesse momento a última estrela estava no céu. Earendel era seu nome, a estrela da manhã, e ela ainda brilhava quando arrastamos as duas carroças de lado e saímos pelo portão sul.

Levamos todos os cavalos para fora, de modo que os dinamarqueses que olhavam vissem uma horda irrompendo da cidade em chamas. Levamos a esposa de Haesten e a esposa de Cnut e seus dois filhos, todos muito bem vigiados por meus homens, além de dinamarqueses que se renderam a nós. Usávamos equipamento de guerra, trajando cotas de malha e carregando escudos, as lâminas nuas refletindo as chamas. Galopamos pela estrada longa e reta e eu podia ver homens esperando junto à ponte, mas eles estavam com frio, medo e em número esmagadoramente inferior. Nem ao menos tentaram nos impedir. Em vez disso fugiram ao longo das margens do rio, e de repente os cascos de meu cavalo trovejaram na madeira da ponte. Paramos na margem sul do Dee.

— Machados — ordenei.

Na outra margem do rio a cidade-fortaleza de Ceaster ardia. Palha e madeira pegavam fogo e eram consumidas, transformadas em fumaça, fagulhas e brasas. A cidade propriamente dita sobreviveria, pensei. Arderia, e as ruas pavimentadas iriam se encher de cinzas, mas o que os romanos fizeram continuaria ali muito depois de termos partido.

— Nós não construímos — falei ao meu filho. — Só destruímos.

Ele me olhou como se eu fosse louco, mas apenas apontei na direção de nossos homens com machados, que destruíam o caminho da ponte. Eu estava garantindo que o restante dos dinamarqueses de Ceaster não nos perseguissem, e a maneira mais rápida de fazer isso era lhes negar a ponte.

— É hora de você se casar — declarei a Uhtred.

Ele me olhou com surpresa, depois sorriu.

— Frigg vai se tornar viúva logo.

— Você não precisa de uma viúva surda e muda. Mas vai encontrar alguém.

A última tábua que ligava dois dos arcos de pedra caiu no rio. Estava amanhecendo e o sol nascente dourava o leste, sulcando as nuvens baixas com escarlate e ouro. Homens nos olhavam do outro lado do rio.

Os prisioneiros cavalgaram conosco, cada um com uma corda no pescoço, mas agora ordenei que elas fossem retiradas.

— Vocês estão livres — falei. — Mas, se os vir de novo, mato todos. Levem-na. — Apontei na direção de Brunna, que estava sentada feito um saco de aveia numa égua atarracada.

— Senhor. — Leiknir guiou seu cavalo em minha direção. — Eu gostaria de ir com o senhor.

Olhei-o, muito grisalho e arrasado.

— Você jurou servir ao jarl Cnut — respondi asperamente.

— Por favor, senhor — implorou ele.

Um dos outros prisioneiros, um jovem, trouxe seu cavalo para perto de Leiknir.

— Senhor — começou ele —, podemos pegar uma espada?

— Você pode pegar uma espada emprestada — respondi.

— Por favor, senhor! — pediu Leiknir. Ele sabia o que estava prestes a acontecer.

— Duas espadas — eu disse.

Leiknir havia falhado. Tinha recebido uma tarefa e fracassado. Se retornasse a Cnut seria castigado pelo fiasco e eu não duvidava de que o castigo seria longo, agonizante e fatal. Mas eu não o queria. Ele era um fracassado.

— Qual é o seu nome? — perguntei ao rapaz.

— Jorund, senhor.

— Seja rápido, Jorund. Não sinto alegria na dor.

Ele concordou e apeou. Meus homens afastaram seus cavalos, fazendo uma espécie de círculo em um trecho de capim enquanto Leiknir apeava. Ele já parecia derrotado.

Jogamos duas espadas na grama. Leiknir deixou Jorund escolher sua arma primeiro, depois pegou a outra, porém fez pouco esforço para se defender. Levantou a espada, mas sem entusiasmo. Só ficou olhando Jorund e percebi que Leiknir estava apertando o punho com toda a força, decidido a segurar a arma enquanto morresse.

— Lute! — instigou Jorund.

Leiknir, no entanto, estava resignado à morte. Deu uma estocada débil contra o rapaz e Jorund aparou-a de lado, fazendo a lâmina de Leiknir se afastar totalmente, e ele deixou-a lá, os braços abertos, então Jorund cravou fundo sua espada emprestada na barriga exposta. Leiknir se dobrou, gemendo, o punho branco apertando a espada. Jorund retirou sua arma, liberando um jorro de sangue denso, e golpeou de novo, desta vez na garganta dele. Manteve a espada lá enquanto Leiknir tombava de joelhos, depois caía para a frente. O velho se sacudiu na grama durante alguns instantes, então ficou imóvel. Notei que a espada continuava em sua mão.

— As espadas — pedi.

— Preciso da cabeça dele, senhor — implorou Jorund.

— Então tire-a.

Ele precisava da cabeça porque Cnut desejaria a prova de que Leiknir estava morto, de que o velho fora castigado pelo fracasso em proteger Frigg. Se Jorund fosse a Cnut sem essa prova, também poderia enfrentar um castigo. A cabeça do morto era a segurança de Jorund, uma prova de que tinha administrado o castigo, e talvez assim pudesse escapar.

Havia uma pedreira próxima à estrada. Ninguém trabalhava nela havia anos, visto que o piso estava cheio de mato e salpicado de árvores novas espalhadas. Supus que fosse o lugar onde os romanos haviam cortado o calcário para construir Ceaster, e jogamos nele o corpo decapitado de Leiknir em meio às pedras. Jorund devolvera as duas espadas e enrolara a cabeça sangrenta numa capa.

— Vamos nos encontrar de novo, senhor — declarou ele.

— Mande minhas lembranças ao jarl Cnut, e diga a ele que a esposa e os filhos não sofrerão se ele voltar para casa.

— E, se ele voltar, o senhor vai devolvê-los?

— Ele vai precisar comprá-los de mim. Diga isso. Agora vá.

Os dinamarqueses cavalgaram para o leste. Brunna reclamava enquanto os acompanhava. Tinha exigido que duas serviçais fossem com ela, mas mantive todas para cuidar de Frigg e seus filhos. A mulher de Cnut estava montada numa égua cinza e usava sua capa de penas. Era uma visão notável naquela manhã de verão. Ela havia olhado Leiknir morrer e o leve sorriso em seu rosto não se abalara enquanto ele engasgava, gorgolejava sangue, se retorcia e ficava imóvel.

E assim cavalgamos para o sul.

Dez

— Cnut irá para casa? — perguntou meu filho enquanto cavalgávamos para o sul através de bosques de faias e ao lado de um rio pequeno e rápido.

— Não até terminar o que veio fazer na Mércia — expliquei. — E talvez nem mesmo então. Ele gostaria de capturar Wessex também.

Meu filho se virou na sela para olhar Frigg.

— Mas você vai devolvê-la se ele for para casa? Então talvez ele volte.

— Não seja idiota. Sabemos que Cnut gosta dela, mas não daria dez passos para salvar sua vida.

Meu filho riu, incrédulo.

— Eu andaria meio mundo por ela.

— Porque você é idiota. Cnut não. Ele quer a Mércia, a Ânglia Oriental, Wessex, e esses lugares estão cheios de mulheres, algumas quase tão lindas quanto Frigg.

— Mas...

— Eu toquei no orgulho dele — interrompi. — Ela não é de fato refém porque Cnut não daria um cocô de rato para salvá-la. Ele pode levantar um dedo para resgatar o filho, mas a mulher? Não é por causa disso que ele vai me caçar. Ele me caçará porque seu orgulho foi ferido. Eu o fiz parecer idiota, algo que ele não vai aceitar. Cnut virá.

— Com 4 mil homens?

— Com 4 mil homens — respondi sem rodeios.

— Ou ele pode ignorá-lo — sugeriu meu filho. — O senhor mesmo disse que a Mércia é um prêmio maior.

— Ele virá — repeti.

— Como o senhor pode ter tanta certeza?

— Porque Cnut se parece comigo. Ele é como eu. É orgulhoso.

Meu filho cavalgou alguns passos em silêncio, depois me olhou sério.

— O orgulho é pecado, pai — afirmou numa voz untuosa, imitando um padre.

Precisei rir.

— Seu earsling!

— Eles falam mesmo isso — declarou ele, agora sério.

— Os padres? Você se lembra de Offa?

— O homem dos cachorros?

— O próprio.

— Eu gostava dos cachorros dele — respondeu Uhtred.

Offa era um padre fracassado que viajava pela Britânia com uma matilha de cães treinados que faziam truques, mas os animais eram apenas seu modo de ser aceito no salão de qualquer senhor, e, quando entrava, ele ouvia atentamente. Era um homem esperto que descobria coisas. Offa sempre sabia o que estava sendo tramado, quem odiava quem e quem fingia o contrário, e vendia essas informações. No fim, ele havia me traído, mas eu sentia falta de seu conhecimento.

— Os padres são como Offa. Querem que sejamos seus cães, bem-treinados, agradecidos e obedientes. Por quê? Para que eles possam ficar ricos. Dizem que o orgulho é pecado? Você é um homem! É como dizer que respirar é pecado, e, quando tiverem feito você se sentir culpado por ousar respirar, vão lhe dar a absolvição em troca de um punhado de prata. — Inclinei a cabeça sob um galho baixo. Estávamos seguindo uma trilha no meio da floresta que ia para o sul ao lado de um riacho rápido. Chovia de novo, mas não muito. — Os padres nunca se importaram com meu orgulho quando os dinamarqueses estavam queimando suas igrejas — continuei —, mas, no momento em que acharam que havia paz, que nenhuma outra igreja seria destruída, viraram-se contra mim. Preste atenção. Daqui a uma semana eles estarão lambendo meu saco e implorando que os salve.

— E o senhor vai fazer isso.

— Idiota que sou — respondi, mal-humorado —, vou.

Estávamos em terreno familiar porque durante anos tínhamos mandado grandes destacamentos vigiarem os dinamarqueses em Ceaster. Todo o norte da Mércia era dominado por eles, mas aqui, na parte ocidental onde cavalgávamos, a terra era constantemente ameaçada pelas tribos selvagens de galeses e era difícil dizer quem controlava de fato o território. O jarl Cnut afirmava que era ele, porém era sensato demais para arranjar inimizade com os galeses, que lutavam como demônios e sempre podiam recuar para as montanhas se estivessem em menor número. Æthelred também reivindicava estas terras e havia oferecido prata para qualquer mércio disposto a construir uma morada neste local disputado, mas não fizera nada para proteger os residentes. Jamais construiu um burh tão ao norte, e se mostrara relutante em capturar Ceaster porque tanto os dinamarqueses quanto os galeses enxergariam essa captura como uma ameaça. A última coisa que Æthelred queria era provocar uma guerra contra os dois maiores inimigos da Mércia, por isso havia ficado contente em simplesmente vigiar Ceaster. Agora tinha sua guerra contra os dinamarqueses, e eu rezava apenas para que os galeses ficassem fora dela. Eles também reivindicavam esta terra, mas nos longos anos em que meus homens cavalgaram para manter vigilância sobre Ceaster eles jamais interferiram, no entanto agora deviam sentir-se tentados. Só que os galeses eram cristãos, e a maioria de seus padres se posicionava relutantemente no lado saxão porque todos cultuavam o mesmo deus pregado. Mas, se os dinamarqueses e saxões estavam matando uns aos outros, talvez até os padres galeses conseguissem ver uma oportunidade dada por seu deus para saquear um trecho de terras ricas ao longo da fronteira oeste da Mércia. Talvez. Ou talvez não. Mas eu mantinha batedores cavalgando à frente, para o caso de um grupo de guerreiros galeses descer das montanhas.

E pensei que tínhamos encontrado um desses bandos quando um dos batedores retornou dizendo haver fumaça no céu. Eu não esperava ver fumaça tão ao norte. Os homens de Cnut estariam devastando o sul da Mércia, e não o norte, e uma grossa coluna de fumaça sugeria a queima de um salão. Ela estava à nossa esquerda, a leste, longe o bastante para poder ser ignorada, mas eu precisava saber se os galeses se juntaram ao caos, por isso atravessamos o riacho e passamos por uma densa floresta de carvalho, seguindo na direção da mancha distante.

Era uma fazenda que queimava. Não havia salão nem paliçada, apenas um grupo de construções de madeira numa clareira da floresta. Alguém se estabelecera ali, tinha construído uma casa e um celeiro, derrubado árvores, criado gado e plantado cevada, e agora a pequena casa estava em chamas. Olhamos, parados junto aos carvalhos. Pude ver oito ou nove homens armados, dois meninos e dois cadáveres. Algumas mulheres e crianças estavam agachadas sob guarda.

— Não são galeses — disse Finan.

— Como sabe?

— Não estão em número suficiente. São dinamarqueses.

Os homens, que carregavam lanças e espadas, tinham cabelos compridos. Isso não os tornava necessariamente dinamarqueses, mas a maioria deles usava cabelos compridos e a maioria dos saxões preferia mantê-los curtos, por isso suspeitei que Finan estivesse certo.

— Leve vinte homens para o lado leste — ordenei —, depois apareçam.

— Só aparecermos?

— Só aparecerem.

Esperei até que os homens na fazenda incendiada vissem Finan. Os dois meninos correram imediatamente para pegar cavalos, e os prisioneiros, as mulheres e as crianças foram instigados a se levantar. Os dinamarqueses, se é que eram mesmo, começaram a arrebanhar sete vacas, e ainda estavam levando os animais quando comandei meus homens a sair das árvores e descer a longa encosta coberta com o restolho da colheita. Os nove guerreiros nos viram, pareceram entrar em pânico ao perceber que estavam presos entre duas forças, mas então se acalmaram ao não sentirem ameaça. Não atacamos, só cavalgamos lentamente e eles veriam que muitos de nós tínhamos cabelos compridos. Seguraram suas armas e ficaram perto uns dos outros, mas decidiram não fugir. Isso foi um erro.

Contive a maioria de meus homens no restolho e levei somente três através de um riacho, entrando no calor das construções em chamas. Chamei os homens de Finan para se juntarem a mim, em seguida olhei as labaredas do silo que pegava fogo.

— É um bom dia para um incêndio — comentei em dinamarquês.

— Já não era sem tempo — respondeu um dos homens no mesmo idioma.

— Por que isso? — perguntei. Em seguida deslizei da sela, impressionado ao ver como estava dolorido e rígido.

— O lugar deles não é aqui — respondeu ele, indicando os dois cadáveres, ambos homens e estripados como cervos, mergulhados em poças de sangue que a chuva fraca diluía lentamente.

— Chame-me de "senhor" — pedi em tom ameno.

— Sim, senhor — declarou o homem. Ele possuía apenas um olho; na outra órbita havia uma cicatriz e um fio de pus escorrendo.

— E quem são vocês? — perguntei.

Eles eram mesmo dinamarqueses, todos mais velhos e, tranquilizados pelo martelo pendurado por cima de minha cota de malha, explicaram com boa vontade que eram naturais de povoados a leste e se ressentiam das incursões saxãs em seu território.

— Eles são todos saxões — disse o homem, indicando as mulheres e as crianças agachadas junto ao riacho. Elas haviam chorado, mas agora me olhavam num silêncio aterrorizado.

— São escravos agora? — perguntei.

— Sim, senhor.

— Mais dois corpos aqui — gritou Finan. — Mulheres velhas.

— De que servem as velhas? — perguntou o homem. Um de seus companheiros falou alguma coisa que não ouvi e todos os outros riram.

— Qual é o seu nome? — perguntei ao caolho.

— Geitnir Kolfinnson.

— E serve ao jarl Cnut?

— Servimos, senhor.

— Estou indo me juntar a ele — expliquei, o que era verdade, de certa forma. — Ele mandou vocês atacarem essas pessoas?

— Ele quer que toda a ralé saxã seja expulsa, senhor.

Olhei os homens de Geitnir Kolfinnson, vendo barbas grisalhas, rostos enrugados e dentes faltando.

— Seus rapazes navegaram com o jarl?

— Sim, senhor.

— E devem varrer a ralé saxã para fora do distrito?

— É o que o jarl quer — explicou Geitnir.

— Vocês fizeram um serviço meticuloso — comentei, admirado.

— É um prazer — respondeu Geitnir. — Estava esperando para queimar este lugar há seis anos.

— E por que não o fez antes?

Ele deu de ombros.

— O jarl Cnut disse que deveríamos deixar Æthelred da Mércia dormir.

— Ele não queria começar uma guerra?

— Na época, não. Mas agora?

— Agora vocês podem tratar a ralé saxã como ela merece.

— Também já não era sem tempo, senhor.

— Eu sou da ralé saxã — anunciei. Houve silêncio. Eles não tinham certeza se me escutaram direito. Afinal de contas viam um homem com cabelos compridos, usando o martelo de Tor, os braços cheios dos ricos braceletes que os dinamarqueses usam como troféus de batalha. Sorri para eles. — Sou da ralé saxã — repeti.

— Senhor? — perguntou Geitnir, perplexo.

Virei-me para os dois meninos.

— Quem são vocês? — perguntei. Eram netos de Geitnir, acompanhando-o para aprender a lidar com os saxões. — Não vou matar nenhum de vocês — falei aos meninos —, portanto agora vocês vão para casa dizer à sua mãe que Uhtred de Bebbanburg está aqui. Repitam esse nome. — Eles repetiram meu nome obedientemente. — E digam à sua mãe que estou cavalgando para Snotengaham para queimar o salão do jarl Cnut. Aonde estou indo?

— Snotengaham — murmurou um deles. Duvidei de que tivessem ouvido falar nesse lugar, e eu não tinha intenção de chegar nem ao menos perto da cidade, mas queria espalhar boatos e desequilibrar Cnut.

— Bons meninos — eu disse. — Agora vão. — Eles hesitaram, inseguros quanto ao destino do avô e dos homens dele. — Vão! — gritei. — Antes que eu decida matá-los também.

Eles foram, e em seguida matamos os nove homens. Pegamos todos os seus cavalos, a não ser os dois que os meninos montaram em sua fuga apavorada. Eu queria que os boatos começassem a se espalhar na Mércia dinamarquesa, boatos de que Uhtred havia retornado e estava começando uma matança. Cnut acreditava que estava livre para fazer o que desejasse na Mércia saxã, mas dentro de um ou dois dias, assim que Brunna o alcançasse e os boatos ficassem mais ruidosos, ele começaria a olhar por cima do ombro. Até poderia mandar homens a Snotengaham, onde mantinha um de seus salões mais ricos.

Deixamos as mulheres e as crianças saxãs se virarem por conta própria e fomos para o sul. Não vimos outros bandos de dinamarqueses e nenhum guerreiro galês, e dois dias depois tínhamos chegado à Mércia saxã. O céu a leste e ao sul estava manchado de fumaça, o que significava que o jarl Cnut estava queimando, saqueando e matando.

E continuamos cavalgando para Gleawecestre.

Gleawecestre era a fortaleza de Æthelred. Era um burh que ficava na parte oeste da Mércia, junto ao rio Sæfern, onde defendia o território contra os agressores galeses. Este fora o objetivo original do burh, mas era suficientemente grande para proporcionar refúgio às pessoas das redondezas na eventualidade de qualquer inimigo chegar. Como Ceaster e tantos outros lugares na Mércia e em Wessex, suas defesas foram erguidas pelos romanos. E os romanos construíram bem.

A cidade ficava em terreno plano, que não é o mais fácil de se defender, mas, como em Ceaster, a muralha de Gleawecestre era cercada por um fosso alimentado por um rio próximo, porém ele era muito mais fundo e largo. Na parte interna do fosso havia um banco de terra cheio de estacas pontudas, em cima do qual ficava a muralha romana, construída com pedra e com o dobro da altura de um homem. Essa muralha era reforçada por mais de trinta torres. Æthelred mantivera essas defesas em bom estado de conservação, gastando dinheiro com alveneiros para reconstruí-la em todos os lugares onde o tempo a fizera desmoronar. Gleawecestre era sua capital e seu lar, e quando ele partiu para invadir a Ânglia Oriental se certificara de que suas posses ficassem bem-protegidas.

Era o fyrd que tinha a tarefa de defender Gleawecestre. O fyrd era o exército composto pelos cidadãos, homens que normalmente trabalhavam na terra, batiam o ferro nas forjas ou serravam madeira. Não eram guerreiros profissionais, mas se você colocar o fyrd atrás de um fosso inundado e sobre uma forte muralha de pedra ele se torna um inimigo formidável. Eu tinha ficado com medo quando ouvi dizer que Cnut havia navegado para o Sæfern, mas, enquanto cavalgava para o sul, decidi que Gleawecestre e seus habitantes provavelmente estavam em segurança. Æthelred guardava um tesouro muito grande na cidade para deixá-la maldefendida, e ele podia ter deixado até 2 mil homens no interior das muralhas. Certo, a maioria desses homens era do fyrd, mas se eles ficassem atrás das fortificações seriam difíceis de ser dominados.

Cnut podia sentir-se tentado a atacar a cidade, mas os dinamarqueses nunca foram entusiastas de cercos. Homens morrem nas muralhas de pedra e se afogam nos fossos das cidades, e Cnut gostaria que seu exército continuasse forte para a batalha que antevia contra as forças de Æthelred quando elas voltassem da Ânglia Oriental. Somente depois de vencer essa batalha talvez mandasse os homens atacarem uma cidade-fortaleza romana. Mas, ao deixar Gleawecestre em paz, ele corria o risco de a guarnição fazer incursões fora da cidade e atacar sua retaguarda, porém Cnut conhecia o fyrd saxão. O exército dos cidadãos podia defender, mas era frágil num ataque. Suspeitei de que teria deixado duzentos ou trezentos homens para vigiar as muralhas e manter a guarnição quieta. Trezentos seriam mais do que suficientes porque um guerreiro treinado valia seis ou sete homens do fyrd, e, além disso, para preservar os suprimentos, os habitantes da cidade teriam poucos cavalos e, se quisessem atacar Cnut, precisariam das montarias. Eles não estavam lá para atacar o jarl, mas para defender o luxuoso palácio e o tesouro de Æthelred. O maior temor de Cnut, eu tinha certeza, era que Eduardo de Wessex marchasse para libertar a cidade, no entanto eu suspeitava de que nesse momento os homens do jarl estivessem vigiando o Temes, prontos para confrontar qualquer exército saxão ocidental que aparecesse. E isso não aconteceria rapidamente. Demoraria dias para Eduardo convocar seu próprio fyrd para defender os burhs saxões ocidentais e então reunir o exército e decidir o que faria com o caos ao norte de seu reino.

Pelo menos era o que eu achava.

Cavalgamos por uma terra devastada.

Esta era uma terra rica, de solo bom, ovelhas gordas e pomares pesados, uma terra de fartura. Apenas alguns dias antes havia aldeias roliças, salões nobres e silos de grande capacidade, mas agora tinha fumaça, cinzas e assassinato. O gado estava morto nos campos, a carne apodrecida rasgada por lobos, cães selvagens e corvos. Não havia pessoas, a não ser os cadáveres. Os dinamarqueses que causaram esse sofrimento foram em frente para encontrar mais propriedades a serem saqueadas, e os sobreviventes, se houvesse algum, teriam fugido para um burh. Cavalgávamos em silêncio.

Seguíamos uma estrada romana reta através da desolação, os marcos de pedra sobreviventes contando as milhas até Gleawecestre. Foi perto de uma gravada com as letras VII que os primeiros dinamarqueses nos viram. Eram trinta ou quarenta e deviam ter presumido que também éramos dinamarqueses, pois cavalgaram até nós sem medo.

— Quem é você? — perguntou um deles quando se aproximaram.

— Seu inimigo — respondi.

Eles contiveram os cavalos. Estavam perto demais para dar meia-volta e fugir em segurança, e talvez tenham ficado perplexos com minha resposta. Contive meus homens e avancei sozinho.

— Quem é você? — perguntou o estranho de novo. Trajava cota de malha, tinha um elmo justo que emoldurava um rosto magro e moreno, e os braços estavam pesados com prata.

— Tenho mais homens do que você — declarei. — Portanto diga seu nome primeiro.

Ele considerou isso durante alguns instantes. Meus homens estavam se espalhando, fazendo uma linha de cavaleiros muito bem-armados e obviamente preparados para atacar. Ele deu de ombros.

— Sou Torfi Ottarson.

— Você serve a Cnut?

— Quem não serve?

— Eu.

Ele olhou o martelo em meu pescoço.

— Quem é você? — perguntou pela terceira vez.

— Eu me chamo Uhtred de Bebbanburg — anunciei-me. Fui recompensado por uma expressão de alarme súbito. — Pensou que eu estivesse morto, Torfi

Ottarson? Talvez esteja. Quem garante que os mortos não podem voltar para se vingar dos vivos?

Ele tocou seu martelo, abriu a boca para falar, mas não disse nada. Seus homens me olhavam.

— Então diga, Torfi Ottarson — falei. — Você e seus homens vieram de Gleawecestre?

— Onde há muito mais homens — respondeu ele em desafio.

— Vocês estão aqui para vigiar a cidade?

— Fazemos o que é ordenado.

— Então vou lhe dizer o que fazer, Torfi Ottarson. Quem comanda suas forças em Gleawecestre?

Ele hesitou, depois decidiu que não havia mal em responder.

— O jarl Bjorgulf.

Não era um nome que eu conhecesse, mas presumivelmente era um dos homens de confiança de Cnut.

— Então você vai cavalgar agora até o jarl Bjorgulf e dizer a ele que Uhtred de Bebbanburg está cavalgando até Gleawecestre e que terei permissão para passar. Ele deixará que eu passe.

Torfi deu um sorriso sombrio.

— O senhor possui uma reputação, mas nem o senhor pode derrotar os homens que temos em Gleawecestre.

— Não vamos lutar.

— O jarl Bjorgulf pode querer algo diferente, não é?

— Ele provavelmente vai querer algo diferente, mas você vai lhe dizer mais uma coisa. — Levantei a mão, chamando, e observei o rosto de Torfi quando viu Finan e três de meus homens trazendo Frigg e os gêmeos para onde ele pudesse vê-los. — Diga então ao jarl Bjorgulf que, se ele se opuser a mim, vou matar primeiro a menina, depois a mãe, e o menino por último. — Sorri. — O jarl Cnut não vai ficar feliz, não é? Sua esposa e seus filhos trucidados, e tudo porque o jarl Bjorgulf queria uma luta?

Torfi estava olhando para Frigg e os gêmeos. Creio que achava difícil acreditar nos próprios olhos, mas finalmente recuperou a fala.

— Vou dizer ao jarl Bjorgulf — declarou ele numa voz repleta de espanto —, e lhe trago a resposta.

— Não se incomode. Eu sei qual será. Vá e lhe diga que Uhtred de Bebbanburg está indo até Gleawecestre e que ele não tentará nos impedir. E considere-se com sorte, Torfi.

— Sorte?

— Você me encontrou e viveu. Agora vá.

Eles se viraram e foram embora. Seus cavalos eram muito mais rápidos que os nossos, e logo estavam distantes a ponto de os perdermos de vista. Sorri para Finan.

— Deveríamos desfrutar disso — eu disse.

— A não ser que queiram ser heróis e resgatá-los, não é?

— Eles não vão fazer isso.

Coloquei a menina Sigril no cavalo de Rolla, e ele seguiu com a espada desembainhada, enquanto o menino Cnut Cnutson estava na sela de Swithun, que, assim como Rolla, carregava uma espada em punho. Frigg cavalgava entre Eldgrim e Kettil, e não parecia saber o que estava acontecendo. Apenas sorria. Na frente de Frigg e seus filhos, e diante de nossa coluna, havia dois porta-estandartes porque, pela primeira vez desde que deixáramos Bearddan Igge, mostramos nossas bandeiras, o cavalo empinado da Mércia e a cabeça de lobo de Bebbanburg.

E os dinamarqueses simplesmente nos observaram passar.

Era possível nos ver de Gleawecestre, e notei como as construções do lado externo da alta muralha foram queimadas e retiradas, de modo que os defensores pudessem detectar a aproximação de qualquer inimigo. Os muros estavam tomados por pontas de lanças que captavam o sol do fim da tarde. À minha esquerda havia abrigos montados pelos dinamarqueses de Bjorgulf, os homens que vigiavam a cidade para garantir que o fyrd não saísse para atacar. Havia cerca de quatrocentos dinamarqueses, no entanto, era difícil contá-los porque, assim que ficávamos em seu campo de visão, eles cavalgavam por nossos flancos, mas sempre mantendo uma distância respeitosa. Nem ao menos gritavam insultos, apenas nos observavam.

A cerca de 1,5 quilômetro do portão norte da cidade um homem atarracado, com bigode ruivo ficando grisalho, esporeou seu cavalo em nossa direção. Estava acompanhado por dois homens mais jovens e nenhum deles carregava escudo, apenas espadas nas bainhas.

— Você deve ser o jarl Bjorgulf — cumprimentei.

— Sou.

— É bom ver o sol, não é? Não me lembro de um verão tão úmido. Estava começando a achar que nunca pararia de chover.

— Seria sensato se você me entregasse a família do jarl Cnut.

— E campos inteiros de centeio apodrecido pela chuva — continuei. — Nunca vi tantas colheitas arruinadas.

— O jarl Cnut será misericordioso — afirmou Bjorgulf.

— Você deveria estar preocupado com minha misericórdia, não com a dele.

— Se eles forem feridos... — começou ele.

— Não seja idiota — reagi com aspereza. — Claro que eles serão feridos. A não ser que você faça exatamente o que eu mandar.

— Eu... — começou ele de novo.

— Amanhã de manhã, Bjorgulf — avisei, como se ele não tivesse tentado falar —, você vai levar seus homens para longe daqui. Vai cavalgar para o leste, subir os morros, e ao meio-dia todos vocês terão ido embora.

— Nós...

— Todos vocês, com seus cavalos, vão subir os morros. Ficarão lá, fora das vistas da cidade, e se por acaso eu vir um único dinamarquês em algum lugar perto de Gleawecestre depois do meio-dia vou rasgar as tripas da filha de Cnut e mandá-las a você, como presente. — Sorri para ele. — Foi um prazer falar com você, Bjorgulf. Quando mandar um mensageiro ao jarl, dê-lhe minhas lembranças e diga que fiz o favor que ele me pediu.

Bjorgulf franziu a testa.

— O jarl pediu um favor a você?

— Pediu. Pediu para eu descobrir quem o odeia e pegou sua mulher e seus filhos. A resposta às duas perguntas, Bjorgulf, é Uhtred de Bebbanburg. Pode dizer isso a ele. Agora vá: você fede como bosta de bode encharcada por mijo de gato.

E assim chegamos a Gleawecestre. O grande portão norte foi aberto, as barricadas no interior foram afastadas e os homens gritaram comemorando nas ameias enquanto minhas duas bandeiras baixavam para passar sob o arco romano. Os cascos dos cavalos ressoaram na pedra antiga; e na rua que ficava no lado oposto, esperando-nos, estava Osferth, que parecia mais feliz do que jamais o vira, e, ao lado dele, o bispo Wulfheard, que havia queimado minha casa. Acima dos dois, num cavalo ajaezado em prata, estava minha mulher de ouro. Æthelflaed da Mércia.

— Eu falei que encontraria você — falei animado.

E tinha encontrado mesmo.

Sempre que eu visitava meu primo Æthelred, coisa que fazia raramente e com relutância, o encontro acontecia em seu salão do lado de fora de Gleawecestre, um lugar que agora eu presumia ter sido transformado em cinzas. Raramente estivera dentro da cidade, que era ainda mais impressionante do que Ceaster. O palácio era uma construção altíssima feita de finos tijolos romanos que antigamente eram forrados com mármore, mas quase todo o material havia sido queimado para fazer cal, deixando apenas alguns suportes de ferro enferrujado que antes seguravam o mármore no lugar. Agora os tijolos tinham painéis de couro que retratavam vários santos, dentre eles santo Osvaldo. Ele estava sendo esquartejado por um brutamontes maligno que rosnava com os dentes sujos de sangue enquanto o santo sustentava um sorriso vazio como se recebesse a morte de bom grado. O irônico na imagem era o brutamontes maligno ser Penda, um mércio, e a vítima de aparência estúpida era um nortumbriano que fora inimigo da Mércia, mas não adiantava tentar achar sentido entre os cristãos. Agora Osvaldo era venerado por seus inimigos e um exército mércio tinha atravessado a Britânia para encontrar seus ossos.

O piso do salão era composto por um daqueles intricados conjuntos de ladrilhos romanos, e este representava guerreiros saudando um chefe que estava de pé numa carruagem puxada por dois cisnes e um peixe. Talvez a vida fosse diferente naqueles dias. Grandes colunas sustentavam um teto em arco onde ainda se viam restos de reboco cobertos por pinturas que mal podiam ser discernidas em meio às manchas de infiltração, enquanto a extremidade mais distante do salão possuía um tablado de madeira onde meu primo pusera um trono coberto por um pano escarlate. Um segundo trono, mais baixo, era presumivelmente para sua nova mulher, que queria tão desesperadamente ser rainha. Chutei esse assento de cima do tablado e me sentei na cadeira escarlate, encarando os líderes da cidade. Esses homens, tanto da Igreja quanto laicos, estavam de pé sobre a imagem da carruagem e pareciam humildes.

— Vocês são idiotas — rosnei. — São todos idiotas lambedores de saco, babadores de mijo e tiradores de meleca.

Eu estava decidido a me divertir.

Devia haver duas vintenas de mércios no salão, todos ealdormen, padres ou thegns, os homens deixados para guardar Gleawecestre enquanto Æthelred buscava a glória na Ânglia Oriental. Æthelflaed estava lá, também, mas meus homens a cercavam, separando-a dos outros mércios. Ela não era a única mulher no salão. Minha filha Stiorra, que vivia com Æthelflaed, estava de pé junto a uma coluna, e a visão de seu rosto comprido, sério e lindo trouxe uma súbita lembrança pungente de sua mãe. Perto dela havia outra jovem, alta como Stiorra, porém loura, enquanto minha filha era morena. Ela parecia familiar, mas não conseguia me lembrar de onde. Dei-lhe um olhar longo e intenso, mais devido à sua inegável beleza do que para tentar atiçar a memória, mas ainda não conseguia identificá-la, por isso virei-me para o meio do salão.

— E quem de vocês comanda a guarnição da cidade? — perguntei.

Houve uma pausa. Por fim, o bispo Wulfheard deu um passo à frente e pigarreou.

— Eu — disse ele.

— Você! — respondi, parecendo chocado.

— O senhor Æthelred confiou a mim a segurança da cidade — retrucou ele defensivamente.

Encarei-o. Deixei o silêncio se prolongar.

— Existe alguma igreja aqui? — perguntei.

— Claro.

— Então amanhã vou celebrar a missa — anunciei. — E vou fazer um sermão. Posso distribuir pão rançoso e conselhos ruins tão bem quanto qualquer um, não é?

Houve silêncio, a não ser por um risinho de menina. Æthelflaed se virou rapidamente para silenciar o som, que vinha da jovem alta, loura e bonita parada perto de minha filha. Então a reconheci porque sempre fora uma criatura despreocupada e irreverente. Era a filha de Æthelflaed, Ælfwynn, que eu ainda considerava uma criança, mas estava bastante crescida agora. Pisquei para ela, o que só a fez rir de novo.

— Por que Æthelred colocaria um bispo encarregado de uma guarnição? — perguntei, voltando a atenção para o bispo Wulfheard. — Você já lutou em alguma batalha? Sei que queimou meus celeiros, mas isso não é uma batalha, seu pedaço de cartilagem de rato podre. Uma batalha é a parede de escudos. É sentir o bafo do inimigo enquanto ele tenta estripar você com um machado, é sangue, bosta, berros, dor e terror. É pisotear as entranhas de seus amigos enquanto os inimigos os estripam. São homens trincando os dentes com tanta força que eles se partem. Já esteve numa batalha? — Ele não respondeu, só pareceu indignado. — Eu fiz uma pergunta! — gritei.

— Não — admitiu o bispo Wulfheard.

— Então você não é adequado para comandar a guarnição.

— O senhor Æthelred... — começou ele.

— Está mijando nas calças na Ânglia Oriental — interrompi — e se perguntando como vai voltar para casa. E só colocou você no comando porque você é um escroto lambe-cu puxa-saco em quem ele confiava, assim como confiava em Haesten. Foi Haesten quem garantiu a vocês que tinha capturado a família de Cnut, não foi?

Alguns homens murmuraram uma confirmação. O bispo não disse nada.

— Haesten — continuei — é um pedaço de merda traiçoeiro e enganou vocês. Ele sempre serviu a Cnut, mas todos acreditaram nele porque seus padres com miolos de bosta garantiram que Deus estava do seu lado. Bom, agora está. Ele me enviou, e eu trouxe para vocês a mulher e os filhos de Cnut, e além disso estou com raiva.

Levantei-me ao dizer as últimas palavras, saí do tablado e fui na direção de Wulfheard.

— Estou com raiva — repeti —, porque você queimou minhas construções. Tentou fazer aquela turba me matar. Disse que qualquer homem que me matasse ganharia a graça de Deus. Está lembrado disso, seu pedaço de bosta de rato rançoso?

Wulfheard não disse nada.

— Você me chamou de abominação. Está lembrado?

Tirei Bafo de Serpente da bainha. Ela fez um som raspado, surpreendentemente alto, enquanto a lâmina comprida passava pela boca da bainha. Wulfheard emitiu um som de pavor bem baixo e deu um passo atrás, para a proteção de quatro padres que evidentemente eram seus seguidores, mas não o ameacei, apenas virei a espada e projetei a empunhadura na direção dele.

— Pronto, seu peido de sapo — eu disse. — Mereça a graça de Deus matando uma abominação pagã. — Ele me encarou perplexo. — Mate-me, sua lesma com bile nos miolos.

— Eu... — começou Wulfheard, depois hesitou e deu mais um passo atrás.

Segui-o, e um dos padres, um rapaz, moveu-se para me impedir.

— Toque em mim e derramo suas tripas no chão — alertei. — Sou o matador de padres, lembra? Sou um pária de Deus. Sou uma abominação. Sou o homem que você odeia. Mato padres como outros homens esmagam vespas. Sou Uhtred. — Olhei de volta para Wulfheard e empurrei a espada para ele de novo. — Então, sua fuinha manca — desafiei —, você tem coragem de me matar? — Ele balançou a cabeça e continuou sem dizer nada. — Sou o homem que matou o abade Wihtred. — Esperei, vendo o medo no rosto do bispo, e foi então que me lembrei da estranha reação dos gêmeos quando o padre Wissian entrara na grande câmara em Ceaster. Virei-me para Æthelflaed. — Você me disse que o abade Wihtred veio da Nortúmbria?

— Veio.

— E de repente começou a pregar sobre santo Osvaldo?

— O bendito santo Osvaldo era nortumbriano — declarou o bispo, como se isso fosse aplacar minha raiva.

— Eu sei quem ele era! — rosnei. — E ocorreu a algum de vocês que Cnut convenceu o abade Wihtred a vir para o sul? Cnut governa a Nortúmbria, ele queria que o exército mércio fosse levado para a Ânglia Oriental, por isso atraiu-o para lá, com promessas do cadáver milagroso de um santo morto. Wihtred era um homem dele! Os filhos de Cnut o chamavam de tio. — Eu não sabia se isso era verdade, claro, mas parecia muito provável. Cnut tinha sido esperto. — Vocês são idiotas, todos vocês! — Ofereci a espada a Wulfheard outra vez. — Mate-me, sua bosta de lesma — mandei, mas ele apenas balançou a cabeça. — Então vai me pagar pelos danos que causou em Fagranforda. Vai me pagar em ouro e prata e vou reconstruir meus salões, meus celeiros e meus abrigos para o gado às suas custas. Você vai me pagar, não vai?

Ele fez que sim. Não tinha muita escolha.

— Bom! — falei animado. Em seguida enfiei Bafo de Serpente de novo na bainha e retornei ao tablado. — Minha senhora Æthelflaed — falei muito formalmente.

— Meu senhor Uhtred — respondeu ela com igual formalidade.

— Quem deve comandar aqui?

Ela hesitou, olhando os mércios.

— Merewalh é um dos melhores — disse ela.

— E a senhora? — indaguei. — Por que não comanda?

— Porque irei aonde o senhor for — respondeu ela com firmeza. Os homens no salão se remexeram desconfortavelmente, mas ninguém disse nada. Pensei em contradizê-la, depois decidi que era melhor não desperdiçar o fôlego. Em vez disso falei:

— Merewalh, você está encarregado da guarnição. Duvido que Cnut vá atacá-lo porque pretendo atraí-lo para o norte, mas posso estar errado. Quantos guerreiros treinados há na cidade?

— Cento e quarenta e seis — respondeu Æthelflaed. — Na maioria, meus. Alguns eram seus.

— Todos irão comigo — avisei. — Merewalh, você pode ficar com dez de seus homens, o restante irá comigo. E posso mandar chamá-lo quando souber que a cidade está em segurança, porque odiaria que você perdesse a oportunidade de estar na batalha. Ela vai ser cruel. Bispo! Gostaria de lutar contra os pagãos?

Wulfheard apenas me encarou. Sem dúvida estava rezando para que seu deus pregado mandasse um raio que me fulminasse, mas a divindade não fez isso.

— Então me deixe dizer o que está acontecendo — continuei, andando sobre o tablado enquanto falava. — O jarl Cnut trouxe mais de 4 mil homens à Mércia. Ele está destruindo a Mércia, queimando e matando, e Æthelred — deliberadamente não o chamei de senhor — precisa voltar para encerrar a destruição. Quantos homens Æthelred possui?

— Mil e quinhentos — murmurou alguém.

— E se ele não voltar — continuei —, Cnut vai caçá-lo na Ânglia Oriental. Provavelmente é isso que está fazendo agora. Está caçando Æthelred e espera destruí-lo antes que os saxões ocidentais venham para o norte. Portanto, nosso objetivo é afastar Cnut de Æthelred e mantê-lo ocupado enquanto os saxões ocidentais reúnem seu exército e marcham para se juntar a Æthelred. Quantos homens Eduardo pode trazer? — perguntei a Osferth.

— Entre 3 e 4 mil.

— Bom! — Sorri. — Vamos suplantar Cnut em número e rasgar suas tripas para depois dá-las aos cachorros.

O ealdorman Deogol, um homem de raciocínio lento que possuía terras próximas, ao norte de Gleawecestre, franziu a testa para mim.

— Você vai levar homens para o norte?

— Sim.

— E quase todos os guerreiros treinados — prosseguiu ele, em tom de acusação.

— Sim — respondi.

— Mas há dinamarqueses cercando a cidade — gemeu ele.

— Eu entrei na cidade e posso sair.

— E se eles virem os guerreiros treinados saírem — sua voz estava subindo de tom —, o que vai impedi-los de atacar?

— Ah, eles vão embora amanhã — eu disse. — Não contei isso? Eles vão embora e vamos queimar seus navios.

— Eles vão embora? — perguntou Deogol, incrédulo.

— Vão — respondi. — Eles vão partir.

E esperava estar certo.

— Você foi severo com o bispo Wulfheard — comentou Æthelflaed naquela noite. Estávamos na cama. Presumi que fosse a cama do marido dela e não me importei. — Você foi muito severo com ele.

— Não o suficiente.

— Ele é um homem bom.

— Ele é um earsling — retruquei. Ela suspirou. — Ælfwynn tornou-se uma moça bonita — continuei.

— Ela tem a cabeça nas nuvens — disse a mãe com aspereza.

— Mas é uma cabeça muito bonita.

— E ela sabe disso. E se comporta como uma idiota. Eu deveria ter tido filhos homens.

— Sempre gostei de Ælfwynn.

— Você gosta de todas as moças bonitas — declarou ela, desaprovando.

— Gosto, sim, mas amo você.

— E Sigunn, e meia dúzia de outras.

— Só meia dúzia?

Ela me beliscou por causa disso.

— Frigg é bonita.

— Não é possível dizer o quanto Frigg é bonita — declarei.

Æthelflaed pensou nisso, depois concordou relutante.

— É, é verdade. E Cnut virá por causa dela?

— Ele virá por minha causa.

— Você é um homem tão humilde!

— Eu feri o orgulho dele. Ele virá.

— Os homens e seu orgulho.

— Você quer que eu seja humilde?

— Seria o mesmo que esperar que a lua desse uma cambalhota. — Ela inclinou a cabeça e beijou meu rosto. — Osferth está apaixonado. É muito tocante.

— Por Ingulfrid?

— Gostaria de conhecê-la.

— Ela é inteligente — eu disse. — Muito inteligente.

— Osferth também, e ele merece alguém inteligente.

— Vou mandá-lo de volta para seu irmão. — Osferth tinha ido para o norte depois de levar a mensagem a Eduardo, e Eduardo o enviara a Gleawecestre para ordenar que Æthelflaed voltasse a Wessex, uma ordem que, previsivelmente, ela havia ignorado. Osferth chegara a Gleawecestre apenas algumas horas antes que os dinamarqueses desembarcassem ao sul da cidade, e agora precisava retornar para apressar os saxões ocidentais. — Seu irmão está reunindo o exército?

— É o que diz Osferth.

— Mas ele vai trazê-lo para o norte? — pensei em voz alta.

— Ele precisa trazer — disse Æthelflaed em um tom soturno.

— Vou dizer para Osferth chutar a bunda de Eduardo.

— Osferth não fará isso. Ele vai ficar feliz em voltar a Wessex; deixou sua dama em Wintanceaster.

— E eu deixei a minha em Gleawecestre.

— Eu sabia que você iria voltar. — Ela se remexeu ao meu lado, a mão pequena acariciando meu peito.

— Pensei em me juntar a Cnut.

— Não, não pensou.

— Ele queria que eu fosse seu aliado — contei. — Mas em vez disso preciso matá-lo. — Pensei em Cuspe de Gelo, a espada de Cnut, e em sua famosa habilidade; senti um tremor.

— Você vai conseguir.

— Vou. — Imaginei se a idade teria deixado Cnut mais lento. Será que ela havia me deixado mais lento?

— O que você vai fazer com o menino?

— O filho de Ingulfrid? Vendê-lo de volta ao pai quando tiver resolvido a situação com Cnut.

— Osferth disse que você quase capturou Bebbanburg.

— Quase não é o bastante.

— É, acho que não. O que você teria feito se conseguisse? Ficaria lá?

— E nunca mais sairia.

— E eu?

— Mandaria alguém buscar você.

— Meu lugar é aqui. Agora sou mércia.

— Não vai existir uma Mércia enquanto não matarmos Cnut — falei com sinceridade.

Æthelflaed ficou em silêncio por um longo tempo.

— E se ele vencer? — perguntou ela por fim.

— Então mil navios virão do norte para se juntar a ele, homens virão da Frísia e todo nórdico que desejar terras trará uma espada, e eles vão atravessar o Temes.

— E não existirá Wessex.

— Nem Wessex nem Anglaterra.

Como esse nome soava estranho! Era o sonho do pai dela. Fazer um reino chamado Anglaterra. Anglaterra. Adormeci.

Quarta parte

Cuspe de Gelo

Onze

Os dinamarqueses decidiram não sair de Gleawecestre.

A decisão não foi de Bjorgulf, ou pelo menos pensei que não, mas ele devia ter mandado uma mensagem para o leste em busca de ordens ou conselhos porque, na manhã seguinte, um destacamento de dinamarqueses cavalgou em direção às muralhas de Gleawecestre. Chegaram a cavalo, seus garanhões abrindo caminho entre as ruínas das casas que foram desmanteladas abaixo da fortificação. Eram seis homens ao todo, tendo à frente um porta-estandarte que carregava um galho cheio de folhas como sinal de que estavam lá para falar, e não lutar. Bjorgulf era um deles, mas ficou para trás e deixou que outro homem falasse, um sujeito alto e de testa proeminente, com barba ruiva comprida e trançada, cheia de nós e pequenos anéis de prata pendurados. Vestia cota de malha e tinha uma espada à cintura, mas não usava elmo e não carregava escudo. Seus braços brilhavam com braceletes de guerra, e uma corrente com pesados elos de ouro pendia do pescoço. Ele sinalizou para os companheiros pararem a cerca de vinte passos do fosso, depois avançou sozinho até chegar à beirada, onde conteve o cavalo e olhou para as ameias.

— Você é o senhor Uhtred? — gritou para mim.

— Sou Uhtred.

— Sou Geirmund Eldgrimson.

— Ouvi falar de você — eu disse, e era verdade. Ele era um dos líderes de batalha de Cnut, um homem com reputação de ser intrépido e selvagem. Suas propriedades, eu sabia, ficavam no norte da Nortúmbria, e ele ganhara fama lutando contra os escoceses, que constantemente desciam para o sul a fim de roubar, estuprar e devastar.

— O jarl Cnut manda seus cumprimentos — disse Geirmund.

— Você levará meus cumprimentos de volta a ele — respondi com a mesma cortesia.

— Ele ouviu dizer que você estava morto. — Geirmund acariciou a crina de seu cavalo com a mão enluvada.

— Também ouvi.

— E lamentou a notícia.

— Lamentou? — questionei com surpresa.

Geirmund me ofereceu uma careta que supus ser uma tentativa de sorriso.

— Ele queria o prazer de matá-lo pessoalmente — explicou. Falava em tom afável, não querendo provocar uma troca de insultos. Pelo menos por enquanto.

— Então ficará satisfeito em saber que estou vivo — declarei igualmente afável.

Geirmund concordou.

— Mas o jarl não vê necessidade de lutar contra você e lhe manda uma proposta.

— Que ouvirei com grande interesse.

Geirmund fez uma pausa, observando à esquerda e à direita. Estava examinando a muralha, vendo o fosso e as estacas, e avaliando o número de lanças posicionadas acima do alto parapeito romano. Deixei-o olhar porque queria que visse como essas defesas eram formidáveis. Ele me olhou de volta.

— O jarl Cnut lhe oferece o seguinte — continuou ele. — Em troca da mulher e dos filhos incólumes ele retornará às próprias terras.

— Oferta generosa — comentei.

— O jarl é um homem generoso — disse Geirmund.

— Eu não comando aqui, mas vou falar com os líderes da cidade e trazer a resposta em uma hora.

— Aconselho-o a aceitar a oferta. O jarl é generoso, mas não é paciente.

— Uma hora — repeti, então recuei para sair da vista dele.

E isso era interessante, pensei. Cnut havia mesmo feito essa oferta? Nesse caso, não tinha a intenção de cumpri-la. Se eu entregasse Frigg e seus filhos, perderíamos a pequena vantagem que possuíamos sobre ele, e como resultado sua violência iria dobrar. Portanto, a oferta era falsa, disso eu tinha certeza, mas ela ao menos fora feita pelo próprio Cnut? Minha suspeita era de que ele e seu exército principal estavam do outro lado da Mércia, esperando para esmagar a força menor de Æthelred quando ela saísse da Ânglia Oriental. Se essa suspeita estivesse correta, não haveria a possibilidade de um mensageiro tê-lo alcançado e retornado a Gleawecestre em um dia, desde a minha chegada. Suspeitei que Geirmund inventara a oferta.

O bispo Wulfheard, claro, acreditava no contrário.

— Se Cnut voltar para a própria terra — disse ele —, obtivemos a vitória que desejamos sem derramar sangue.

— Vitória? — questionei em dúvida.

— Os pagãos terão saído de nossa terra! — explicou o bispo.

— Após deixá-la devastada.

— Deve haver compensação, claro. — O bispo compreendeu meu argumento.

— Você é um idiota tirador de meleca — falei. Estávamos reunidos no salão de novo, onde eu contara aos thegns e aos clérigos presentes a oferta dinamarquesa. Então expliquei que aquilo era um ardil. — Cnut está a quilômetros daqui — avisei. — Ele está em algum lugar na fronteira com a Ânglia Oriental, e Geirmund não teve tempo de mandar um mensageiro e receber uma resposta, por isso inventou a oferta. Está tentando nos enganar para entregarmos a família de Cnut, e precisamos convencê-lo a sair de Gleawecestre.

— Por quê? — perguntou um homem. — Quero dizer, se eles estiverem aqui, saberemos sua localização, e a cidade é forte.

— Porque a frota de Cnut está aqui — respondi. — Se as coisas ficarem ruins para ele, e planejo que fiquem bem ruins, ele vai recuar para os barcos. Cnut não quer perder 168 navios. Mas, se queimarmos essas embarcações, ele vai recuar para o norte, onde o quero.

— Por quê? — perguntou o homem de novo. Era um dos thegns de Æthelred, o que significava que não gostava de mim. Toda a Mércia saxã estava dividida entre os que seguiam Æthelred e os que apoiavam sua esposa afastada, Æthelflaed.

— Porque neste momento — respondi com raiva — o exército dele está entre as forças de Æthelred e o exército do rei Eduardo, e enquanto Cnut não se mover as duas forças não podem se juntar, por isso preciso tirá-lo do caminho.

— O senhor Uhtred sabe o que está fazendo — comentou Æthelflaed, censurando delicadamente o sujeito.

— Você disse a ele que mataria as crianças se não saíssem. — Quem falou foi um dos padres de Wulfheard.

— Uma falsa ameaça — respondi.

— Falsa? — O bispo pareceu irritado.

— Sei que isso vai deixá-los atônitos — eu disse —, mas tenho a reputação de não matar mulheres e crianças. Talvez por ser pagão, e não cristão.

Æthelflaed suspirou.

— Mas ainda temos que afastar os dinamarqueses de Gleawecestre — continuei. — A não ser que eu mate um dos gêmeos, Geirmund não vai se mover.

Eles entendiam isso. Podiam não gostar de mim, mas não podiam questionar meus argumentos.

— A menina, então — sugeriu o bispo Wulfheard.

— A menina? — perguntei.

— Ela é menos valiosa — explicou ele e, quando não respondi, tentou explicar: — É uma menina!

— Então simplesmente a matamos? — perguntei.

— Não foi isso que você sugeriu?

— Você faria isso? — perguntei a ele.

O bispo Wulfheard abriu a boca, descobriu que não tinha o que dizer, por isso fechou-a de novo.

— Nós não matamos crianças pequenas — declarei. — Esperamos até elas crescerem, então matamos. Bom. Como vamos convencer Geirmund a ir embora? — Ninguém tinha uma resposta. Æthelflaed estava me observando cautelosamente. — Então? — perguntei.

— Pagamos a ele? — sugeriu debilmente o ealdorman Deogol. Não respondi nada e ele olhou ao redor, procurando apoio. — Guardamos o tesouro do senhor Æthelred, então podemos pagar a ele.

— Pague a um dinamarquês para que vá embora — falei — e ele volta no dia seguinte para ser pago de novo.

— Então o que vamos fazer? — perguntou Deogol em tom lamentoso.

— Matar a menina, claro — respondi. — Bispo. — Olhei para Wulfheard. — Seja útil. Fale com os padres da cidade e descubra se alguma menina morreu na última semana. Se tiver morrido, desenterrem-na. Digam aos pais que ela vai virar santa, ou anjo, ou o que os fizer felizes. Depois levem o corpo à muralha, mas não deixem os dinamarqueses verem! Merewalh?

— Senhor?

— Arranje-me um leitão. Leve à muralha, mas mantenha abaixo do parapeito para que os dinamarqueses não saibam que está lá. Finan? Você vai levar Frigg e os gêmeos à muralha.

— Leitão — disse o bispo Wulfheard em tom de escárnio.

Encarei-o, depois levantei a mão para conter Merewalh, que já ia sair do salão.

— Talvez não precisemos de um leitão — eu disse lentamente, como se estivesse acabando de ter uma ideia. — Por que desperdiçar um porquinho quando temos um bispo disponível?

Wulfheard saiu correndo.

E Merewalh pegou o leitão.

Geirmund estava esperando, mas agora quase vinte outros homens se juntaram a ele. Seus cavalos estavam amarrados a cem passos do fosso e os dinamarqueses se encontravam muito mais perto, todos num clima animado. Serviçais tinham levado cerveja, pão e carne para eles, e havia meia dúzia de meninos, provavelmente filhos dos guerreiros que se somaram a Geirmund para testemunhar o confronto com Uhtred de Bebbanburg, cuja reputação não incluía matar mulheres e crianças. Geirmund estava mastigando uma coxa de ganso quando apareci, mas ele jogou-a longe e foi andando em direção à muralha.

— Chegaram a uma decisão? — gritou ele.

— Você me forçou a uma decisão — respondi.

Ele sorriu. Geirmund não era um homem acostumado a sorrir, por isso aquilo mais pareceu um rosnado, mas pelo menos ele tentou.

— Como falei — observou ele —, o jarl é misericordioso.

— E vai abandonar a Mércia saxã?

— Ele prometeu!

— E vai pagar uma compensação pelos danos causados à terra do senhor Æthelred?

Geirmund hesitou, depois fez que sim.

— Haverá compensação, tenho certeza. O jarl é um homem razoável.

E você, pensei, é um desgraçado mentiroso.

— Então, o jarl vai nos pagar em ouro e retornar às suas terras? — perguntei.

— É o desejo dele, mas só se você devolver a família incólume.

— Eles não foram feridos nem molestados — garanti. — Juro pelo cuspe de Tor. — E cuspi para mostrar a sinceridade da promessa.

— Fico feliz em saber — disse Geirmund, e cuspiu para mostrar que aceitava minha promessa. — E o jarl também ficará satisfeito. — Ele tentou sorrir de novo porque Frigg e os dois filhos tinham acabado de aparecer na alta muralha. Estavam acompanhados por Finan e cinco homens. Frigg parecia apavorada e exoticamente linda. Usava um vestido de linho emprestado por Æthelflaed. Ele era tingido com um amarelo claríssimo, e os gêmeos se agarravam à bela saia. Geirmund fez uma reverência para ela. — Senhora — saudou ele formalmente, depois me olhou. — Não seria melhor, Uhtred, se você permitisse que a dama e seus filhos saíssem pelo portão?

— Pelo portão? — perguntei, fingindo não entender.

— Você não pode esperar que eles nadem nesse fosso imundo, não é?

— Não — respondi. — Vou jogá-los para você.

— Você vai... — começou ele, depois ficou em silêncio porque eu havia agarrado a menina, Sigril, e agora a segurava à minha frente. Ela gritou de terror e sua mãe tentou saltar para ela, mas foi contida por Finan. Eu estava com o braço esquerdo em volta do pescoço de Sigril, prendendo-a, e tirei uma faca do cinto com a mão direita.

— Vou jogá-la para você em pedaços — gritei para Geirmund, e agarrei os compridos cabelos de Sigril. — Segure-a — ordenei a Osferth.

Enquanto ele a segurava, cortei os cabelos dela, passando a faca pelos fios e jogando-os por cima da muralha, para que fossem apanhados pelo vento. A menina gritava maravilhosamente e eu a forçava para baixo, sobre as pedras onde o parapeito a escondia de Geirmund. Apertei sua boca com a mão e acenei para o homem escondido lá, e ele cravou uma faca no pescoço do leitão. O bicho deu um berro e o sangue jorrou. Os dinamarqueses, do outro lado da muralha, só viram o sangue e escutaram o guincho aterrorizado, depois assistiram a Rolla baixar um machado com força.

A criança morta estava amarelada, parecendo de cera, e fedia. Rolla havia cortado uma perna, e o cheiro era igual ao covil do Estripador de Cadáveres. Ele se abaixou, manchou a perna cortada com o sangue do leitão e jogou-a por cima da muralha. Ela bateu no fosso, então Rolla cortou outro pedaço, desta vez um braço.

— Ah, santa mãe de Deus! — exclamou Osferth debilmente. Frigg estava lutando, sua boca se abrindo e fechando com terror, os olhos arregalados. Seu vestido bonito estava sujo de sangue, e para os dinamarqueses que olhavam devia parecer que ela era forçada a ver a filha ser trucidada diante dos próprios olhos. Na verdade, o que a apavorava era o horror de ver aquele cadáver meio podre, com líquido escorrendo, ser esquartejado. Seu filho gritava. Eu continuava com a mão sobre a boca de Sigril, e a cadelinha me mordeu com força suficiente para tirar sangue.

— A cabeça é a próxima — gritei para Geirmund. — Depois vamos matar o menino, e então vamos nos divertir com a mãe.

— Pare! — gritou ele.

— Por quê? Estou me divertindo! — Usei a mão livre para jogar por cima da muralha o pé que restava da criança morta. Rolla levantou o machado que fora encharcado com sangue do leitão. — Corte a cabeça dela — ordenei em voz alta.

— O que você quer? — gritou Geirmund.

Levantei a mão para conter Rolla.

— Quero que pare de dizer mentiras — respondi a Geirmund. Chamei Osferth e ele se ajoelhou ao meu lado, pondo a mão na boca de Sigril. Ela conseguiu dar um gritinho quando minha mão saiu de seus lábios, antes que a palma de Osferth a apertasse, mas nenhum dinamarquês pareceu notar. Eles só viam a terrível perturbação de Frigg e o medo absoluto do menino. Fiquei de pé sobre o sangue do leitão e olhei para Geirmund. — Você não tinha promessa nenhuma de Cnut, e ele não mandou mensagem nenhuma! Ele está longe demais! — Geirmund não falou nada, mas seu rosto revelou que eu tinha dito a verdade. — Mas vai mandar agora uma mensagem a ele! — Eu estava gritando, de modo que todos os companheiros de Geirmund me ouvissem. — Digam ao jarl Cnut que a filha dele está morta e que o filho vai morrer também, se não saírem daqui em uma hora. Vão embora! Todos vocês! Vão embora agora! Subam para os morros e mais longe ainda. Saiam deste lugar. Se eu vir um dinamarquês perto de Gleawecestre dentro de uma hora vou dar o menino para meus cachorros e prostituir a mulher dele para o prazer de meus homens. — Segurei o braço de Frigg e puxei-a sobre o parapeito, de modo que os dinamarqueses vissem aquele vestido bonito estampado com manchas de sangue. — Se não tiverem ido embora dentro de uma hora, a mulher do jarl Cnut vai virar nossa puta. Entenderam? Vão para o leste, subam os morros! — Apontei naquela direção. — Vão ao jarl Cnut e digam que a mulher e o filho dele serão devolvidos incólumes se ele voltar para a Nortúmbria. Digam isso! Agora vão! Ou então vejam o corpo de Cnut Cnutson ser devorado por cães!

Eles acreditaram. Foram embora.

E assim, naquela próxima hora, enquanto um sol pálido amortalhado por nuvens subia em direção ao zênite, vimos os dinamarqueses saírem de Gleawecestre. Cavalgaram para o leste, em direção às montanhas Coddeswold, e os cavaleiros eram seguidos por uma multidão de mulheres, crianças e serviçais a pé. A perna da criança morta boiara até a margem do fosso, onde dois corvos fizeram um banquete.

— Enterre a criança de novo — ordenei a um padre — e mande os pais a mim.

— Ao senhor?

— Para que eu lhes dê ouro — expliquei. — Vão. — Em seguida, olhei para meu filho, que observava os dinamarqueses em retirada. — A arte da guerra — contei a ele — é levar o inimigo a fazer o que você quer.

— Sim, pai — respondeu ele, obediente.

Meu filho ficara perturbado com o sofrimento frenético e silencioso de Frigg, mas nesse momento eu supunha que Æthelflaed já teria acalmado a pobre coitada. Havia mutilado o cabelo da pequena Sigril, mas ele cresceria de novo, e eu lhe dera um favo transbordando de mel, como consolo.

Assim, pelo preço de um leitão e do cabelo de uma menininha tínhamos afastado os dinamarqueses de Gleawecestre, e, assim que foram embora, levei cem homens até onde seus barcos estavam atracados no rio. Alguns tinham sido puxados para a terra, mas a maioria estava amarrada à margem do Sæfern. Queimamos todos, a não ser uma embarcação menor. Um a um os navios pegaram fogo e as chamas subiram pelas cordas de cânhamo. Os altos mastros despencaram fazendo estrondos em explosões de fagulhas e fumaça, e os dinamarqueses viram tudo aquilo. Eu podia ter dito para Geirmund ir até o território mais elevado, mas sabia que ele deixaria alguns homens nos vigiando, e eles veriam sua frota se transformar em cinzas que tornaram o rio escuro enquanto seguia para desembocar no mar. Barco após barco pegou fogo, as proas de dragão vomitando chamas, a madeira estalando e os cascos sibilando enquanto os navios afundavam. Mantive o único navio flutuando e puxei Osferth de lado.

— Esse navio é seu — declarei.

— Meu?

— Pegue uma dúzia de homens e reme descendo o rio. Depois suba pelo Afen. Leve Rædwulf. — Rædwulf era um dos meus homens mais antigos. Era lento e inabalável, nascera e fora criado em Wiltunscir e conhecia os rios de lá. — O Afen vai levá-lo para o interior de Wessex, e quero você lá rapidamente! — Era por isso que não queimara esse barco; a jornada seria muito mais rápida por água do que por terra.

— O senhor quer que eu vá até o rei Eduardo — disse Osferth.

— Quero que calce suas botas mais pesadas e chute a bunda dele com força! Diga para ele levar seu exército para o norte do Temes, mas que deve ficar atento a Æthelred vindo do leste. O ideal seria eles se juntarem. Depois devem marchar para Tameworþig. Não sei onde estaremos nem onde Cnut vai estar, mas estou tentando atraí-lo para o norte, para as terras dele.

— Tameworþig? — perguntou Osferth.

— Vou começar com Tameworþig e seguir para o nordeste, e ele virá atrás de mim. Irá depressa, e vai me suplantar em números, numa proporção de vinte ou trinta para um, por isso preciso de Eduardo e Æthelred.

Osferth franziu a testa.

— Então por que não fica em Gleawecestre, senhor?

— Porque Cnut pode colocar quinhentos homens aqui para nos manter presos e fazer o que quiser enquanto coçamos o traseiro. Não posso deixar que ele me encurrale num burh. O jarl precisa me perseguir. Vou levá-lo numa dança, e você precisa trazer Eduardo e Æthelred para participar dela.

— Entendo, senhor — disse ele. Em seguida se virou e olhou os barcos pegando fogo e a monstruosidade de fumaça escurecendo o céu acima do rio. Dois cisnes passaram, indo para o sul, e os considerei um bom presságio.

— Senhor? — perguntou Osferth.

— O quê?

— O menino. — Ele parecia sem graça.

— O filho de Cnut?

— Não, o de Ingulfrid. O que o senhor fará com ele?

— O que farei? Eu gostaria de cortar o pescocinho miserável dele, mas vou me contentar em vendê-lo de volta ao pai.

— Prometa que não vai feri-lo, senhor, nem vendê-lo como escravo.

— Prometer a você?

Osferth pareceu desafiador.

— É importante para mim, senhor. Alguma vez já lhe pedi um favor?

— Já. Você pediu que eu o salvasse de virar padre, e fiz isso.

— Então estou pedindo um segundo favor, senhor. Por favor, deixe-me comprar o menino.

Gargalhei.

— Você não pode pagar por ele.

— Vou pagar, senhor, nem que demore o resto de minha vida. — Ele me encarou, sério. — Juro, senhor, pelo sangue de nosso Salvador.

— Vai me pagar em ouro?

— Nem que leve a vida inteira para fazê-lo, senhor, vou pagar.

Fingi pensar na oferta, depois balancei a cabeça.

— Ele não está à venda, a não ser para o pai. Mas vou dá-lo a você.

Osferth me olhou. Não tinha certeza se ouvira corretamente.

— Vai me dar? — perguntou debilmente.

— Traga-me o exército de Eduardo e eu lhe dou o menino.

— Vai mesmo? — perguntou pela segunda vez.

— Juro pelo martelo de Tor que vou lhe dar o menino se me trouxer o exército de Eduardo.

— Verdade, senhor? — Ele parecia satisfeito.

— Coloque essa bunda magra naquele barco e vá. E sim. Mas só se me trouxer Eduardo e Æthelred. Ou só Eduardo. E, se não os trouxer, o menino é seu de qualquer modo.

— É meu?

— Sim, porque eu estarei morto. Agora vá.

Os navios queimaram durante a noite. Geirmund teria visto o céu do oeste iluminado e saberia que tudo havia mudado. Seus mensageiros cavalgariam para o leste, até Cnut, dizendo a ele que sua frota tinha virado cinzas e que sua filha estava morta, e que Uhtred de Bebbanburg estava à solta no oeste.

O que significava que a dança da morte estava para começar.

E, na manhã seguinte, quando o céu ainda estava manchado pela fumaça do incêndio, cavalgamos para o norte.

Duzentos e sessenta e nove guerreiros partiram de Gleawecestre.

E uma guerreira. Æthelflaed insistiu em nos acompanhar e, quando ela insistia, nem todos os deuses de Asgard podiam dissuadi-la. Eu tentei. Seria o mesmo que tentar mudar o curso de uma tempestade peidando na frente dela.

Levamos Frigg também, junto do filho, da filha de cabelos malcortados e dos serviçais, além de uns vinte rapazes cujo serviço era cuidar dos cavalos de reserva. Um desses meninos era Æthelstan, o filho mais velho do rei Eduardo, ainda que não fosse seu herdeiro. Eu insistira em deixá-lo sob os cuidados de Merewalh e do bispo Wulfheard, em segurança atrás das muralhas romanas de

Gleawecestre, mas depois de 25 quilômetros pela estrada o vi galopando num cavalo cinza através de uma campina, disputando corrida com outro menino.

— Você! — gritei, e ele deu meia-volta no garanhão e instigou-o até mim.

— Senhor? — perguntou ele, com inocência.

— Ordenei que ficasse em Gleawecestre — rosnei.

— E fiquei, senhor — retrucou ele, respeitosamente. — Sempre obedeço ao senhor.

— Eu deveria espancá-lo até você sangrar, seu mentiroso imundo.

— Mas o senhor não disse quanto tempo eu deveria ficar — reagiu ele em tom de reprovação. — Por isso fiquei alguns minutos e então vim atrás. Mas obedeci ao senhor. Fiquei.

— E o que seu pai vai dizer quando você morrer? Diga, sua excrescência.

Æthelstan fingiu pensar na pergunta, em seguida me encarou com sua expressão mais inocente.

— Provavelmente vai agradecer ao senhor. Os bastardos são uma inconveniência.

Æthelflaed gargalhou e precisei me conter para não rir também.

— Você é uma inconveniência abominável — eu disse. — Agora saia da minha vista e volte para onde seus amigos estão.

Æthelflaed sorriu.

— Ele tem espírito.

— Um espírito que vai fazer com que seja morto, mas provavelmente isso não importa. Estamos todos condenados mesmo.

— Estamos?

— Somos 269 homens e uma mulher, enquanto Cnut tem entre 4 e 5 mil homens. O que você acha?

— Acho que ninguém vive para sempre.

E por algum motivo pensei em Iseult nesse momento, em Iseult, a Rainha das Sombras, nascida na escuridão e que recebera o dom da profecia, ou pelo menos era o que ela tinha dito. Também dissera que Alfredo me daria poder, que eu tomaria de volta meu lar no norte, que minha mulher seria uma mulher de ouro e eu comandaria exércitos que esmagariam a terra com seu tamanho e poder. Duzentos e sessenta e nove homens. Eu ri.

— Você está rindo porque eu vou morrer? — perguntou Æthelflaed.

— Porque quase nenhuma das profecias se realizou.

— Que profecias?

— Foi-me prometido que seu pai me daria poder, que eu retomaria Bebbanburg, que comandaria exércitos capazes de escurecer a terra e que sete reis morreriam. Tudo falso.

— Meu pai lhe deu poder.

— Deu — concordei. — E tomou de volta. Ele me emprestou. Eu era um cachorro e ele segurava a coleira.

— E você vai retomar Bebbanburg — declarou ela.

— Eu tentei e fracassei.

— E vai tentar de novo — disse ela, confiante.

— Se sobreviver.

— Se sobreviver, e você vai sobreviver.

— E os sete reis?

— Saberemos quem são quando morrerem.

Os homens que me abandonaram em Fagranforda estavam de volta agora. Tinham servido a Æthelred desde minha partida, mas um a um foram até mim e juraram lealdade outra vez. Estavam sem graça. Sihtric gaguejou sua explicação, que interrompi.

— Você estava com medo — eu disse.

— Com medo?

— De ir para o inferno.

— O bispo disse que seríamos amaldiçoados para sempre, nós e nossos filhos. E Ealhswith falou... — Sua voz ficou no ar.

Ealhswith havia sido uma prostituta, e das boas. Sihtric tinha se apaixonado por ela e, contra meu conselho, casara-se. Por acaso ele estava certo e eu errado, porque o casamento foi feliz; mas parte do preço que precisou pagar foi se tornar cristão e, pelo que parecia, um cristão que temia a esposa tanto quanto o fogo do inferno.

— E agora? — perguntei.

— Agora, senhor?

— Tem certeza de que não vai ser amaldiçoado agora? Você voltou para meu comando.

Ele deu um sorriso rápido.

— Agora é o bispo que está com medo, senhor.

— E deveria estar mesmo. Os dinamarqueses vão obrigá-lo a comer os próprios bagos, depois vão virá-lo pelo avesso, e não será rápido.

— Ele nos deu a absolvição, senhor — Sihtric gaguejou com a palavra complicada —, e disse que não seríamos condenados se seguíssemos o senhor.

Gargalhei diante disso, então lhe dei um tapa nas costas.

— Fico feliz por você estar aqui, Sihtric. Preciso de você!

— Senhor — foi tudo o que ele conseguiu dizer.

Eu precisava de Sihtric. Precisava de cada homem. Acima de tudo, precisava que Eduardo de Wessex se apressasse. Assim que Cnut decidisse mudar de planos, caso decidisse mudá-los, iria se mover com a velocidade de um relâmpago. Seus homens, todos montados, trovejariam através da Mércia. Seria uma caçada selvagem com milhares de caçadores, e eu seria a presa.

Mas primeiro precisaria atraí-lo, portanto cavalgamos para o norte, de volta ao território dinamarquês. Eu sabia que estávamos sendo seguidos. Geirmund Eldgrimson teria homens nos perseguindo, e pensei em dar meia-volta para confrontá-los, mas achei que eles simplesmente se afastariam caso nos vissem ameaçá-los. Então que nos seguissem. Demoraria dois ou três dias para qualquer notícia de nosso paradeiro alcançar Cnut e mais dois ou três para suas forças nos alcançarem; eu não tinha a intenção de permanecer no mesmo lugar durante mais de um dia. Além disso, queria que Cnut me encontrasse. O que não queria era que ele me pegasse.

Entramos na Mércia dinamarquesa e começamos incêndios. Queimamos salões, celeiros e choupanas. Onde quer que um dinamarquês morasse pusemos fogo. Enchemos o céu com fumaça. Deixávamos um sinal, indicando aos dinamarqueses nossa localização, mas movendo-nos rápido após cada incêndio, de modo que parecesse que estávamos em toda parte. Não encontramos oposição. Os homens dessas propriedades foram convocados para o exército de Cnut, deixando os velhos, os jovens e as mulheres. Não matei os que ficaram para trás nem seus animais. Dávamos alguns minutos para as pessoas saírem de casa, em seguida usávamos suas lareiras para pôr fogo na palha. Outras pessoas viam a fumaça e fugiam antes de chegarmos, então revirávamos o solo ao redor das construções abandonadas procurando sinais de escavações apressadas. Desse modo encontramos dois tesouros, e um deles era um buraco fundo cheio de pesadas tigelas e jarras de prata que partimos em pedaços. Lembro-me de uma dessas tigelas, grande o suficiente para caber a cabeça de um porco, enfeitada com jovens de pernas nuas dançando. Seguravam guirlandas e eram ágeis, graciosas e sorridentes, como se dançassem de puro júbilo numa clareira.

— Deve ser romana — eu disse a Æthelflaed. Ninguém que eu conhecesse poderia fazer uma coisa tão delicada.

— É romana — respondeu ela, apontando para as palavras gravadas ao redor da borda.

Li em voz alta, tropeçando nas sílabas pouco familiares.

— *Moribus et forma conciliandus amor*. E o que isso significa?

Ela deu de ombros.

— Não sei. A não ser *amor*, acho. Os padres devem saber.

— Estamos abençoadamente carentes de padres — falei. Dois nos acompanharam porque a maioria dos homens era cristã e queria que houvesse padres com eles.

Æthelflaed passou um dedo pela borda da tigela.

— É linda. Uma pena quebrá-la.

Mesmo assim a quebramos, retalhando-a com os machados. A antiga obra de um artesão, um objeto de beleza elegante, foi transformada em prata picada, e prata picada era muito mais útil do que uma tigela com dançarinas seminuas. A prata picada era fácil de carregar e era dinheiro. A tigela rendeu pelo menos trezentas peças, que distribuímos, e depois continuamos cavalgando.

Dormíamos em bosques, ou então em salões abandonados que queimávamos de manhã. Nunca faltava comida. A colheita fora terminada e havia grãos, legumes e animais. Durante uma semana inteira percorremos as terras de Cnut, comemos sua comida e queimamos seus salões, e nenhum me deu tanto prazer quanto destruir seu grande salão de festas em Tameworþig.

Havíamos percorrido o campo ao norte dessa cidade, no interior do território de Cnut, mas então seguimos para o sul, onde os rios se encontravam e o antigo rei Offa construíra seu salão magnífico na colina fortificada de Tameworþig. Lanceiros tomavam conta da paliçada de madeira, mas eram poucos, provavelmente todos velhos ou feridos, e não tentaram resistir. Enquanto vínhamos do norte, eles fugiram pela ponte romana que atravessava o Tame e sumiram em direção ao sul.

Reviramos o alto e antigo salão, procurando prata ou algo melhor, mas não encontramos nada. Os pratos de festa eram de barro, os chifres para bebidas não eram decorados, e os tesouros, se houvesse algum, tinham sumido. Saxões moravam na cidade construída logo ao norte do morro onde ficava o grande salão e nos disseram que homens carregaram quatro carroças cheias de bens para o leste, apenas dois dias antes. Esses homens haviam esvaziado o salão, deixando apenas as galhadas e os crânios, e até os depósitos de comida estavam praticamente vazios. Usamos prata picada para comprar pão, carne defumada e peixe salgado das pessoas da cidade, e naquela noite dormimos no salão de Cnut, mas me certifiquei de que houvesse sentinelas no muro e outras na ponte romana que levava ao sul.

E de manhã pusemos fogo no salão do rei Offa. Teria sido mesmo dele? Não sei; sei apenas que estava enegrecido pela idade, que o rei fizera o forte ali e devia ter tido um salão dentro dos muros. Talvez o salão tivesse sido reconstruído desde sua morte, mas, independentemente de quem o tenha erigido, agora ele ardia. Estava em chamas. Pegou fogo com uma velocidade selvagem, as madeiras antigas parecendo abraçar esse destino, e recuamos espantados enquanto as altas traves caíam liberando fagulhas, fumaça e mais chamas. Homens deviam ter visto o incêndio a 80 quilômetros de distância. Nunca vi um salão queimar tão ferozmente nem tão rápido. Ratos fugiam, pássaros voavam em pânico da palha e o calor nos expulsou para a cidade, onde nossos cavalos estavam presos em cercados.

Tínhamos acendido um sinal para desafiar os dinamarqueses, e, na manhã seguinte, enquanto os incêndios ainda ardiam e a fumaça pairava num vento frio e úmido, posicionei duzentos homens no muro voltado para o rio. Partes do muro haviam queimado, e boa parte do que sobrou estava chamuscado, porém para qualquer um que viesse do sul do rio aquilo pareceria uma fortaleza ferozmente defendida. Uma fortaleza de fumaça. Levei o restante de meus homens para a ponte e esperamos lá.

— O senhor acha que ele vem? — perguntou meu filho.

— Acredito que sim. Hoje ou amanhã.

— E vamos lutar com ele aqui?

— O que você faria?

Uhtred fez uma careta.

— Podemos defender a ponte — declarou ele com incerteza. — Mas Cnut pode atravessar o rio mais acima ou abaixo. A água não é muito funda.

— Então você lutaria com ele aqui?

— Não.

— Então não lutaremos — falei. — Quero que ele pense que vamos lutar, mas não vamos.

— Então onde?

— Diga você.

Ele pensou por um tempo.

— O senhor não quer voltar para o norte — disse ele, por fim —, porque isso nos leva para longe do rei Eduardo.

— Se é que ele está vindo.

— E o senhor não pode ir para o sul — continuou ele, ignorando meu pessimismo. — E ir para o leste põe Cnut entre nós e Eduardo, então precisamos ir para o oeste.

— Está vendo? — eu disse. — É fácil quando a gente pensa.

— E ir para o oeste nos leva em direção aos galeses.

— Então vamos esperar que aqueles desgraçados estejam dormindo.

Uhtred olhou para as algas verdes e compridas balançando languidamente no rio. Ele franzia a testa.

— Mas por que não ir para o sul? — perguntou depois de um tempo. — Por que não tentamos nos juntar ao exército de Eduardo?

— Se ele estiver vindo — respondi. — E não sabemos se está.

— Se não estiver, não há esperança — replicou ele, sério. — Então suponha que esteja a caminho. Por que não nos juntamos a ele?

— Você acabou de dizer que não podemos.

— Mas e se partirmos agora? Se viajarmos rápido?

Eu pensara em fazer isso. Poderíamos de fato ir depressa para o sul, em direção ao exército saxão ocidental que eu esperava estar seguindo para o norte, mas não podia ter certeza de que Cnut já não tivesse bloqueado o caminho, ou que não iria nos interceptar na estrada, e nesse caso eu seria forçado a travar uma batalha num local escolhido por ele, não por mim. Por isso iríamos para o oeste, torcendo para que os galeses estivessem bêbados e dormindo.

A ponte romana era feita de quatro arcos de pedra e estava em condições surpreendentemente boas. No centro, engastada em um dos parapeitos, havia uma grande laje de calcário onde estavam gravadas as palavras *pontem perpetui mansurum in saecula*, e de novo eu não fazia ideia do que isso significava, no entanto a palavra *perpetui* sugeria que a ponte fora feita para durar eternamente. Nesse caso era uma inverdade, porque meus homens quebraram um dos arcos centrais. Usamos marretas enormes e o trabalho tomou a maior parte do dia, porém eventualmente as pedras antigas estavam todas no leito do rio. Unimos a abertura com pedaços de madeira trazidos da cidade. Usamos mais madeira para fazer uma barreira na extremidade norte da ponte, e atrás dessa barreira formamos nossa parede de escudos.

E esperamos.

E no dia seguinte, enquanto o sol afundava escarlate no oeste, Cnut chegou.

Os batedores de Cnut chegaram primeiro, cavaleiros em animais pequenos e leves que podiam viajar depressa. Alcançaram o rio e simplesmente ficaram lá, observando-nos, todos menos um pequeno grupo que cavalgou ao longo da margem do Tame, provavelmente para descobrir se havíamos posto homens para barrar o trecho de travessia seguinte, rio acima.

O grosso das forças de Cnut chegou cerca de uma hora depois dos batedores e cobriu a terra, uma horda de cavaleiros usando cota de malha e elmos, os escudos redondos enfeitados com corvos, machados, martelos e falcões. E quase todos possuíam sacolas ou bolsas penduradas nas selas: o saque da Mércia. Elas continham os itens valiosos, a prata, o âmbar e o ouro, enquanto o restante do saque estaria em animais de carga atrás do vasto exército que lançava sombras compridas à medida que avançava para a ponte.

Eles pararam a cinquenta passos da passagem para deixar que Cnut avançasse. Ele trajava uma cota de malha polida a ponto de parecer prata. Usava uma capa branca e montava um cavalo cinza. Com ele estava seu amigo próximo, Sigurd Thorrson, e, enquanto Cnut era todo prata e branco, Sigurd estava escuro. Seu cavalo era preto, a capa era negra e o elmo possuía plumas de corvo no topo. Ele me odiava e eu não o culpava. Odiaria qualquer homem que matasse meu filho. Sigurd era grande, musculoso, erguendo-se acima de seu cavalo poderoso, e, ao lado dele, Cnut parecia magro e pálido. Mas, dos dois, eu temia mais Cnut. Ele era rápido como uma serpente, esperto como uma doninha, e sua espada, Cuspe de Gelo, era uma famosa bebedora de sangue.

Atrás dos dois jarls estavam porta-estandartes. A bandeira de Cnut mostrava o machado e a cruz partida, enquanto a do jarl Sigurd exibia um corvo em voo. Havia uma centena de outros estandartes no exército, mas procurei apenas um e o achei. O símbolo do crânio esbranquiçado de Haesten estava no alto de um mastro no centro do exército. Então ele estava lá, mas não fora convidado a acompanhar Cnut e Sigurd.

Os estandartes da cruz partida e do corvo em voo pararam junto à extremidade sul da ponte, enquanto os dois jarls cavalgavam em nossa direção. Eles estiveram os cavalos pouco antes do caminho de madeira. Æthelflaed, de pé ao meu lado, tremia. Ela odiava os dinamarqueses e agora estava a poucos metros dos dois jarls mais formidáveis da Britânia.

— Farei o seguinte — começou o jarl Cnut sem qualquer saudação ou mesmo insulto. Falava em uma voz racional, como se apenas estivesse combinando um festejo ou uma corrida de cavalos. — Vou capturar você vivo, Uhtred de Bebbanburg, e mantê-lo vivo. Vou amarrá-lo entre dois postes para que as pessoas possam zombar de você, e mandarei meus homens usarem sua mulher diante de seus olhos até não restar mais nada para fazer com ela. — Ele encarou Æthelflaed com seus olhos pálidos e frios. — Vou deixar você nua, mulher, e lhe dar aos meus homens, até aos escravos, e você, Uhtred de Bebbanburg, vai vê-la morrer. Depois vou partir para você. Eu sonhei com isso, Uhtred de Bebbanburg. Sonhei em cortar você pedaço por pedaço até que não tenha mãos, nem pés, nem nariz, nem orelhas, nem língua, nem hombridade. Em seguida vamos arrancar sua pele, centímetro a centímetro, e esfregar sal em sua carne e ouvir seus gritos. Os homens vão mijar em você e as mulheres vão rir de você, que verá tudo, porque pouparei seus olhos. Mas eles irão embora. E então você também irá, e assim terminará a história de sua vida miserável.

Não falei nada quando ele terminou. O rio borbulhava sobre as pedras partidas da ponte.

— Já perdeu a língua, seu desgraçado sujo de merda? — rosnou o jarl Sigurd.

Sorri para Cnut.

— Bom, por que você faria isso comigo? — perguntei. — Eu não fiz o que pediu? Não descobri quem pegou sua mulher e seus filhos?

— Uma criança — declarou Cnut com fervor. — Uma menininha! O que ela fez? E vou encontrar sua filha, Uhtred de Bebbanburg, e quando ela tiver dado prazer a todos os meus homens que quiserem usá-la, vou matá-la como você matou minha filha! E, se eu encontrá-la antes de sua morte, você vai testemunhar isso também.

— Então você vai fazer com ela o que fiz com sua filha? — indaguei.

— É uma promessa — respondeu Cnut.

— Verdade?

— Juro — disse ele, tocando o martelo pendurado sobre sua cota de malha que brilhava como prata.

Fiz um sinal. A parede de escudos atrás de mim se abriu e meu filho trouxe a filha de Cnut até a barreira. Ele segurava a mão dela.

— Pai! — gritou Sigril, tentando se soltar de meu filho.

Peguei a menina com ele.

— Desculpe pelos cabelos dela — eu disse a Cnut. — E provavelmente machuquei-a um pouco ao cortá-lo, porque a faca não estava tão amolada quanto gostaria. Mas cabelos crescem de novo e ela vai estar linda como sempre daqui a alguns meses.

Peguei a menina no colo, passei-a por cima da barricada e deixei-a ir. Ela correu até Cnut, e vi o júbilo e o alívio no rosto dele. O jarl se inclinou e estendeu a mão para ela, agarrando-a, e ele levantou-a até sua sela. Abraçou-a, depois me olhou, perplexo.

— Já perdeu a língua, seu desgraçado sujo de merda? — perguntei em tom agradável, em seguida sinalizei de novo, e desta vez Frigg teve permissão de passar pela parede de escudos. Ela correu até a barreira, olhou para mim e eu lhe dei permissão. Então passou por cima, soltando um soluço incoerente, e correu para o lado de Cnut, que pareceu ainda mais atônito enquanto ela agarrava sua perna e o couro do estribo, grudando-se a eles como se sua vida dependesse daquilo. — Ela não foi maltratada — avisei. — Nem ao menos tocada.

— Você... — começou ele.

— Foi fácil enganar Geirmund. Só precisamos de um leitão e um cadáver. E isso bastou para afastá-lo, assim pudemos queimar seus navios. Os seus também — acrescentei para Sigurd. — Mas acho que você sabe disso.

— Sabemos mais, seu bosta de porco — disse Sigurd. Ele levantou a voz de modo que os homens atrás de mim pudessem ouvir. — Eduardo de Wessex não vem — gritou ele. — Ele decidiu se encolher atrás das muralhas de sua cidade. Você estava esperando que ele viesse resgatá-lo?

— Resgatar? — perguntei. — Por que eu desejaria compartilhar a glória da vitória com Eduardo de Wessex?

Cnut continuava me encarando. Não disse nada. Apenas Sigurd falava.

— Æthelred ainda está na Ânglia Oriental — gritou ele —, porque teme sair de trás dos rios e encontrar um dinamarquês.

— Isso parece do feitio de Æthelred — respondi.

— Você está sozinho, seu desgraçado sujo de merda. — Sigurd estava quase tremendo de raiva.

— Tenho meu vasto exército — retruquei, apontando para a pequena parede de escudos atrás de mim.

— Seu exército? — rosnou Sigurd, depois ficou em silêncio porque Cnut havia estendido a mão e o silenciado ao tocar seu braço repleto de argolas de ouro.

Cnut ainda apertava a filha com força.

— Você pode ir — disse ele.

— Ir? — perguntei. — Para onde?

— Eu lhe dou a vida — falou ele, e tocou de novo o braço de Sigurd para silenciar o protesto.

— Minha vida não é sua para você dar — respondi.

— Vá, senhor Uhtred — insistiu Cnut, quase implorando. — Vá para o sul, para Wessex, leve seus homens. Simplesmente vá.

— Você sabe contar, jarl Cnut? — perguntei.

Ele sorriu.

— Você tem menos de trezentos homens. Quanto a mim? Não posso contar meus homens. São grãos de areia numa praia enorme. — Ele apertou a filha com um dos braços e estendeu a outra mão para acariciar o rosto de Frigg. — Agradeço por isso, senhor Uhtred, mas vá.

Sigurd resmungou. Ele queria minha morte, mas concordaria com qualquer coisa que Cnut sugerisse.

— Perguntei se você sabia contar — repeti a Cnut.

— Eu sei contar — respondeu ele, perplexo.

— Então talvez se lembre de que tinha dois filhos. Uma menina e um menino, lembra? E ainda estou com o menino. — Diante disso ele se encolheu. — Se você ficar na Mércia saxã ou atacar Wessex — continuei —, talvez termine só com uma filha, não é?

— Posso fazer mais filhos — replicou ele, mas sem muita convicção.

— Volte para suas terras e seu filho será devolvido.

Sigurd começou a falar, com a voz raivosa, no entanto Cnut o conteve.

— Vamos conversar de manhã — avisou ele, então virou seu cavalo.

— Vamos conversar de manhã — concordei, e os vi cavalgar para longe, com Frigg correndo entre os dois.

Só que não conversaríamos de manhã, porque assim que se afastaram mandei meus homens chutarem o caminho de madeira de cima da ponte e em seguida partimos.

Fomos para o oeste.

E eu sabia que Cnut nos seguiria.

Doze

Eduardo de Wessex havia decidido ficar atrás das paredes de seu burh? Eu podia muito bem acreditar que Æthelred estava encolhido na Ânglia Oriental porque, se tentasse voltar à Mércia, ficaria diante de um inimigo muito maior e provavelmente a ideia de enfrentar dinamarqueses em batalha o apavorava, mas Eduardo simplesmente abandonaria a Mércia às forças de Cnut? Era possível. Seus conselheiros eram homens cautelosos, temiam todos os nórdicos, mas confiavam que os fortes muros dos burhs de Wessex eram capazes de resistir a qualquer ataque. Não eram idiotas, contudo. Sabiam que, se Cnut e Sigurd capturassem a Mércia e a Ânglia Oriental, milhares de guerreiros chegariam do outro lado do mar, todos ansiosos para se refestelar com a carcaça de Wessex. Caso Eduardo esperasse atrás de suas muralhas, seus inimigos ficariam mais fortes. Ele não enfrentaria 4 mil dinamarqueses, e sim 10 ou 12 mil. Seria suplantado pelos números.

Mas era possível que tivesse decidido permanecer na defensiva.

Por outro lado, o que mais o jarl Sigurd me diria? Ele não diria que os saxões ocidentais marchavam. Ele queria me inquietar, e eu sabia disso, mas ainda estava inquieto.

E o que mais eu poderia dizer aos meus homens, senão que Sigurd havia mentido? Eu só podia parecer confiante.

— Sigurd tem a língua engordurada de uma doninha — falei a eles. — E é claro que Eduardo está vindo!

E fugíamos, cavalgando para o oeste através da noite. Quando eu era jovem, gostava da noite. Aprendi sozinho a não temer os espíritos que assombram a escuridão, a andar como uma sombra pelas sombras, a ouvir o grito de uma raposa, o chamado de uma coruja e a não tremer. Ela é o domínio dos mortos, e os vivos a temem, mas naquela noite cavalgamos pelo escuro como se pertencêssemos a ele.

Chegamos primeiro a Liccelfeld. Eu conhecia bem a cidade. Foi lá que havia jogado o cadáver do traiçoeiro Offa num riacho. Offa, que treinava seus cães, vendia notícias e fazia o papel de amigo, e que depois tentou me trair. Era uma cidade saxã, porém ficava praticamente imperturbada pelos dinamarqueses que viviam ao redor, e presumi que a maioria dos saxões, como o defunto Offa, comprava essa paz pagando tributo aos dinamarqueses. Alguns provavelmente estavam no exército de Cnut e sem dúvida foram à sepultura de são Chad na grande igreja de Liccelfeld e rezaram pela vitória do jarl. Os dinamarqueses permitiam igrejas cristãs, mas, se eu tentasse construir um templo dedicado a Odin em terras saxãs, os padres cristãos iriam afiar suas facas de estripar. Eles cultuam um deus ciumento.

Morcegos sobrevoavam em círculos os telhados da cidade. Cães latiam enquanto passávamos e eram silenciados por pessoas temerosas com a sensatez de sentir medo do som de cascos na noite. Os postigos permaneceram fechados. Atravessamos o riacho onde eu tinha jogado Offa e me lembrei dos gritos agudos de sua mulher. A lua estava quase cheia, prateando a estrada que agora subia em colinas baixas cobertas pela floresta. As árvores lançavam sombras duras e pretas. Cavalgávamos em silêncio, a não ser pelas pancadas dos cascos e o tilintar dos arreios. Seguíamos a estrada romana que ia de Liccelfeld para o oeste, um caminho que seguia reto como uma lança, atravessando os morros baixos e os vales amplos. Já havíamos cavalgado antes por esta estrada, não com frequência, mas até mesmo ao luar o terreno parecia conhecido.

Finan e eu paramos no topo de uma colina nua, de onde olhamos para o sul enquanto os cavaleiros passavam pela estrada atrás de nós. Uma longa encosta coberta de restolho de plantação descia à nossa frente, e para além dela havia uma floresta escura e mais montes, e em algum lugar distante era possível ver um pequeno brilho de fogueira. Virei-me para o leste, olhando na direção de onde tínhamos vindo. Havia uma claridade no céu? Eu queria enxergar alguma prova de que Cnut ficara em Tameworþig, que seu exército enorme esperava o alvorecer antes de marchar, mas não conseguia avistar fogueiras clareando o horizonte.

— O desgraçado está nos seguindo — resmungou Finan.

— Provavelmente.

Porém, longe, ao sul, havia uma claridade. Pelo menos pensei que havia. Era difícil dizer, porque estava muito distante, e talvez fosse apenas um truque da escuridão. Um salão pegando fogo? Ou as fogueiras de acampamento de um exército afastado? Um exército que eu apenas torcia que estivesse lá? Finan também olhou, e soube o que ele estava pensando, ou o que estava esperando, e ele sabia que eu estava pensando e esperando a mesma coisa, mas não disse nada. Julguei por um momento que a claridade tinha aumentado, mas não podia ter certeza. Às vezes há luzes no céu noturno, grandes lençóis de claridade que ondulam e tremem como água, e me perguntei se aquilo seria um dos brilhos misteriosos que os deuses fazem cascatear pela escuridão, mas quanto mais olhava, menos via. Apenas noite, o horizonte e as árvores negras.

— Percorremos um longo caminho desde aquele navio de escravos — comentou Finan, pensativo.

Imaginei o que o fazia se lembrar daqueles dias distantes, então percebi que ele estava pensando que seus dias terminariam em breve. Um homem diante da morte faz bem em olhar para trás, para a vida.

— Você faz com que isso pareça o fim — censurei-o.

Ele sorriu.

— Como você diz? Wyrd bið ful āræd?

— Wyrd bið ful āræd — repeti.

O destino é inexorável. E, justo neste momento, enquanto olhávamos pensativos para a escuridão na qual esperávamos ver luz, as três Nornas estavam tecendo os fios de minha vida ao pé da grande árvore. E uma delas segurava uma tesoura. Finan ainda olhava para o sul, esperando, mesmo sem esperanças, que houvesse uma claridade no céu anunciando a presença de outro exército, porém aquele horizonte estava escuro sob as estrelas.

— Os saxões ocidentais sempre foram cautelosos — disse Finan, pesaroso.

— Menos quando você os liderava.

— E Cnut não é cauteloso.

— E está vindo atrás de nós. — Finan olhou de novo para o leste. — Estão uma hora atrás de nós?

— Os batedores devem estar, sim, mas Cnut vai levar a maior parte da noite para fazer seu exército atravessar o rio.

— Mas assim que tiver atravessado... — começou Finan, sem terminar.

— Não podemos fugir para sempre — declarei —, mas vamos retardá-los.

— Ainda teremos duzentos ou trezentos homens mordendo nosso rabo ao amanhecer — observou Finan.

— É mesmo, e, o que quer que aconteça, vai acontecer amanhã.

— Então precisamos encontrar um local para lutar.

— Exatamente, e retardá-los esta noite. — Dei uma última olhada para o sul, porém decidi que a claridade estivera apenas em meus sonhos.

— Se me lembro bem — Finan virou seu cavalo para o oeste —, há um antigo forte nesta estrada.

— Há, mas é grande demais para nós.

O forte era romano, quatro muros de terra cercando um grande espaço quadrado onde duas estradas se encontravam. Eu não me lembrava de nenhum povoado na encruzilhada, só dos restos da poderosa fortaleza. Por que a teriam construído? Suas estradas eram assombradas por ladrões?

— É grande demais para defendermos — concordou Finan —, mas podemos retardar os desgraçados lá.

Seguimos a coluna para o oeste. Eu girava constantemente na sela, procurando os perseguidores, mas não via ninguém. Cnut devia saber que tentaríamos fugir e mandaria que homens em cavalos leves atravessassem o rio com a ordem de descobrir nossa localização. A tarefa deles era nos rastrear para que Cnut pudesse nos seguir e esmagar. O jarl estava com pressa, e também estaria com raiva; não de mim, mas de si mesmo. Ele havia abandonado sua caçada a Æthelred e agora devia saber que não tinha sido uma boa decisão. Suas forças estiveram devastando a Mércia durante dias, mas ainda não derrotara nenhum exército saxão, e esses exércitos estavam se fortalecendo, talvez até marchando, e o tempo corria contra ele. Mas eu o havia distraído. Tinha tomado sua família, queimado seus navios e destruído seus salões. Ele havia se voltado contra mim em fúria, só para descobrir que fora enganado e que a mulher e os filhos estavam vivos. Se tivesse algum bom senso me abandonaria, visto que eu não era o inimigo que ele precisava derrotar. Cnut precisava massacrar o exército de Æthelred e depois ir para o sul, trucidar os saxões ocidentais de Eduardo, mas eu suspeitava que continuaria me perseguindo. Eu estava perto demais, era tentador demais, me matar concederia mais reputação ainda ao jarl e ele sabia que nosso pequeno bando de guerreiros era uma presa fácil. Matar-nos, resgatar seu filho, depois virar para o sul e travar a guerra de verdade. Ele só demoraria um dia para nos esmagar, depois poderia cuidar do inimigo maior.

E minha única esperança de viver era se esse exército maior não estivesse sendo cauteloso, e sim marchando para me ajudar.

O grande forte estava negro com as sombras lançadas pela lua. Era um lugar imenso, uma fortificação de terra construída em terreno baixo onde as duas estradas se cruzavam. Supus que um dia existiram construções de madeira onde os soldados romanos eram aquartelados, mas agora os muros cheios de capim não cercavam nada além de um grande pasto habitado por um rebanho de vacas. Esporeei passando pelo fosso raso e por cima do muro baixo, sendo recebido por dois cães rosnando que foram rapidamente silenciados pelo vaqueiro. Ele se ajoelhou ao ver meu elmo e minha cota de malha. Baixou a cabeça, pôs as mãos no pescoço dos cães que rosnavam e tremeu de medo.

— Como você chama este lugar? — perguntei.

— O forte antigo, senhor — respondeu ele, sem levantar a cabeça.

— Há uma aldeia?

— Mais adiante. — Ele virou a cabeça para o norte.

— Qual é o nome dela?

— A gente chama de Pencric, senhor.

Lembrei-me do nome quando ele mencionou.

— E há um rio aqui? — perguntei, lembrando-me da última vez em que estivera nesta estrada.

— Mais adiante — indicou ele, virando a cabeça abaixada para o oeste.

Joguei-lhe uma lasca de prata.

— Mantenha seus cães em silêncio — ordenei.

— Nem um som, senhor. — Ele olhou a prata no capim enluarado, depois levantou o rosto para mim. — Deus o abençoe, senhor — declarou, então viu meu martelo. — Que os deuses o protejam, senhor.

— Você é cristão? — indaguei.

Ele franziu a testa.

— Acho que sim, senhor.

— Então seu deus me odeia, e você também vai odiar se seus cães fizerem algum barulho.

— Eles vão ficar quietinhos como camundongos, senhor. Sem barulho, juro.

Mandei a maioria de meus homens para o oeste, mas com instruções de virar para o sul quando chegassem ao rio próximo, que, se me lembrava bem, não era fundo nem largo.

— Apenas sigam o rio para o sul — eu disse — e nos encontraremos.

Eu queria que Cnut pensasse que estávamos fugindo para o oeste, indo para o abrigo dúbio dos morros galeses, mas na verdade as marcas de cascos revelariam nossa virada para o sul. Mesmo assim, se lhe criasse o menor dos atrasos, isso ajudaria, porque eu precisava de todo o tempo possível, e assim meus cavaleiros desapareceram para o oeste, em direção ao rio, enquanto eu ficava com cinquenta homens atrás dos barrancos cobertos de capim do forte antigo. Usávamos armas leves, lanças ou espadas, embora Wibrund, o frísio, carregasse um machado, por ordem minha.

— É difícil lutar a cavalo com um machado, senhor — tinha resmungado ele.

— Você vai precisar — eu respondera. — Então fique com ele.

Não esperamos muito. Talvez menos de uma hora tenha se passado antes que cavaleiros aparecessem na estrada a leste. Estavam com pressa.

— Dezesseis — disse Finan.

— Dezessete — corrigiu meu filho.

— Deveriam ter mandado mais — falei.

Vigiei a estrada distante para o caso de mais homens saírem da floresta afastada. Haveria mais homens chegando, e logo, porém, esses 16 ou 17 correram à frente, ansiosos para nos encontrar e informar a Cnut. Deixamos que chegassem perto, então esporeamos os cavalos por cima da barreira de terra. Finan levou vinte homens para o leste, na intenção de impedir a retirada deles, enquanto eu guiava o restante diretamente para os guerreiros que se aproximavam.

Matamos a maioria. Não foi difícil. Eram idiotas, cavalgavam imprudentes, não esperavam encrenca, estavam em menor número e morreram. Alguns escaparam para o sul, depois viraram para o leste, em pânico. Gritei para Finan deixar que fossem embora.

— Agora, Wibrund — falei —, corte a cabeça deles. Seja rápido.

O machado caiu 11 vezes. Jogamos os cadáveres decapitados no antigo fosso do forte, mas arrumamos as cabeças atravessando a estrada romana, com os olhos mortos virados para o leste. Aqueles olhos saudariam os homens de Cnut e, eu suspeitava, iriam sugerir que algo maligno e enfeitiçado fora feito. Eles farejariam magia e hesitariam.

Só me dê tempo, rezei a Tor, só me dê tempo.

E continuamos cavalgando para o sul.

Alcançamos o restante de meus homens e seguimos pelo alvorecer. Pássaros cantavam em toda parte, aquela jubilosa canção do novo amanhecer. Odiei o som porque ele iniciava o dia em que eu achava que iria morrer. Mesmo assim continuávamos cavalgando para o sul, para o distante Wessex, e esperávamos, sem esperança, que os saxões ocidentais estivessem vindo em nossa direção.

Então simplesmente paramos.

Paramos porque os cavalos estavam cansados, nós estávamos cansados. Tínhamos cavalgado por colinas baixas e plácidas áreas agrícolas, e eu não encontrara nenhum lugar onde quisesse lutar. O que tinha esperado? Um forte romano suficientemente pequeno para ser defendido por meus 269 homens? Um forte numa colina conveniente? Um afloramento de rochas íngremes onde um homem poderia morrer de velhice enquanto seus inimigos permaneciam furiosos na base da rocha? Havia apenas campos de restolho, pastos com ovelhas, bosques de freixos e carvalhos, riachos rasos e encostas suaves. O sol subiu mais. O dia estava quente e nossos cavalos queriam água.

E tínhamos chegado ao rio, por isso simplesmente paramos.

O rio não era grande coisa, era basicamente um córrego tentando ser um rio. Seu único triunfo era parecer um fosso profundo, mas causaria problema a qualquer um que tentasse atravessá-lo. As margens do fosso eram íngremes e lamacentas, porém ficavam rasas e suaves onde a estrada cruzava a água. O vau não era fundo. Lá a corrente se espalhava e no centro a água preguiçosa mal chegava às coxas de um homem. A margem ocidental era ladeada por salgueiros podados, e mais para oeste ainda havia uma encosta baixa onde ficavam algumas casas pobres. Mandei Finan explorar aquele terreno mais elevado enquanto eu percorria a margem do rio para cima e para baixo. Não encontrei nenhum forte, nenhum morro íngreme, mas havia esse fosso com largura e profundidade apenas suficiente para diminuir o ímpeto de um ataque.

E assim paramos ali. Colocamos os cavalos numa área cercada por um muro de pedras, na margem oeste, e esperamos.

Poderíamos ter continuado para o sul, no entanto Cnut nos alcançaria cedo ou tarde, e no mínimo o rio iria reduzir sua velocidade. Pelo menos eu dizia isso a mim mesmo. Na verdade possuía poucas esperanças, e tive ainda menos quando Finan voltou da encosta baixa.

— Cavaleiros — anunciou ele sem preâmbulos. — A oeste.

— A oeste? — perguntei, achando que ele devia estar enganado.

— A oeste — insistiu Finan. Os homens de Cnut estavam a nordeste de nós e eu não esperava inimigos vindos do oeste. Ou melhor, torcia que nenhum inimigo surgisse do oeste.

— Quantos?

— Grupos de batedores. Não muitos.

— Homens de Cnut?

Ele deu de ombros.

— Não sei.

— O desgraçado não pode ter atravessado esta vala — eu disse, mas, claro, Cnut poderia ter feito exatamente isso.

— Não é uma vala — corrigiu Finan. — É o rio Tame.

Olhei a água lamacenta.

— Este é o Tame?

— Pelo menos foi o que os aldeões me disseram.

Dei uma risada amarga. Tínhamos cavalgado desde Tameworþig para acabarmos de volta nas cabeceiras do mesmo rio? Havia algo de inútil naquilo, algo que parecia adequado a este dia em que eu supunha que iria morrer.

— E como chamam este lugar? — perguntei.

— Parece que os desgraçados não sabem — respondeu ele, achando graça nisso. — Um homem chamou de Teotanheale, e a mulher dele disse que era Wodnesfeld.

Então era o vale de Teotta ou o campo de Odin, mas como quer que fosse chamado, ainda era o fim de nossa estrada, o lugar onde eu esperaria por um inimigo vingativo. E ele estava chegando. Agora os batedores eram visíveis do outro lado do vau, o que significava que havia cavaleiros a norte, a leste e a oeste de nós. Pelo menos cinquenta homens estavam na margem mais distante do Tame, embora ainda longe do rio, e Finan tinha visto mais cavaleiros a oeste, de forma que eu supunha que Cnut dividira seu exército, mandando alguns guerreiros para a margem oeste e outros para a leste.

— Ainda poderíamos ir para o sul — sugeri.

— Ele iria nos alcançar — retrucou Finan, desanimado — e lutaríamos em campo aberto. Pelo menos aqui podemos recuar para aquele morro. — Ele apontou para onde as pequenas choupanas coroavam o morro baixo.

— Queime-as — falei.

— Queimar?

— Queime as casas. Diga aos homens que é um sinal para Eduardo.

A crença de que Eduardo estava perto o bastante para ver a fumaça daria esperança aos meus poucos homens, e homens com esperança lutam melhor, em seguida olhei o cercado no qual os cavalos foram postos. Imaginava se deveríamos cavalgar para o oeste, abrir caminho pelos poucos batedores que espreitavam naquela direção e torcer para chegarmos a um terreno ainda mais elevado. Provavelmente era uma esperança leviana, então pensei em como era estranho o cercado dos cavalos ter um muro de pedras. Aquela era uma região de cercas vivas, mas alguém tivera o trabalho imenso de empilhar pedras pesadas para formar um muro baixo.

— Uhtred! — gritei para meu filho.

Ele correu até onde eu estava.

— Pai?

— Derrube aquele muro. Chame todos para ajudar e peguem pedras do tamanho da cabeça de um homem.

Ele me olhou boquiaberto.

— Da cabeça de um homem?

— Faça isso! Traga as pedras para cá, depressa! Rolla!

O grande dinamarquês se aproximou.

— Senhor?

— Vou subir o morro e você vai colocar pedras no rio.

— Vou?

Contei a ele o que pretendia e olhei-o rir.

— E certifique-se de que aqueles desgraçados — apontei para os batedores de Cnut, que esperavam a alguma distância a leste — não vejam o que está fazendo. Se chegarem perto parem o trabalho. Sihtric!

— Senhor?

— Estandartes aqui. — Apontei para o ponto onde a estrada seguia para o oeste, a partir do vau. Eu plantaria nossos estandartes ali, para mostrar a Cnut onde queríamos lutar. Para mostrar a Cnut onde eu morreria. — Senhora! — gritei para Æthelflaed.

— Não vou sair daqui — reclamou ela, teimosa.

— Eu pedi isso?

— Vai pedir.

Fomos até o morro baixo onde Finan e uma dúzia de homens gritavam para os aldeões esvaziarem suas cabanas.

— Peguem tudo que quiserem! — exclamou Finan. — Cachorros, gatos, até as crianças. Suas panelas, peneiras, tudo. Vamos queimar as casas! — Eldgrim carregava uma velha para fora de uma construção enquanto a filha dela gritava em protesto.

— Precisamos queimar as casas? — perguntou Æthelflaed.

— Se Eduardo estiver marchando — respondi desanimado —, ele precisa saber onde estamos.

— É, acho que sim — comentou ela simplesmente. Depois se virou para olhar em direção ao leste. Os batedores continuavam nos vigiando de uma distância segura, mas ainda não havia sinal da horda de Cnut. — O que vamos fazer com o menino?

Ela estava se referindo ao filho de Cnut. Dei de ombros.

— Ameaçaremos matá-lo.

— Mas você não vai fazer isso. E Cnut sabe.

— Eu poderia.

Æthelflaed gargalhou, um riso sem humor.

— Você não vai matá-lo.

— Se eu viver, ele ficará sem pai.

Ela franziu a testa, intrigada, depois entendeu o que eu queria dizer. Riu.

— Você acha que pode derrotar Cnut?

— Nós paramos — respondi. — Vamos lutar. Talvez seu irmão venha, não é? Ainda não estamos mortos.

— Então você vai criá-lo?

— O filho de Cnut? — Balancei a cabeça. — Provavelmente vou vendê-lo. Quando for escravo não haverá ninguém para dizer quem era seu pai. Ele não vai saber que é um lobo, vai achar que é um cachorrinho. — Se eu viver, pensei. E na verdade não esperava sobreviver àquele dia. — E você — toquei o braço de Æthelflaed — deveria ir para longe.

— Eu...

— Você é a Mércia! — reagi rispidamente. — Os homens a amam, a seguem! Se você morrer aqui, a Mércia perde o coração.

— E, se eu fugir, a Mércia é covarde.

— Você vai partir para viver mais um dia.

— E como vou embora? — perguntou ela.

Æthelflaed olhava para o oeste e vi os cavaleiros lá, apenas um punhado mas eles também nos vigiavam. Eram seis ou sete homens, todos a pelo menos 3 quilômetros de distância, porém conseguiam nos ver. E provavelmente havia outros mais perto. Se eu a mandasse embora, esses homens iriam persegui-la, e, caso a mandasse com uma escolta suficiente para passar por qualquer inimigo que encontrasse, só tornaria minha morte mais garantida.

— Leve cinquenta homens — eu disse. — Leve cinquenta homens e vá para o sul.

— Vou ficar.

— Se você for capturada... — comecei.

— Eles vão me estuprar e matar — respondeu ela calmamente, depois colocou um dedo na minha mão. — Isso se chama martírio, Uhtred.

— Isso se chama estupidez.

Ela não respondeu, apenas se virou e olhou para nordeste. Lá, enfim, estavam os homens de Cnut. Centenas e centenas de guerreiros escurecendo a terra, seguindo para o sul pela estrada que atravessava a fortaleza romana onde tínhamos deixado as cabeças cortadas. Os primeiros cavaleiros haviam quase chegado à curva da estrada que levava ao vau onde meus homens labutavam na água rasa. Rolla devia ter visto os inimigos porque chamou os homens de volta à margem oeste, onde faríamos nossa parede de escudos.

— Já ouviu falar da batalha da colina de Æsc? — perguntei a Æthelflaed.

— Claro. Meu pai adorava contar essa história.

A batalha da colina de Æsc fora travada muito tempo antes, quando eu era menino, e naquele dia de inverno eu estivera no exército dinamarquês, e tínhamos plena confiança na vitória. No entanto, o terreno gelado foi aquecido com o sangue de nosso povo e o ar frio se encheu com os gritos de comemoração dos saxões. Harald, Bagseg e Sidroc, o Jovem; Toki, o Capitão de Navio; todos nomes de meu passado, e todos morreram, assassinados pelos saxões ocidentais que, sob o comando de Alfredo, tinham esperado atrás de um fosso. Os padres, claro, atribuíam essa vitória ao seu deus pregado, mas na verdade o fosso derrotou os dinamarqueses. Uma parede de escudos só é forte enquanto permanecer intacta, escudo encostado em escudo, os homens ombro a ombro, uma parede de cota de malha, madeira, carne e aço, mas, se a parede se romper, a matança vem em seguida, e a travessia do fosso na colina de Æsc havia partido a parede dinamarquesa de maneira que os saxões realizaram um grande massacre.

E minha pequena parede de escudos era protegida por um fosso. Só que o fosso era interrompido pelo vau, e era ali, naquelas águas rasas, que iríamos lutar.

A primeira cabana irrompeu em chamas. A palha estava seca por baixo do musgo e as chamas estavam famintas. Ratos correram do teto enquanto meus homens levavam o fogo às outras casas. Eu estava mandando um sinal para quem? Para Eduardo? Que talvez ainda estivesse encolhido atrás das paredes de seu burh? Olhei para o sul, esperando sem esperanças ver cavaleiros se aproximando, mas havia apenas um falcão montando o vento alto acima dos campos e dos bosques vazios. O pássaro quase não se mexia, as asas tremendo, e então mergulhou, as asas dobradas, partindo para matar. Um mau presságio? Toquei meu martelo.

— Você deveria partir — recomendei a Æthelflaed. — Vá para o sul. Cavalgue depressa! Não pare em Gleawecestre, continue até Wessex. Vá para Lundene! Aquelas muralhas são fortes, mas se a cidade cair você pode pegar um navio para a Frankia.

— Meu estandarte está ali — respondeu ela, apontando para o vau. — E onde meu estandarte estiver eu estou.

Seu estandarte mostrava um ganso branco segurando uma cruz e uma espada. Era uma bandeira feia, mas o ganso era o símbolo de santa Werburgh, uma religiosa que um dia espantara um bando de gansos de uma plantação de trigo, feito que garantira sua santidade, e a espantadora de gansos era também a protetora de Æthelflaed. Ela precisaria trabalhar duro neste dia, pensei.

— Em quem você confia? — perguntei.

Ela franziu a testa.

— Em quem confio? Em você, claro, em seus homens, em meus homens, por quê?

— Encontre um homem em quem confie. — O fogo da casa mais próxima estava me aquecendo. — Diga para ele matá-la antes que os dinamarqueses a capturem. Diga para ficar atrás de você e dar o golpe na nuca. — Enfiei um dedo pelos cabelos dela para tocar a pele no ponto onde o crânio encontra a coluna. — Bem aqui — eu disse, apertando o dedo. — É rápido e indolor. Não seja uma mártir.

Æthelflaed sorriu.

— Deus está do nosso lado, Uhtred. Vamos vencer. — Ela falou de maneira peremptória, como se o que dizia estivesse fora de qualquer questionamento, e simplesmente a olhei. — Vamos vencer — repetiu ela —, porque Deus está conosco.

Que idiotas são esses cristãos.

Desci para o local de minha morte e olhei os dinamarqueses se aproximando.

A batalha tem um modo de acontecer. No fim das contas as paredes de escudos devem se encontrar, a matança começará, um lado vencerá e o outro será derrotado num tumulto de carnificina, mas antes das lâminas se chocarem e antes dos escudos se partirem, os homens precisam reunir coragem para o ataque. Os dois lados se olham, provocando e insultando um ao outro. Os jovens idiotas de cada exército fazem cabriolas à frente da parede e desafiam o inimigo para um combate homem a homem, comentam sobre as viúvas que planejam fazer e os órfãos que vão chorar a morte dos pais. E os jovens idiotas lutam e metade morre, enquanto a outra metade canta sua vitória sangrenta, mas ainda não há vitória de verdade porque as paredes de escudos não se encontraram. E a espera continua. Alguns homens vomitam de medo, outros cantam, alguns rezam, mas finalmente um lado avançará. Em geral é um avanço lento. Os homens se agacham atrás dos escudos, sabendo que lanças, machados e flechas vão recebê-los antes que os escudos se choquem, e só quando estão perto, perto mesmo, o atacante faz a carga. Então há um grande ruído, um rugido de raiva e medo, e os escudos se encontram como um trovão, as grandes lâminas descem, as espadas furam e os berros enchem o céu enquanto as duas paredes lutam até a morte. E é assim que a batalha acontece.

E Cnut violou o ritual.

Tudo começou do modo usual. Minha parede de escudos se encontrava à beira do vau, que não tinha mais de vinte passos de largura. Estávamos na margem oeste, os homens de Cnut chegaram do leste e apearam ao alcançarem a encruzilhada. Meninos pegaram os cavalos e os levaram até um pasto onde os guerreiros equiparam-se com seus escudos e procuraram seus companheiros de batalha. Eles vinham em grupos. Estava claro que tinham corrido e estavam espalhados pela estrada, mas os números cresciam rapidamente. Reuniram-se a cerca de quinhentos passos de nossa posição e formaram uma cabeça de porco. Eu havia esperado isso.

— Desgraçados confiantes — murmurou Finan.

— Você não estaria confiante?

— Provavelmente.

Finan estava à minha esquerda, meu filho à minha direita. Resisti à tentação de dar conselhos a Uhtred. Ele havia treinado a parede durante anos, sabia tudo que eu tinha para lhe ensinar, e repetir isso agora só revelaria meu nervosismo. Ele estava em silêncio. Apenas olhava o inimigo e sabia que em breve teria de enfrentar sua primeira batalha entre paredes de escudos. E, pensei, ele provavelmente morreria.

Tentei contar os inimigos que chegavam e calculei que a cabeça de porco teria uns quinhentos homens. Assim eles nos suplantavam numa proporção de dois para um, e mais homens chegavam. Cnut e Sigurd estavam lá, seus estandartes visíveis acima dos escudos. Podia ver Cnut porque ele ainda estava montado, seu cavalo claro em algum lugar no fundo da grande cunha de homens.

Uma cabeça de porco. Notei que nenhum homem avançara para olhar o vau, o que me revelou que conheciam este trecho de terreno, ou alguém de seu exército conhecia. Eles sabiam a respeito do rio em forma de fosso e que a estrada para o oeste tinha um vau raso fácil de ser atravessado, por isso não precisavam realizar qualquer exploração. Simplesmente avançariam, e Cnut os havia posicionado em cunha para tornar esse avanço impossível de ser contido.

Em geral a parede de escudos é reta. Duas linhas retas que se chocam e os homens lutam para romper a linha oposta, mas a cabeça de porco é uma cunha. Ela vem rápido. Os homens maiores e mais corajosos são postos na ponta e sua missão é atravessar a parede oposta como uma lança despedaçando uma porta. E, assim que nossa linha fosse rompida, a cunha iria se alargar enquanto retalhava nossas linhas, então meus homens morreriam.

E, para garantir isso, Cnut mandara homens atravessarem o rio ao norte de nós. Um menino desceu de um cavalo da encosta onde as casas queimavam para me trazer a má notícia.

— Senhor? — perguntou ele, nervoso.

— Qual é seu nome, rapaz?

— Godric, senhor.

— É filho de Grindan?

— Sim, senhor.

— Então seu nome é Godric Grindanson — eu disse. — E quantos anos você tem?

— Onze, senhor, acho.

Era um menino de nariz arrebitado e olhos azuis, trajando uma velha capa de couro que provavelmente havia pertencido a seu pai, porque era grande demais.

— E o que Godric Grindanson quer me contar?

Ele apontou um dedo trêmulo para o norte.

— Eles estão atravessando o rio, senhor.

— Quantos? E a que distância?

— Hrodgeir diz que são trezentos homens, senhor, e ainda estão longe, ao norte, e outros mais estão atravessando o tempo todo, senhor. — Hrodgeir era um dinamarquês que eu havia deixado no morro para ficar de olho no que o inimigo fazia. — E, senhor... — continuou Godric, até que sua voz falhou.

— Diga.

— Ele diz que há mais homens a oeste, senhor, centenas!

— Centenas?

— Estão no meio das árvores, senhor, e Hrodgeir diz que não consegue contá-los.

— Ele não tem dedos suficientes — comentou Finan.

Olhei o rapaz apavorado.

— Posso lhe dizer uma coisa a respeito das batalhas, Godric Grindanson?

— Sim, por favor, senhor.

— Um homem sempre sobrevive. Em geral é poeta, e o trabalho dele é escrever uma canção dizendo como todos os seus companheiros morreram corajosamente. Esse pode ser seu serviço hoje. Você é poeta?

— Não, senhor.

— Então vai ter de aprender. Portanto, quando nos vir morrendo, Godric Grindanson, cavalgue para o sul o mais rápido que puder, cavalgue como o vento até estar em segurança, e escreva um poema na cabeça, contando aos saxões que morremos como heróis. Você vai fazer isso por mim?

Ele assentiu.

— Volte para Hrodgeir — eu disse — e me avise quando vir os cavaleiros provenientes do norte ou do oeste se aproximando mais.

Ele foi. Finan riu.

— Os desgraçados estão nos cercando por três lados.

— Devem estar apavorados.

— Estão se cagando, provavelmente.

Eu estava esperando que Cnut cavalgasse até o vau, trazendo seus líderes guerreiros para desfrutar de seus insultos. Havia pensado em ter seu filho ao meu lado, com uma faca na garganta dele, mas rejeitei a ideia. Cnut Cnutson poderia ficar com Æthelflaed. Se o menino ficasse comigo eu só poderia ameaçá-lo, e, se Cnut me desafiasse a cortar a garganta dele, o que eu faria? Cortaria? Ainda teríamos de lutar. Deixaria que ele vivesse? Então Cnut me desprezaria por ser fraco. O menino servira a seu propósito, atraindo Cnut para longe das fronteiras da Ânglia Oriental até esse canto da Mércia, e agora precisava esperar a batalha para descobrir seu destino. Segurei o escudo com mais força e desembainhei Bafo de Serpente. Em quase todos os choques de escudos eu preferia Ferrão de Vespa, minha espada curta, que era extremamente mortal quando éramos forçados contra o abraço do inimigo, mas hoje começaria com a espada maior, mais pesada. Senti seu peso, beijei sua empunhadura e esperei a chegada de Cnut.

Porém ele não foi lançar insultos contra mim nem qualquer rapaz avançou para nos desafiar a um combate homem a homem.

Em vez disso, Cnut mandou a cabeça de porco.

Em vez de insultos e desafios, houve um grande rugido de batalha saído da massa de homens reunidos sob os estandartes de Cnut e Sigurd, e então eles avançaram. Vieram rapidamente pela estrada. A terra era plana, não havia obstáculos e eles mantiveram a formação cerrada. Seus escudos se sobrepunham. Vimos os símbolos pintados nos escudos, as cruzes partidas, os corvos, os martelos, os machados e as águias. Acima desses escudos grandes e redondos havia elmos com guardas faciais, de modo que o inimigo parecia ter olhos negros, cobertos de aço. Na frente iam as lanças pesadas, cujas lâminas refletiam a luz meio nublada do dia, e abaixo centenas de pés pisavam o terreno na batida dos tambores pesados que começaram a marcar o ritmo de guerra atrás da cabeça de porco.

Nenhum insulto, nenhum desafio. Cnut sabia que estava em um número tão superior ao meu que podia se dar ao luxo de dividir o exército. Olhei à esquerda e vi ainda mais cavaleiros atravessando o fosso ao norte. Cerca de quinhentos ou seiscentos homens vinham em nossa direção na cabeça de porco, e pelo menos um número igual estava agora do nosso lado do rio, prontos para cair sobre nosso flanco esquerdo. Mais homens, esses em cavalos mais lentos, continuavam chegando, porém Cnut devia saber que sua cunha faria o serviço necessário. A formação de inimigos veio trovejando em nossa direção, e à medida que se aproximava eu conseguia ver os rostos por trás das placas faciais, conseguia ver os olhos ansiosos e as bocas sérias, podia ver os dinamarqueses chegando para nos matar.

— Deus está conosco! — gritou Sihtric. Os dois padres ouviram os homens em confissão durante a manhã inteira, mas agora recuaram para trás da parede de escudos e se ajoelharam em oração, a mãos unidas e erguidas ao céu.

— Esperem minha ordem! — gritei. Minha parede de escudos sabia o que precisava fazer. Avançaríamos para o vau quando a cabeça de porco chegasse à outra margem. Planejava receber a carga quase na metade do rio, e lá minha intenção era trucidar antes de morrer. — Esperem! — gritei.

E pensei que Cnut deveria ter esperado. Deveria ter deixado sua cunha aguardar até que os homens ao norte estivessem prontos para atacar, mas ele estava confiante demais. E por que não estaria? A cabeça de porco nos suplantava em número e deveria despedaçar nossa parede de escudos, espalhar meus homens e levar a uma matança junto ao rio, por isso não esperou. Ele havia mandado a cunha que agora estava quase chegando à margem.

— Avancem! — gritei. — E devagar!

Avançamos com firmeza, nossos escudos se sobrepondo, as armas seguras com força. Íamos em quatro fileiras. Eu estava na frente e no centro, e a cabeça de porco apontava diretamente para mim, como uma presa de javali pronta para rasgar carne, músculo, tendão e cota de malha, despedaçar osso, derramar tripas e pintar a água do rio vagaroso com sangue saxão.

— Matem! — gritou um homem nas fileiras dinamarquesas.

Eles viram como éramos poucos e souberam que iriam nos dominar, então começaram a apressar o passo, ansiosos para matar, gritando animados enquanto avançavam, as vozes roucas de ameaça, os escudos ainda se tocando, as bocas torcidas em caretas de ódio de batalha. Era como se disputassem corrida até nós, na certeza de que seus poetas cantariam sobre uma grande chacina.

E então chegaram às pedras.

Rolla havia feito uma linha irregular de pedras no ponto mais fundo do vau. Elas eram grandes, cada uma mais ou menos do tamanho da cabeça de um homem, e eram invisíveis. Quase invisíveis. Eu sabia que elas estavam lá e conseguia vislumbrá-las, conseguia ver como a água ondulava irritada ao redor das pedras no fundo, mas os dinamarqueses não podiam vê-las porque seus escudos estavam erguidos, bloqueando a visão para baixo. Eles nos encaravam por cima das bordas dos escudos, planejando nossa morte, e, em vez disso, chegaram às rochas e tropeçaram. O que fora uma cunha de guerreiros atacando para nos matar sem nada que pudesse detê-los se tornou um caos de homens caindo. Embora os que estivessem nas laterais da cabeça de porco tentassem parar, os de trás os empurravam e mais homens continuavam tropeçando nas pedras escondidas, então golpeamos.

E matamos.

É muito fácil matar homens que estão num caos, e cada homem que matávamos se tornava um obstáculo para os de trás. A ponta da cunha havia sido um guerreiro enorme, de cabelos pretos. Seus cabelos brotavam como a crina selvagem de um cavalo por baixo do elmo, a barba escondia um pouco a cota de malha, o escudo possuía o símbolo do corvo de Sigurd e seus braços brilhavam com a prata e o ouro que ganhara como guerreiro. Ele ocupara o lugar de honra, a ponta afiada da cabeça de porco, e carregava um machado com o qual esperava baixar meu escudo, abrir meu crânio e o caminho por nossa parede.

Em vez disso o guerreiro se esparramou no rio, de cabeça, e Bafo de Serpente golpeou com força, rasgando a cota de malha até cortar sua coluna, e ele se dobrou para trás enquanto eu torcia a lâmina e cortava com ela. Em seguida, empurrei meu escudo para acertar um homem que estava de joelhos, tentando desesperadamente me atingir com a espada. Pus o pé nas costas do guerreiro agonizante, soltei a lâmina e golpeei-a com força. A ponta entrou na boca aberta do segundo homem, de modo que ele pareceu engolir Bafo de Serpente. Eu empurrei-a e vi os olhos dele se arregalarem enquanto o sangue gorgolejava pela boca aberta. Ao longo de todo o rio meus homens estavam talhando, cortando e perfurando dinamarqueses caídos, desequilibrados ou morrendo.

E gritamos. Soltamos nosso grito de guerra, nosso grito de matança, nosso júbilo por sermos homens em batalha impelidos pelo terror. Neste momento não importava que estivéssemos fadados à morte, que nosso inimigo estivesse em maior número, que poderíamos matar a cabeça de porco inteira e ainda assim eles teriam um contingente suficiente para nos esmagar. Neste momento estávamos liberados para ser os serviçais da morte. Estávamos vivendo e eles estavam morrendo, e o puro alívio de estarmos vivos alimentou nossa carnificina. E éramos carniceiros. A cunha havia parado, encontrava-se numa desorganização absoluta, a parede de escudos se partira e estávamos matando. Nossos escudos continuavam se tocando, estávamos ombro a ombro e avançávamos lentamente, pisando sobre os mortos, lanças perfurando homens caídos, machados rachando elmos, espadas rasgando carne, e os dinamarqueses ainda não entendiam o que tinha acontecido. Os homens nas fileiras de trás faziam força à frente e empurravam as primeiras filas contra os obstáculos e nossas lâminas, no entanto não era mais possível falar em fileiras, pois a cabeça de porco de Cnut havia se tornado uma balbúrdia. O caos e o pânico se espalharam entre eles enquanto o rio redemoinhava com sangue e o céu ecoava com os gritos de guerreiros agonizantes cujas tripas eram lavadas pelo Tame.

E alguém no lado dinamarquês percebeu que o desastre só estava gerando mais desastre, e não havia necessidade de mais homens bons serem mortos por lâminas saxãs.

— Para trás! — gritou ele. — Para trás!

E nós gritamos para eles. Zombamos deles. Não os seguimos porque a pouca segurança que tínhamos era ficar a oeste das pedras no vau, e agora essas pedras estavam cobertas por homens mortos e agonizando, um emaranhado de corpos ensanguentados, e esses corpos, com o peso das cotas de malha, formavam um muro baixo no rio. Ficamos de pé no meio daquele muro e chamamos os dinamarqueses de covardes, de fracotes e zombamos de sua masculinidade. Mentíamos, claro. Eles eram guerreiros corajosos, porém nós éramos homens condenados que conquistaram seu momento de triunfo enfiados no rio até os joelhos, com as lâminas ensanguentadas e o alívio jorrando nas veias aquecidas pelo medo e pela raiva.

E os restos da cabeça de porco, um resto que continuava em maior número do que nós, voltou para a margem leste do rio e lá formou uma nova parede de escudos, uma parede maior uma vez que os retardatários estavam se juntando a eles. Agora eram centenas de homens, talvez milhares, e nós éramos idiotas dançando, idiotas que espetaram um javali prestes a nos estripar.

— Senhor! — Era Hrodgeir, o dinamarquês, que havia descido a cavalo da encosta na qual os incêndios ainda ardiam, mandando sua mensagem inútil para o céu vazio. — Senhor! — gritou ele com urgência.

— Hrodgeir?

— Senhor! — Ele se virou na sela e apontou, e eu vi, para além da encosta, acima da margem do rio, uma segunda parede de escudos. E essa também tinha centenas de homens e estava se movendo. Aqueles homens atravessaram o rio que lembrava um fosso, apearam e agora andavam em nossa direção. — Lamento, senhor — desculpou-se Hrodgeir, como se fosse responsável por não impedir aquele segundo ataque.

— Uhtred! — gritou uma voz do outro lado do rio. Cnut estava lá, com os pés separados, Cuspe de Gelo na mão. — Uhtred Bosta de Verme! Venha e lute!

— Senhor! — gritou Hrodgeir de novo, voltando-se agora para o oeste. Virei-me para olhar naquela direção e vi cavaleiros jorrando da floresta para subir a encosta. Centenas de homens. Então o inimigo estava à nossa frente, atrás de nós e ao norte.

— Uhtred Cagalhão de Verme! — berrou Cnut. — Você ousa lutar? Ou perdeu a coragem? Venha e morra, seu merda, seu cagalhão, seu pedaço de bosta mole! Venha para Cuspe de Gelo! Ela deseja você! Vou deixar seus homens viverem se você morrer! Ouviu?

Dei um passo à frente da parede de escudos e encarei meu inimigo.

— Você vai deixar meus homens viverem?

— Até aquela sua puta pode viver. Todos podem ir embora! Podem viver!

— E quanto vale a promessa de um homem que escorreu da bunda da mãe quando nasceu? — gritei de volta.

— Meu filho vive?

— Incólume.

— Seus homens podem levá-lo junto como garantia. Eles viverão!

— Não, senhor — retrucou Finan, ansioso. — Ele é rápido demais. Deixe-me lutar com ele!

As três Nornas gargalhavam. Estavam sentadas ao pé da árvore; duas seguravam os fios e uma estava com a tesoura.

— Deixe-me ir, pai — pediu Uhtred.

Mas wyrd bið ful āræd. Eu sempre soubera que a coisa chegaria a esse ponto. Bafo de Serpente contra Cuspe de Gelo. Portanto passei por cima dos corpos de meus inimigos e fui lutar com Cnut.

Treze

Urðr, Verðandi e Skuld são as Nornas, as três mulheres que tecem nossos fios ao pé da Yggdrasil, a enorme árvore de freixo que sustenta nosso mundo. Em minha mente as vejo numa caverna: não uma caverna como aquela onde Erce havia montado em mim, mas algo muito maior e quase sem limites, um vazio aterrorizante através do qual a árvore do mundo impele seu caule gigante. E lá, onde as raízes da Yggdrasil se retorcem e penetram no leito rochoso da criação, as três mulheres tecem a tapeçaria da vida de todos nós.

E naquele dia elas seguravam dois fios longe do tear. Sempre imaginei que meu fio fosse amarelo como o sol. Não sei por que, mas imagino. O de Cnut devia ser branco como seus cabelos, como a empunhadura de marfim de Cuspe de Gelo, como a capa que deixou cair dos ombros enquanto andava em minha direção.

Assim, Urðr, Verðandi e Skuld decidiriam nosso destino. Elas não são mulheres gentis, na verdade são bruxas monstruosas e malévolas, e a tesoura de Skuld é afiada. Quando aquelas lâminas cortam, causam lágrimas que enchem o poço de Urðr, ao lado da árvore do mundo, e o poço dá a água que mantém a Yggdrasil viva. Se a Yggdrasil morrer, o mundo morre, assim o poço deve ser mantido cheio, e para isso são necessárias lágrimas. Choramos para que o mundo viva.

O fio amarelo e o branco. E a tesoura pairando.

Cnut aproximou-se lentamente. Iríamos nos encontrar perto da margem norte do vau, onde a água era rasa, pouca e chegava à altura dos tornozelos.

Ele segurava Cuspe de Gelo baixa na mão direita, mas os homens diziam que ele era capaz de usar ambas as mãos com a mesma habilidade. Não carregava escudo, porque não precisava. Cnut era insuperavelmente rápido e podia aparar os golpes com sua espada.

Eu carregava Bafo de Serpente. Ela parecia brutal comparada a Cuspe de Gelo. Tinha o dobro do peso, era um palmo mais longa e um homem poderia ser perdoado caso pensasse que sua lâmina comprida despedaçaria a espada de Cnut, mas, segundo os boatos, a lâmina do jarl fora forjada nas cavernas de gelo dos deuses em um fogo que ardia mais frio que gelo, e era uma espada inquebrável, mais rápida que a língua de uma serpente. Cnut segurava-a abaixada.

Dez passos nos separavam. Ele parou e esperou. Sorria levemente.

Dei mais um passo. A água fluía em volta de minhas botas. Aproxime-se de Cnut, pensei, para que ele não tenha espaço para usar aquela lâmina maligna. Ele estaria esperando por isso. Talvez eu devesse ficar recuado, deixar que ele fosse a mim.

— Senhor! — gritou uma voz atrás de mim.

Cnut ergueu Cuspe de Gelo, porém ainda a segurava com punho leve. A espada exibia um brilho prateado na lâmina, que tremeluzia com os movimentos. Ele observava meus olhos. Um homem que utiliza a espada com habilidade letal sempre encara os olhos do oponente.

— Senhor! — Era Finan gritando.

— Pai! — gritou Uhtred com urgência.

Cnut olhou para além de mim e seu rosto mudou subitamente. Antes parecia estar se divertindo, mas agora havia um alarme súbito. Dei um passo atrás e olhei.

E vi cavaleiros vindos do oeste, centenas de guerreiros subindo a encosta onde as choupanas ardiam e enviavam seu sinal escuro para o céu. Quantos? Não poderia dizer, mas talvez duzentos, talvez trezentos. Olhei de volta para Cnut e seu rosto entregou que os recém-chegados não eram homens seus. Ele havia mandado tropas cruzarem o rio ao norte de nosso exército, mas os cavaleiros recém-chegados bloqueariam o avanço deles para nosso flanco. Isso se fossem saxões.

Olhei para trás de novo e vi os recém-chegados apeando e meninos levando os cavalos de volta morro abaixo, enquanto na pequena elevação onde as choupanas ardiam uma nova parede de escudos se formava.

— Quem são? — perguntei a Finan.

— Só Deus sabe — respondeu ele.

E o deus pregado sabia, porque de repente um estandarte foi desenrolado no horizonte, enorme, e esse novo estandarte mostrava uma cruz cristã.

Não estávamos sozinhos.

Dei um passo atrás, quase tropeçando num corpo.

— Covarde! — gritou Cnut para mim.

— Você me disse o que aconteceria se eu morresse — gritei para ele —, mas o que acontece se você morrer?

— Se eu morrer? — A pergunta pareceu deixá-lo perplexo, como se esse desdobramento fosse impossível.

— Seu exército se rende a mim? — indaguei.

— Eles vão matá-lo — rosnou ele.

Virei a cabeça para a encosta onde os recém-chegados estavam sob o estandarte da cruz.

— Agora você vai achar isso um pouquinho mais difícil.

— São apenas uns saxões a mais para matar — declarou Cnut. — Mais sujeira para limpar da terra.

— Então, se lutarmos e você vencer, vai para o sul enfrentar Eduardo?

— Talvez.

— E, se você perder, mesmo assim seu exército seguirá para o sul?

— Eu não vou perder — rosnou ele.

— Mas você não está oferecendo uma luta justa. Se você perder, seu exército deve se render a mim.

Cnut gargalhou.

— Você é um idiota, Uhtred de Bebbanburg.

— Se minha morte não faz diferença, por que eu deveria lutar?

— Porque é o destino — respondeu Cnut. — Você e eu.

— Se você morrer — insisti —, seu exército deve aceitar minhas ordens. Diga isso a eles.

— Vou dizer que mijem em seu cadáver.

Mas primeiro ele precisava me matar, e agora eu estava mais forte. Os recém-chegados sob o grande estandarte da cruz eram aliados, e não inimigos. Deviam ter sido seus batedores que havíamos visto a oeste, e agora estavam aqui. Ainda que não fossem um exército, devia haver duzentos ou trezentos homens no topo do morro, o bastante para conter os dinamarqueses que atravessaram o rio a norte de mim.

— Se lutarmos — eu disse a Cnut —, vamos ter uma luta justa. Se você vencer, meus homens vivem; se eu vencer, seus homens recebem minhas ordens.

Ele não respondeu, então lhe dei as costas e me juntei aos meus homens. Podia ver que os dinamarqueses ao norte pararam de avançar, preocupados com os recém-chegados, e enquanto isso a força maior de Cnut, do outro lado do vau, ainda não estava organizada numa parede de escudos. Eles haviam se apinhado ao longo da borda do vau para assistir à nossa luta, e agora Cnut gritou para formarem fileiras. Ele queria atacar depressa, no entanto iria demorar alguns instantes até que seus guerreiros montassem as fileiras e travassem os escudos.

Assim, enquanto formavam a nova parede de escudos, voltei através de minhas fileiras. O jovem Æthelstan cavalgava rápido e descuidado, vindo da encosta.

— Senhor! Senhor! — gritou ele.

Æthelflaed o seguia, mas ignorei ambos porque dois cavaleiros também chegavam do topo. Um era um homem grande e barbudo usando cota de malha e elmo, e o outro era um padre. O sacerdote não usava armadura, só uma batina preta e comprida, e sorriu ao me alcançar.

— Achei que você precisaria de ajuda — comentou ele.

— Ele sempre precisa de ajuda — acrescentou o homem maior. — O senhor Uhtred tropeça num poço de merda e nós o tiramos. — Ele riu para mim. — Como vai, amigo?

Era o padre Pyrlig, e era meu amigo. Tinha sido um grande guerreiro antes do sacerdócio. Era galês, orgulhoso de sua tribo. Sua barba e seus cabelos sob o elmo haviam ficado grisalhos, mas seu rosto permanecia animado como sempre.

— Dá para acreditar que estou feliz em ver você? — perguntei.

— Acredito! Porque esse é o poço de merda mais imundo que já vi — respondeu Pyrlig. — Tenho 230 homens. Quantos desgraçados ele tem?

— Uns 4 mil?

— Ah, isso é bom — declarou Pyrlig. — É uma sorte sermos galeses. Quatro mil dinamarqueses? Não é problema para uns poucos galeses.

— Todos vocês são?

— Pedimos ajuda para garantir que a luz do Evangelho não seja extinta na Britânia — disse o outro padre —, para que os pagãos sejam totalmente derrotados e assim o amor de Cristo preencha esta terra.

— O que ele quer dizer — explicou Pyrlig — é que sabia que você estava na merda, por isso me procurou e pediu ajuda, e eu não tinha nada melhor a fazer.

— Pedimos aos bons cristãos para oferecer seus serviços — corrigiu o padre mais jovem, com seriedade —, e esses homens vieram.

— "Ouvi então a voz de Deus..." — disse Pyrlig num tom sonoro, e percebi que estava citando algo do livro sagrado dos cristãos — "... que dizia: 'Quem enviarei eu? E quem irá por nós?' 'Eis-me aqui, eu disse, enviai-me.'" — Ele fez uma pausa e sorriu para mim. — Sempre fui um idiota, Uhtred.

— E o rei Eduardo está vindo — declarou o padre mais jovem. — Só precisamos segurá-los aqui por pouco tempo.

— Você sabe disso? — perguntei, ainda atordoado.

— Eu sei disso — ele fez uma pausa —, pai.

O jovem sacerdote era o padre Judas, meu filho. O filho que eu havia insultado, espancado e rejeitado. Virei-me de costas para que ele não visse as lágrimas em meus olhos.

— Os exércitos se encontraram ao norte de Lundene — continuou o padre Judas —, porém isso foi há mais de uma semana. O senhor Æthelred juntou seus homens aos do rei Eduardo e os dois vêm para o norte.

— Æthelred saiu da Ânglia Oriental? — questionei. Estava achando difícil compreender as notícias.

— Assim que o senhor afastou Cnut da fronteira. Ele foi para o sul, na direção de Lundene.

— Lundene — repeti vagamente.

— Ele e Eduardo se encontraram em algum lugar ao norte de Lundene, acredito.

Funguei. Ainda mais dinamarqueses estavam atravessando o rio, onde a parede de escudos de Cnut se alargava. Agora ela iria se dobrar sobre nossas duas extremidades. Isso significava que provavelmente perderíamos. Virei-me de novo para olhar o homem que fora meu filho.

— Você me culpou por matar o abade Wihtred — falei.

— Ele era um homem santo — disse meu filho, reprovando.

— Ele era um traidor! Cnut o enviou. O abade estava prestando serviço a eles — apontei Bafo de Serpente para os dinamarqueses. — Foi tudo ideia de Cnut! — O padre Judas apenas me encarou. Dava para ver que julgava se eu mentia ou não. — Pergunte a Finan. Ou a Rolla. Os dois estavam lá quando os filhos de Cnut mencionaram o tio Wihtred. Eu prestei um serviço a vocês, seus malditos cristãos, mas recebo poucos agradecimentos.

— Mas por que Cnut faria Æthelred procurar os ossos do abençoado Osvaldo? — perguntou Pyrlig. — Ele sabia que a descoberta dos restos encorajaria os saxões, então por que fez isso?

— Porque Cnut já havia transformado os ossos em pó ou jogado no mar. Ele sabia que não havia ossos.

— Mas havia — retrucou o padre Judas em triunfo. — Eles os encontraram, Deus seja louvado.

— Encontraram um esqueleto que eu desmembrei para eles, seu jovem idiota. Pergunte a Osferth, se viver o suficiente para vê-lo de novo. Até cortei o braço errado. E seu precioso Wihtred foi mandado por Cnut! Então, o que tem a dizer sobre isso?

O padre Judas olhou de mim para o inimigo.

— Eu diria, pai, que seria melhor o senhor recuar para um terreno mais elevado.

— Seu desgraçado insolente — eu disse. Mas ele estava certo. Os dinamarqueses estavam quase prontos para avançar e sua parede era muito mais larga do que a minha, o que significava que seríamos cercados e morreríamos, de modo que nossa única esperança era nos juntarmos aos galeses no topo do morro baixo e esperar que, juntos, pudéssemos conter o inimigo até a chegada de ajuda. — Finan! — gritei. — Vamos subir o morro, depressa! Agora!

Pensei que Cnut poderia nos atacar quando nos visse recuando, mas ele estava concentrado demais em reunir os homens que ainda chegavam e em acrescentá-los à sua parede de escudos, que agora tinha mais de oito fileiras de profundidade. O jarl poderia ter atravessado o rio rapidamente e nos atacado enquanto subíamos até o topo da encosta, mas deve ter pensado que chegaríamos àquele cume baixo muito antes de nos alcançar, e preferia atacar no tempo certo e com força avassaladora.

E assim fomos para o topo, nosso último refúgio. Não era um morro capaz de amedrontar um inimigo. A encosta era suave e fácil de escalar, mas havia aquelas casas pegando fogo que formavam obstáculos formidáveis. Eram sete e continuavam ardendo. Os tetos haviam desmoronado, e assim agora cada uma era um poço de fogo soltando fumaça e nossa parede de escudos preenchia os espaços entre os incêndios ferozes. Os galeses estavam virados para o norte, na direção dos homens que cruzaram o rio, e meus homens estavam voltados para o leste, para a maior força de Cnut, e lá tocamos os escudos uns nos outros e olhamos a horda do jarl atravessar o vau.

Os galeses cantavam um salmo em louvor ao deus pregado. Suas vozes eram fortes, profundas e confiantes. Tínhamos feito um círculo de escudos, armas e fogo no topo da encosta. Æthelflaed estava no centro dele, onde nossos estandartes tremulavam, e onde, pensei, os últimos sobreviventes seriam eventualmente esmagados e mortos. O padre Judas e outros dois sacerdotes moviam-se ao longo das fileiras distribuindo bênçãos. Um a um os cristãos se ajoelhavam e os padres tocavam o topo de seus elmos.

— Creio na ressurreição dos mortos — ouvi o padre Judas dizer a Sihtric — e na vida eterna, e que a paz de Deus brilhe cada vez mais sobre você.

— Você falou a verdade sobre Wihtred? — perguntou Pyrlig. Ele estava atrás de mim, em nossa segunda fileira. Parecia que hoje seria um guerreiro outra vez. Carregava um escudo pesado, enfeitado com um dragão se retorcendo em volta de uma cruz, e na outra mão uma lança curta e forte.

— Que ele estava prestando serviços a Cnut? Sim.

Ele deu uma risada.

— É um sacana esperto, o nosso Cnut. Como você está?

— Com raiva.

— Ah, nada muda. — Pyrlig sorriu. — Está com raiva de quem?

— De todo mundo.

— É bom ficar com raiva antes da batalha.

Olhei para o sul, procurando o exército de Eduardo. Era estranho como aquela terra parecia pacífica, nada além de morros baixos e pastos luxuriantes, campos de restolho e bosques, um cisne voando para o oeste e um falcão lá em cima, apenas circulando com as asas imóveis e estendidas. Era tudo muito lindo e muito vazio. Nada de guerreiros.

— Senhora! — Atravessei nossa parede fina para encarar Æthelflaed. O filho de Cnut estava ao lado dela, vigiado por um guerreiro alto com uma espada curta desembainhada.

— Senhor Uhtred? — respondeu ela.

— A senhora escolheu um homem para fazer o que sugeri?

Ela hesitou, depois fez que sim.

— Mas Deus vai nos dar a vitória.

Olhei o homem alto com a espada desembainhada e ele simplesmente ergueu a lâmina curta, mostrando que estava preparado.

— Está afiada? — perguntei a ele.

— Vai cortar fundo e rápido, senhor.

— Eu te amo — falei a Æthelflaed, não me importando com quem ouvisse. Olhei-a por um momento, minha mulher de ouro com o queixo sério e os olhos azuis, depois me virei de volta rapidamente porque um grande grito ensurdeceu o céu.

Cnut estava vindo.

Ele aproximou-se como eu esperava. Devagar. Sua enorme parede de escudos era tão grande que a maioria dos homens jamais precisaria lutar. Simplesmente andavam atrás das longas filas da frente, que pisavam firme em direção à encosta. Os estandartes pagãos eram erguidos bem alto. Os dinamarqueses batiam espadas contra os escudos num ritmo marcado pelos grandes tambores de guerra atrás de sua enorme parede. Entoavam algo, também, mas eu não conseguia ouvir as palavras. Os galeses continuavam cantando.

Abri caminho até a fileira da frente, ocupando meu lugar entre Finan e Uhtred, meu filho. Pyrlig estava mais uma vez atrás de mim, seu grande escudo erguido para me proteger das lanças e dos machados que seriam atirados antes que as paredes de escudos se chocassem.

Porém os insultos começaram primeiro. Agora os dinamarqueses estavam suficientemente perto para vermos seus rostos emoldurados pelos elmos, ver as caretas, os rosnados.

— Vocês são covardes — provocavam-nos. — Suas mulheres serão nossas putas!

Cnut estava de frente para mim. Ele era flanqueado por um par de guerreiros altos usando um excelente equipamento de guerra, homens pesados de tantos braceletes, homens cujas reputações vinham da matança em batalha. Embainhei Bafo de Serpente e peguei Ferrão de Vespa, a espada curta. Era muito menor do que Bafo de Serpente, mas no abraço apertado de uma parede de escudos uma arma longa é um estorvo, enquanto uma lâmina curta pode ser mortal. Beijei a empunhadura da espada, depois a encostei no martelo pendurado no pescoço. Cnut ainda carregava Cuspe de Gelo, mas havia pegado um escudo para este ataque. O escudo era coberto com couro de boi, e o símbolo da cruz despedaçada pelo machado era pintado em preto. Os dois homens ao seu lado carregavam machados de guerra com lâminas largas e cabos compridos.

— O que eles farão — eu disse — é tentar enganchar meu escudo e baixá-lo com os machados, de modo que Cnut possa acabar comigo. Quando o fizerem, vocês dois podem matar os homens dos machados.

Uhtred não falou nada. Ele estava tremendo. Nunca havia lutado na parede de escudos e talvez jamais lutasse em outra, mas tentava parecer calmo. Seu rosto estava sério. Eu sabia o que ele sentia. Finan murmurava em irlandês, presumo que uma oração. Carregava uma espada curta como a minha.

Os dinamarqueses continuavam gritando. Éramos mulheres, meninos, merda, covardes, cadáveres. Estavam a menos de vinte passos e pararam. Juntavam a coragem para a corrida morro acima, para a matança. Dois homens mais jovens avançaram e gritaram desafios para nós, mas Cnut rosnou para voltarem às suas fileiras. Ele não queria distrações. Queria matar todos nós. Havia cavaleiros atrás das fileiras profundas. Se nos rompêssemos e alguns de nós fugissem para o oeste, a única direção sem ameaça dinamarquesa, esses cavaleiros iriam nos perseguir e matar. Cnut não queria simplesmente matar-nos, queria nos aniquilar; queria que seus poetas cantassem sobre uma batalha onde nenhum inimigo sobreviveu, onde o sangue saxão encharcou o terreno. Seus homens gritavam insultos e nós olhávamos seus rostos e suas lâminas, então vimos os escudos se travarem e as lanças voarem. Lanças e machados, atirados das fileiras de trás do inimigo, e nos agachamos, os escudos travados, enquanto os projéteis acertavam. Uma lança bateu com força em meu escudo, mas não se alojou. Nossas lanças voaram. Tinham pouca esperança de furar a parede de escudos, mas um homem cujo escudo é atrapalhado por uma lança ou machado pesado está em desvantagem. Outra lâmina bateu em meu escudo, então Cnut gritou sua ordem.

— Agora!

— Deus está conosco! — berrou o padre Judas.

— Preparem-se! — gritou Finan.

E eles vieram. Um jorro de gritos de guerra, rostos desfigurados pelo ódio, escudos erguidos, armas prontas, e talvez tenhamos gritado também, e talvez nossos rostos estivessem feios de ódio, e com certeza nossos escudos estavam travados e as armas preparadas, então eles se chocaram, e eu me abaixei sobre um dos joelhos enquanto o escudo de Cnut batia contra o meu. Ele o empurrou para baixo, esperando inclinar a parte superior para longe de meu corpo, permitindo a seus homens com machados enganchá-lo com as lâminas e afastá-lo ainda mais, porém eu previra isso e os escudos se encontraram de frente, e eu era mais pesado, de modo que Cnut se encolheu para trás. O escudo de Pyrlig estava acima de mim enquanto os dois machados desciam, e eu estava em movimento.

Avançando. Avançando e me erguendo. Os machados acertaram o escudo de Pyrlig, que bateu com força em meu elmo, entretanto mal senti o golpe porque estava me movendo depressa, rosnando, e agora era meu escudo que estava mais baixo que o de Cnut, e eu estava impelindo o dele para cima. Os homens dos machados tentavam arrancar suas armas do escudo de Pyrlig. Finan e Uhtred gritavam enquanto golpeavam os dois, mas tudo que eu via era a parte de trás de meu escudo enquanto o levantava ainda mais, e Cuspe de Gelo era comprida demais para ser usada nesse abraço apertado, mas Ferrão de Vespa era curta, forte e afiada, então empurrei o braço do escudo para a esquerda, vi a cota de malha brilhante do outro lado e estoquei.

Toda a minha força foi posta nesta estocada. Anos de habilidade com a espada, de exercícios e treinamento estavam naquele movimento. Ergui-me enquanto golpeava. Meu escudo havia empurrado o de Cnut para a lateral, de modo que ele estava com a defesa aberta. Cuspe de Gelo tinha se prendido num cabo de machado, meus dentes estavam trincados e minha mão com um aperto mortal em torno da empunhadura de Ferrão de Vespa.

E ela acertou.

O golpe fez um tremor subir por meu braço. A lâmina curta de Ferrão de Vespa acertou Cnut com força e o senti se encolher diante do impulso selvagem. Continuei apertando, tentando arrancar as tripas de dentro de sua barriga, mas então o homem à esquerda do jarl baixou o escudo e a borda acertou meu antebraço com tanta força que fui jogado de novo de joelhos e Ferrão de Vespa foi puxada para trás com o ímpeto. O machado estava erguido, mas ficou no alto enquanto a força sumia do braço do escudo do sujeito. Havia uma lança em seu peito, cravada por um homem atrás de mim, e golpeei com Ferrão de Vespa de novo, desta vez derrubando o homem do machado, cujo sangue já encharcava a cota de malha sobre seu peito. Ele caiu. Uhtred tinha sua espada curta no rosto do homem agonizante e soltou-a enquanto eu puxava meu escudo para me cobrir e olhar por cima da borda, procurando Cnut.

E não pude vê-lo. Ele havia sumido. Eu o tinha matado? Aquele golpe seria capaz de derrubar um boi, mas eu não sentira a espada furar a cota de malha ou romper pele e músculo. Tinha sentido-a acertar com força maligna, um golpe de espada pesado como o trovão de Odin, e sabia que devia tê-lo machucado, ainda que não o tivesse matado, no entanto Cnut não estava à vista. Eu só podia ver um homem de barba amarela e argola de prata no pescoço aproximando-se para ocupar o lugar onde o jarl estivera, e ele gritava para mim enquanto seu escudo se chocava contra o meu e fazíamos força um contra o outro. Sondei com Ferrão de Vespa e não encontrei abertura. Pyrlig gritava sobre Deus, mas mantinha o escudo erguido. Uma lança raspou em meu tornozelo esquerdo, o que significava que um homem estava abaixado na segunda fileira dinamarquesa, então empurrei meu escudo com força e o sujeito de barba amarela foi para trás, tropeçando no lanceiro agachado e criando uma abertura. Finan entrou nesse espaço mais depressa do que uma doninha enlouquecida com hidromel. Sua espada bebeu sangue. A ponta estava no pescoço do lanceiro, sem penetrar muito, mas o sangue corria brilhante, jorrava brilhante, e Finan torceu a lâmina enquanto eu enfiava Ferrão de Vespa no homem à minha direita, outro golpe forte, e senti dor no antebraço, onde a borda do escudo do inimigo havia acertado, mas minha espada encontrara carne e eu a alimentei, cravei-a entre costelas, e meu filho moveu sua espada de baixo para cima, de modo que a lâmina se enterrou na barriga do sujeito e ele foi levantado enquanto Uhtred rasgava-o, erguendo a espada ainda mais.

Tripas e sangue, espirais brilhantes fedendo à bosta, derramando-se da barriga de um homem para serem pisoteados na lama, homens gritando e escudos rachando, e só estávamos lutando havia alguns instantes. Eu não sabia o que acontecia naquele topo de encosta baixo, amortalhado pela fumaça. Não sabia quais de meus homens estavam morrendo, ou se o inimigo havia rompido nossa parede de escudos, porque quando elas se encontram somos capazes de ver apenas o que está na frente ou logo ao lado. Um golpe acertou meu ombro esquerdo e não causou dano; não vi quem o desferiu, pois eu tinha recuado um passo e meu escudo estava erguido, encostado ao de Finan à minha esquerda e ao de meu filho à direita, e tudo que sabia era que nossa parte da parede se sustentara, que tínhamos afastado Cnut para longe, que agora os dinamarqueses estavam atrapalhados pelos próprios mortos, que formavam um muro baixo diante de nós. Isso tornava o serviço deles mais difícil e facilitava matá-los, porém mesmo assim eles vinham.

Os galeses haviam parado de cantar, revelando-me que lutavam, e eu tinha uma leve consciência dos sons de batalha atrás de mim, o trovão de escudos encontrando escudos, o choque das lâminas, mas não ousava me virar porque um inimigo estava girando seu machado de cabo comprido para baixá-lo sobre minha cabeça, de modo que Uhtred passou por cima do homem morto à minha frente e acertou o sujeito com o machado embaixo do queixo. Um golpe rápido e ascendente, a lâmina atravessando o queixo, a boca, a língua, subindo por trás do nariz, então ele se desviou da ameaça de um golpe de espada dinamarquês e o homem do machado tremia como uma folha de choupo, o machado esquecido na mão subitamente fraca enquanto o sangue se derramava da boca, escorrendo como um rio pela barba repleta de anéis de ferro opacos.

Um grito terrível soou à minha esquerda e de repente, acima do fedor de sangue, cerveja e merda, senti cheiro de carne queimando. Um homem fora jogado em uma cabana em chamas.

— Estamos segurando os dinamarqueses! — gritei. — Estamos segurando! Deixem os sacanas virem a nós! — Eu não queria que meus homens rompessem as fileiras para perseguir algum inimigo ferido. — Segurem firme!

Tínhamos matado a primeira fileira do inimigo e ferido a segunda. Agora os dinamarqueses à minha frente recuaram uns dois ou três passos. Para nos atacar precisariam passar por cima de seus mortos e agonizantes, por isso hesitaram.

— Venham! — provoquei. — Venham morrer! — E onde estava Cnut? Não podia vê-lo. Eu o havia ferido? Ele fora carregado encosta abaixo para morrer onde os grandes tambores ainda marcavam o ritmo de batalha?

Mas, se Cnut havia sumido, Sigurd Thorrson estava ali. Sigurd, que era amigo de Cnut e cujo filho eu havia matado, berrou para os dinamarqueses abrirem espaço para ele.

— Vou estripar você! — gritou. Seus olhos estavam vermelhos, a cota de malha era grossa e pesada e sua espada tinha uma lâmina brutal e longa. Seu pescoço estava cheio de ouro e os braços brilhavam com metal enquanto subia a encosta, procurando-me, mas foi meu filho quem avançou.

— Uhtred — gritei.

Uhtred, porém, me ignorou, recebendo o golpe de espada de Sigurd no escudo e impelindo a espada curta com a velocidade e a força de um jovem. A lâmina resvalou na borda de ferro do escudo de Sigurd e o grande dinamarquês tentou girar sua espada contra a cintura de meu filho, mas o golpe não tinha força porque ele estava desequilibrado. Então os dois se separaram, fazendo uma pausa para uma avaliação mútua.

— Vou matar seu filhote — rosnou Sigurd para mim. — E depois você. — Ele sinalizou para seus homens recuarem um passo, para lhe dar espaço na luta, depois apontou a espada pesada para meu filho. — Venha, garotinho, venha morrer.

Uhtred gargalhou.

— Você é gordo como um bispo — declarou a Sigurd. — É igual a um porco engordado para o Yule. É um pedaço de merda inchado.

— Cachorrinho — disse Sigurd, então avançou, o escudo erguido, a espada se preparando pela direita, e me lembro de ter pensado que meu filho estava numa desvantagem enorme porque lutava com uma espada curta, então pensei em jogar Bafo de Serpente para ele, mas neste momento Uhtred foi ao chão.

Foi ao chão sobre um dos joelhos, o escudo erguido como um telhado, e a espada longa de Sigurd resvalou nele, indo a lugar nenhum. Meu filho estava se levantando, a espada curta firme na mão, e realizou o movimento tão depressa, de maneira tão fluida, que fez parecer fácil enquanto sua lâmina perfurava a cota de malha de Sigurd e se enterrava em sua barriga pesada, e Uhtred ainda estava se erguendo, toda a força do corpo empurrando aquela espada curta que penetrara fundo na barriga do inimigo.

— Isso é por meu pai! — gritou Uhtred enquanto se levantava.

— Bom menino — murmurou Finan.

— E por Deus, o Pai — continuou ele, rasgando com a espada num movimento para cima —, e por Deus, o Filho — disse com outro puxão brusco, levando a lâmina mais para cima —, e por Deus, a porcaria do Espírito Santo.

E com isso Uhtred estava totalmente de pé e havia cortado a cota de malha e a carne de Sigurd desde a virilha até o peito, deixando a espada lá, o punho grudado num tronco estripado, usando a mão livre para pegar a arma de Sigurd. Bateu com a espada capturada no elmo dele, e o grandalhão caiu sobre a sujeira de entranhas que se derramara ao redor de suas botas. Então um grupo de dinamarqueses avançou correndo para se vingar, dei um passo adiante, puxando Uhtred de volta para a parede, e ele ergueu seu escudo tocando-o no meu. Meu filho gargalhava.

— Seu idiota — eu disse.

Uhtred ainda estava gargalhando quando os escudos se encontraram, mas os dinamarqueses corriam tropeçando em mortos e escorregando em tripas, então aumentamos a carnificina. Ferrão de Vespa atravessou cota de malha e costelas de novo, sugando a vida de um homem que ofegou um bafo de cerveja azeda em minha cara, então suas tripas se soltaram e só consegui sentir o cheiro de sua bosta. Acertei o escudo no rosto de outro homem e mandei minha espada contra sua barriga, mas apenas parti um elo de sua cota de malha antes que ele cambaleasse para trás.

— Deus nos ajude — disse Pyrlig, pasmo —, mas estamos segurando firme.

— Deus está com vocês — gritou o padre Judas. — Os pagãos estão morrendo!

— Não este pagão — rosnei, em seguida gritei para os dinamarqueses virem morrer, provoquei-os, implorei que lutassem comigo.

Já havia tentado explicar isso a mulheres, mas poucas entenderam. Gisela entendia, assim como Æthelflaed, porém a maioria me olhava como se eu fosse algo nojento enquanto falava sobre o júbilo da batalha. É nojenta. É um desperdício. É aterrorizante. Fede. Causa sofrimento. No fim há amigos mortos e homens feridos, e dor, lágrimas e agonia medonha, e ao mesmo tempo é um júbilo. Os cristãos falam de uma alma, no entanto nunca vi, cheirei, provei nem senti uma coisa dessas, embora talvez seja o espírito de um homem, e na batalha esse espírito voa como um falcão ao vento. A batalha leva o homem à beira do desastre, a um vislumbre do caos que acabará com o mundo, e ele deve viver nesse caos e nessa borda, e isso é um júbilo. Choramos e exultamos. Às vezes, quando as noites chegam e os dias frios são curtos, levamos artistas ao salão. Eles cantam, realizam truques, dançam, e alguns fazem malabarismos. Vi um homem jogar cinco espadas afiadas em uma demonstração de redemoinho ofuscante, e você acha que ele vai ser cortado por uma das lâminas pesadas descendo, mas de algum modo consegue pegá-la no ar e ela gira subindo de novo. Isso é a borda do desastre. Se você fizer direito vai se sentir um deus, porém, se fizer errado, suas tripas serão pisoteadas.

Nós fizemos direito. Tínhamos recuado para o topo do morro onde havíamos feito um círculo de escudos, e isso significava que não podíamos ser flanqueados, de modo que a enorme vantagem numérica do inimigo não significava nada. No fim, teria significado, claro. Ainda que lutássemos como demônios das profundezas eles teriam nos desgastado e teríamos morrido um a um, mas os homens de Cnut não tiveram tempo de nos destruir. Lutaram, esforçaram-se, começaram a pesar sobre nós, impelindo homens adiante pela simples força numérica e pensei que iríamos morrer, entretanto de repente a pressão de homens agonizantes segurando escudos sendo empurrados pelos homens de trás sumiu.

A situação ficou desesperadora por um tempo. Os dinamarqueses atravessaram a linha de mortos e bateram os escudos contra os nossos, os homens nas fileiras de trás empurravam os da frente, enquanto aqueles ao fundo atiravam mais lanças e machados. Matei o homem que estava à minha frente, enfiei Ferrão de Vespa em seu peito e senti o sangue quente jorrar em minha manopla, então vi a luz sumir de seus olhos e sua cabeça baixar, porém ele não caiu. Era mantido de pé por minha espada e pelo escudo do homem que vinha atrás, e esses guerreiros empurravam e empurravam. Assim, o morto estava me fazendo recuar e não havia nada que eu pudesse fazer, a não ser tentar empurrá-lo para baixo com meu escudo, mas um machado de cabo comprido me ameaçava e Pyrlig estava tentando desviá-lo, o que significava que ele não podia me empurrar, por isso recuamos, passo a passo, e eu sabia que os dinamarqueses nos pressionariam até formarmos um amontoado compacto que eles poderiam trucidar.

Então consegui dar um passo atrás rapidamente, liberando a pressão, e o homem morto caiu para a frente enquanto eu pisava em suas costas e mandava Ferrão de Vespa contra o sujeito do machado. Algo golpeou meu elmo, fazendo-o retinir, e por um momento não vi nada, apenas a escuridão riscada por relâmpagos, mas continuei segurando a espada e golpeei de novo e de novo, em seguida os empurrões recomeçaram. Um choque entre escudos. O meu foi acertado por um machado, que abaixou-o, e uma lança projetou-se por cima da borda rasgando meu ombro esquerdo, acertando osso, então ergui o escudo, sentindo uma dor pungente descer pelo braço. Ferrão de Vespa encontrou carne e a torci. Meu filho Uhtred largara seu escudo, que mal passava de lascas de madeira unidas por couro de boi, e usava a espada de Sigurd com as duas mãos para golpear dinamarqueses. Finan estava meio agachado, enfiando a espada entre escudos, os homens atrás de nós tentavam cravar lanças em rostos barbudos e ninguém mais gritava. Todos grunhiam, xingavam, gemiam, xingavam de novo.

Estávamos sendo empurrados para trás. Eu sabia que eventualmente seríamos obrigados a recuar para além do incêndio das casas, os dinamarqueses veriam a abertura e haveria um jorro de homens para preenchê-la, retalhando nossas fileiras por trás. Era assim que eu iria morrer, pensei, e apertei Ferrão de Vespa com força porque precisava segurá-la enquanto morresse, para ir ao Valhala beber e festejar com meus inimigos.

Então, de repente, a pressão enorme sumiu. De repente os dinamarqueses recuaram. Ainda lutavam. Um brutamontes rosnava e golpeava meu escudo com um machado, até que conseguiu partir as tábuas e tentou arrancá-lo de meu braço ferido. Uhtred entrou em minha frente e golpeou por baixo, fazendo o homem largar o escudo, e a espada roubada por meu filho subiu, rápida como o voo de um martim-pescador, para cortar a garganta do guerreiro, fazendo sua barba castanha ficar vermelha, pingando. Uhtred deu um passo atrás, um dinamarquês veio e, com desprezo, meu filho empurrou a espada do sujeito para o lado e cravou a sua no peito do agressor. Esse homem caiu para trás e não havia ninguém em sua retaguarda para sustentá-lo de pé, então percebi que os dinamarqueses agora estavam recuando.

Porque Eduardo de Wessex havia chegado.

Os poetas cantam sobre a matança, mas vi muito poucos num campo de carnificina, e os que vi geralmente estavam gemendo ao fundo, as mãos cobrindo os olhos, porém aquela matança em Teotanheale era digna do maior dos poetas. Sem dúvidas você ouviu as canções que falam da vitória do rei Eduardo, como matou os malvados dinamarqueses, como vadeou em sangue pagão, e como Deus lhe deu um triunfo que será lembrado enquanto o mundo existir.

Não foi exatamente assim. Na verdade Eduardo chegou quando a coisa estava quase terminada, mas lutou, e bravamente. Foi Steapa, meu amigo, quem levou o pânico aos dinamarqueses. Steapa Snotor, como era chamado. Steapa, o Inteligente, uma piada cruel visto que ele não o era. Tinha pensamento lento, mas também era leal e terrível em batalha. Havia nascido escravo, mas ascendera até se tornar líder da guarda pessoal de Alfredo, e Eduardo tivera a inteligência de manter Steapa a seu serviço. E agora ele comandava cavaleiros numa carga feroz contra as fileiras da retaguarda inimiga.

É verdade que os homens que não sentem o júbilo da batalha, os homens que temem a parede de escudos, ficarão na retaguarda. Alguns deles, talvez a maioria, estarão bêbados, porque muitos homens usarão cerveja ou hidromel para encontrar a coragem de lutar. Esses são os piores soldados, e foram atacados por Steapa, que comandava a guarda pessoal do rei, e foi então que a matança começou, e, quando ela começa, o pânico vem rapidamente em seguida.

Os dinamarqueses romperam as fileiras.

Os guerreiros na retaguarda dos dinamarqueses estavam desorganizados, seus escudos não se tocavam, pois eles não esperavam um ataque, e se romperam antes mesmo que Steapa os alcançasse. Correram para encontrar seus cavalos e foram derrubados por cavaleiros saxões. Mais saxões formavam uma nova parede de escudos junto ao vau, e percebi que eu estivera olhando na direção errada à procura da aproximação de Eduardo. Tinha pensado que chegaria do sul, mas em vez disso ele seguira as estradas romanas provenientes de Tameworþig, por isso veio do leste. O estandarte do dragão de Wessex fora desenrolado, e perto dele estava a bandeira de Æthelred, com o cavalo empinado, e de repente gargalhei porque havia um terceiro mastro erguido no centro da parede de escudos que se formava rapidamente, e ele não tinha estandarte. Em vez disso havia um esqueleto amarrado à madeira comprida, um esqueleto sem crânio e com apenas um braço. Santo Osvaldo estava ali para lutar por seu povo, e os ossos estavam erguidos acima de um exército de saxões ocidentais e mércios. A parede de escudos ficou mais longa enquanto os homens de Steapa arrebanhavam os dinamarqueses em fuga como sabujos perseguindo cabras.

E alguém conteve o pânico dinamarquês. A batalha deles ainda não estava perdida. Os homens da retaguarda da parede de escudos haviam se rompido e estavam sendo mortos pelos cavaleiros vingativos de Steapa, mas centenas de outros foram para o leste, na direção do rio que parecia uma vala, onde um homem gritava para formarem uma nova parede de escudos. E assim eles fizeram, e me lembro de ter pensado em como eram guerreiros magníficos. Foram surpreendidos e levados ao pânico, mas ainda possuíam disciplina suficiente para se virar e se sustentar. O homem que gritava ordens estava a cavalo.

— É Cnut — avisou Finan.

— Achei que o desgraçado estava morto.

Não estávamos lutando mais. Os dinamarqueses haviam fugido de nós e tínhamos ficado no topo do morro, cercados por corpos cheios de sangue, um círculo de corpos, alguns ainda vivos.

— É Cnut — repetiu Finan.

Era Cnut. Agora eu podia vê-lo, uma figura vestida de branco em meio a homens em cota de malha cinza. Ele encontrara um cavalo e estava montado sob seu grande estandarte, olhando constantemente para vigiar os saxões ocidentais que atravessavam o vau. Estava nitidamente decidido a resgatar a maior parte do exército possível, e sua melhor esperança era subir ao norte. As forças de Eduardo e Æthelred bloqueavam qualquer fuga para o sul, os cavaleiros de Steapa causavam tumulto a oeste, mas ainda havia dinamarqueses ao norte que, apesar de não terem conseguido romper a parede de escudos dos galeses, mantiveram a disciplina enquanto recuavam morro abaixo. Agora Cnut comandava o restante de seu exército indo na direção deles, usando a faixa de pasto entre o rio e o morro. Tinha perdido quase todos os seus cavalos, e talvez um quarto de seus homens estivessem mortos, feridos ou em fuga, mas ele ainda comandava um exército formidável e planejava levá-lo para o norte e encontrar um lugar onde pudesse resistir.

A parede de escudos de Eduardo ainda estava se formando, e os homens de Steapa seriam inúteis contra a nova parede de Cnut. Os cavalos podem perseguir homens em fuga, mas nenhuma montaria atacará uma parede de escudos, o que significava que Cnut estava em segurança por enquanto. Em segurança e escapando, e eu só sabia um modo de impedi-lo.

Peguei o cavalo de Æthelstan e tirei o menino da sela. Ele gritou em protesto, mas joguei-o de lado, pus o pé no estribo e montei. Segurei as rédeas e instiguei o animal na direção do rio. Os galeses a leste do topo se separaram para permitir que eu passasse, e esporeei atravessando pela fumaça pungente que saía de um incêndio agonizante, em seguida estava fora do cume do morro e galopando na direção dos dinamarqueses.

— Está fugindo, seu covarde? — gritei para Cnut. — Você não tem colhões para uma luta, seu bosta de lesma?

Ele parou e se virou para mim. Seus homens também pararam. Um deles atirou uma lança, mas a arma caiu muito antes de me alcançar.

— Está fugindo? — zombei. — Abandonando seu filho? Vou vendê-lo como escravo, Cnut Merdason. Vou vendê-lo para algum gordo franco que goste de menininhos. Esses homens pagam bem por carne fresca.

E Cnut engoliu a isca. Esporeou seu cavalo, liberando-o das fileiras, e foi na minha direção. Parou a uns vinte passos, tirou os pés dos estribos e deslizou da sela.

— Só você e eu — declarou ele, desembainhando Cuspe de Gelo. Não carregava escudo. — É o destino, Uhtred — afirmou Cnut, quase afável, como se falássemos do clima. — Os deuses querem, eles querem você e eu. Querem saber quem é o melhor.

— Você não tem muito tempo — respondi. A parede de escudos de Eduardo estava quase formada e era possível ouvir seus capitães gritando, certificando-se de que as fileiras estivessem compactas.

— Não preciso de tempo para acabar com sua vida miserável — garantiu Cnut. — Agora desça desse cavalo e lute.

Apeei. Lembro-me de ter pensado em como aquilo era estranho, porque do outro lado do rio duas mulheres trabalhavam num campo de restolho, curvadas à procura dos grãos preciosos, aparentemente sem interesse nos exércitos do outro lado da vala. Eu ainda possuía meu escudo, mas meu ombro e meu braço doíam. A dor parecia fogo descendo pelos músculos, e, quando tentei levantar o escudo, senti uma pontada de agonia que me fez encolher.

E Cnut atacou. Correu para mim com Cuspe de Gelo na mão direita erguida em direção ao flanco esquerdo de minha cabeça. Levantei o escudo apesar da dor e, de algum modo, não sei como, a espada dele aproximou-se pela minha direita, mas apontada para minhas costelas. Lembro-me de ter ficado atônito com a habilidade e a velocidade daquele ataque, porém Bafo de Serpente defletiu a lâmina rápida, então tentei erguê-la para um contragolpe, no entanto Cnut já estava desferindo a lâmina contra minha garganta e precisei me esquivar. Ouvi-a bater e raspar em meu elmo e mandei o escudo contra ele, usando meu peso superior para esmagá-lo, entretanto Cnut saltou de lado, estocou Cuspe de Gelo mais uma vez e a espada rasgou a cota de malha e cortou minha barriga. Recuei depressa, removendo a força do golpe enquanto sentia o sangue quente escorrer por minha pele, e finalmente girei Bafo de Serpente, um ataque com as costas da mão, em direção a seu ombro. Cnut foi forçado para trás, mas avançou assim que a lâmina passou por ele, estocando de novo, em seguida prendi a ponta de Cuspe de Gelo na borda inferior do escudo e girei Bafo de Serpente de volta, para acertar seu elmo. A lâmina bateu com um som alto na lateral da proteção do jarl, mas ele estava se afastando, o que enfraqueceu o golpe. Mesmo assim abalou-o, e vi seus dentes trincarem, porém Cnut soltou Cuspe de Gelo de meu escudo e acertou meu pé esquerdo. Senti uma pontada de dor enquanto batia em seu rosto com o cabo de Bafo de Serpente para impeli-lo para trás. Ele recuou e o segui, girando a espada, porém meu pé ferido escorregou em bosta de vaca e caí sobre o joelho direito. Cnut, com o nariz sangrando, estocou com a espada.

Ele era rápido. Parecia um relâmpago, e o único modo de diminuir sua velocidade era ficar perto, sufocá-lo, então me lancei para a frente, usando os joelhos, utilizando o escudo para desviar a estocada e tentar acertá-lo no rosto. Eu era mais alto que Cnut, e mais pesado também, de maneira que precisava usar esta altura e este peso para dominá-lo, no entanto o jarl sabia o que eu estava fazendo. Riu através do sangue no rosto e virou Cuspe de Gelo rapidamente, batendo na lateral de meu elmo, em seguida saltou para trás, hesitando, mas a hesitação era um ardil, porque assim que avancei a lâmina clara saltou para o meu rosto. Encolhi-me para longe e Cnut bateu com ela em meu elmo de novo. Gargalhou.

— Você não é bom o bastante, Uhtred.

Fiz uma pausa, respirando ofegante, observando-o, mas ele sabia que isso era o meu ardil. Apenas sorriu e deixou Cuspe de Gelo baixar, como se me convidasse ao ataque.

— É estranho dizer isso — declarou ele —, mas gosto de você.

— Gosto de você também — respondi. — Pensei que o tinha matado no topo do morro.

Ele usou a mão livre para tocar a grossa fivela de ferro de seu cinto da espada.

— Você amassou isso — explicou. — E me fez perder completamente o fôlego. Doeu, doeu muito. Não consegui respirar por um tempo e meus homens me arrastaram para longe.

Levantei Bafo de Serpente e Cuspe de Gelo se ergueu.

— Na próxima vez vai ser sua garganta — eu disse.

— Você é mais rápido que a maioria. Mas não o bastante. — Seus homens estavam olhando do pé do morro, assim como os meus, e os salvadores galeses assistiam do topo. Até a parede de escudos de Eduardo havia parado para observar. — Se o virem morrer — disse Cnut, balançando a ponta de Cuspe de Gelo na direção do exército saxão ocidental e mércio —, eles vão perder a coragem. É por isso que preciso matá-lo, mas vou ser rápido. — Ele riu. Havia sangue em seu bigode claro, e mais sangue escorria do nariz quebrado. — Não vai doer muito, prometo, portanto segure a espada com força, amigo, e vamos nos encontrar no Valhala. — Ele deu meio passo em minha direção. — Está pronto?

Olhei para minha direita, onde os homens de Eduardo atravessaram o vau.

— Eles estão marchando de novo — eu disse.

Cnut olhou para o sul e eu saltei. Pulei na direção dele, e por um átimo o jarl estava olhando os saxões ocidentais sendo instigados adiante, mas recuperou-se depressa e Cuspe de Gelo avançou para meu rosto; senti-a arranhar meu malar e se prender entre meu crânio e o elmo. Eu não sabia, mas estava soltando um grito de guerra enquanto batia o escudo contra ele, impelindo-o para baixo para jogá-lo no chão, e Cnut se retorceu como uma enguia, puxou o braço da espada para trás e a lâmina cortou minha bochecha. O escudo acertou seu braço direito e todo o meu peso e minha força estavam naquele golpe, mas ainda assim ele conseguiu se desviar para o lado. Girei Bafo de Serpente para trás, contra Cnut, e o jarl se esquivou, de modo que a espada passou longe, deixando meus braços abertos, o escudo à esquerda depois do golpe e Bafo de Serpente à direita. Vi-o trocar de mão, vi Cuspe de Gelo empunhada na esquerda e a vi aproximando-se de mim como um relâmpago. A lâmina me acertou, rasgou a cota de malha, partiu o couro, despedaçou uma costela e me furou, e Cnut estava soltando seu grito de vitória enquanto eu levantava Bafo de Serpente de volta num último ataque desesperado. Ela acertou seu elmo e o atordoou, empurrando-o para trás, fazendo-o cair. Eu estava caindo sobre ele, o peito em uma fornalha de dor, Cuspe de Gelo dentro de mim, e Bafo de Serpente estava atravessando sua garganta, e me lembro de fazer um movimento de serrote e vê-la rasgar, o sangue espirrando em meu rosto e meu grito de guerra se tornando um berro de dor quando nós dois tombamos na campina.

E então não me lembro de mais nada.

— Quietos — pediu a voz, depois mais alto: — Quietos!

Havia fogo aceso. Senti um monte de gente num cômodo pequeno. Havia o fedor de sangue, de pão queimado, de fumaça de madeira e juncos de piso podres.

— Ele não vai morrer — comentou outra voz, mas não perto de mim.

— A lança partiu o crânio dele?

— Levantei o osso de volta, agora devemos rezar.

— Mas não fui ferido no crânio — falei. — Foi no peito. A espada dele entrou em meu peito. Baixo, do lado esquerdo.

Eles me ignoraram. Perguntei-me por que eu não conseguia enxergar. Virei a cabeça e havia uma claridade na escuridão de meus olhos.

— O senhor Uhtred se mexeu. — Era a voz de Æthelflaed, e percebi que sua mão pequena segurava minha mão esquerda.

— Foi meu peito — eu disse. — Diga a eles que foi meu peito. Não foi o crânio.

— O crânio se cura — declarou um homem, o mesmo que falara em levantar o osso de volta.

— Foi o meu peito, idiota — eu disse.

— Acho que ele está tentando falar — avisou Æthelflaed.

Havia algo em minha mão direita. Apertei os dedos e senti a aspereza familiar da tira de couro enrolada. Bafo de Serpente. Senti um jorro de alívio me atravessar porque, independente do que acontecera, eu me mantivera agarrado a ela, e minha mão apertada me levaria ao Valhala.

— Valhala — falei.

— Acho que ele só está gemendo — observou um homem próximo.

— Ele nunca vai saber que matou Cnut — declarou outro homem.

— Ele vai saber! — reagiu Æthelflaed ferozmente.

— Senhora...

— Ele vai saber! — insistiu ela, e seus dedos apertaram os meus.

— Eu sei — eu disse. — Cortei a garganta dele, claro que sei.

— Ele só está gemendo — disse a voz do homem, muito perto.

Um pano áspero foi passado em meus lábios, depois houve um sopro de ar frio e o som de pessoas entrando no cômodo. Meia dúzia de pessoas falaram ao mesmo tempo, depois havia alguém perto de minha cabeça e uma mão acariciava minha testa.

— Ele não está morto, Finan — comentou Æthelflaed baixinho.

Finan não disse nada.

— Eu o matei — falei a Finan. — Mas ele era rápido. Mais até do que você.

— Meu Deus! — exclamou Finan. — Não imagino a vida sem ele. — Finan parecia abalado.

— Não estou morto, seu sacana irlandês. Ainda temos batalhas a travar, você e eu.

— Ele está falando? — perguntou Finan.

— Só gemendo — respondeu uma voz masculina, e percebi que mais pessoas tinham entrado. A mão de Finan se afastou e outra tomou seu lugar.

— Pai? — Era Uhtred.

— Desculpe ter sido cruel com você — eu disse. — Mas você é bom. Você matou Sigurd! Os homens vão conhecer seu nome agora.

— Ah, meu Deus — gemeu Uhtred, em seguida sua mão se afastou. — Senhor? — chamou ele.

— Como ele está? — Esse era o rei Eduardo de Wessex. Houve um som de farfalhar quando os homens se ajoelharam.

— Ele não deve durar muito tempo — declarou uma voz masculina.

— E o senhor Æthelred?

— O ferimento foi sério, senhor, mas acredito que viverá.

— Deus seja louvado. O que aconteceu?

Houve uma pausa, como se ninguém quisesse responder.

— Não estou morrendo — afirmei, e ninguém ligou.

— O senhor Æthelred foi atacado por um grupo de dinamarqueses, senhor — relatou um homem. — No fim da batalha. A maioria estava se rendendo. Aqueles tentaram matar o senhor Æthelred.

— Não estou vendo ferimento algum — comentou o rei.

— Foi na parte de trás do crânio, senhor. O elmo recebeu a maior parte do golpe, porém a ponta da lança atravessou.

A parte de trás do crânio, pensei, devia ser a parte de trás do crânio dele. Eu ri. Doeu. Parei de rir.

— Ele está morrendo? — perguntou uma voz próxima.

Os dedos de Æthelflaed apertaram os meus com mais força.

— Só engasgando — respondeu ela.

— Irmã — disse o rei.

— Fique quieto, Eduardo — retrucou ela ferozmente.

— Você deveria estar ao lado de seu marido — observou Eduardo com gravidade.

— Seu peidorreiro chato — falei a ele.

— Estou onde quero estar — respondeu Æthelflaed em um tom que eu conhecia bem. Ninguém venceria uma discussão com ela agora, e ninguém tentou, mas uma voz murmurou algo a respeito de seu comportamento ser inadequado.

— Eles são uns bostas rançosos — comentei com ela, e senti sua mão acariciar minha testa.

Houve silêncio, a não ser pelo estalar da lenha na lareira.

— Ele recebeu a unção dos enfermos? — perguntou o rei depois de um tempo.

— Ele não quer a unção dos enfermos — respondeu Finan.

— Ele precisa receber — insistiu Eduardo. — Padre Uhtred?

— O nome dele não é Uhtred — rosnei. — Ele se chama padre Judas. O desgraçado deveria ser um guerreiro!

Mas, para minha surpresa, o padre Judas estava chorando. Suas mãos tremiam quando me tocou, enquanto rezava junto a mim, enquanto administrava a unção dos enfermos. Quando terminou, deixou os dedos em meus lábios.

— Ele era um pai amoroso — afirmou meu filho.

— Claro que não era — refutei.

— Era um homem difícil — declarou Eduardo, mas não sem simpatia.

— Ele não era difícil — reagiu Æthelflaed ferozmente —, mas só estava feliz quando lutava. E todos vocês tinham medo dele, mas na verdade era generoso, gentil e teimoso. — Agora ela estava chorando.

— Ah, pare com isso, mulher — falei. — Você sabe que não suporto mulheres chorando.

— Amanhã vamos para o sul — anunciou o rei — e daremos graças por uma grande vitória.

— Uma vitória que o senhor Uhtred lhe deu — afirmou Æthelflaed.

— Que ele nos deu — concordou o rei — e que Deus permitiu que nos desse. E vamos construir burhs na Mércia. Há trabalho de Deus a ser feito.

— Meu pai iria querer ser enterrado em Bebbanburg — comentou o padre Judas.

— Quero ser enterrado com Gisela! — respondi. — Mas não estou morrendo!

Eu não podia enxergar, nem com a claridade do fogo. Ou melhor, só podia ver um grande vazio que era ao mesmo tempo escuro e claro, uma caverna repleta de luzes estranhas, e em algum lugar nos recessos mais distantes daquela escuridão reluzente havia figuras, e pensei que Gisela era uma delas. Apertei Bafo de Serpente enquanto a dor me rasgava de novo, de modo que arqueei as costas, fazendo a dor piorar. Æthelflaed ofegou e apertou minha mão, e outra mão apertou a minha em Bafo de Serpente, segurando-me firme a ela.

— Ele está partindo — declarou Æthelflaed.

— Deus leve sua alma. — Era Finan quem estava segurando minha mão no cabo de Bafo de Serpente.

— Não estou! — exclamei. — Não estou! — E a mulher na caverna estava sozinha agora, e era mesmo Gisela, a adorável Gisela, e ela sorria para mim, estendendo as mãos enquanto falava, apesar de eu não escutar sua voz. — Fiquem quietos, todos vocês — pedi. — Quero ouvir Gisela.

— A qualquer momento — disse uma voz baixinho.

Houve uma pausa longa. A mão de alguém tocou meu rosto.

— Ele ainda vive, Deus seja louvado — disse o padre Judas, incerto.

Então houve outro silêncio. Um longo silêncio. Gisela sumira e meus olhos espiavam um nada nevoento. Eu tinha consciência de pessoas em volta da cama. Um cavalo relinchou na escuridão e uma coruja piou.

— Wyrd bið ful āræd — falei, e ninguém respondeu, por isso repeti.

Wyrd bið ful āræd.

Nota histórica

910 d.C. Nesse ano Frithestan tomou o bispado de Wintanceaster; e no mesmo ano o rei Eduardo mandou um exército saído ao mesmo tempo de Wessex e da Mércia, que fustigou muito o exército do norte por seus ataques contra homens e todo tipo de propriedade. Eles mataram muitos dinamarqueses e permaneceram no território durante cinco semanas. Nesse ano os anglos e os dinamarqueses lutaram em Teotanheale; e os anglos tiveram a vitória.

Essa é uma das anotações sobre o ano de 910 na Crônica Anglo-Saxã. Outra registra a morte de Æthelred, prematuramente, embora alguns historiadores acreditem que ele foi ferido com tamanha gravidade em Teotanheale que o ferimento levou à sua morte em 911.

Hoje Teotanheale é Tettenhall, um agradável subúrbio de Wolverhampton nas West Midlands. Os leitores familiarizados com a região podem protestar dizendo que o rio Tame não passa perto de Tettenhall, mas há evidências de que passava no século X, muito antes de receber diques, ser canalizado e desviado para o curso atual.

Sabemos que houve uma batalha em Tettenhall em 910 d.C., e que foi travada por um exército conjunto de Wessex e da Mércia que derrotou de maneira decisiva os agressores dinamarqueses. Os dois líderes dinamarqueses foram mortos. Seus nomes eram Eowils e Healfdan, mas em vez de introduzir dois nomes novos na história e matá-los imediatamente, decidi usar Cnut e Sigurd, que aparecem em alguns romances anteriores das aventuras de Uhtred.

Sabemos muito pouco, na verdade quase nada, sobre o que aconteceu em Tettenhall. Houve uma batalha e os dinamarqueses perderam, mas por que, ou como, é um mistério. Assim a batalha não é fictícia, porém minha versão é totalmente inventada. Duvido que os dinamarqueses tenham causado a busca aos ossos de santo Osvaldo, mas isso também aconteceu quando Æthelred da Mércia mandou uma expedição ao sul da Nortúmbria para recuperá-los. Osvaldo era um santo nortumbriano, e uma teoria diz que Æthelred estava tentando solicitar o apoio dos saxões que viviam sob o domínio dinamarquês na Nortúmbria. Os ossos foram descobertos e levados de volta à Mércia, onde foram enterrados em Gloucester, todos menos o crânio, que permaneceu em Durham (quatro outras igrejas na Europa dizem possuir o crânio, mas Durham parece ser a candidata mais provável), e o braço que estava em Bamburgh (Bebbanburg), embora, séculos depois, ele tenha sido roubado por monges vindos de Peterborough.

A primeira citação latina no capítulo 11, *moribus et forma conciliandus amor*, gravada na tigela romana que Uhtred reduz a lascas de prata, é de Ovídio; "A aparência agradável e os bons modos ajudam ao amor", o que é provavelmente verdade, mas sem dúvida era raro na Britânia saxã. A segunda citação, na ponte de Tameworþig, é citada a partir da magnífica ponte romana em Alcántara, na Espanha: *pontem perpetui mansurum in saecula*, que significa "construí uma ponte que vai durar para sempre". Os saxões viviam à sombra da Britânia romana, cercados pelas ruínas de seus grandes monumentos e usando suas estradas, de modo que sem dúvida imaginavam como tanta magnificência decaíra até o esquecimento.

A batalha de Tettenhall fora esquecida há muito, mas foi um acontecimento importante no lento processo que criou a Inglaterra. No século IX parecia que a cultura saxã estava condenada e que os dinamarqueses ocupariam todo o sul da Britânia. Provavelmente não existiria Inglaterra, e sim um reino chamado Daneland (Dinaterra). Mas Alfredo de Wessex conteve o avanço dinamarquês e lutou para garantir seu território. Sua arma essencial foi o burh, a série de cidades fortificadas que abrigavam a população e frustravam os dinamarqueses, que não gostavam de cercos. Então Wessex se torna o trampolim para as campanhas que vão reconquistar o norte e criar um reino que unificou as tribos de língua inglesa: a Inglaterra. Na época da morte de Alfredo, em 899, todo o norte, a não ser pela inexpugnável Bebbanburg, está sob o domínio dinamarquês, enquanto o centro do território é dividido entre dinamarqueses e saxões. Mas lentamente, inexoravelmente, os exércitos saxões ocidentais avançam para o norte. Esse processo estava longe de terminar em 910, mas ao obter a vitória decisiva em Tettenhall os saxões ocidentais expulsam os dinamarqueses das Midlands. Novos burhs no território conquistado consolidarão os ganhos. Porém, os dinamarqueses estão longe de ser derrotados. Eles invadirão de novo, e seu domínio sobre o norte ainda é poderoso, contudo a partir deste ponto eles estão principalmente na defensiva. Eduardo, o filho de Alfredo, e Æthelflaed, a filha de Alfredo, são as forças que impelem esse processo, mas nenhum dos dois viverá para ver a vitória definitiva, que será obtida por Æthelstan, o filho de Eduardo, e Uhtred estará lá para testemunhá-la.

Mas isso é outra história.

Este livro foi composto na tipografia
ITC Stone Serif Std, em corpo 9,5/16, e impresso em
papel off-white no Sistema Digital Instant Duplex
da Divisão Gráfica da Distribuidora Record.